무스펙 인간

스펙 없이 대기업에 입사, 해외 주재원이 되기까지

무스펙 인간

장기웅 지음

harmonybook

프롤로그

무스펙 인간, 대기업 주재원까지

회사 생활의 80%를 해외 주재원으로 보냈습니다. 이것이 약인지 독인지는 모르겠지만 덕분에 국내 근무 경력은 3년 남짓입니다. 동남아시아의 작은 거인 싱가포르에서 7년, 세계의 공룡 중국에서 2년을 일했고 싱가포르는 식품 회사 S그룹 P브랜드 론칭 주재원으로 1년 반, 화장품 회사 A그룹 I브랜드의 론칭과 GM으로써 총책임자 역할을 5년 반 동안 했습니다. 그리고 중국 상해에서는 I브랜드에서 처음 시도하는 LSP(Local Sales Partner: 중국 에이전시 업체와 제휴하는 프랜차이즈 사업) 비즈니스 모델을 만들었습니다.

이렇게 보면 제가 엄청 뛰어난 글로벌 인재처럼 보이지요? 명문대 출신에 탄탄한 스펙을 가진 사람일 것 같아 보일 수도 있습니다. 하지만 정 반대입니다. 대학 졸업 당시 제가 가지고 있던 것은 4년제 지방 캠퍼스 졸업장과 3.49의 졸업학점입니다. 토익 시험을 본 적도 없고 자격증 하나 없습니다. 그런데 어떻게 대기업 글로벌 인재가 되어 세계를 누비고 다녔을까요? 회사원이라면 한 번쯤은 경험해보고 싶은 고 연봉과 좋은 생활 여건이 제공되는 주재원으로 경력의 80%를 보낼 수 있었을까요?

저는 위인도 아니고 사회적으로 성공한 사람이 아닙니다. 그리고 지금도 평범한 사람입니다. 그래서 이 책은 제 자서전이 아닙니다. 그럼 왜 책을 쓰냐고

물으실 수 있습니다. 그 이유는 제가 큰 성공을 거둔 사람은 아니지만 여러분이 해보고 싶은 경험을 했기 때문입니다. 저는 평범하지만 제 경험은 특별하기 때문입니다. 저는 두 개 국가에서 주재원으로 일과 생활을 해보았고 싱가포르 한 국가에는 완전히 다른 업종의 두 개 브랜드를 론칭하기도 했습니다. 중국에서는 로컬 프랜차이즈 시장을 개척하기 위해 중국인도 가보지 않은 3급 이하 소도시를 수도 없이 가봤습니다. 이런 도시들은 공항이 없는 건 기본이고 고속열차가 없는 곳도 많습니다. 비행기를 몇 시간 타고 다시 기차역으로 가서 기차를 타고 또 택시를 타고 나서야 닿을 수 있지요.

그래서 이 책은 저의 이야기가 아니라 제 경험에 대한 이야기입니다. 평범한 사람이 대기업에 들어갔고 주재원까지 됐으니 당신들도 할 수 있다는 인생역전 식의 외침이 아닙니다. 요즘은 외국에서 공부한 분들도 많고 외국어를 잘하는 분들도 너무나 많습니다. 그야말로 글로벌 인재가 될 수 있는 조건을 가진 분들이 많다는 것입니다. 그래서 해외 근무의 꿈을 품고 있는 분들도 많지요. 하지만 이런 분들이 모두 글로벌 인재의 길을 갈 수는 없습니다. 주재원이라는 명함을 가지고 해외 경험을 쌓을 수 있는 기회는 한정되어 있고 어떻게 해야 선발될 수 있는지 모르는 분들이 대부분입니다. 또한 해외 진출을 준비하는 회사의 인사팀은 해외 시장 진출 시 어떤 인재를 보내야 하고 어떤 보상과 조건을 정해줘야 하는지 기준도 없습니다. 게다가 해외 근무의 기회가 막상 주어져도 모두 성과가 좋고 생활에 적응하는 것도 아닙니다. 그래서 저는 제 경험이 해외로 나가보고 싶은 분들에게 나침반이 되어주길 바라는 마음으로 이 책을 썼습니다. 여러분도 꼭 해외 시장을 경험해 보시길 바라는 마음으로 아주 열심히 뇌세포 속 지난 시간들을 낱낱이 끄집어냈습니다.

한 권의 책이 한 사람의 인생을 바꿀 수도 있다는 말이 있습니다. 하지만 저는 이렇게 얘기하고 싶습니다. 이 책이 당신의 인생을 바꿀 수는 없지만 당신의 인식을 바꿀 수 있길 바랍니다. 그리고 그 바뀐 인식이 당신의 인생을 바꿔줄 수 있길 바랍니다.

5장. 다시는 주재원을 하고 싶지 않았다

6장. 다시 주재원이 될 줄 몰랐다

1장. 거지조차 부러웠다

#선택받은 중국어

책의 서두에 언급한 것처럼 대학 졸업 당시의 나는 취업을 위한 준비가 정말 전혀 되어 있지 않았다. 4년이라는 대학 생활을 돌이켜보면 공부, 학점 이런 것들은 완전히 뒷전이었고(1학년 1학기 학점이 에이스 투수 방어율에 버금가는 2.94였다.) 대학생의 특권은 노는 것이라고 생각하며 동아리를 세 개씩이나 드나들며 수업도 자주 빠지는 완벽한 '무늬만 대학생'이었다. 그렇게 4년을 보낸 막막함이었다. 대학 동기들이 토익 점수를 올리고 4점대 학점을 받기 위해 도서관에서 밤을 새우고 이력서에 한 줄이라도 더 채우기 위해 이런저런 자격증을 따는 것을 보며 '대학에 왔으면 즐겨야지! 고3도 아니고 왜들 저래?'라고 생각했던 내가 졸업이 다가오며 절벽으로 점점 내몰리는 듯 한 심정을 느끼기 시작했다.

'지금이라도 토익 공부를 할까? 자격증은 뭘 따는 게 좋지? 지금 준비하면 너무 늦었나?'

갖가지 생각들이 머릿속에서 전화선처럼 뒤엉키며 두려움은 점점 날 막다른 코너로 몰아가고 있었다. 그런 와중에서도 이상하게 토익 공부는 하고 싶지 않았다. 거의 대부분의 회사가 서류 전형에서 토익 점수를 기본으로 요구하고 있었지만 난 토익이 전혀 실용적이지 않다고 생각했다. 물론 회사가 요구를 하고 입사에 필수 조건이라면 내가 좋든 싫든 준비를 해야 하지만 죽어라 점수를 올려도 회화 능력이 올라가지 않는 토익은 결국 단 한 번도 응시하지 않았다.

많은 학문과 자격증이 실 생활이나 업무에 쓰임이 있는 것이 아닌 건 어쩌면 당연한 것이지만 내 토익 점수가 높아도 영어 회화가 되지 않으면 결국 무의

미하다는 생각도 있었다. 그리고 난 중학교 때부터 줄기차게 봐 온 영어 시험에 반감이 있었고 뭔가 새롭고 다수가 하지 않는 언어를 하는 것이 낫다는 생각을 했다. 그러던 와중에 문득 떠오른 기억이 있었다. 그게 바로 중국어였다.

예비역 복학생이 되어 맞이한 첫 여름방학. 집에 내려와 있으니 괜히 눈치가 보였다. 용돈은 벌어 내 밥값은 하겠다고 아르바이트를 하기는 했지만 공부는 여전히 하지 않았다. 하지만 군대도 갔다 왔고 3학년이나 됐으니 이제 정신 좀 차렸을 것이라는 부모님의 기대치에 작은 액션이라도 취해야 할 것 같았다.

때마침 국가에서 수업료를 지원해주는 중국어 학원이 있었다. 힘들게 아르바이트로 번 돈 학원비로 쓰기 아깝다는 생각을 하던 중에 단비 같은 정보였다. 난 곧바로 수업을 등록했지만 또 공부는 하지 않고 학원에서 사귄 친구들과 아주 열심히 놀았다.

한자만 보면 눈이 침침해지고 잠이 쏟아지는 체질이라(대한민국에 이런 체질이 상당히 많다.) 배웠던 내용이 기억나는 것은 아니었고 '아참, 내가 중국어 학원을 다녔었지.'라는 기억이 대학 졸업반을 맞이한 내게 어렴풋이 떠올랐다.

1개월이라는 3학년 여름방학 짧은 시간 동안 국비 지원 학원에서 기초를 겉핥기로 배웠을 뿐이고 게다가 한자 알레르기 체질로 태어나 전혀 수업에 집중하지 않았던 중국어인데 이상하게 끌리기 시작했다. 뭔가 새롭고 다수가 하지 않는 언어라는 생각이 든 것이다. 하지만 그저 그런 생각만 두리뭉실하게 들 뿐 본격적으로 배우겠다는 결심을 하기엔 정보가 부족했다. 대학 동기들 중에서도 중국어를 공부했던 사람이 없었고 앞으로 배울 계획이 있는 사람도 없었기에 난 더 망설여졌다. 다수가 하지 않는 언어를 하고 싶지만 또 막상 '다수가 하지 않는데 내가 해도 될까?'라는 역공을 맞은 것이다. 이렇게 갈팡질팡 하는 내게 확신을 심어준 것은 아버지였다.

"중국어는 앞으로 점점 쓰임이 많아질 거다. 베이징 올림픽을 치르고 나면 중국은 더 빠르게 성장할 것 같으니까 중국어는 배워도 좋을 것 같구나."

아무 기술도 지식도 없던 젊은 시절의 아버지가 돈벌이로 택할 수밖에 없었던 일 중 하나가 외항선의 선원이었다. 외항선을 꽤 오래 타시며 이 나라 저 나라를 다니셨던 아버지는 어릴 때부터 외국에 대해 많은 얘기를 들려주셨고 생각이 항상 깨어 있으셨다. 이런 아버지의 조언이라면 더 이상 망설일 이유가 없었다.

#팅부똥 유학일기

초보 유학생에게 중국에서의 하루하루는 그저 두려움이었다. 중국은 위험한 나라고 중국인은 사기를 잘 친다는 편견이 있었다. 그런 살벌한 세상 안에서 표지판 하나도 제대로 못 읽는 문맹이요, 하고 싶은 말도 마음껏 내뱉지 못하는 묵언 수행자와 같은 나이기에 더더욱 외출에 엄두를 내지 못했다. 집 문을 열고 나가는 순간 보이는 건 한자, 들리는 건 쏼라쏼라 뿐이었다. 그냥 바보가 된 느낌이어서 집에 있는 시간이 점점 많아졌다.

외로움과 무료함에 컴퓨터 앞에 앉아 한국에 있는 친구들과 메신저로 대화(05년도에는 스마트 폰이 없었다.)를 하고 한국 드라마 DVD를 사서 보며(또한 넷플릭스도 없었다.) 시간을 보내기 일쑤였다. 안에서 새는 바가지 밖에서도 샌다는 말대로 중국까지 와서도 중국어 공부에 도움이 되는 건 하나도 하지 않았다. 적응을 못하고 있는 것이었다. 포부를 가득 안고 왔지만 현실을 마주하니 그 벽은 상상보다 높았고 주늑이 잔뜩 들어 있었다.

그렇게 베이징 어언 대학교에서 단기 어학연수 코스를 수강할 계획이어서 3월 개강만 기다리고 있었다. 그런데 현지에서 알게 된 한 친구가 개강 전까지 시간이 좀 있으니 학원을 다녀서 기초를 쌓는 게 어떠냐고 했다. 입학할 때 시험이 있는데 그 시험 점수에 맞춰서 초, 중, 고급반이 나누어지기 때문에 기초가 되어 있으면 중급반으로 들어갈 수 있다는 것이었다. 그렇게 학원에서 기초 중국어를 시작했고 사람들도 사귈 수 있었다.

그리고 하루하루 에피소드 같은 것들 내게 생겨나기 시작했다. 중국어를 못하는 사람만이 할 수 있는 실수와 중국을 모르는 초보만이 겪을 수 있는 황당하면서 화가 나는 일들도 많았다. 중국어를 못해서 실수를 할 때는 쥐구멍이라도 숨고 싶었고 답답하고 억울한 일을 당할 땐 '내가 중국어만 잘했어도!!'라는 말이 목구멍까지 오르락내리락했다. 그런데 이렇게 내가 겪을 일들을 사람들에게 하소연하듯 얘기하면 같은 일을 겪은 사람은 공감하고 처음 듣는 사람은 놀라워하며 많은 사람들이 재미있어했다. 시간이 지날수록 맛있어지는 와인처럼 쓰디썼던 내 경험이 시간이 지나니 달달한 추억으로 숙성되고 있었다.

난 이 이야기들을 사람들에게 들려주고 싶어졌다. 중국에 왔던 사람들, 중국에 있는 사람들, 중국에 오려는 사람들 모두들에게 말이다.

중국 유학생들과 중국에서 거주하는 분들이 정보를 교환하고 생활에 도움이 되도록 인터넷 카페가 만들어져 있었다. 나 역시 중국 생활 초반에 많은 정보와 도움이 필요했기에 그 카페에 가입이 되어 있었다. 그리고 그 카페에 내 중국 생활의 에피소드를 연재 방식으로 쓰기 시작했다. 그 일기의 제목은 '팅부똥 유학 일기'였는데 팅부똥은 중국어로 '못 알아듣는다.'는 뜻으로 요즘처럼 줄여 말하면 '중알못(중국어는 알지도 못하는 사람)'의 유학 일기라고 표현하면 일맥상통할 것 같다. 그렇게 시작한 내 유학 일기는 예상치도 못한 폭발적인 반응을 일으키며 엄청난 조회 수를 이끌어냈고 급기야 내 일기를 기다리는 사람들까지 생겨났다. 그로 인해 내 유학 생활은 갖가지 양념들이 더해지며 더 다양하고 재미있어지기 시작했다. 외롭고 무료함에 지쳐가던 내가 점점 중국에 오길 참 잘했다는 생각이 들기 시작했다.

글의 힘은 매우 강력했다. 일기를 올릴 때마다 조회 수는 경신되었고 나를 좋아하는 사람들의 숫자도 함께 늘어났다. 수없이 많은 팬레터가 이메일로 쏟아졌다. 중국에 여행을 오는데 밥 한 끼 먹고 싶다는 사람들도 있었다. 일기를 퍼가 자신의 사이트에 올려도 되는지 묻는 사람도 있었고 사업을 제안하는 사람들도 있었다. 팬레터가 오면 반드시 답장을 해줬고 일기를 가져가겠다고 하면 승낙했다. 하지만 그 어떤 영리의 목적으로 내 일기를 쓰고자 하는 제안은 모두 거절했다. 내가 일기를 쓰기 시작한 목적과 어긋났기 때문이었다.

난 그저 내가 겪고 들은 얘기를 썼을 뿐인데 나비효과처럼 나에게 엄청난 변화들이 몰려왔다. 급기야 친구들마저 내 앞에서 내 일기 얘기를 꺼내기 시작했다.

"너 유학생 카페에 그 일기 봤냐?"

친구 광희가 맥주 한 잔을 들이켜더니 물었다.

"일기? 무슨 일기?"

난 시치미를 뚝 떼고 물었다.

"너도 꼭 한번 봐. 요즘 난리야. 완전 재미있어. 나 어제 보면서 배 잡고 쓰러졌다니까."

내 주변 사람들도 내가 그 일기의 작가라는 것을 몰랐기 때문에 이런 일은 빈번히 발생했다. 일기의 횟수를 거듭할수록 나를 알고 싶어 하는 사람들이 많아졌다. 댓글과 메일, 쪽지 등을 통해 내가 누군지 알고 싶다는 요청이 쇄도했다. 급기야 당시 유학생들 사이에서 인기였던 베이징 유학생 잡지사에서 연락이 왔다. 인터뷰를 하고 싶다고 했다.

#안 하는 것이 더 힘들다

잡지사의 반복되는 요청에 난 결국 인터뷰에 응했다. 내가 대단한 연예인도 아니고 독자들의 요청에 계속 나를 숨기는 것도 예의가 아니라고 생각했다. 난 화제의 유학생이라는 이름으로 잡지에 소개되었고 잡지의 표지에는 내 사진이 실렸다.

그로 인해 나에게 더 많은 변화들이 생겨났다. 길거리에서 나를 알아보고 인사하는 사람들도 많았고 한인 상점에 가면 일기 덕분에 즐겁다고 그냥 가져가라고 하는 사장님도 있었다. 소규모의 팬 미팅도 했었는데 나로 인해 약 20명의 사람들이 모여 즐거운 시간을 보냈다. 베이징으로 여행을 오시는 분들의 요청에 가이드 역할도 했었고 베이징 여행 코스를 짤 때 나와 만나는 시간을 일부러 만들어 오시는 분들도 있었다. 마치 스타가 된 것처럼 내 생활은 아주 많이 변해 있었다. 두려움에 외출도 잘하지 않던, 무료함과 외로움에 어떻게 지내야 할지 망막했던 날 알아봐 주는 사람들이 생겼고 뭔가 모를 자신감이 생겼다.

이렇게 나는 유명해(?)졌지만 일기의 연재는 꾸준히 이어갔다. 사람들에게 웃음을 주고 공감을 준다는 보람도 있었지만 내 일기의 핵심은 나의 기록이었다. 학교 개강 후 들어간 우리 반에는 총 22명의 외국인 유학생들이 있었는데 17개국의 다양한 사람들이 함께 공부했다. 프랑스, 미국, 일본, 스위스 같이 귀에 익은 국가도 있었고 콩고, 몽골, 쿠바와 같이 쉽게 마주치기 어려운 나라의 친구들도 만나며 내 일기의 내용은 더욱 풍부해졌고 따라서 내 유학 생활도 무지개처럼 다양한 색깔들로 물들어갔다.

이렇게 많은 변화들이 내 유학 생활에 단비가 되어 싹을 틔워주었다. 이제 난 자라난 싹을 잘 키워 튼튼한 줄기를 세우고 맛있는 열매를 맺어야 했다. 그 열매는 오직 하나 중국어였고 그 목표는 변해선 안 되는 것이었다. 나에게 찾아온 변화들로 인해 내 목표마저 변한다면 줄기는 방향을 잃을 것이고 그럼 제대로 자라지 못해 시들거나 맛없는 열매를 맺을 것이 분명하기 때문이다. 난 이런 긍정적인 변화들을 좋은 열매를 맺기 위해 뿌려지는 질 좋은 햇볕과 영양 가득한 거름 그 이상으로 생각하지 않았다. 난 여전히 중국어를 해내기 위해 온 늦깎이 유학생이었고 예전보다 더 즐겁게 공부할 수 있는 운 좋은 팅부뚱이었다.

긍정적인 변화들 속에는 언제나 유혹도 부록처럼 끼워져 있다. 사람들의 인기를 얻은 나에게 그것을 이용해 돈을 벌 수 있을 것 같이 달달하게 들려주는 얘기들, 이참에 다른 걸 해보라는 제안들 등. 이런 상황들을 접하다 보면 나 스스로도 유혹을 만들어 낸다. 진짜 그렇게 해볼까? 이게 내가 갈 길인가? 라는 생각을 하기도 한다. 중국에 갓 왔을 때는 그냥 돌아갈까? 중국어 한다고 뭐가 되겠어? 내가 할 수 있겠어? 라는 부정적 유혹이 있었다면 지금은 긍정적 유혹이 생겨난 것이다. **하지만 긍정적이든 부정적이든 유혹은 유혹이다.** 중국에 온 지 얼마 안 돼 부정적 유혹에 흔들릴 때, 나는 그걸 이겨내기 위해 일기를 썼고 재미가 생겼고 사람들이 내 주변에 모이며 포기하고 싶다는 유혹을 뿌리쳤다. 그 후엔 그 생활에서 생겨나는 다양한 양념들이 나에게 다른 요리를 해보라고 속삭였지만 내 일과는 전혀 달라지지 않았다. 오히려 점점 더 중국어 공부에 들어가는 시간이 많아졌을 뿐이다.

가족도 친구도 없고 언어도 통하지 않는 초반의 외국 생활은 힘들고 외롭기 일쑤지만 그 상황에서 자신이 할 수 있을 것을 찾아서 해보라고 얘기해주고 싶다. 그리고 그 모든 것들을 내가 원하는 열매를 맺게 만드는 양분으로 써야 한다고 강조하고 싶다.

모든 언어 공부가 쉽지 않듯 중국어 역시 마찬가지다. 하물며 국어 시험도 틀리는데 외국어는 말할 것도 없다. 난 특히 발음과 성조에 많은 욕심을 냈다. 중국인과 최대한 같은 발음과 성조로 말하고 싶어 아나운서 발음 연습처럼 볼펜을 입에 물고 책을 읽기도 했다. 잘 때도 중국어 라디오를 틀고 이어폰을 낀 채로 자고 왜 웃는지 왜 싸우는지도 모르는 중국 드라마를 멍하게 보고 있기도 했다.

이렇게 지내다 보면 '내가 지금 뭐 하고 있는 거지?'라는 자괴감을 느끼기도 하고 '이렇게 한다고 중국어가 늘겠어?' 라는 의심을 하기도 한다. 이런 내적 갈등이 반복되며 피로가 쌓여 지치면 요요처럼 다시 한국으로 눈을 돌린다. 한국 드라마를 보고 한국에 있는 친구들과 메신저를 자주 하게 되고 중국에 있는 한국 친구들과 보내는 시간이 많아진다. 아무리 누가 뭐라 해도 나는 한국에서 태어나고 자란 한국인이라 한국어를 듣고 싶고 한국어로 편하게 얘기하고 싶은 본능을 없앨 수는 없다. 그래서 중국어를 쓰고 사는 것보다 한국어를 쓰지 않고 사는 것이 더 힘들었다. 이것은 마치 당신이 연인에게 그녀가 좋아하는 꽃을 선물해 주기는 쉽지만 그녀가 싫어하는 담배는 끊기 어려운 것과 같다. **결국 해야 할 것을 하는 것보다 하지 말아야 할 것을 하지 않는 것이 몇**

배는 더 힘겹다는 것이다.

현지에 와서 언어를 공부하는 이유이자 이점 중 하나는 그 세상 속에 온전히 날 밀어 넣어 생존을 위해 또는 불편하지 않기 위해 언어 공부를 할 수밖에 없는 환경을 스스로에게 제공하는 것이다. 하지만 글로벌 시대의 한국인은 세계 어디에도 있으며 디지털 시대의 우리는 장소와 시간에 구애받지 않고 한국 문화와 콘텐츠를 즐길 수 있다. 그렇기 때문에 어디로 가든지 나 스스로를 완벽히 한국어와 단절시키고 그 나라의 언어와 문화에 둘러싸여 고립되기 쉽지 않다. **그래서 내가 택한 방법은 단절이 아니라 조절이었다.**

제 아무리 외국어 마스터에 대한 목표가 있다 해도 같은 언어로 같은 정서를 느끼며 터놓고 대화할 수 있는 친구와 같은 민족이라는 이유만으로도 서로 도와주는 내 나라의 사람들을 완전히 끊어놓고 살 수는 없다. 내가 더 즐겁게 공부할 수 있었던 기폭제 역시 내 일기를 사랑해주는 많은 한국 사람들과 도와주는 친구들이 있었기 때문이었다. 그렇기 때문에 한국어와의 단절은 오히려 부작용을 가져와 외국 생활을 더욱 지치게 만들 수 있다. 너무 과하게 그리고 억지로 내 자신을 외국의 것들에 밀어 넣고 가두면 과다 복용으로 부작용이 발생할 수도 있다. 그러니 어느 정도의 숨통은 만들어가며 생활하는 것이 좋다. **해외 유학도 근무도 생활이 되어야지 생존이 되어서는 안 된다.**

이렇게 중국 생활에 잘 적응할 수 있는 긍정적 에너지를 받으며 내 목표에 변화 없이 일과를 조절하며 만족하는 중국 생활이 되고 있었다. 하지만 중국어 실력은 시간에 비례하지 않았다. 실력이 오른다 싶다가도 또 벽에 부딪혔다. 그리고 또 벽을 어렵사리 뚫고 나오면 산이 나왔다. 거대한 산에 가로막히면 슬럼프에 빠져 잠시 주저앉기도 했다. 중국을 모를 때, 중국인을 접하지 않았을 때는 나 역시 중국을 무시했다. 중국은 위험한 나라이고 중국인은 무례하고 무식한 행동을 일삼는 수준 낮은 사람들이라는 편견이 있었다. **하지만 중국에 와서는 중국 거지조차 부러웠다. 길거리의 유아나 어린이들도 존경스러웠다. 왜냐면 그들이 나보다 중국어를 잘하기 때문이었다.** 한국에서는 받지도 않던 전단지도 받아와 집에서 교재 삼아 공부하기도 했다. 중국에서는 모든 존재가 스승이었고 나보다 더 우월했다. 이런 마음가짐으로 거대한 산을 넘었다.

내가 못하는 것을 잘하고 내가 모르는 것을 더 많이 아는 사람은 충분히 존경할 만한 가치가 있다. 특히 그것이 내가 목표로 한 것이라면 더더욱 그렇다. 생활에 적응을 할 수 있는 동기가 생겨나고 자기 관리를 통해 하나씩 해 나가는 것이 절반의 성공이라면 나머지 절반은 마인드 세팅이다. 이때 형성된 마인드 세팅은 내가 향후 주재원으로 해외에서 근무할 때도 항상 부족한 절반을 채워주었다. 국가의 경제력과 사람의 수준에 관계없이 그 나라에서는 현지인 모두가 나의 언어적 스승이고 구글 검색에서는 찾아지지 않는 경험을 가진 실전의 참모들이다.

이렇게 산을 넘어가며 내 중국어 실력도 꾸준히 향상되었고 시간적으로 어느 정도 여유가 생기며 평소에 좋아하는 야구 동호회 활동도 시작했다. 베이징에는 많은 한인 야구팀들이 있어 한인 야구 리그가 가능할 정도로 활성화되어 있었다. 야구 팀원들은 연령도 다양하고 하는 일도 다양했다. 그래서 이런저런 얘기를 많이 듣기도 했다. 물론 야구팀 사람들도 내 일기를 알고 있어서 난 쉽게 팀에 스며들 수 있었다. 그러던 와중에 주재원이라는 직업을 알게 되었다.

당시 베이징은 2008년 올림픽 개최의 기대가 온 대륙을 덮고 있었다. 사람들은 기대와 설렘에 들떠 있었고 중국의 경제는 더 빠르게 그리고 더 높이 날아갈 준비 운동을 하고 있었다. 그런 분위기 속에 굴지의 국내 업계 최고 현대 자동차 그룹은 베이징에 터를 잡고 대륙의 도로를 'H' 로고로 수놓기 위한 틀을 마련하고 있었고 15억 인구의 입맛을 매료시키기 위해 오리온, 파리바게뜨, 뚜레쥬르와 같은 식품 브랜드들도 가속도를 내고 있었다. 그래서 적지 않은 주재원이 파견되어 있었고 주재원들의 생활을 간접적으로 접할 수 있었다. 야구팀에도 몇몇 주재원 형들이 있었는데 주재원 형들의 야구 장비는 일단 고가 제품이 많았고 장비를 자주 구입하기도 해서 난 그들이 부럽기 짝이 없었다.

"형은 월급이 많으니까 남들보다 훨씬 바쁘죠?"

야구장 그늘에 앉아 쉬고 있는 주재원 형에게 내가 물었다.

"응? 나? 별로 안 바빠. 그러니까 이렇게 매주 나오지 않겠어?"

형이 장난 섞인 표정으로 대답했다.

"아니, 이렇게 바쁘게 일도 안 하는데 월급도 많이 주고 집도 엄청 좋은 데로 구해주고 차량에 기사까지 해줘요?"

난 세상 부러운 표정으로 '부럽다.'라는 말을 도돌이표처럼 반복했다.

"그럼 너도 나중에 주재원으로 한번 나와 봐."

그 당시 형은 나름대로 무척 바쁘고 힘든 해외 파견 생활을 하고 있었을 것이다. 그리고 형의 "주재원으로 한번 나와 봐"라는 말은 주재원을 겪은 입장의 내가 생각해보면 두 가지 의미가 포함되어 있는 것 같다. 하나는 '좋은 거니까 너도 나중에 꼭 해봐.' 라는 의미이고 다른 하나는 '네가 해보면 사실 쉬운 일은 아닐 거야.' 란 의미가 함께 섞인 중의적 표현이 아니었을까? 아직은 세상 물정 모르는 학생이니까 아마도 형은 가볍게 너스레를 떨며 대답했을 것이다.

하지만 형의 너스레 섞인 그 한 마디는 화살처럼 날아와 내 이마를 관통하며 인식을 바꾸었다. 그리고 2차 목표가 생겼다. 사실 중국어를 해낸다는 목표 하나만 보고 달려오던 나였기에 그 다음에 대한 해답은 막연하게 '취업'이었을 뿐 구체적이지 않았다.

'그래, 만약 내가 중국어를 해냈어. 그다음은?'

이런 질문에 대답할 수 있는 답을 얻었다. 회사원이라면 누구나 한 번쯤은 경험해보고 싶은 해외 주재원. 글로벌 인재가 되어 세계 이곳저곳을 누비며 살아볼 수 있는 기회. 회사라는 큰 우산의 보호 그리고 그로부터 제공되는 고연봉과 일에만 집중할 수 있는 생활 조건들. 소박해 보이지만 결코 쉽지 않은, 회사원의 로망 중의 하나 해외 주재원이었다.

2장. '더 큰' 회사

#결과가 선택을 판단한다

베이징에서 공부한 지 1년이 반 가까이가 되어갈 때 즈음 어릴 적부터 친하게 지내 온 외사촌 형에게서 연락이 왔다.

"너 이제 중국어 꽤 하는 수준이지?"

형이 국제 전화까지 걸어와 내게 물었다.

"응. 어느 정도는 하지. 왜?"

스스로 내 실력이 어느 정도라고 말하기 민망해 나는 대충 얼버무리며 대답했다.

"우리 회사 해외 영업팀에서 중국어 할 사람이 필요하다고 해서 너 추천했으니까 이제 한국 들어와. 너도 이제 취업해야지."

외국계 대기업에 다니는 형의 제안은 아주 솔깃했다. 사실 내 중국어 공부 계획은 아직 반년이 남아있었다. 나머지 반년은 성어와 속담 같은 고어를 마무리하고 싶었다.

"형, 근데 나 아직 6개월 정도 남았어. 나 성어 좀 더하고 들어가면 안 될까?"

형의 제안은 너무나 반가웠지만 내가 계획한 것을 다 못하고 가는 것에 대한 미련이 있어 나는 형에게 되물었다.

"뭐? 성어? 그… 고사 성어? 야, 누가 일할 때 그런 말이 필요해. 일상용어 다 알아듣고 말할 줄 알면 그냥 들어와. 비즈니스 할 때 그 정도까지 필요 없어."

형과 통화 후 수많은 생각이 들었다. 왜냐하면 형의 말도 일리가 있었기 때문에 고민이 됐다. 남은 6개월을 더 있겠다는 건 나의 욕심인 것인가? 하루라도 빨리 취업해 돈을 벌어야 하는 내가 성어를 한답시고 6개월 동안 부모님 돈을 더 까먹는 것은 너무 마음 편한 생각인가? 그리고 무엇보다 형의 회사가 근무 여건이 좋은 회사라는 것을 알고 있었기 때문에 이런 기회를 놓치면 안 될지도 모른다는 공포감 역시 날 귀국을 선택하도록 찔끔찔끔 부추기고 있었다.

우리가 선택의 기로에 섰을 때 오랜 시간을 고민하고 한 선택과 짧은 시간 내에 한 선택 중 어떤 선택이 더 나은 것인지는 아무도 모른다. 하지만 확실한 한 가지 사실은 당신의 선택이 현명한 선택을 낳는 것이 아니라 당신의 결과가 그 선택을 현명하게 만든다는 것이다. 그래서 난 선택을 하고 나면 그 선택이 옳았다는 것을 증명하기 위해서, 내 선택은 탁월했다는 말을 듣기 위해서라도 최선을 다한다. 하지만 내 선택이 언제나 옳을 수 없었고 최선을 다해도 결과가 좋지 않을 때가 있다. 그걸 방증이라도 하듯 급 귀국을 선택한 나의 대가는 고약할 정도로 썼다. 어쩌면 타인의 도움으로 쉽게 가려는 나에게 내려진 당연한 결과였다.

귀국을 준비하는 나는 한껏 들떠 있었다. 내 목표를 완수하고 금의환향하여 번듯한 대기업에 들어갈 수 있다는 기대감이 있었고 나중에는 주재원을 해 볼 수 있지 않을까? 라는 장밋빛 상상을 하고 있었다. 하지만 이 모든 상상은 그저 상상에 그쳤다. 귀국한 후 만난 형은 갑자기 채용 계획이 미뤄졌으니 오랜만에 쉬면서 기다리라고 했다. 나 역시 오랜만에 돌아왔으니 그동안 못 만난 친구들도 만나고 잠시 동안 게으른 백수 생활도 즐겨보자고 생각했다. 하지만 그 기다림은 기약 없이 길어졌고 결국 형은 미안해하며 채용이 언제 시작될지 보장할 수 없으니 다른 회사를 알아보라는 연락을 해왔다.

형의 한마디에 기대감을 안고 귀국한 나는 다시 형의 한마디에 혼란에 빠졌다. 졸지에 완벽한 백수가 되었고 어떻게 해야 할지 아무 생각이 들지 않았다. 이력서를 써 본 적도 없고 면접을 본 적도 없는 내가 뭐부터 어떻게 준비를 해야 하는지 몰라 막막해하며 깊고 어두운 터널에 갇힌 기분이었고 더 절망적인 현실은 내가 어떤 회사에서 어떤 일을 하는 것이 맞는 것인지 모르고 있는 것이었다. 그동안 '중국어 하나는 잘해보자.' 라는 일관된 목표와 '한 번은 꼭 주재원이라는 걸 해보자.' 라는 두리뭉실한 생각으로 달려오던 나였기에 당장은 출구가 보이지 않았다. 타인의 도와주겠다는 말 한마디만 의지하고 신뢰해 플랜 B를 준비하지 않은 100% 나의 불찰이었다.

부랴부랴 채용 사이트를 검색하고 이력서를 썼다. 회사의 채용 조건을 알아갈수록 내 자신은 점점 더 초라해졌다. 처음 알게 된 사실 중 하나는 내 전공이 회사 지원에 있어서 선택의 폭을 확 줄여준다는 것이었다. 내 전공은 관광경영학인데 인문계열을 클릭해도 상경계열을 클릭해도 관광경영학과는 선택이 없는 경우가 상당히 많았다. 전공 계열인 호텔이나 여행업계가 아니라면 전공이 지원 자격에 포함되지 않는 것이 일쑤였고 그나마 '전공 무관'으로 공고된 영업팀 사원 모집이 내 전공으로 지원할 수 있는 유일한 길이었다.

다행히 토익을 대체할 수 있는 중국어 HSK 7급(구 HSK는 11급이 최상급이었다.)이 있었지만 그 마저도 8급 이상이 지원 자격이면 이력서조차 낼 수 없었다. 여기서 '왜 HSK 7급만 땄을까?"라는 의문을 가질 수도 있는데 그건 내 자만이 내 목을 조른 것이었다. 그때 난 외국어는 자격증보다 말을 잘하는 게 우선이라는 고집으로 회화에 집중했고 회화가 자연스럽게 되고 나니 굳이 자격증의 급수에 연연할 필요가 없다는 안일한 착각을 했다. 면접에서 회화 실력으로 승부하겠다는 내 착각의 결과는 회화 실력을 보여줄 면접 기회의 폭까지 함께 좁혀주었다. 세상 물정은 살피지도 않고 고용자가 어떤 사람을 원하는지 단 한 번도 고려하지 않은 자기중심적 사고에 갇혀있던 내게 돌아온 부메랑이었다.

회사가 한 사람을 채용하기 위해서는 한 사람 한 사람에 대한 수많은 검증을 진행하게 되는데 이로 인해 많은 시간과 비용이 투자가 된다. 난 '내가 중국어 이 만큼 하니까 당신들이 보고 판단하겠지.' 라고 채용을 우습게 생각했다. 중국어를 잘하는 사람은 나 말고도 많은데 그 사람들보다 다른 경쟁력을 더 갖춰야 한다는 위기의식이 없었던 것이다. 그 벌로 난 혹독한 채용 시장에서 줄줄이 미끄러졌고 내 백수 생활은 지겹고 불안할 정도로 길어지고 있었다. 중국에서 언어 정복이 높은 태산 같은 존재였다면 한국에서의 취업 시장은 정상조차 보이지 않는 하늘과 같았다.

난 채용과 면접에 상상 이상으로 무지했다. 한 번은 대형 게임회사 중국 라이선스 영업직에 지원해서 면접을 보러 간 적이 있다. 게임 회사 면접을 가는 나는 여느 때와 마찬가지로 말끔한 정장에 넥타이까지 하고 갔다. 하지만 면접을 기다리는 사람들 중 정장을 입은 사람은 나밖에 없었다. 모두 티셔츠에 청바지 차림으로 면접을 기다리고 있었다. 그때의 느낌은 마치 나 혼자 외계인이 된 느낌이었다.

"정장을 입고 오셨네요?"

외계인이 등장하자 면접관이 물었다.

"네…. 면접이라서요…."

한 없이 작아진 외계인은 말끝을 흐렸다.

“저희 회사 게임 좋아하세요?”

면접관은 정장만 봐도 어떤지 알겠다는 표정으로 눈도 마주치지 않고 물었다.

“네, 좋아합니다.”

사실 난 이 회사 게임을 해본 적이 없다.

“저희 회사 게임 좋아하시면 자동차 경주 게임은 당연히 해보셨겠네요. 등급이 뭐예요?”

면접관은 ‘뻥치지 마세요.’라는 말을 이 질문으로 대신하고 있는 것 같은 눈빛이었다.

“제가 그 게임을 안 한 지 너무 오래돼서 기억이…”

내가 게임을 해봤다 해도 이 사람들은 외계인을 뽑지는 않았을 것이다. 복장부터 틀려먹은 면접에 대한 아무 준비도 공부도 해오지 않은 사람을 뽑는 회사는 없다. 그럼에도 불구하고 HSK는 고급 시험을 볼 엄두가 나지 않았다. 중국에서 안 하고 뭐했냐는 핀잔을 들을 것 같았고 중국어 잘한다고 큰소리치며 돌아온 내가 한국에 돌아와 다시 중국어 시험을 본다고 하면 마치 공부를 제대로 마치지 않고 빨리 들어오고 싶어 들어온 것 같은 인상을 부모님께 심어드릴까 걱정도 됐다.

그리고는 수 없이 많은 이력서를 쓰고 자기소개서 복사해서 붙여 넣기를 반복해가며 전공 무관에 중국어 능통자 우대라고 된 곳은 다 넣었다. 그렇게 취업 전쟁에서 연이은 패배로 지쳐가고 있었고 내가 중국어를 선택한 것이 틀린 판단은 아닌지 의구심도 들었다.

취업 전선에서 계속 밀려나면 별의별 생각이 다 든다. 내가 당연히 있어야 할 것 같은 토익 점수가 없어서 떨어지는 건지, 역시나 명문대를 나오지 않아서 그런 건지, 자기소개서 쓰는 스킬이 부족한 건지. 이렇게 스펙에 대한 의심부터 면접 때 입고 간 정장이 인상을 안 좋게 줬나? 내 얼굴이 면접관들에게 비 호감인가? 키가 작아서? 라는 생각도 들면서 자신의 외모에 대한 자존감도 한 겨울 고드름 녹듯 조금씩 허물어진다. 그래서 나와 회사가 안 맞는 건 어쩔 수 없지만 그 이유라도 알면 그나마 덜 답답할 것 같았다. 그러면 적어도 뭐가 부족한지 알고 채울 수는 있을 테니까.

난 이런 취업 완패를 결국 내 선택의 착오로 단정 지었다. 남들 다 하는 영어 공부를 하고 토익 시험을 봤어야 했다며 중국어를 공부한 것에 대해 자책했다. 보람차고 즐거웠고 열심히 노력했던 북경에서의 1년 반이라는 시간이 그렇게 후회로 바뀌며 빛이 바래져 갔다. 그리고 때마침 영어 공부를 하고 싶어 하던 친구와 유학원을 찾았고 그나마 저렴하게 영어를 배울 수 있는 필리핀 단기 어학연수를 생각하고 있었다. 우 중국어, 좌 영어만 장착하면 완벽한 무기가 되어 이 치열한 취업 전쟁터에서 전세를 역전할 수 있지 않을까라는 근거 없는 망상이었고 뭘 해도 안 되니까 튀어나오는 밑도 끝도 없는 상상이었다. 이런 내 짧은 생각은 또 부모님의 지갑을 열게 만들었고 중국에서 뿌린 돈도 모자라 필리핀에도 뿌리고 올 모양새였다.

나는 영어를 6개월 안에 끝내고 오겠다고 부모님을 간신히 설득하고 인천 공항 출발이어서 친구와 출국 전 날 부산에서 서울로 향했다. 서울에 살고 있는 친구 집에서 하루 신세를 지고 다음 날 일찍 인천 공항으로 갈 예정이어서 친구 집에서 조촐하게 삼겹살 파티를 가졌다. 한참 삼겹살이 노릿노릿하게 익어갈 즈음 내 핸드폰이 울리기 시작했다.

#더 크다는 의미

"안녕하세요? 여기는 S조선 인사팀입니다. 저희 회사 지원하셨었죠?"

난 아직 취할 정도로 마시지는 않았는데 무슨 말인지 알아듣지 못했다.

"네? 어디시라고요?"

"부산에 있는 S조선입니다. 얼마 전에 저희 회사 하반기 공채에 지원하셨었는데 기억 안 나세요?"

난 순간 술이 확 깨면서 정신을 바짝 차렸다.

"네! 맞아요! 그런데…. 전 이미 불합격 통보를 받았었는데요."

"아, 알고 있습니다. 그런데 저희 회사에서 새로 부서가 만들어지는 바람에 중국어 가능한 분이 필요해져서 늦은 시간이지만 급하게 연락드렸습니다. 하반기 공채 탈락자들 중에서 중국어 되시는 분들만 모아서 면접을 진행하려고 하는데 면접에 오실 수 있으세요?"

이건 무슨 반전 있는 드라마도 아닌 것이 믿기 힘든 상황이 벌어지고 있었다. 마치 패자부활전처럼 서류 전형에서 떨어진 나에게 면접의 기회가 다시 찾아온 것이다. 하지만 당장 내일이 출국이었고 이미 서울에 와 있는 내 머릿속은 백지처럼 하얘졌다.

"정말요? 면접이 언제예요?"

"내일 오후 두 시입니다. 오실 수 있으세요?"

정말 죽은 사람이 살아나 듯 내게 기회가 되살아났다. 하지만 같이 필리핀으로 가기로 한 친구 재율이가 옆에 있었고 주머니 속엔 비행기 표가 들어있었다. 난 방금 나에게 일어난 이 영화 같은 얘기를 재율이에게 해줬다. 그러자 재율이가 들고 있던 소주잔을 깔끔하게 비우며 말했다.

"캬…. 술 맛 좋네! 니는 그게 고민할 일이라고 고민하고 있나? 내 먼저 필리핀 가가 있을 테니까 니는 내일 부산 내려가서 면접보고 고마 잘 돼가 안 왔으면 좋겠다. 절대 필리핀 오면 안 된다!"

재율이는 나로 인해 갑자기 변경되는 계획에도 싫은 내색 없이 날 응원해주며 쿨하게 보내주었다. 다음 날 아침 재율이는 인천으로 향했고 난 부산으로 향했다. 나는 부산행 기차 안에서 이번 선택은 반드시 좋은 선택으로 만들겠다고 다짐했고 마침내 수 개월의 백수 생활을 끝으로 부산에 있는 조선 중소기업에 신입사원으로 입사하게 되었다.

영화처럼 다시 잡은 면접의 기회 그리고 합격. 그래서 더 기대가 컸던 첫 직장이었고 의미가 큰 내 사회생활의 시작이었다. 하지만 현실은 지극히 현실이었고 난 그 지독한 현실의 회초리에 후려 맞고서 그토록 어렵게 들어갔던 회사를 3개월 만에 사직했다.

첫 출근, 첫 회사. 처음은 그 무엇이라도 설레고 긴장된다. 내가 첫 회사에 첫 출근을 시작하던 때가 2007년 12월 한 겨울이었는데 취업이라는 두툼한 이불이 마음을 덮어주어 추위도 잊게 만들 정도였다. 이렇게 취업 준비생에게 무직만큼 추운 계절이 없다. 내게 공채 동기들이 생겼고 사원증이 발급됐고 월급 통장도 만들어졌다. 남들처럼 아침에 정장을 차려 입고 넥타이를 바르게 매고 뚜걱뚜걱 말발굽 소리를 내며 당당하게 출근길을 걷는다. 비록 수습 기간이라 월급은 많지 않지만 돈을 받기만 했던 부모님께 드릴 수도 있고 내가 사고 싶던 것을 눈치 안 보고 살 수 있게 됐다.

하지만 사회는 냉정하고 세상에 공짜는 없다는 불변의 진리처럼 난 금세 불만이 생기고 지쳐갔다. 월급은 쥐꼬리인데 일은 노예처럼 시키는 거 같았고 매일 반복되는 술자리에 파김치처럼 지치더라도 잔혹한 출근의 아침은 찾아왔다. 일의 방식은 비효율적이고 이 인간은 왜 이렇게 말이 안 통하는지 짜증이 나지만 그래도 웃어야 한다. 이 비참한 회사원의 현실을 얼마 겪지도 않은 수습사원이지만 앞으로 계속 이렇게 살아가야 한다는 생각을 하니 더 암담했다.

그 당시 조선업은 최고의 호황이었다. 대기업부터 중소기업까지 조선의 '조'만 스쳐도 호황이 아닌 곳이 없었다. 좀 더 과장해서 표현하자면 배만 띄울 수 있는 곳이면 조선소가 지어졌고 수주는 바닷물처럼 끊이지 않았다. 수주가 너무 많아 철강이 모자랐고 돈을 주고 철강을 사 오는 입장에서도 제철 업체에 좀 더 팔아달라고 부탁을 해야 할 정도였다. 내가 맡은 일이 그런 일이었다. 한마디로 구매 업무였는데 국내 철강 업체로부터 우리가 필요한 철강을 애원해서 필요한 물량을 조달하다가 내 경험이 쌓이면 중국 철강 업체들로부터 더 싼 가격에 더 많은 물량을 사 오게 할 목적으로 날 채용한 것이었다.

일은 내게 큰 문제가 아니었다. 일은 배워가고 있었고 비록 적성에는 맞지 않았지만 재미없다고 회사를 때려 칠만큼 개념이 없는 내가 아니었다. 그렇기 때문에 일에서 오는 스트레스는 소화가 되는데 사람에게서 오는 스트레스는 항상 체했다.

조선업, 철강업 세계 사람들은 자기들끼리 '철밥 먹고 산다.' 고 표현한다. 그래서인지 사람들도 회사 분위기도 강철처럼 딱딱했다. 보수적, 수직적으로 짜인 이 세계는 군대식의 상명 하복과 '까라면 까야지.' 라는 식으로 사람을 괴롭

히고 강요했다. 물론 이런 분위기의 조직이 잘 맞는 사람도 있고 좋아하는 사람도 있겠지만 난 전혀 아니었고 지금도 앞으로도 아니다.

그렇게 지쳐갈 때 즈음 그나마 말이 통하는 부장님이 있었다. 부장님은 화재보험사 출신인데 선박 사고 처리 책임자로 스카우트돼서 경력직으로 온 분이셨다. '철밥' 출신이 아니라 그런지 농담도 곧 잘하시고 가끔 술자리를 할 때면 마음을 편하게 해 주셨다.

"니는 이 회사 왜 들어왔노?"

퇴근 후 저녁 식사 겸해서 가진 술자리에서 부장님이 대뜸 물었다.

"저보고 오라고 하는 데가 여기밖에 없었어요."

난 술 잔을 비우며 솔직하게 답했다.

"음…. 내가 솔직히 얘기하면 니는 여기랑 안 어울려. 더 큰 회사로 가. 여기 있지 마."

"더 큰 회사요? 여기도 간신히 들어왔는데…. 어디요?"

"그건 내도 모르지. 네가 잘 찾아봐."

난 그때 누구나 생각하듯 더 큰 회사는 회사 규모가 더 큰 곳을 의미한다고 생각했다. 하지만 나중에 내가 실제로 이직을 하기도 하고 회사 생활에 대한 내공이 쌓이면서 내 스스로 큰 회사의 의미를 찾을 수 있었다.

나에게 큰 회사는 규모가 큰 회사가 아니라 내 행복감이 큰 회사, 나에게 더 큰 만족감을 주는 회사였다. 아무리 회사 규모가 크고 월급 통장에 찍히는 숫자가 커도 사람에게 받는 스트레스는 그 큰 숫자들이 무의미하게 느껴질 만큼 사람을 무력화시킨다. 누군가 만약 이런 나에게 '월급 많이 받으면 그 정도는 버텨야지!' 라며 배가 아직 불러서 그런 생각을 한다고 손가락 질 할 수 있을지 모른다. 하지만 직장에서 사람으로 인한 시달림을 당하며 불행해져 본 적이 있는 사람이라면 충분히 공감할 것이다.

결국 그 날 부장님의 조언은 공기가 빠질 대로 다 빠져 쪼그려져 있는 풍선이 되어 널브러져 있던 내게 바람을 훅 불어넣으며 과감하게 사직서를 던지게 했다. 그렇게 갈망하던 백수 탈출을 한 지 3개월 만에 다시 백수로 귀환해 더 큰 회사를 찾아 방황하기 시작했다.

3장. 세상에 쓸데없는 경험은 없다

#산전수전

백수로 돌아오며 봄도 함께 돌아왔지만 난 다시 겨울이었다. 통장에는 수습 3개월 동안 모아둔 200만 원이 채 안 되는 잔고가 전부였고 한 번 학생 딱지를 떼고 났더니 용돈을 받기엔 자존심이 허락하지 않았다. 대안 없이 회사를 나왔더니 더 문제였다. 게다가 3년도 아니고 3개월 만에 나왔으니 부끄러움은 더할 나위 없었다. 마음이 답답해져서 서울로 면접 갈 때마다 집에서 재워준 절친한 친구에게 전화를 걸었다.

"승용아, 나 회사 때려치웠다. 백수 된 기념으로 서울 올라가서 너랑 술이나 한 잔 할까?"

"잘했어. 너랑 안 맞으면 빨리 그만두고 다른 거 하는 게 나아. 오늘 그냥 서울 올라와. 이럴 때 아니면 언제 이렇게 충동적으로 서울을 올 수 있겠냐?"

난 마치 부산에서 서울이 옆 집 거리인 것처럼 곧바로 기차표를 끊고 서울로 올라갔다. 면접 외의 이유로는 서울을 가 본 적이 없었다. 그때 나에게 있어서 서울은 마치 내가 백수가 되어야 갈 수 있는 곳처럼 느껴졌다. 논산 훈련소에서 훈련병 기간 동안 친해진 후 그 우정이 쭉 이어진 서울 토박이인 내 친구는 내가 서울을 갈 일이 생길 때마다 만사를 제쳐두고 날 챙겨주었다.

"야, 나 이제 뭐 해 먹고 사냐?"

구워지고 있는 곱창에서 피어나는 텁텁한 연기 같은 표정으로 내가 말했다.

"네가 무슨 걱정이야. 중국어도 할 줄 알고 글 쓰는 재주도 있는 놈이…. 아, 맞다! 너 중국어 공부했으니까 중국어 무슨 자격증 있지 않냐?"

"응, HSK라고 11급이 제일 높은 건데 7급 있어."

"그럼 너도 경찰 공무원 준비해봐. 중국어 그거 있으면 가산점 있거든. 그리고 너 유도도 2단인가 있지? 잠시만, 내가 가산점 뭐, 뭐 있는지 물어볼게."

나와 승용이는 군 복무를 의무 경찰로 했었고 이 녀석은 제대 후 바로 경찰 공무원 시험을 준비해 고시생 생활 2년 만에 경찰이 되었다.

"야, 무슨 스물여덟 살에 경찰 공무원 준비야. 지금 준비해도 서른 넘어서나 될까 말까다."

"요즘 경찰 4교대에 근무 여건 엄청 많이 좋아졌어. 그리고 서른 넘어서 들어오는 사람도 많아. 물어보니까 넌 지금 가산점도 다 된 거래. 너처럼 가산점 다 채워져 있으면 훨씬 유리하지. 나 같은 놈도 됐는데 넌 금방 될 걸?"

"공무원 좋지. 철밥통에 유망 직종이지. 근데 중국어 쓸 일이 없잖아. 간신히 배웠는데 썩히고 사는 건 너무 아깝다."

"너처럼 외국어 잘하면 외사과로 들어갈 수도 있지. 우리나라도 요즘 외국인들 많아져서 외국어 필요한 조직 많아. 가산점 따려고 따로 시간 투자 안 해도 되겠다, 의경 출신이라 의경 특채 시험도 있겠다, 얼마나 유리하냐?"

귀 얇은 내 청춘은 이렇게 날 경찰 공무원 고시생으로 만들었다. 통장에 남은 200만 원의 잔고가 다 바닥나기 전에 합격한다는 일념으로 공부했다. 첫 시험이 공부를 시작하고 4개월 만에 있었는데 첫 취업 때처럼 드라마 같은 합격은 당연히 일어나지 않았다. 당연한 결과라고 생각했기에 의연하게 쉴 새 없이 고시생 생활을 이어갔다. 그러던 중 어느 날 전화 한 통이 걸려왔다.

"내 왔다. 회사는 잘 다니고 있나?"

같이 필리핀으로 가려다 혼자 갔었던 친구 재율이가 돌아왔다.

"잘 다니고 있겠냐? 크큭, 들어간 지 3개월 만에 때려치우고 지금은 경찰 공무원 준비하는 고시생이야."

"야, 니는 인마 내 혼자 필리핀 보내고 회사 들어갔으면 더 버텼어야지."

"그러게 말이다. 나랑 사회생활이랑 안 맞나 봐."

"맞고 안 맞고가 어디 있노? 다 그냥 참고하는 거지. 그럼 니 지금 일은 안 하니까 시간은 좀 있겠네?"

"매일 공부는 하지만 시간 내려면 낼 수는 있지."

"그럼 니 중국어 통역 알바 잠깐 안 할래? 어차피 니도 지금 돈 필요할 거고 기간도 일주일이라서 별로 안 길다. 그리고 회사도 대기업이라 시급도 억수로 마이 준다더라. 니 포항에 P제철 회사 알제?"

"야, 그 회사 모르는 한국 사람도 있나?"

"그래, 내 대학 선배가 거기 다니는데 중국어 통역 알바 좀 소개해 달라고 하는데 딱 니 생각이 나더라고. 자는 건 사내 기숙사 제공해주고 밥은 회사 식당에서 먹으면 되고 하루 일당이 거의 20만 원 정도로 쳐준다카더라."

"뭐??? 일당이 20만원???"

난 순간 침이 튀어나올 뻔했다.

"그렇다니까. 완전 꿀 알바 아니가? 내가 중국어만 할 줄 알아도 당장 내가 해뿌지."

모아 둔 돈이 넉넉지 않던 나는 곧바로 포항으로 향했다. 정말 재율이가 말해 준 그대로였다. 하루 8시간 근무, 기숙사 독실 제공, 식사 제공, 기숙사에서 근무지로 이동하는 차량 제공 그리고 높은 시급. 대기업 스케일에 감탄을 금할 수 없었다.

내가 맡은 통역은 기술 통역이었다. 중국 지사에서 중국인 직원들이 한국 본사로 와서 교육을 받는데 그 교육 내용을 바로바로 통역해주는 것이었고 내가 접해보지 않은 분야와 내용이어서 꽤 어려움이 있었다. 말 그대로 기술 통역이라 거의 모든 용어가 기술적인 것들이었다. 철강 기술에 관련된 내용이다 보니 화학 용어와 금속 재료 관련 용어들이 엄청나게 쏟아졌고 난 일을 마치면 기숙사에서 다음 날 더 원활한 통역을 위해 이 분야 관련 용어들을 정리하고 공부해야 했다.

내 이런 노력이 통했는지 원래 일주일로 예정되었던 내 아르바이트는 1주일이 더 연장되었고 난 2주라는 단기 아르바이트로 큰 수입을 올릴 수 있었다. 수입뿐만 아니라 대기업에서의 2주 체험은 나에게 신선한 충격이었다. 회사 기숙사 내에는 거주하는 직원들을 위해 PC방, 노래방, 목욕탕까지 갖춰져 있었고 회사 식당은 고급 뷔페 형태로 음식을 입맛대로 골라 먹을 수 있었다. 공장 단지가 워낙 커서 건물과 건물을 이동할 때에는 내부 셔틀버스를 부르면 와서 이동을 도와줬고 회사 근처 외부에는 집을 마련할 능력이 아직 갖춰지지 않은 신혼부부들이 내 집 마련 자금을 모을 때까지 싼 월세로 거주할 수 있도록 회사에서 제공하는 빌라도 있었다.

회사가 직원의 의식주 같은 생활의 기본 요소를 책임지다시피 하며 일에 전념할 수 있는 환경을 만들어 놓았다. 2주간의 통역 아르바이트를 마치고 돌아가려니 너무나 아쉬웠고 나도 이런 곳에서 일했으면 좋겠다는 생각이 자꾸만 들었다. 하지만 난 경찰이 되고자 마음먹었던 다짐과 목표를 곧추어 세우며 다시 고시생으로 돌아갔다. 그렇게 고시생으로 돌아온 것도 잠시, 또 전화가 걸려왔다.

"안녕하세요? 여기는 제주도 L호텔 카지노인데요. 잡 사이트에 올라와 있는 이력서 보고 전화 드렸는데 통화 가능하세요?"

취업 후에 잊고 있었던 공개로 해 둔 이력서가 그대로 노출되어 있었다.

"그런데 제주도에서 무슨 일로 어떻게 저한테 전화를 주신 거죠?"

"이력서 보니까 중국어가 되시는 거 같아서 연락드렸어요. 저희는 호텔 카지노인데 중국어 통역해 주실 분이 필요한데 혹시 지금 일하고 계신가요?"

제주도, 카지노, 통역. 난 이 세 가지만 봐도 사기나 스팸일 거라는 의심이 가득했다.

"일은 안 하고 있는데 지금 그쪽이 무슨 말씀하시는지 이해가 전혀 안 되네요."

"아마 그러실 거예요. 그런데 저희가 지금 좀 급해서 이력서를 보자마자 연락드렸어요. 일단 자세히 소개를 드리자면 호텔 카지노에 외국인 손님들이 오시잖아요? 그 손님들 중에 중국이나 홍콩, 마카오에서 오시는 분들이 점점 많아지고 있어요. 그래서 중화권 손님들 통역이랑 케어해주실 분이 몇 분 필요한데 제주도 내에서 찾는 게 한계가 있어서 연락드렸습니다. 사실 이렇게 설명을 드려도 뭔지 확 와 닿지 않으실 거예요. 저희가 왕복 비행기 티켓을 제공해드릴 테니까 면접 오셔서 설명도 들으시고 직접 보시는 건 어떠세요?"

전화를 걸어온 여자는 아주 상냥한 목소리로 웃으며 내게 응대했다. 그리고 비행기 표를 준다는 말에 백수의 얇은 귀는 다시 팔랑거렸다. 그리고 일전의 P 제철 통역 아르바이트에 이어 또 이런 일이 벌어지면서 내가 가야 할 길은 역시 중국어를 쓸 수 있는 길인가? 라는 물음표가 점점 커지기 시작했다. 비행기 표도 준다는데 밑져야 본전이고 할 만한 일이면 아르바이트 삼아 학원비라도 벌자는 생각으로 삼다도로 향했다.

면접은 중국어로만 진행됐다. 통역 업무는 중국어 회화 능력이 가장 우선이다 보니 대화 위주로 이어졌다. 면접은 약 30분이 지나서야 끝났다.

"언제부터 일할 수 있으세요?"

나에게 전화를 훅 걸어왔던 이 여자는 이번에도 내 훅을 쳤다.

"제주도가 옆집은 아니라서 제가 생각을 좀 해봐야 할 거 같아요. 만약 일을 한다고 해도 집도 구해야 하고…. 아무래도 제약이 많을 거 같네요."

"집은 저희가 2인 1실로 오피스텔을 제공해 드려요. 출퇴근은 통근 승합차에 다른 직원 분들이랑 같이 타고 하시면 되고요. 아, 제일 중요한 급여를 말씀 안 드렸네요. 아무래도 카지노다 보니 야간이랑 주말 근무도 있는 교대 근무라 이런 걸 다 포함시켜서 월 280만 원이에요."

숙소와 차량 제공, 월수입 280만 원 보장. 길가에 서있는 전신주나 공중 화장실 문에 붙여진 스티커에서만 보던 근무 조건이 내 앞에 제시되고 있었다. 분명 내 눈으로 호텔 카지노와 사무실을 실사하며 사기가 아님을 확인했음에도 불구하고 나 같은 백수에게 이런 조건으로 대우해 준다고 하니 더더욱 믿어지지 않았다. 문자로만 만나던 김미영 팀장 같은 이 여자는 어안이 벙벙해 있는 나에게 계약서를 내밀었고 난 뭐에 홀린 듯 서명했다.

참으로 우연히 그리고 또 드라마처럼 내 제주도 생활은 시작됐고 아르바이트 삼아 한다던 일을 6개월이나 했다. 야간 근무가 있어 피곤하긴 했지만 일도 재미있었고 사람들도 또래가 대부분이라 아주 잘 지냈다. 여행이라면 모를까 살아본다는 생각은 해 본 적 없는 낭만의 섬 제주도에서 반년을 살며 제주도의 매력을 느낄 수 있었다.

"여보세요? 니 요즘 어디있노?"

베이징에서 고향이 같은 부산이라 금방 가까워졌던 준이 형에게서 전화가 왔다.

"형, 진짜 오랜만이네요. 저 요즘 제주도에 있어요. 한 번 놀러 오세요."

“뭐라꼬? 제주도? 거는 뭐 할라고 가 있는데?”

난 형에게 제주도에 오게 된 계기부터 하는 일에 대해 짧게 설명했다.

“그라믄 인자 놀만큼 다 놀았나?”

내 설명을 듣더니 형은 격려는커녕 ‘놀았나?’ 라는 돌멩이를 내 가슴팍에 던졌다.

“형, 놀다니요. 이 일도 나름 피곤해요. 하하….”

“인마야, 니 계속 통역해가 나중에 뭐 할낀데? 내 딱 들어봐도 아무 비전 없는데? 6개월 제주도에서 놀았으면 인자 고마 됐다. 접고 부산으로 넘어 온나. 행님 회사에 니같이 중국어 잘하는 아 필요하단다. 니도 방금 원래 아르바이트한다고 생각하고 간 거라 안 했나?”

전화를 끊고 나니 형이 던진 돌멩이는 나도 모르게 가슴팍에 박혀있었다. 원래 하겠다고 굳게 결심했던 경찰 공무원 시험도 도중에 그만두고 어쩌다 또 6개월이나 여기서 이러고 있지? 라는 의문이 생기며 거울에 날 제대로 비춰 보았다.

그다지 어렵지 않은 일, 그리고 그에 비해 너무 편하고 좋은 조건에 취해 내 목표와 장기적인 계획은 까마득히 잊은 채 반년이라는 시간이 훌쩍 지나버렸다. 형의 말대로 이 일이 비전이 있지는 않았다. 내가 고립되어 간다는 두려움이 확 밀려왔다. 점점 내가 겪었던 치열함을 망각하고 무뎌져 있었고 제주도에서 난 어느새 스물아홉이 되어 있었다. 2009년 4월, 반년의 제주도 생활을 접고 다시 부산으로 돌아갔다. 백수로 돌아왔지만 이번에는 대안을 마련해놓고 돌아온 터라 첫 백수 리턴 때보단 마음이 훨씬 편했다.

#공중전

베이징 올림픽이라는 경제 성장 호르몬을 맞은 중국은 성장기에 있는 청소년처럼 하루가 다르게 성장하고 있었다. 중국은 세계의 공장이 되어가면서 동시에 세계의 소비 시장도 함께 되어가고 있었다. 한마디로 경제의 기본인 생산과 소비, 이 양 극을 극대화시키며 거대한 경제 배터리로 진화해 나갔다. 그리고 이 초대형, 초강력 배터리는 수많은 글로벌 기업들에 신생 경제 에너지를 불어넣음과 동시에 양분을 빨아들였다.

부산으로 돌아가 자신이 다니는 회사로 들어오라고 했던 준이 형을 만났다. 형의 회사는 인터넷 검색으로도 소위 뜨고 있는 업종의 뜨고 있는 중소기업이었다. 그 회사는 풍력 발전기의 중요한 부품들을 만드는 단조 회사였는데 조선 업체와 같은 '철밥' 먹는 사람들이 일하는 곳이었다. 난 간략한 면접을 보고 출근을 최대한 빨리 시작했다.

회사가 양산에 있어서 아침 7시에 부산에 오는 통근 버스를 타야 해 6시 전에는 일어나야 했다. 이런 피로감이 일찌감치 영향을 준 것인지 공교롭게도 이 회사는 1개월 만에 그만두게 된다. 난 이 회사를 다니면서 '철밥' 먹는 사람들의 보수성과 수직적 문화는 나와 맞지 않음을 명확히 재확인했고 나아가 나는 회사를 다닐 수 없는, 회사와 맞지 않는 성격이라고 완벽하게 단정 지었다. 또 다시 1개월 만에 회사를 나온 나는 이젠 더 이상 부모님께 말씀드릴 자신도 없어 한 동안 출근 시간에 맞춰 집을 나섰다.

하루는 찜질방에서, 또 하루는 피시방에서 하루 종일을 보내고 퇴근 시간이 되면 집에 들어갔다. 매일 아침 집을 나서지만 갈 곳이 없는 기분은 집을 나가는 순간 오히려 세상이라는 감옥에 갇혀버리는 기분이었다. 그러다 예전 중국어 학원에서 친해져 계속 연락을 하고 지내온 친구 영민이에게 전화를 했다.

"영민아, 너 지금 혼자 산다고 했지?"

"응, 왜?"

"나 아침부터 퇴근 때까지만 너네 집에 가 있으면 안 되냐?"

"무슨 일이고? 니 출근 안 하나?"

"응. 나 또 회사 때려치웠는데 부모님한테 말을 못 하겠다. 그래서 지금도 출근한 척하고 나와 있어."

"고마 잘됐네. 내도 지금 회사 때려치우고 방구석에서 논다. 지금 온나."

영민이는 갈 곳 없는 나에게 마치 하늘에서 내려온 동아줄 같았다. 난 매일 아침 집을 나와 영민이 집으로 출근했다. 영민이는 대학을 졸업하고 중국 상하이에 있는 회사에서 일하다가 다시 귀국해 한참 부산에 있는 잡지사에서 일하고 있었다. 하지만 비전도 없고 낮은 급여에 비해 많은 업무량에 질려 퇴사를 한 상태였다.

영민이는 나와 처지가 비슷했다. 둘 다 소위 말하는 '지잡대(지방에 있는 잡다한 대학)'을 나왔고 특별한 스펙도 없었다. 같은 처지의 무일푼인 우리는 돈을 아끼기 위해 주로 라면과 편의점 삼각 김밥으로 끼니를 해결하며 '이제 뭐 해 먹고살까?' 라는 평생의 숙제를 어떻게 시작해야 하는지 몰라 계속되는 낙담과 암담한 현실에 좌절하고 있었다.

"니 인자 집에 얘기하고 집에 들어가라. 니 우째 계속 이래 지낼래? 부모님도 이해해주실 거야. 니도 내도 어떻게든 뭐든 해보자. 일단 집에는 말씀드리라.

내도 인자 금방 월세도 못 낼 거 같은 이 방 정리하고 집으로 들어갈란다."

나도 영민이도 그렇게 집 백수로 돌아갔다. 부모님은 내 사직 얘기에 마치 알고 있으셨던 분들처럼 아무런 동요도 없으셨다. 난 중국에 막 도착했을 때처럼 생각했다.

'지금 내가 이 상황에서 할 수 있는 것을 찾자.'

난 중국어 과외를 결심했다. 내가 잘하는 중국어를 가르쳐 보기로 마음먹었다. 곧바로 전단지를 만들고 차가 있던 영민이에게 부탁해 여기저기를 돌며 전단지를 뿌렸다. 그리고 동시에 내가 잘할 수 있는 글쓰기를 활용했다. 글쓰기 공모전에 내가 쓴 글들을 출품해 상금이나 상품을 노리는 것이었다. 그리고 인터넷 신문 기자와 시청 시민 기자로 뽑혀 기사 기고를 통해 수입을 만들었고 급기야 문예지 등단까지 시도했다.

중국어 과외는 입소문을 타고 학생들이 모였고 2개 중학교 방과 후 교사도 겸할 수 있었다. 수업이 빡빡해지면서 저녁은 밥 먹을 시간도 없이 수업을 해야 했다. 글쓰기 대회 입상은 크고 작은 대회를 합해 약 10개 정도 해냈고 수필 작품으로 문예지 등단도 해내면서 정식 등단 작가도 되었다. 이렇게 수입도 생기고 글쓰기 능력도 인정을 받다 보니 작가가 되어 글을 쓰고 살아보고 싶어 졌다. 중국어 과외와 글을 기고하면서 내 수입을 만들어내고 비교적 시간이 자유로워 글을 쓰기에도 좋은 환경이었다. 하지만 이 모든 것들이 계속 순조롭지 만은 않았다.

"선생님, 선생님은 왜 이런 일해요?"

내가 가르쳤던 학생 중 제일 어리면서 항상 내게 무례했던 초등학생 5학년 제자가 물었다.

"이런 일이 어떤 일인데?"

"지금 저 가르치는 일이요. 왜 선생님은 회사 안 다니고 과외 같은 걸해요?"

"과외가 어때서?"

"회사 못가서 저같은 애들 가르치는 거 아니에요?"

이 무례한 초딩 녀석은 초딩답지 않은 현실 펀치로 날 휘청거리게 만들더니 연타를 날리기 시작했다.

"선생님 HSK(중국어 능력시험) 몇 급이에요?"

"7급."

"선생님인데 7급 밖에 안 된다고요? 와…. 내 친구 선생님은 9급이라던데."

"HSK 급수가 높다고 해서 중국어를 더 잘하는 건 아냐."

"그래도 높은 게 좋잖아요."

"내가 9급 따려면 금방 따는데 시험 칠 시간도 없고 별 필요가 없어서 안 딴 거다."

난 이 고작 초등학생 5학년에게 발끈하며 심리적으로 말려가고 있었다.

"선생님, 나 같은 어린애들 가르치니까 편하죠? 그냥 이렇게 수업 안 하고 대충 말로 떼우고 시간만 보내면 되잖아요. 솔직히 저 같은 애가 돈 벌기 쉽잖아요?"

난 결국 이 쥐 톨 만한 녀석이 연속으로 뿜어내는 현실 펀치에 심리적 K.O를 당하며 이 녀석의 수업을 잘라내고 곧바로 HSK 고급 시험 대비 교재를 사 독학에 들어갔다. 그렇게 고급 시험을 공부한 지 1개월 만에 9급을 취득했고 그 버르장머리는 없지만 현실적인 초딩 녀석 덕분에 중국어 강사로서 더욱 당당해질 수 있었다. 비록 초딩이 준 충격이었지만 어떻게 생각하면 이것이 현실이 내게 들려주는 목소리라는 생각도 들었다.

"글 쓰는 건 잘 돼 가나?"

영민이가 나에게 전화했다.

"이제 시작이지 뭐. 책 한 권내는 게 소원인데 언제 될지는 모르겠네."

"우리 곧 서른이다. 우리 올해 취업 못하면 취업이랑 영영 안녕될 수도 있는데 괜찮나?"

"난 그냥 이렇게 살면서 작가로 가 보려고. 어차피 회사 생활은 나랑 안 맞잖아."

"니 그러다 나중에 후회할 수도 있데이. 내는 이번에 대기업 들어가 볼라고 원서 넣었다."

"원서 넣는다고 우리 같은 지잡대 출신이 대기업에 취업이 되겠냐?"

사실 영민이는 명문대 출신은 아니지만 이름 그대로 '영민'했다. 상식도 풍부했고 사회나 경제에 대한 지식도 또래들에 비해 높은 편이었다. 그리고 중국 상하이 해외 근무 경험과 국내 근무 경험도 갖춰져 있었다.

"내 원서 통과됐다!!! 면접 보러 오란다!!!"

어느 날 영민이는 서류 전형 합격의 희소식을 내게 알렸다. 난 한편으로는 영민이를 축하했고 또 한편으로는 이게 가능한 일인가? 라는 의문을 품었다. 그리고 난 서류는 어떻게 운 좋게 통과했지만 최종 합격은 어려울 거라는 생각이 지배적이었다. 하지만 영민이는 예상을 뒤엎고 3차 면접까지 통과하며 편의점의 빅 브랜드였던 'By the way'(향후 더 큰 대기업 편의점 S브랜드에 인수됨.) 점포개발 담당으로 당당히 입사하는 기적을 이뤄냈다.

"내 지금 해운대 건널목 편의점에서 실습하는데 니 함 놀러 온나."

영민이의 목소리는 활기찼고 뭔가 자신감이 있어 보였다. 난 편의점 조끼를 입고 일하는 영민이를 놀려줄 겸 녀석이 일하는 매장을 찾았다.

"이런… 이런… 이런… 이게 누구야? 대기업 사원인지 아르바이트생인지 구분이 안 가는데?"

난 영민이에게 장난을 걸며 편의점으로 들어섰다.

"아, 왔나? 내 지금 이 편의점 조끼 입고 있어도 자랑스럽다. 하나도 안 쪽팔리고 너무 기분 좋다."

영민이가 한창 바쁠 시간이어서 한 10분 정도 얼굴을 보고 편의점을 나왔다. 편의점을 나와 길 건너편에서 바라본 계산중인 영민이의 모습이 마치 다른 세계의 사람같이 느껴졌다. 나는 해내지 못한다고 생각한 걸 해낸 영민이는 그날 나에게 다시 큰 자극과 격려가 되었다.

"영민이도 됐는데 나도 다시 해보자."

편의점 조끼를 명품 조끼보다 자랑스러워하던 영민이의 모습을 바라보며 혼자 중얼거렸다.

#개똥이 약에 쓰려면 없는 이유

내가 백수 생활을 하던 중에 읽은 책이 있는데 바로 위기철 작가의 '껌'이라는 단편 소설이 있다. 그 소설의 내용은 대략 이렇다. 한 사람이 매일 산에 올라가 껌을 뱉는 연습을 하고 껌이 도달한 위치를 표시해둔다. 그 사람은 매일같이 껌을 뱉고 껌을 어떻게 하면 더 멀리 뱉을 수 있을지 스스로 연구한다. 입 안에서 껌을 총알 모양으로 만들어 뱉어 보기도 하고 몸동작을 바꿔 보기도 하면서 자신이 목표로 한 거리까지 껌을 뱉기 위해 매일 최선을 다한다. 그런 그를 보고 주변 사람들은 생각한다.

'왜 저런 쓸데없는 일에 매일 시간을 낭비할까?'

하지만 그는 그런 사람들의 시선을 아랑곳하지 않고 마침내 목표로 한 거리에 껌을 도달시킨다. 그리고 그가 마지막에 남긴 한 구절은 마치 그가 뱉은 껌이 내 머릿속에 찰싹 붙어있는 것처럼 지금도 떨어지지 않고 있다.

"주둥이를 한 번 비틀 때마다 만 원짜리 지폐가 한 장씩 나온다면 그들도 고개를 끄덕일지 모른다. 그러나 주둥이를 아무리 쥐어짜 봐야 나올 것은 침 밖에 없었다."

어느새 경제적 인간이 되어 버린 우리는 돈이 되지 않는 행위에 대해 그저 '쓸데없는' 일이라고 생각한다. 이 경제적 인간은 스스로를 경제라는 틀에 가둠으로 인해 점점 도전에 위축되고 시도를 망설이게 되었다. 뭔가 시도도 하기 전부터 '이게 돈이 될까?' 라는 전제 조건을 달기 시작하면서 모험을 기피하고 성공이 보장되어야 움직이게 된 것이다. 만약 껌을 멀리 뱉을수록 상금이 커지는 대회라도 있었다면 소설 속의 주인공이 껌을 뱉을 때 아마도 주인공 옆에서 껌을 뱉는 사람이 줄지어 서 있었을 것이라고 추측하는 것처럼 결국 돈을 벌 수 있는 일이 '쓸 데 있는' 일이 되어 버린 것이다.

난 이 소설 속 주인공이 내 머릿속에 붙여 둔 껌을 달고 다녔다. 난 이 끈적거리는 껌을 떼어내고 싶지 않았다. 왜냐하면 내가 이 주인공처럼 쓸데없이 돈이 안 되는 일들을 많이 해왔기 때문이다. 내가 작가가 되고 싶어 글을 쓰겠다고 했을 때도 주변 사람들은 작가로는 밥벌이를 할 수 없다며 나를 껌 뱉는 사람처럼 취급했고 내가 과외를 했던 초등학생도 나를 그런 시선으로 바라봤었다. 하지만 이렇게 내가 쓸데없이 뱉었던 껌들은 결국 결정적인 순간에 여기저기 찰싹 달라붙으며 아주 쓸 데 있는 경험이 되는데 그 첫 번째가 식음료 대기업 S그룹 면접 때였다.

난 영민이가 편의점 조끼를 입고 자랑스러워하던 모습이 잊히지 않았다. 그리고 초심으로 돌아가 생각했다. 내가 중국어를 공부하려고 마음먹었던 때, 중국에서 해냈던 것들 그리고 중국에서 목표로 했던 주재원. 내가 중국인처럼 말을 할 수 있을 거라는 확신도 없었고 이걸 공부해서 돈이 되리라는 보장이 없어도 해낼 수 있었던 언어. 그리고 언젠가 주재원이 되어 다시 중국으로 돌아가 보자고 마음먹었던 그때를 돌이키며 내 초심을 완벽하게 잃고 있었다는 생각에 반성하게 되었다. 또한 내가 체감을 못하고 있었을 뿐 중국어는 충분히 쓸데가 많이 생기면서 내게 스스로 생활을 유지할 수 있는 수입을 주기적으로 만들어주고 있었다.

난 다시 이력서를 넣기 시작했다. 내게 껌 같은 존재인 중국어를 더 멀리 뱉어 예상된 선을 훨씬 넘어서는 쓸 데 있는 껌으로 만들겠다는 결심을 했다. 때마침 대기업 하반기 공채 시즌이 도래하고 있었고 잡 사이트에서 식음료 S그룹 공채 모집을 보게 되었다. 그 전까지만 해도 S그룹이 뭐하는 회사인지 몰랐지만 모집 요강을 보니 내가 지금까지 자주 먹고 즐겨 찾았던 브랜드들이었다. 'P카페, D도너츠, B아이스크림' 등 국내에서 내로라하는 맛집은 전부 이 회사 소속이었던 것이다. 난 '철밥' 이 아닌 내가 좋아하는 제품들이라는 것이 가장 매력적이어서 서류 전형 자격을 살펴보았다.

'4년제 졸. 전공 무관(영업), 토익 800점 이상 또는 중국어 HSK 8급 이상'

내가 쓸데없다고 생각했지만 초등학생의 무시에 화가 나 취득한 지 얼마 안 된 HSK 9급은 이 회사에 원서를 쓸 수 있는 쓸 데 있는 자격증이 되어 있었다. 난 곧바로 입사 지원 시스템으로 접속해 이력서를 써 제출했다. 이력서는 썼지만 그 동안의 실패처럼 또 실패할거란 생각이 여전히 내 마음 깊숙이 퍼져 있어 이 지원 사실을 아무에게도 말하지 않았다. HSK 자격증은 7급 중급에서 9급 고급으로 훌쩍 높아져 있었지만 이거 하나로 내 경쟁력이 그렇게 크게 좋아져 있어 보이지는 않았다. 그래서 서류 전형 발표 날짜가 언제인지도 잊은 채 내 과외 수업과 글쓰기에 집중하며 지냈다.

'축하드립니다. 귀하는 서류 전형에 합격했습니다. 1차 면접은….'

문자를 받았다. 혹시 스팸이 아닌지 믿어지지 않아 그룹 홈페이지에 들어가 다시 확인했다. 분명한 서류 전형 합격이었다. 어쩌면 마지막 기회인 이 천금 같은 기회를 놓치면 안 됐다. 비록 서류 전형에 합격했지만 이제 더 어려운 면접의 시작이었기 때문에 난 여전히 가족들에게 함구했다. 그리고 영민이에게만 얘기했다. 영민이는 나와 비슷한 처지에서 대기업 면접을 겪고 이겨낸 친구였기에 그의 조언이 필요했다. 왠지 그의 조언대로 하면 나도 해낼 수 있을 것 같았다.

"뭐라꼬? 니 S그룹 서류 통과했다고? 와….대단하네! 근데 거기 면접 억수로 빡빡하다던데 할 수 있겠나?"

"그래서 네가 좀 도와줘. 나 이게 마지막 기회라고 생각한다. 합격한 네가 내 코치 좀 해줘."

"내가 냉정하게 봤을 때 거기서 너를 통과시킨 이유는 단 하나, 중국어다. 니는 무조건 중국 쪽 시장으로 준비해라. P빵집도 이미 중국 진출한 거 알제? 내 상하이 있을 때 난리도 아니었는데 니한테 내가 그 빵집 브랜드가 상하이에서 성공적으로 론칭할 수 있었던 스토리를 알려줄 테니까 만나서 얘기하자."

그는 정말 각종 브랜드들의 히스토리를 아주 잘 알고 있었다. 그는 나중에 어떤 브랜드라도 매장을 열고 싶다는 생각이 있어서 가맹 사업을 하는 브랜드에 대해 스스로 공부하고 있었다. 난 영민이의 조언을 듣고 면접을 철저히 준비했다. 모든 면접은 서울 본사에서 진행되었는데 나는 부모님께 서울 출판사 쪽에 다녀올 일이 있다는 식으로 대충 둘러대고 면접에 참가했다.

"왜 우리 회사에 지원했죠?"

이 질문이 첫 질문이었는데 난 영민이의 조언과 내가 공부한 이 회사의 중국 시장 진출을 축약해서 내 지원 이유를 면밀하게 설명했다. 누구나 대답하는 '제가 빵을 좋아해서요.' 라는 말은 절대 뱉지 않았고 오로지 'P브랜드+중국시장=성공' 이 공식 내에서만 대답했다. 그러자 면접관은 "우리 브랜드 중국 진출에 대해 아주 정확히 알고 계시네요."라는 말 한마디로 내 자신감을 높여주었다. 하지만 이것은 합격을 향한 가산점이 될 수 있어도 결정타는 되지 못했다. 그런데 마지막에 뜻하지 않은 결정타를 날리게 되었다.

"각 지원자 별로 마지막으로 하고 싶은 말 한마디씩 하시고 면접 마칠게요."

네 명이 한 조로 들어간 후보자들의 마지막 한 마디는 평범하기 그지없었다. 결론은 대부분 '뽑아주시면 열심히 하겠다.' 이거였을 뿐. 난 내 순서를 기다리며 이 마지막 한 마디를 결정타의 기회로 삼기 위해 열심히 내 껌들을 소환하기 시작했다. 그리고 내 순서가 되었다.

"저는 작가입니다. 그래서 다른 사람들보다 창의력이 좋습니다. 작가의 창의력과 상상력으로 중국 시장의 지속적인 성공을 만들 것입니다."

총 세 명의 면접관 중 마지막 한 마디를 권했던 여자 면접관은 날 똑바로 쳐다보며 물었다.

"작가라고요? 무슨 작가죠? 책을 썼나요?"

난 그 순간 결정타가 들어갔다고 생각했고 확실한 마무리를 짓기 위한 순발력을 가동했다.

"저는 등단한 수필 작가입니다. 제가 쓴 글 내용을 지금 말씀드리기에는 너무 길어질 거 같으니 명함을 주시면 작품을 보내드리겠습니다."

여자 면접관은 면접장에서 내게 명함을 선뜻 건네주며 말했다.

"꼭 보내주세요. 궁금하네요."

난 명함을 건네받는 순간 명함이 입사 통지서처럼 느껴질 만큼 전율이 흘렀다.

'세상에, 면접장에서 면접관이 자기 명함을 주다니!'

난 흥분하지 않을 수 없었다. 난 집에 가자마자 약속한 내 등단지를 면접관에게 보내 드렸고 기대하지도 않았던 문자까지 받았다.

'마지막까지 합격해서 꼭 같은 회사에서 일할 수 있을 바랄게요.'

난 이렇게 1차 면접을 통과하고 3차까지의 면접, 그리고 인적성, 미각 테스트까지 아무 문제없이 해내며 식품 대기업 S그룹 공채 사원이 되었다.

'쓸데없이 글이나 쓰고 과외 같은 거 하지 말고' 라는 말을 수도 없이 들었었다. 하지만 내가 썼던 쓸데없는 글의 이력은 대기업 면접에서의 기적을 만들어냈고 내가 했던 과외는 내가 HSK 9급을 취득할 수 있는 계기가 되었다. **개똥도 약에 쓰려면 없는 것이 아니라 똥을 안 싸려고 하기 때문에 약으로 쓸 똥조차도 없는 것이다.**

우리는 종종 지금 당장은 쓸데없는 일이라고 생각되던 것이 나중에 엄청난 결과를 가져오는 사례를 보곤 한다. 쓸데없이 기타나 매고 다니고 길거리에서 노래나 한다는 핀잔을 받던 버스커가 오디션 프로그램에 나와 일약 스타가 되는 사례도 그중의 하나다. **세상에 쓸데없는 경험은 없다. 다만 쓸데없다고 생각하는 경솔한 편견만 있을 뿐이다.**

4장. 좋은 선택은 없다

#슬기로운 신입 생활

2009년 12월. 20대의 마지막 해에 나는 드디어 대기업 공채 신입사원이 되었고 2주 간 회사 연수원에서 연수가 시작되었다. 부모님은 이런 내가 많이 자랑스러우셨는지 '우리 아들 대기업 입사해서 연수 들어간다.' 고 여기저기 자랑을 하셨다. 그 동안 내색은 애써 안 하셨지만 나만큼 마음고생을 많이 하셨다는 증빙일 것이다.

연수원에 모인 그룹 공채 동기는 약 110명 정도로 기억하는데 그 중에서 역시 내 나이는 많은 축에 꼽혔다. 나이도 나이였지만 그들은 스펙도 엄청나게 화려했다. SKY 대학 출신도 적지 않았고 외국 대학을 나온 사람도 있었다. 이런 상황에서 난 위축되기보다 오히려 더 당당해졌다. 명문대를 나온 그들과 같은 회사에서 같은 연봉을 받으면서 일을 할 수 있다는 것이 오히려 내게 자부심이 되었다. 내 스펙은 비록 비루 하나 그들의 스펙에 버금가는 주특기가 있었고 그 주특기를 그만큼 인정받았다는 것에 대한 내가 나 자신에게 주는 마음속 표창장 같은 것이었다.

2주간의 연수는 아주 재미있었다. 회사의 기본적인 요소들을 배우고 경쟁하면서 동기들과 친해지는 이 시간은 마치 대학교로 다시 돌아온 것 같았다. 이렇게 2주간의 연수를 마치고 우리는 모두 각자의 브랜드로 흩어져 실습에 들어갔다. 카페, 빵 브랜드답게 바리스타처럼 커피 제조도 배우고 샌드위치, 간단한 빵 제조 등을 직접 해보면서 평가를 받고 서울 본사로 가끔 출근해 선배들의 사내 강의를 들을 수 있었다. 연수 기간은 연수원 숙소가 제공됐지만 실습 기간은 그런 장소가 없어서 나처럼 지방에서 올라온 사람들은 실습 기간 동안 함께 생활할 수 있는 숙소를 마련해줬다. 우리 계열사는 나를 제외하고 5명의 부산 동기들이 더 있었다. 우리는 모두 서류 지원 시 부산 영업 팀으로 지원이 되어 있었고 모든 교육이 마치면 다 같이 부산으로 내려가 한 팀에서 일하게 될 동료들이었다. 우리 6명은 같은 지역이라 자연스레 더 많은 시간을 함께 보냈고 교육 후 다 같이 부산에서 일하게 될 그림을 그리며 신입사원의 꿈을 키웠다.

본사 실무진 강의와 기본 제조 실습을 마치고 우리는 1차 현장 실습에 투입됐다. 서울에 있는 직영점으로 배치되어 점장이 할당하는 제품을 팔아보라는 것이었다. S그룹의 이 모든 연수, 교육, 실습은 앞으로 배치될 부서와 무관하게 모든 이에게 똑같이 진행되었다. 연구직이든 마케팅직이든 관리직이든 구분 없이 모두 현장과 제품을 먼저 이해해야 한다는 의미였다. 특히 현장 영업은 리테일 회사를 다니는 직원이라면 부서를 막론하고 모두가 알아야 하는 회사의 기본이라는 회사 방향에 맞춰 꾸준히 진행되어 오던 것이었다. 나는 동기 한 명과 같이 강북 지역의 한 매장으로 배치되었다. 우리의 미션은 그 당시 소비자들의 입맛을 사로잡았던 치즈 케이크의 금일 할당 수량을 완판 하는 것이었다. 우리는 한 겨울이었지만 매장 입구에 서서 지나가는 사람들이 알 수 있도록 판촉 활동을 했다. 거의 하루 종일을 밖에 있으니 몸은 얼어붙었고 불특정 다수에게 이런 판촉 활동을 하는 것이 생소해 입도 잘 떨어지지 않았다. 하지만 내 앞의 케이크는 탑처럼 쌓여 있었고 영업을 지원한 나에겐 더더욱 해내야 하는 필수 미션이었다.

난 지금까지 해온 것들에 비하면 이런 미션은 쉽게 해내야 한다는 생각에 매장 창고에서 앰프와 마이크를 꺼내와 얼굴에 철판을 깔기 시작했다. 지나가는 행인들의 주위를 집중시키기 위해 음악을 틀고 직접 MC가 되어 사람들에게 재미있는 농담과 유행어를 구사하며 사람들이 케이크 가판대로 모이게 만들었다. 난 고등학교 때 내 꿈 중의 하나인 방송반 아나운서 경험을 살려 마이크를 잡았고 비슷한 경험을 가진 내게는 이것이 전혀 어색하지 않았다. 방송반에 들어갔을 때만 해도 '쓸데없는데 시간 낭비하지 말고 공부나 해라.' 라는 선생님들의 핀잔을 자주 들었지만 그 꿈은 지금 케이크를 팔아 매출을 올리는 원동력이 되어주고 있었다. 프로모션 가성비가 좋아서 사 주시는 고객을 비롯해 내 멘트가 재미있다며 사 주시는 고객, 추운데 고생한다며 사 주시는 고객 등 많은 고객들이 이런저런 이유로 구매를 해주시며 내 치즈 케이크 목표는 100%를 초과 달성했다.

서울 직영점 매장 실습까지 잘 마무리한 후 우리들은 모두 자신의 지방으로 돌아가 각 지역 영업팀에서 주관하는 실습을 거쳐야 하는 과정이 있었다. 우리 부산 동기 6명은 모두 부산으로 내려갔고 부산 영업팀으로 2주간 출근하게 되었다. 이번 실습은 그냥 매장 실습이 아니라 직영점과 가맹점을 돌아보면서 매장의 개선점 또는 아이디어를 떠올려 마지막 날 프레젠테이션을 진행해야 하는 것이었다. 1주일은 직영점에서 부점장 역할로 매장을 관리하며 개선점을 찾아야 했고 나머지 1주일은 영업팀 선배와 함께 가맹점을 순회하면서 가맹점의 매출을 향상하기 위한 아이디어를 도출해내야 했다.

이 회사는 영업팀으로 입사하면 제일 먼저 직영점의 점장을 시켰다. 공채 신입 사원을 매장의 점장부터 시키는 브랜드가 많지는 않다. 이 회사가 강조하는 기본은 매장과 현장이었다. 그래서 거의 모든 영업 사원이 매장의 점장이 되어 매장 관리부터 시작해 현장 경험이 쌓이면 가맹점 관리 슈퍼바이저로 발령이 나 업무를 변경하게 된다. 그렇기 때문에 매장 관리는 앞으로 내가 하게 될 일이었고 난 매장을 볼 때마다 고객의 편의와 매출의 증대를 위해 뭘 더 할 수 있을지에 대한 고민을 달고 살았다. 그 당시 내가 배정받은 직영점은 부산 남포점 매장이었는데 부산 번화가 중 한 곳인 남포동(부산 국제 영화제가 지금은 해운대로 중심을 옮겼지만 원래는 남포동에서 시작되었다고 하면 부산 지리를 모르는 분들의 이해에 도움이 될 것이다.) 거리 중심에 있어 임차료와 매출 둘 다 엄청나게 높은 매장이었다.

난 이 거대한 매장에서 매일같이 고민했다. 생전 고민해보지도 않은 것에 대한 고찰은 글을 써내는 창작보다 어려웠고 뭔가 찾은 것 같아서 점장 선배에게 얘기하면 이미 다 알고 있지만 현실적으로 실행하기 어려운 이유들로 인해 불가능한 것들이 대부분이었다. 그렇게 매장을 점검하고 고객들을 바라보며 프레젠테이션에 대한 스트레스가 쌓여가고 있는데 어떤 고객이 매장 매니저에게 화를 내고 있었다.

"안녕하세요? 여기 직원 분이시죠?"

"네, 고객님. 무슨 일이시죠?"

"제가 좀 전에 부산역에 도착해서 역 광장 건너편 매장에 갔어요. 기프티콘이 있는데 날짜가 오늘까지라서 꼭 사용해야 했거든요. 그런데 그 매장은 기프티콘으로 받을 수 있는 제품이 아예 안 들어온다고 남포동 매장으로 가라고 하는 거예요. 그래서 부랴부랴 부산역에서 남포동까지 찾아왔는데 방금 직원분이 이 매장에도 없다고 하네요. 아니, 부산역에 있는 직원은 자세히 알지도 못하면서 왜 저를 이렇게 헛고생시키는 거죠? 방금 서울에서 내려왔는데 이게 무슨 고생이에요?"

20대로 보이는 여성 고객은 화가 단단히 나있어 보였지만 꽤 침착하게 요모조모를 따지듯이 설명하고 있었다. 알고 보니 부산역 광장 맞은편 가맹점에서 직영점은 종류가 많다고 생각해 부산역에서 가장 가까운 직영점으로 안내를 해준 것이었는데 공교롭게도 이 매장에도 그 제품이 없었던 것이다. 내가 처음 겪는 고객의 불만이자 당장 해결해야 하는 문제였다. 매니저는 당황하는 기색이 역력했다. 하지만 내가 이 고객의 입장이라도 화가 날 것 같았다.

"고객님 정말 죄송합니다. 추운 날씨에 고생 많으셨겠어요. 그런데 정말 죄송하지만 지금 이 제품이 저희 매장에도 없는데 다른 매장을 알아봐 드릴까요?"

"이봐요. 저도 바쁜 사람이에요. 제가 이 제품 하나 때문에 또 다른 매장을 가라고요?"

"네, 제 생각이 짧았네요. 정말 죄송합니다. 정말 죄송합니다."

"됐어요! 안 먹고 말죠! 이럴 거면 왜 이런 기프티콘을 파는 건지 모르겠네요!"

그 여성 고객은 그렇게 매니저에게 언성을 높인 후 화가 난 채로 매장을 나가고 있었다. 난 순간 화가 난 채로 고객을 보내는 것은 하나의 고객을 잃는 것이란 생각이 들었다. 난 당장 뛰어가 그 고객을 멈춰 세우고 말을 건넸다.

"누구… 세요?"

그 여성 고객은 놀라는 눈빛으로 날 쳐다봤다.

"아, 안녕하세요? 방금 저희 매장에서 나가시는 거 보고 따라왔습니다. 저는 남포점 부점장입니다. 아까 매장에서 저희 매니저랑 말씀 나누시는 걸 들었어요. 제가 고객님이라도 정말 짜증 날 거 같더라고요. 그래서 제가 꼭 해결해 드리려고 합니다. 주소랑 연락처만 남겨주시면 제가 그 제품 찾아서 배송으로 보내 드릴게요."

무슨 빵 하나에 이렇게까지 할까라는 생각을 할 수도 있지만 고객이 원하는 제품에는 경중이 없다. 고가의 전자제품은 반드시 구해줘야 하고 저가의 디저트는 없으면 못 먹을 수도 있다는 안일한 생각은 고객으로 하여금 브랜드의 가치를 깎아내리게 만든다. 서울에서 온 이 여성 고객은 그제야 화가 좀 누그러졌는지 내게 명함을 건네주고 지하철역으로 향했다.

난 다음 날 각 직영점에서 실습을 하고 있는 동기들에게 해당 제품의 유무를 알아봤다. 제품은 서울 직영점 중 한 곳에 있었고 그땐 실습생이라 고객 서비스를 위해 제공해야 하는 제품의 처리 프로세스를 알 수가 없어서 자비로 제품을 구입했고 배송료 역시 내가 부담을 했다. 제품을 받은 고객은 내게 문자로 진심이 담긴 감사를 표했고 난 내 노력이 고객 감동으로 이어졌다는 사실에 보람을 느낄 수 있었다. 나아가 그 고객은 회사 홈페이지에 날 칭찬하는 글까지 올려주어서 신입 사원 교육 수료식 때 전 동기들에게 좋은 고객 서비스 사례로 소개되며 박수를 받았다.

하지만 실습 기간을 보내면서 직영점과 가맹점을 아무리 돌아보아도 회사의 철저한 관리와 점주들의 노력으로 워낙 매장이 잘 되어 있어서 개선의 아이디어가 전혀 떠오르지 않았다. 그렇게 프레젠테이션의 압박에 점점 짓눌려가고 있을 때 어느 한 가맹점을 가게 되었다. 이 가맹점은 마치 내가 치즈 케이크를 완판 시켰던 서울 강북 지역의 직영점과 매우 닮아 있었다. 강북 직영점과 거의 완벽한 오마주였던 이 매장은 내가 강북 직영점에서 실습하며 느꼈던 아쉬운 점도 똑같이 가지고 있었다. 바로 매장 외부의 도로 상황이었다. 강북 매장 입구에 가판대를 깔고 '케이크 사세요!'를 하루 종일 외치던 나는 매장 앞 네거리를 마주 보고 있을 수밖에 없었는데 그 네거리를 보면서 생각했었다.

'대각선 횡단보도 좀 만들어주지….'

이 매장은 네거리 모퉁이에 자리 잡고 있었고 길 건너편에 경쟁점도 마주 보고 있었다. 경쟁점 쪽에 있는 사람들이 이 매장으로 오려면 대각선 횡단보도가 없어 신호등을 두 번이나 건너야 하는 불편함이 있었다. 이 상황을 지금 또 마주하게 되면서 급기야 이런 생각이 들었다.

'대각선 횡단보도만 그어주면 훨씬 편해지는 거잖아? 그게 그렇게 어렵나?'

매장 내부에서는 찾을 수 없던 개선점을 매장 외부에서 찾은 것이다. 나는 곧바로 관할 경찰서에 문의 민원을 넣었다. 왜 이 네거리는 대각선 횡단보도가 없는지 그리고 대각선 횡단보도를 깔아줬으면 좋겠다는 내용을 민원 신청으로 올렸다. 그리고 난 이 내용으로 프레젠테이션에 나섰다.

프레젠테이션의 결과는 내 예상을 훨씬 뛰어넘을 정도로 반응이 좋았다. 5명의 다른 동기들이 모두 매장 내부의 문제, 예를 들면 매대의 위치 변경이나 좌석 변경과 같은 주제로 개선 아이디어를 내놓은 반면 나 혼자만 매장 외부 환경 개선을 주제로 삼은 것이 영업 팀장을 비롯한 선배들에게 신선하게 다가온 모양이었다. 게다가 이것을 개선하기 위해 관할 경찰서에 민원을 넣었다는 말에 영업팀장은 달달한 디저트를 한 입 먹고 난 사람처럼 미소를 띠며 말했다.

"이런 도로 개선에 대한 생각은 아무도 안 해봤는데 민원까지 넣고 대단하네요. 그 민원 결과 나오면 저한테 반드시 알려주세요."

민원에 대한 회답은 그 도로의 교통량과 유동량이 대각선 횡단보도까지 깔 수 있는 기준에 부적합하여 안 된다는 내용이었지만 이들은 나의 색다른 생각과 시각에 이미 만족하고 있었다. 부산 실습이 끝나고 회식 자리에서 영업 팀장이 날 따로 불렀다. 풍채가 좋은 영업 팀장은 쓰고 있던 안경을 고쳐 쓰며 진지한 표정으로 내게 말했다.

"니는 반드시 부산으로 와야 한다. 내가 듣기로 니 서울에 남으려고 한다던데 진짜가?"

난 영업 팀장의 날카로운 질문에 당황하지 않을 수 없었다.

"아… 예…. 저… 그게…. 제가 서울 생활은 한번 해보고 싶긴 한데 제가 남을 수 있을지는 모르겠습니다."

"인마, 니 서울에 살면 집도 구해야 하는데 그 보증금에 집세는 어짤라고? 그라고 서울에 있어봐야 별거 없어. 그냥 원래대로 고향에 딱 내려와가 집에서 출퇴근하고 돈도 빨리 모으고 그래야지."

"하긴…. 저도 서울 집세는 무섭더라고요. 그리고 제가 서울에 남고 싶다고 남을 수 있는 건 아니잖아요."

"무슨 소리고? 니 의지가 제일 중요한기다. 니 혹시나 교육 다 마치고 본사에서 인사팀 면담할 때 혹시라도 인사팀에서 서울 남을 생각 있냐고 하면 무조건 부산 간다 해라! 알았제?"

영업팀장은 날 따로 불러서 몇 번이나 부산으로 와야 한다고 얘기했다. 난 고객 칭찬 글부터 이번 프레젠테이션 내용까지 더해지며 신입들 중 조금은 주목을 받기 시작하고 있었다. 하지만 난 이미 실습 기간 동안 서울을 겪으면서 서울에 남을 수 있으면 남아야 하겠다는 생각이 스멀스멀 피어나고 있었다. 막상 와서 생활해 본 서울은 아주 역동적이었고 배울 수 있는 것들이 많았다.

특히 서울 본사는 선택권이 많다는 것이 가장 큰 장점이었다. 지방은 오직 영업 팀에서 영업만 할 수 있지만 서울은 마케팅 팀, 홍보 팀, 전략 팀 등 다양한 비전이 있었고 무엇보다 내 심연의 목표인 주재원으로 갈 수 있는 초입 부서 해외 사업 본부가 있다는 것이 결정적이었다.

#전략적 어필

"행님 진짜 서울로 가는 거예요?"

부산 동기 중 나이가 나보다 어린 동생이 숙소를 나서며 내게 물었다. 부산 동기들 중 내가 제일 연장자인 관계로 모두의 형이고 오빠였다.

"사실 그런 생각이 좀 들어. 너희들도 잘 생각해봐. 서울에 기회도 더 많고…. 실습하면서 못 느꼈어? 회사에서도 지방은 크게 신경도 안 쓰는 거 같더라. 그리고 나중에 내가 지방으로 돌아가는 건 쉬운데 지방에서 서울로 올라오는 건 엄청 어려울 거 같아. 지방은 다 영업팀뿐이라서 다른 걸 못 배울 거 같기도 해. 너희는 다 부산으로 갈 거야?"

"서울에 살면 집세가 엄청 나가잖아요. 전 고마 그 돈 아껴서 내 집 장만 빨리하고 장가도 가고 할라 안 합니까."

지방에서 자라 지방에서만 생활해 온 동기들의 생각은 대동소이했다. 결국 서울은 집세로 뜯기는 돈이 많아 돈을 빨리 모으지 못한다는 관념이 상당히 강했다. 나도 예전에는 이런 관념이 있었기에 이해하지 못하는 건 아니었다. 나도 그냥 집에서 다니면서 월급 저축 많이 하자라는 생각으로 부산을 떠난다는 생각을 굳이 하지 않았다. 하지만 실습을 거치면서 내가 겪은 본사와 지사의 격차는 작지 않았고 왠지 지방으로 가는 순간 나라는 존재가 잊힐 것만 같았다. 그리고 해외 주재원의 기회는 영영 없을 거라는 걱정이 가장 크게 밀려왔다. 이번에도 아버지는 서울에 남을 수 있으면 남으라는 조언을 해주셨다. 그리고 모든 실습이 끝나고 인사팀 면담 날이 다가왔다.

"원래는 부산 영업 팀으로 지원하셨는데…. 어디 다른 팀으로 가고 싶으세요?"

인사 팀장이 물었다.

"서울 직영 영업 본부에서 일하고 싶습니다."

이 대답 한 마디에 결국 난 서울 직영 영업 본부로 발령이 났다.

"행님 결국 우리만 부산으로 가네요. 그래도 우리 자주 연락하고 만나요."

내 부산 동기들은 날 걱정스러운 눈빛으로 바라보며 말했다. 그런데 재미있는 사실은 나를 제외한 나머지 부산 동기 5명 중 여자 동기가 한 명 있었는데 그녀도 나중에 생각이 바뀌어 서울 직영 본부로 가고 싶다고 얘기를 했고 다른 몇몇의 다른 지방 동기들도 서울로 방향을 틀고 싶어 했으나 나만 내가 가고 싶은 팀으로 가게 되었던 것이다. 내 부산 여자 동기는 얼마나 서울에 있고 싶었는지 서울에 남을 수 있는 팀으로 맞춰서 발령을 내달라고 해서 원래 원하던 브랜드가 아닌 다른 계열사로 발령이 났다. 결과적으로 동기들 중에서 나만 내가 원하는 팀과 지역으로 방향을 바꿀 수 있었던 것이다.

역시 예상대로 서울의 집세는 정말 살인적이었다. 보증금이 일단 천만 원 단위부터 시작이었고 월세가 30만 원이 넘어도 10평도 채 안 되는 작은 방이 대부분이었다. 무엇보다 집을 구할 때 가장 난감한 것이 내가 어느 동네 매장 점장으로 발령이 날지 몰라 쉽사리 거주 지역을 정할 수 없는 것이었다. 난 그냥 예산에 맞춰서 그나마 저렴한 가격에 교통이 괜찮아 보이는 건국대 근처에 6평 남짓 하는 원룸으로 들어갔다. 그리고 초반은 부점장으로 발령이 나서 점장 선배 밑에서 일을 배우다가 매장을 하나 맡아 점장이 돼서 독립해 나가는 것이 이 조직의 순서였는데 내 첫 부점장 생활은 강남 코엑스 매장에서 시작되었다. 직영점은 각 지역의 주요 지점에 자리 잡고 있었고 그 중에서도 비중이 큰 매장들은 점장들 중 에이스라 불리는 선배들이 맡고 있었다. 코엑스점도 에이스 매장 중 하나였다. 내가 하는 일은 일반 아르바이트와 크게 다를 게 없었다. 계산대에서 계산하기, 빵 포장하기, 청소하기, 테이블 정리 등 일손이 필요하면 도와야 했다. 난 이 모든 것이 즐거웠다. 아마도 영민이가 편의점 조끼를 입고 일을 해도 즐거워했던 그 기분과 같지 않았을까.

'보내준 책 잘 받았어! 적응 잘하고 있지? 넌 영업에 있다가 나중에 꼭 마케팅으로 와야 해.'

면접장에서 나에게 명함을 건네줬던 마케팅 실장은 이렇게 간간히 연락도 하고 서로 책을 나누는 사이가 됐다. 그녀는 나에게 마케팅에 관련된 지식을 쌓을 수 있는 책을, 나는 내가 좋아하는 에세이 책을 서로에게 선물했고 이렇게 가끔 문자로 안부도 물었다. 사실 그녀는 사내에서 '마녀'라고 사람들에게 불릴 정도로 엄격하면서도 일은 완벽했는데 나에게는 '책으로 교감하는 특별한 선배'였다. 난 출퇴근길에 그녀가 보내 준 책을 틈틈이 읽었고 그런 책들을 읽으면서 현장을 접하니 공감되는 부분들도 많았다.

코엑스 점에서의 근무는 비록 육체적인 피로는 있었지만 현장에서 가장 밑바닥 일부터 배워가는 생동감이 있었다. 점장이 되려면 제품 포장, 계산, 위생 이런 것들은 기본이었고 갑자기 인력 부족이 발생했을 때 점장이 그 공백을 대신할 수 있는 준비가 돼 있어야 하기 때문에 모든 기초부터 배울 수 있었다.

"점심이나 같이 묵자."

점장들 중 가장 높은 대리 직급인 코엑스 점 점장이 날 불렀다.

"니도 부산이라데? 근데 와 니는 사투리를 안 쓰노?"

"태어나긴 부산에서 태어났는데 어릴 때 충청도 쪽에서 자라기도 해서 표준어가 더 편해요."

"아, 그렇나? 니는 나중에 어디 매장 맡아서 해보고 싶노?"

"전 사실 서울에서 생활하는 거도 처음이고 해서 잘 몰라요. 그냥 지금은 집이 건대 쪽이라 그쪽이랑 가까웠으면 좋겠습니다."

"그래, 맞다. 집이랑 가까운 게 최고다."

"그런데 대리님 질문 하나 드려도 됩니까?"

"그래, 그래 물어봐라."

"대리 직급이시면 이제 3년 넘게 일 하신 거잖아요? 그런데 왜 다른 팀으로 안 가시고 계속 점장으로 남아 계세요? 제가 듣기로는 대리 직전이나 대리까지 승진하면 가맹 영업팀 슈퍼바이저나 마케팅 팀 같은 다른 부서로 갈 수 있다고 들었거든요."

"그래, 네 말이 맞다. 그래서 내 아직 매장에 있는 거다."

"네??"

"내가 가고 싶은 팀이 아직 안 생기고 있어가 내 아직 개기고 있는 기다. 내 니같은 공채 아이다. 내 경력직으로 이직한 거다."

"그래요? 대리님이 가시고 싶은 팀이 어느 팀인데 팀이 안 생겨요?"

"내 이 회사에서 베트남 주재원 보내준다고 해서 여기 온 거다. 내가 전에 베트남에서 일도 하고 좀 살았거든. 그래서 이 회사가 베트남 진출한다고 베트남어 되는 사람이 필요했었어. 니도 알겠지만 베트남어 할 줄 아는 사람 별로 안 많다. 그래서 회사도 필요하고 내도 베트남 다시 가고 싶고 서로 뜻이 맞아가 여기로 넘어왔는데 간다 간다 말은 들리는데 계속 무소식이네."

예상치도 못하게 이 선배는 나와 같은 목표가 있었다. 난 주재원에 관한 더 많은 얘기를 듣고 싶었다.

"와…. 대리님 대단하시네요. 베트남어 엄청 어려워 보이던데…."

"아이다. 니도 거기 살면서 먹고 살라고 하다 보면 다 한다. 근데 와? 니는 나중에 어디 가고 싶은 팀 있나?"

"전 사실 중국어 공부했었거든요. 그래서 나중에 중국 주재원 해보고 싶어요."

"중국? 니 중국어 할 줄 알면 거기는 가능성 있지. 거기는 조직도 크고 사람 많이 보내거든. 니 바로 해외로 나가려면 점장 하다가 어지간하면 다른 팀 가지 마라. 다른 팀 가면 그 팀에서 안 놔주거든. 내처럼 최대한 점장으로 버티라."

선배를 통해 매우 유익한 정보를 얻었다. 실무를 하고 있는 사람으로부터 나온 중국 주재원으로 갈 수 있는 가능성이 있다는 이 한 마디는 막연했던 내게 조금은 더 선명한 밑그림을 보여주었다. 그리고 무엇보다 나와 같은 목표가 있다는 사람이 나와 가까이에 있다는 것이 내 목표에 대한 거리감도 좁혀주었다.

"부점장님! 부점장님!"

"네! 매니저님 무슨 일이에요?"

오전 오픈 조 출근 날이라 매장에 도착하자마자 매장 이곳저곳을 정리하는데 매니저가 날 황급히 찾았다.

"부점장님 영어 잘하시죠?"

"아니, 뭐…. 잘 하진 않고…."

"에이, 그래도 저보다는 낫잖아요. 저기 외국인 가족 분들인데 말이 지금 아무도 말이 안 통해서 그래요. 부점장님이 어떻게 좀 해주세요."

매니저가 가리키는 쪽을 보니 서양인은 아니었다. 젊은 동양인 부부와 유치원에 다닐 정도의 딸아이가 있는 3인 가족이었는데 아내와 딸아이는 테이블에 앉아있고 남편이 매장 직원들과 어렵사리 소통을 하고 있었다.

"혹시 중국어 할 줄 아세요?"

외국인이지만 동양인으로 보여서 내가 먼저 남편으로 보이는 남자에게 물었다.

“네! 물론이죠! 가능합니다! 중국어 할 줄 아세요? 정말 잘 됐네요!”

남자는 엄청 반가워하며 중국어로 대화를 시작했고 난 그들의 주문과 질문을 해결해줬다. 그들은 싱가포르에서 여행으로 온 한 가족이었는데 나는 싱가포르인이 중국어를 한다는 사실을 이때 처음 알았다.

“와…. 부점장님 대박! 완전 멋있어! 부점장님 중국어도 할 줄 아세요?”

매니저와 직원들이 엄지를 치켜세우며 놀라워했다.

“아, 사실 중국에서 잠깐 공부했었어요.”

내게 상당히 흐뭇하고 보람찬 일이었다. 마치 오랫동안 숨겨둔 내공을 펼쳐 마을 사람들을 놀라게 하는 무림의 고수가 된 듯 우쭐했다.

그 후로 그 가족은 여행을 마치는 날까지 거의 매일 아침에 매장에 와서 브런치 식사를 했다. 내가 나중에 싱가포르 주재원으로 일하면서 알았는데 싱가포르 인들은 아침 식사로 빵이나 샌드위치 종류를 선호하고 특히 브런치 메뉴는 대다수의 싱가포르 인들이 사랑하는 먹거리였다.

“팀장님, 안녕하십니까!”

아침 일찍부터 내 직속상관인 직영 영업 팀장이 매장을 방문했다.

“아, 지나가는 길에 매장 잠깐 보려고 들렀어. 나 신경 쓰지 말고 가서 일 해. 괜찮아.”

신입사원 앞에 팀장이 와 있는데 어떻게 신경이 안 쓰이겠는가. 난 혹시나 매장이 더러운 건 아닌지 진열이나 집기 배치가 흐트러지지는 않았는지 살펴보았다. 그리고 때마침 그 싱가포르 여행객 가족들도 와 있었다. 난 순간 이번 기회에 팀장에게 내가 중국어를 할 줄 안다는 것을 어필해 놔야겠다는 생각이 번쩍 들었다. 그래야 나중에 중국 주재원이 필요하다는 얘기가 나오면 내가 생각날 것이고 날 추천해 줄 가능성도 있지 않을까라는 내 나름대로의 전략이었다. 난 내가 코엑스 점 마을 사람들에게 보였던 내공을 다시 펼쳤다.

"이렇게 매일 아침마다 저희 매장에 찾아주셔서 감사해요. 여행은 언제 끝나요?"

"당신이 있어서 말이 통하니까 여기가 편해요. 제가 더 고맙죠. 저희는 오늘이 마지막 날이에요"

"그래요? 내일 돌아가신다고 하니까 아쉽네요. 맛있게 드시고 다음에 한국 또 찾아주세요."

난 이런 짧은 안부를 묻고 내일 오지 못한다는 말에 미리 작별 인사도 나눴다. 그리고 내 전략이 정말 먹혔는지 팀장 다가왔다.

"자네 방금 저분들이랑 무슨 얘기했어?"

"아, 저분들 싱가포르에서 한국 여행 온 가족인데 저희 매장에서 3일 내내 아침 식사를 하셨거든요. 그래서 자주 와줘서 고맙다, 매장 음식은 맛있냐 이런 얘기 했습니다."

"저분들이랑 얘기한 게 중국어인가?"

"네, 제가 중국에서 공부한 적이 있어서 중국어를 할 줄 압니다."

팀장은 뒷짐을 진 채 내 얘기를 진지하게 듣더니 고개를 끄덕거리며 매장을 빠져나갔다.

나의 이 1분도 채 안 되는 싱가포르인 가족과의 대화는 향후 날 싱가포르에서 7년 동안 머물게 만든다. 결과적으로 내 전략적 어필은 통했다고 봐야 하는데 난 지금 돌이켜 생각해도 정말 탁월한 시도였다고 생각한다. 비록 내 이력서에는 중국어 HSK 9급이 적혀있고 자기소개서에 중국 경험에 대한 얘기가 빼곡히 남겨져 있지만 입사를 하고 팀으로 배치 받는 순간 그 이력서는 인사팀 데이터베이스 중 하나일 뿐 난 그저 갓 들어온 애송이 신입 사원일 뿐이다. 그렇기 때문에 내가 날 알리지 않으면 아무도 알아주지 않는다. 회사가 정해놓은 기준에 맞춰 같은 날 입사를 했고 같은 연수와 교육을 받고 들어온 신입 사원들이 생김새는 모두 다르지만 관리자들 눈에는 다 같아 보일 것이다. 좀 더 과장해서 얘기하면 관리자들의 눈에는 신입 사원의 머리 위에 게임 속 캐릭터들처럼 아직 투명하게 비워져 있는 능력치 게이지가 달려있고 업무에서 성과를 내거나 사회생활에 노력하는 모습을 보일 때마다 레벨 수치가 채워지며 흔히 말하는 '키워야 할 사람'으로 가려지는 것이 아닌가 싶다. 그래서 내가 가진 특기와 장기가 있다면 반드시 발휘하는 적극성과 용기를 가지라고 말하고 싶다. 꼭 업무 능력이 아니라도 좋다. 내 쓸데없는 껌 중의 하나였다고 언급했던 고등학교 방송부 아나운서 경험은 내가 회사 워크숍이나 야유회 때 행사의 진행을 맡으며 경험이 되살아나 동료들을 즐겁게 해 주었고 사내 점심 방송 DJ로도 뽑혀 반전 재능을 보여주어 사내 인지도를 높일 수 있었다.

다시 강조하자면 쓸데없는 경험은 없다. 쓰지 않는 경험만 있을 뿐이다. 그러니 당신의 그 경험을 어떻게, 어디에 쓸지는 당신의 전략에 달려있다.

#내가 지방 출신이라서?

코엑스 점에서 약 1개월의 부점장 근무를 마치고 동부 이촌 점 부점장으로 이동이 됐다. 코엑스 점에서는 내 공채 동기 한 명과 같이 근무를 하다가 이제 혼자 한 매장으로 이동해 점장이 해야 할 사무 업무와 매장 경영에 대해 배우기 시작했다. 이촌 매장은 그 당시 직영점 중 매장 사이즈도 가장 클 뿐만 아니라 인테리어도 새로운 디자인으로 설계된 매장이라 다른 매장과 분위기 자체가 완전히 달랐다.

때마침 봄이 찾아와 이촌 지하철역에서 매장으로 걸어가는 이촌동 길은 너무나 아름다웠다. 이촌점 근무부터는 점장의 출근 시간에 맞춰 나와 실무를 배워야 했기에 항상 오후 1시 출근(점장은 매장 마감을 해야 해서 오후 1시~매장 마감 까지가 근무 시간이었다.)이었는데 이 시간 뿌려지는 봄볕 아래의 이촌동 길의 포근함은 여전히 잊히지 않는다.

이처럼 중요 매장을 맡은 점장은 유능하고 위트가 넘치는 아주 유쾌한 사람이었다. 회사를 빨리 들어와 나보다 선배였지만 나와 동갑이었던 그는 비록 선배지만 내게 항상 존댓말로 얘기하며 나름대로의 대우를 해주었다.

"전에 코엑스에 있었죠? 거기도 좋은 매장인데 우리 매장으로 온 거 보면 나중에 점장 발령 때 중요한 매장 갈 수도 있겠는데요? 아, 그리고 우리 매장이 특히 좋은 이유 중 하나가 이 동네 연예인도 많이 살아서 여기 있으면 연예인도 자주 봐요."

그가 매장 구석구석을 알려주고 아이스 아메리카노를 가져오며 내게 건네주며 말했다. 정말 그를 비롯해 내 동기들도 모두 나에게 좋은 매장에서만 부점장으로 근무하는 이유가 실습 때 잘해서 그런 거 같다며 나중에 강남 중심에 있는 매장 또는 대형 매장 점장이 될 게 분명하다고 했다. 사람들의 이런 얘기가 날 기대하게 만들었고 내심 출근길을 걸으면서 이 길로 계속 출근할 수 있었으면 좋겠다는 생각도 들었다.

이촌 점에서는 정말 완전히 다른 것들을 배웠다. 생전 처음 듣는 매장 손익, 로스율 관리, 생산 예측 등을 배우며 매장이 하나의 회사이고 점장은 그 회사를 경영해 나가는 사장과 같은 존재와 같다는 것을 느꼈다. 아주 흥미로웠다. 엄밀히 말해 진짜 내 매장은 아니지만 한 매장의 대표가 되어 조직을 관리해 볼 수 있다는 사실이 너무 신선했고 이 회사가 아니면 이런 경험을 할 기회가 많지 않을 것 같았다.

"점장님, 저기 저 사람 연예인 맞죠?"

"후훗, 내가 말했잖아요. 여기 연예인 엄청 온다고. 난 너무 자주 봐서 이제 아무렇지도 않아요. 저 사람보다 유명한 사람도 앞으로 볼 거예요. 이촌동에 연예인 엄청 많이 살아요."

"전 서울에 살아본 적이 없어서 연예인을 거의 본 적이 없는데 역시 서울은 서울이네요."

이 회사를 입사한 후로는 하루하루가 새로웠고 내가 이런 곳에서 일할 수 있다는 게 뿌듯하고 자랑스러웠다. 그리고 가장 나의 매일 매일을 설레게 한 것은 앞으로 내가 점장이 된다면 어떻게 할까라는 상상이 그려주는 점장이 된 내 모습이었다.

"부점장님, 점장이 되면 제일 좋은 게 뭔지 알아요?"

"음…. 내가 매장을 운영해 보는 경험을 해보는 게 아닐까요?"

"크크크…. 바로 갓 구운 빵을 매일 먹을 수 있다는 거예요. 난 점장 된 후로 식은 빵은 손도 안대요. 근데 이거도 계속 먹으면 질려…. 크큭! 그리고 내가 매장에서 대장이니까 자유가 많아요."

점장은 익살스러운 표정으로 웃으며 말했다.

사실이었다. 빵이 나오면 품질을 체크하는 가장 정확한 방법은 미리 맛을 보는 것이었다. 난 점장을 하면서 평생 먹을 빵은 다 먹어본 것 같다. 어디 빵뿐이랴? 케이크, 디저트, 커피, 음료…. 세상의 모든 단맛은 점장이 맛볼 수 있었다. 그리고 모든 직영점 매장에는 건장한 성인 남자 2명이 들어가 앉으면 꽉 찰 정도의 크기로 만들어진 사무 공간이 있는데 대부분의 시간을 그 안에서 혼자 보냈다. 그리고 과장님도 팀장님도 없는 매장은 점장이 눈치를 볼 사람도 없었다. 신입사원에게 눈치 볼 사람이 없이 일 할 수 있다는 것은 신의 직장의 개념에 가까웠고 난 이런 점장의 매력에 점점 매료되어 하루라도 빨리 점장 발령이 나길 바랐다.

"부점장님, 이번 주에 점장 발령 뜬다고 했죠? 와…. 완전 기대되겠다. 솔직히 어디로 가고 싶어요?"

"이곳처럼 주변 환경도 좋고 좀 재미있는 매장이었으면 좋겠어요."

"재미있는 매장 많죠. 사실 여긴 워낙 동네가 조용하고 정적이라 재미는 없는데 저기 대학로점이나 강남, 홍대 이런데 가면 엄청 재미있을 거예요. 그리고 그런 동네는 퇴근하고 친구들 만나서 한 잔 하기도 딱 좋아요."

상상만 해도 좋았다. 달콤한 빵 냄새와 그윽한 커피 향이 넘실거리는 내 매장에서 자유롭게 일하고 퇴근 후 보고 싶은 사람들과 만나 치맥을 즐기는 생활! 그런데 이 상상은 발령과 함께 깡그리 무너져 내렸다.

[근무지: 수원역 점]

"와…. 이거 뭐지? 수원? 부점장님 지금 집이 건대라고 했죠? 수원까지 지하철로 1시간 반 정도 걸리는데…. 그리고 마감하고 퇴근하면 지하철도 없는데 건대까지 어떻게 오라고…."

점장은 발령 공고 메일을 보면서 어이없다는 듯이 중얼거렸고 난 나라 잃은 표정으로 노트북 화면을 멍하게 바라볼 수밖에 없었다. 내 다른 동기들은 모두 서울 내 매장으로 발령이 났고 나만 수원이라는 외딴섬으로 보내져 버리는 기분이었다.

'나만 지방대를 나오고 게다가 지방 출신이라서 그런가? 내 실습 평가가 나쁘지 않았는데 왜???'

오만 가지 의문과 의심이 내 머릿속을 휘저었다. 수원은 거리도 멀었지만 직영점 중 유일하게 카페가 없는 옛날 버전 인테리어 매장으로 좌석도 없는 매우 작은 사이즈의 매장이었다. 게다가 동기들 사이에서도 '수원만 안 가면 되지.' '너 일 못하면 수원 간다.' 라고 장난 식으로 입에 오르내리는 기피대상 1순위 매장이었다.

"부점장님, 수원이 멀지만 멀어서 좋은 점도 있어요. 팀장님이나 과장님이 한 달에 한 번도 잘 안 오시고요. 매장 이익도 다른 직영점보다 높아서 실적 압박도 거의 없어요."

점장은 날 위로해주려고 수원역 점의 장점을 애써 찾아서 얘기해줬지만 난 여전히 억울했고 내가 왜 그곳으로 발령이 났는지 이유도 알 길이 없어 더 답답하기만 했다. 그리고 이렇게 될 걸 왜 내가 굳이 부산에 돌아가지 않고 서울에 남았는지 한스러웠다. 원치 않은 결과가 만든 나쁜 선택에 대한 후회가 밀려왔다. 하지만 어쩌겠는가. 난 일개 신입사원일 뿐이고 회사의 결정대로 움직여야 하는 이 회사의 직원인 것을.

생전 가보지도 않은 수원을 이제 매일 가야 했다. 건대 입구 역에서 지하철을 타고 가면 수원역까지 대체 얼마나 걸리는지 감도 제대로 오지 않았다. 난 혹시라도 늦을까 봐 출근 시간 2시간 전에 출발했다. 출발한 지 1시간 반 만에 매장에 도착했다. 매장 앞에서 매장을 바라보는데 정말 초라했다. 내가 있었던 코엑스 점, 이촌 점과는 180도 다른 20평 남짓 크기에 간판과 내부 인테리어는 리뉴얼 공사도 없이 구 버전 그대로를 유지하고 있어 마치 내가 대학생 때로 돌아온 것 같은 기분이었다. 나는 이 초라한 매장으로 터벅터벅 들어섰다. 매장 내부는 밖에서 본 것보다 더 촌스러웠다. 90년대 동네 빵집 같은 분위기를 뿜어내고 있었고 빵 종류 역시 이촌 점이나 코엑스 점의 절반 정도 수준으로 보였다. 난 매장 매니저를 비롯한 직원들과 인사를 하고 사무실을 찾는데 아무리 찾아도 보이지 않았다.

"매니저님, 여기는 사무실 없어요? 저 일해야 하는데…."

"사무실 당연히 있죠. 저 따라오세요."

매니저는 날 데리고 밖으로 나가더니 매장 오른쪽으로 코너를 돌아 작은 입구로 들어갔다.

"점장님, 여기 지하로 내려가면 사무실이에요. 여기는 매장이 너무 작아서 사무실을 이 건물 지하에 추가 임대를 해서 써요. 이 계단으로 내려가시면 사무실 보일 거예요. 사무실에서 지금 점장님이 기다리고 계실 거니까 내려가 보세요."

매장도 이 모양인데 사무실마저 지하에 있다니! 지하로 내려가는 계단을 하나씩 밟을 때마다 다시 빠져나올 수 없는 블랙홀로 들어가는 느낌이었다.

"똑똑! 점장님, 안녕하세요? 이 매장으로 발령 난 신입 점장입니다."

"아, 오셨네요. 반가워요! 기다리고 있었어요."

난 전 점장의 '반갑다.'는 말이 마치 '내 대타가 되어 준 당신이 너무 반갑다.'로 들리고 '기다리고 있었다.'는 말은 꼭 '기다리던 탈출의 순간이다.'라고 해석이 됐다.

"우리 나가서 커피 한 잔 하면서 얘기할까요? 아, 보셨겠지만 여기 매장은 좌석이 없으니까 근처에 다른 커피숍으로 가요."

키가 180 정도로 훤칠하게 큰 전 점장은 날 데리고 근처 커피숍으로 갔다. 매장에 카페 좌석이 없어서 다른 매장을 가야 한다는 것이 새삼 어색했다. 점장은 나에게 인수인계에 필요한 내용들을 얘기해주었다.

"아, 점장님 집이 어디예요? 수원까지 출퇴근 괜찮으세요?"

"저 사실 집이 건대 입구라서 왕복 3시간 정도 걸릴 거 같아요."

"네?? 건대 입구라고요? 점장님, 거기서 계속 출퇴근 힘들 거예요. 그리고 가끔 마감 늦게 끝나면 지하철도 끊기는데 어떻게 하시려고요?"

"알아보니까 사당까지 가는 버스는 늦게까지 있더라고요. 일단 그 버스 타고 사당에서 내려서 택시 타던지 하려고요. 집 계약한 지 얼마 안 되고 이렇게 발령이 나서 저도 지금 막막하네요."

"그럼 택시비도 만만치 않을 텐데…. 한번 집주인한테 사정을 얘기해 보세요. 아니면 들어올 세입자를 점장님이 찾으면 괜찮을 거예요. 건대 입구에서 여기까지 절대 계속 출퇴근 못해요. 저는 사실 여기서 탈출하는 느낌인데 점장님 앞으로 고생이 많으시겠어요."

난 탈출의 느낌이라는 점장의 말을 듣자 묻고 싶은 것들이 많아졌다.

“점장님, 제가 이제 막 들어온 신입이라 아무것도 몰라서 그러는데 한 가지 여쭈어 봐도 될까요?”

“물론이죠.”

“방금 탈출하는 느낌이라고 하셨잖아요? 이 매장 어떻게 오시게 된 거예요? 전 사실 저를 왜 이런 외딴섬 같은 곳에 보냈는지 계속 이해가 안 되고 있어서요.”

“아하! 점장님이 무슨 말씀하시는지 알겠어요. 저도 그런 생각 했었거든요. 저는 지금 여기에서 1년 정도 있었는데 저도 처음에는 좀 황당했어요. 그런데 여기서 일하다 보니까 사실 장점이 많더라고요. 점장님은 아직 실무를 시작 안 하셔서 그러실 수도 있는데 이 매장은 정말 알짜예요. 이 작은 매장이 전국에서 케이크 판매량 1위예요. 이 주변이 다 술집이고 카페라 수원에 사는 대부분의 사람들이 여기에서 생일 파티를 해요. 그리고 매장 인테리어도 새로 안 해서 감가상각 비용이 깎이지 않아요. 그래서 수익이 좋은 거죠. 정말 영업사원인 점장에게 이게 얼마나 사람을 편하게 만들어주는지 곧 알게 되실 거예요. 단점은 정말 딱 하나, 서울이랑 멀다는 거예요.”

“그런데 서울이랑 멀다는 거 엄청 큰 단점 아니에요?”

“사실 제가 탈출이라고 표현한 이유가 그거에요. 매장 영업 스트레스는 없는데 생활 스트레스가 엄청나요. 서울로 넘어가면 피곤해서 자기 바쁘고 도착하는 시간이 너무 늦다 보니까 점점 사람 만나는 기회가 사라져요. 특히 연애는 더더욱 힘들어요. 누가 얼굴 잠깐 보려고 수원까지 오겠어요? 게다가 우리는 주말이 더 바쁘니까 주말 휴무 낼 수 있는 날이 드물잖아요. 전 이제 서울 매장으로 가면 제 개인 시간 제대로 쓰고 살 거예요. 전 이거 때문에 여기서 그토록 나가고 싶었어요. 그리고 점장님이 뭘 잘못했거나 잘못 보여서 여기로 보낸 건 절대 아니니까 너무 신경 쓰지 마세요. 실적 안 좋은 매장 점장들 중에서는 오고 싶어 하는 사람도 많아요."

역시 그다지 위로가 되지 않았다. 영업 실적은 일단 모르겠고 나 역시 내 생활, 서울 라이프를 즐기고 싶었다. 나는 인간이 일을 하는 이유가 놀기 위해서라고 생각한다. 열심히 일했음에도 놀 시간이 없다면 그 일은 더 이상 할 필요가 없다. 그런데 나는 여기서 일을 해도 놀 수가 없다. 고로 내 생활은 최악이 될 것이다.

"혹시 제가 대학도 지방에서 나오고 고향도 지방 출신이라서 여기로 보내고 뭐 그런 거도 있나요?"

내 말을 듣자 점장은 손 사레를 치며 말했다.

"하하, 요즘 그런 거 없어요. 그리고 우리 회사 장점 중 하나가 대학 간판 같은 걸 절대 안 따져요. 다른 회사에 친구들 얘기 들어보면 파벌이니 뭐니 하면서 같은 대학 출신들끼리 만든 사조직이나 모임 이런 게 참 많다더라고요. 그런데 여기는 그런 거 본 적도 들은 적도 없어요. 그리고 보니 사람들 참 이상하죠? 서울만 벗어나면 다 잘못되는 줄 알아요."

현실이 그러했다. 서울에서 지방으로 보내지는 사람은 마치 회사에서 사고를 쳤거나 중심에서 밀려나 좌천되어 쫓겨나는 것처럼 보인다. 서울은 대한민국 수도로써 정치, 경제의 중심이라는 것은 누구도 부정할 수 없는 사실이지만 이제 이렇게 사람의 우수성을 판단하는 기준까지 되어가고 있었다. 내가 수원역 점으로 발령이 났다고 엄마한테 전화했을 때도 엄마의 첫마디는 '왜? 너 뭐 잘못했니?'였고 서울에 있는 친구들도 모두 '왜?'라는 의구심을 가졌다. 내가 만약 강남대로에 있는 매장으로 배치됐다고 했다면 그들의 반응은 어땠을까? '왜?'가 아니라 '축하해'였을 것이다.

첫 출근 날 이제 현 점장이 아닌 전 점장과의 대화와 인수인계를 마치고 사당으로 가는 버스를 탔다. 10시가 넘은 시간이라 사람도 별로 없었고 길도 막히지 않아 버스를 타고 사당에 내려 다시 지하철을 타는 게 훨씬 나았다. 피곤함에 버스 의자를 최대한 뒤로 젖히고 등받이에 내 모든 피로를 기대고 창밖을 보니 고속도로가 눈에 들어왔다. 이런 고속도로 출퇴근 생활을 앞으로 적어도 몇 개월, 길게는 몇 년을 하게 될 수도 있다는 생각을 하자 갑자기 억울함에 화가 치밀어 올랐다. 그리고 입술을 꾹 다물며 다짐했다.

'나에게 강남의 중요한 매장을 맡겨야 하는 이유를 당신들에게 증명하겠다.'

#구덩이에 나무를 심어봤다.

난 재빨리 내 원룸에 들어 올 세입자를 찾아 총신대 역 근처 원룸으로 이사를 했다. 수원에서 사당까지 오가는 버스를 한 번만 타면 됐기에 사당에서 가깝고 월세가 저렴한 편인 총신 대학교 근처로 이사를 한 것이다. 덕분에 내 출퇴근 시간은 확실히 줄어들었다. 하지만 빨리 이곳을 벗어나겠다는 의지는 조금도 줄어들지 않았다. 그리고 신입 사원의 첫 점장은 당연히 서툴 수밖에 없었고 매장 운영 초반 크고 작은 난관에 봉착했는데 무엇보다 '인간발(사람으로부터 시작되는)' 스트레스가 날 이곳에서 더 빨리 벗어나고 싶게 만들었다. 애송이 같은 신입사원이 점장으로 출근을 시작하자 그 매장의 터줏대감 같은 제빵 기사의 텃새가 시작된 것이다.

난 출근을 시작하고 매장의 기본적인 것들을 파악한 후 판매 직원들의 개인 면담을 진행했다. 다 나름대로의 고충이 있고 희망하는 것들이 있었는데 이 5명 모두가 공통적으로 가진 불만이 제빵 오븐용 장갑을 본인들이 빨아줘야 한다는 것이었다. 이 일을 얘기하기 전에 앞서 설명하자면 매장 인원 구조는 크게 제조팀과 영업팀으로 나눠지는데 제조팀은 제빵사, 케이크, 샌드위치 등을 제조하는 제조 기사들로 이뤄졌고 영업팀은 매니저를 비롯해 제품 진열, 매장 관리, 계산 등 운영을 담당하는 판매 사원들로 이뤄졌다. 점장인 나는 이 양쪽의 조화를 잘 이루며 매장을 안정적으로 총괄해야 하는 사람인데 직급은 매장에서 가장 높지만 보통 제조 기사들의 경력이 나 같은 신입 사원보다 많고 나이 역시 많은 경우가 대부분이어서 비록 점장이지만 점장 대우를 하지 않아 마찰이 생기는 경우가 빈번하게 발생했다. 이 매장 역시 그런 매장 중 하나였다. 난 점장 선배들에게 얘기로만 들었지 이 일이 내게도 일어날 것이라고 생각지도 못했는데 오븐용 장갑이 기폭제가 되어 터질 것이 터진 것이다.

"기사님, 오븐용 장갑을 쓰시는 본인이 빨아 쓰셔야죠. 왜 판매 사원들한테 시키세요?"

난 오븐용 장갑을 들어 보이며 못마땅한 표정으로 그에게 말했다. 그러자 그는 하던 밀가루 반죽을 멈추고 매우 언짢다는 표정으로 거들먹거리며 대답했다.

"원래 그렇게 해왔어요. 전 점장님도 아무 말씀 안 하셨는데 점장님이 뭘 안다고 이러세요? 점장님 회사 들어온 지 얼마나 됐어요? 점장님이 얼마 안 되셔서 아직 모르는 거예요. 정 마음에 걸리시면 점장님이 빨아 주시던 지요."

"제가 이 장갑 빨아주면 기사님이 제가 신던 양말 빨아 올래요?"

"하…. 무슨 말씀 하시는 거예요? 장갑이랑 양말이랑 같아요? 이건 매장 운영에 필요한 거니까 매장 직원이 빨아오는 게 당연한 거잖아요?"

그는 어이없다는 듯 반죽을 내팽개치며 말했다.

"그 논리면 제가 이 양말 신고 매장으로 출근하는 것도 매장 운영에 쓰이는 거 아닌가요?"

"말장난 그만 하죠. 저 빵 만들어야 해요."

"제가 분명히 말했습니다. 장갑, 본인이 빨아서 쓰세요."

이 광경을 지켜보는 직원들은 긴장하는 표정이 역력했고 매장은 미묘한 기류가 흘렀다. 난 판매 사원들을 모아놓고 말했다.

"만약 저분이 한 번만 더 장갑을 빨아오라고 시키면 절대 하지 말고 그냥 나한테 얘기해요. 그땐 내가 다시 처리할게요."

이 일이 있고 난 후 판매 사원들의 불만이 들리지는 않았다. 그래서 난 이 문제가 해결된 줄 알고 있었다. 하지만 오히려 더 어처구니없는 형태로 변질되어 내 뒤통수를 후려쳤다.

"점장님, 계세요?"

"아, 네 기사님. 무슨 일이세요?"

제조 기사 밑에서 보조 역할을 하는 여자 제조 기사가 내 지하 사무실로 찾아왔다.

"제가 얘기를 안 하려고 했는데 이걸 계속 보고 있을 수가 없어서요."

"무슨 일이에요? 제가 잘 도와 드릴게요."

"점장님이랑 저희 기사님 오븐용 장갑 때문에 말다툼 한 날 있잖아요?"

"네, 저희가 좀 그랬죠. 왜요? 또 직원들 시켜서 빨아오라 그래요?"

"아, 아뇨. 이제 그러지는 않으시는데 사실 그분 지금까지 오븐용 장갑을 일회용처럼 쓰셨어요. 남들한테 빨아 달라고 하는 것도 사실 문제지만 이게 더 심각해요. 자기가 장갑을 빨지도 않지만 한두 번 빨아 쓰면 그냥 버려요. 그 두껍고 오래 쓸 수 있는 걸…. 지금까지 다른 점장님들은 이런 걸로 아무도 신경을 안 쓰시는 것 같아서 얘기를 안 했는데 점장님께는 말씀드려야 할 것 같았어요. 아마 지금까지 오븐용 장갑 주문 기록을 보시면 아실 수 있을 거예요."

메가톤급 충격이 날 강타하면서 난 정말 입을 벌린 채 보조 기사를 멍하게 바라봤다. 믿기지가 않았다. 일반 가정에서는 수년까지도 쓸 수 있는 오븐용 장갑을 3일도 사용하지 않고 버려왔다는 게 이해도 안 됐지만 지금까지 아무도 이 만행에 대해 문제 삼지 않았다는 것에 더 큰 분노가 치밀었다. 그 누구도 자신의 손에 피를 묻혀가며 시끄러운 일을 만들고 싶지 않았을 것이다. 인간은 문제라는 작은 구덩이가 자신이 가는 길에 생겨나면 속을 파헤쳐 볼 생각보다 구덩이의 겉을 살짝 덮어 구덩이를 은폐하거나 축소한다. 내가 이 구덩이를 건널 수 있고 내 갈 길을 가는데 불편함이 없으면 그만이기 때문이다. 하지만 난 이 구덩이를 깊이 파헤치기 시작했다. 아주 열심히 구덩이를 팠지만 내 손에는 호미뿐이어서 팔 수 있는 깊이에 한계가 있었다. 난 친분이 꽤 쌓인 이촌 점 점장에게 이 사실을 얘기했고 그는 얘기를 듣자 팁을 알려주었다.

"그 비싼 오븐용 장갑을 일회용처럼 쓰다니…. 진짜 미친놈이네요."

라는 대답과 함께 나에게 그에 대한 자세한 증거 데이터를 받을 수 있는 루트를 알려줬다.

"점장님, 그런데 그 데이터도 어차피 제조 관리팀 담당이고 제조 쪽 라인이라서 이 내용을 직접 얘기하면 안 주려고 할 수도 있어요. 그러니까 그 팀에 내 동기가 한 명 있거든요? 그 친구는 점장 하다가 그 팀으로 간 특이한 케이스이긴 한데 내 동기한테 연락해요. 어차피 점장 출신이라 잘 도와줄 거예요."

난 이촌 점 점장에게 소개받은 그의 동기로부터 상세한 구매 기록 데이터를 받을 수 있었다. 그 구매 기록을 실제로 마주하는 순간 내 분노 게이지는 극에 달했다. 그 금액과 양이 지금은 정확히 기억이 나지 않지만 누구에게나 충격적인 숫자였고 난 이 사실을 어떻게 할지 고민하다가 그에게 직접적이 아닌 그의 윗선에 알리기로 했다.

"안녕하세요? 저 수원역 점 점장입니다."

"네, 점장님. 무슨 일로 연락하셨어요?"

난 제조 기사들의 관리를 담당하는 과장급인 제조장에게 자초지종을 설명했다.

"아이고…. 점장님…. 점장님, 일단 진정하시고요. 저희 쪽 라인 일이니까 제가 처리할 수 있게 해 주세요. 지금 당장 수원으로 가겠습니다!"

그는 매우 떨리면서도 공손한 목소리로 날 진정시키려고 노력했다. 나보다 적어도 10살이나 많고 과장인 제조장이 마치 서울에서 수원으로 날아온 것처럼 순식간에 도착했다. 그만큼 이 파장이 얼마나 클지 알고 있다는 걸 방증하는 것이었다. 난 그에게 증거를 보여줬고 그는 깊은 사과의 뜻을 전했다. 그리고 난 전적으로 그에게 바통을 넘겼다. 그리고 다음 날 난 여느 때처럼 출근했지만 여느 때와 다른 광경이 내 눈앞에 벌어졌다.

"점장님! 더우시죠? 이거 제가 만든 아이스 아메리카노예요. 저랑 커피 한 잔 해요!"

오븐용 장갑을 마구 낭비하고 있던 제조 기사는 내가 매장에 들어서자마자 마치 버선발로 마중을 하듯 주방에서 뛰쳐나와 커피를 내게 들이밀며 생전 없었던 살가운 태도로 날 맞이했다. 난 커피를 받아 들고 그와 매장 밖으로 나갔다.

"점장님, 제가 지금까지 정말 잘못한 거 같아요. 앞으로 장갑 제가 다 빨아 쓸게요. 그리고 점장님이 팔아 보시고 싶은 빵이 있으면 언제든지 말씀하세요. 제가 다 만들겠습니다!"

그 전까지만 해도 내가 '이 빵을 만들어 팔아봤으면 좋겠다. 다른 매장에서 잘 나간다더라.'라고 하면 이 핑계 저 핑계대면서 무조건 거절을 위한 거절을 하던 그가 이젠 빵까지 내가 원하는 걸 만들어 주겠다고 했다. 제조장의 교육이 효과가 있었는지 그는 다른 사람으로 다시 태어나며 매장의 모든 직원들과 관계를 개선시켜 나가는 모습을 보여줬고 난 그런 그를 포용했다.

이 사건으로 소문이 은밀히 소문이 퍼져 제조 라인에서 날 신입이라는 이유로 함부로 대하는 사람은 없었다. 그리고 매장 직원들의 불만도 해소가 되어 매장 분위기와 팀워크가 더욱 좋아지고 있었다. 난 구덩이를 파헤친 후 사람들에게 알리지도 않았고 사람들이 모르게 덮어 버리지도 않았다. 난 그냥 그 구덩이에 나무를 심어 보기로 한 것이다.

#팥빙수가 날려버린 갈증

여름이 다가오면서 날씨가 점점 더워지자 사람들의 옷차림은 가벼워졌고 카페 매장들은 여름을 대비하는 음료 신제품과 팥빙수를 개시하기 시작했다.

"이제 날이 더워지기 시작했으니까 우리한테는 비수기에요. 여름은 음료 매출로 비수기를 극복해야 합니다. 각 점장들은 매장 내에 음료 메뉴 잘 보이도록 비치하고 특히 팥빙수가 메인이니까 팥빙수 목표 달성에 매일 집중해주세요."

점장 회의에서 영업 본부 과장인 슈퍼바이저가 말했다.

"아, 그리고 수원역점은 카페형 매장이 아니기 때문에 좌석이 없어서 팥빙수가 원래 안 나가는 매장이라 목표도 얼마 안 줬으니까 크게 신경 쓰지 말고. 혹시 주문 들어오면 테이크 아웃 해야 하니까 포장 용기나 잘 준비해 놔. 그리고 너 매장 발령 나고 한 번도 못 가봤네. 미안하다야. 솔직히 서울에도 워낙 돌아봐야 하는 매장이 많아서 거기까지 가기가 힘드네. 조만간 한 번 갈게."

과장이 회의가 끝나고 회의장을 나가려는 내게 다가와서 말했다. 여름은 비수기이고 팥빙수 매출이 매출의 큰 비중을 차지하는데 난 이마저도 '원래' 안 되는 매장의 점장이었고 서울을 돌아봐야 해서 와보지 못하는 외딴 섬의 등대지기였다. 난 회의를 마치고 매장으로 돌아와 예전 매출 기록을 살펴보았다. 정말 팥빙수는 어이가 없을 정도로 팔리지 않았다. 하루에 5잔 이상 팔린 적도 거의 찾아보기 힘들었다. 다른 카페형 매장들은 하루 50잔은 기본이었다.

"매니저님, 이 매장에 얼마나 계셨죠?"

"저는 입사하고 이 매장에서만 일했으니까 지금 한 7년 정도 됐죠. 그건 왜요?"

"우리 매장 팥빙수가 다른 매장보다 맛이 없나요?"

"아뇨. 다른 매장이랑 똑같죠. 어차피 본사에서 정해진 레시피랑 재료로 만드니까요. 우리 매장을 보세요. 여기 앉아서 수다 떨면서 팥빙수 먹을 테이블이 없잖아요. 팥빙수뿐만 아니라 다른 커피나 음료도 우리 매장은 원래 안 나가는 거 아시잖아요? 우린 케이크로 먹고 사는 거예요."

하긴 지금까지 수많은 점장이 이 매장을 거쳐 갔는데 팔 수 있다면 팔았을 것이다. 그들이라고 나와 같은 생각을 안했을 리 없고 수년간 축적된 판매 데이터는 이 매장이 그럴 수밖에 없다는 것을 여실히 증명해주고 있으니 말이다. 굳이 안 팔리는 것을 잘 파는 것보다 잘 팔리는 것을 더 잘 팔리게 하는 것이 선택과 집중에 부합할 테니 나도 그래야 하겠다고 끄덕거리며 현실을 받아들이려고 할 때 매니저가 말을 이어갔다.

"그런데 점장님, 어떤 가맹점이 있는데요. 그 매장은 우리랑 매장 크기도 비슷하고 카페형도 아닌데 하루에 팥빙수가 100개씩 팔린다고 해요. 신기하죠? 거긴 좀 특이한 매장이라고 들었어요."

난 매니저의 말이 끝나자마자 끄덕거리던 고개를 확 들어 올리며 말했다.

"거기 어디에요?"

선배 점장의 인맥을 통해 그 신들린 팥빙수 매장의 판매 데이터를 받았다. 정말 놀라웠다. 우리와 외적으로 비슷한 스펙의 매장이 정말 엄청난 팥빙수 판매량을 기록하고 있었다. 더군다나 가맹점이라 직영점인 내 매장보다 위치가 좋은 것도 아님에도 불구하고 몇 년간 쭉 하루 평균 100잔이라는 팥빙수 판매량을 유지해왔다. 왠지 이것에서 해답을 찾을 수 있을 것 같았다.

'세 가지로 생각해보자. 우리 매장 팥빙수가 맛이 없는가? 아니다. 먹어봤는데 분명 괜찮았다. 테이크아웃 고객에게 물어봐도 맛은 좋다고 했다. 그럼 가격이 다른 곳에 비해 비싼가? 더욱 아니다. 우리 팥빙수는 테이크아웃만 가능하다는 이유로 타 매장보다 싸게 판매하고 있다. 그럼…. 설마 우리 매장에 팥빙수가 있다는 걸 모르나? 그래, 충분히 가능성이 있다. 외부에서 보기에 테이블도 의자도 없으니 먹고 있는 사람도 없다. 창문에 빙수 사진을 붙여 놨지만 바쁜 사람들 눈에 들어오기가 쉽지 않다. 답은 이거다.'

난 실험 아니, 모험을 해보기로 했다. 이 매장에 팥빙수가 있다는 것을 확실히 보여줄 수 있는 방법. 바로 카페형 매장에만 비치되어 있는 팥빙수 모형이었다. 난 슈퍼바이저 과장으로부터 팥빙수 모형과 현수막을 제작하기 위한 예산 사용을 허락 받고 제작에 들어갔다. 모형 제작 회사 사장님께 최대한 똑같이 맛있어 보이게 제작해달라고 신신당부했다.

"점장님, 이렇게 모형을 놓고 현수막 건다고 매장 개점 이래 몇 년 동안 안 팔리던 게 갑자기 막 팔리겠어요? 여전히 안 팔리더라도 너무 속상해 하지 마세요."

매니저는 측은하게 날 바라보며 말했다. 난 사람들이 말하는 돈 안 되는 '쓸데없는' 짓을 또 시작했다. 모형이 도착하고 난 매장 입구 바깥에 모형을 깔았다. 그리고 현수막도 잘 보이게 달았다. 그런데 모형을 내놓자 사람들이 모형에 관심을 보였다.

"어머, 이거 진짜야? 만져봐도 되나?"

팥빙수 모형은 지나가는 사람들의 눈을 사로잡았다. 호기심에 만져보는 사람들도 있었고 모형을 보고 들어와 '바깥에 있는 빙수 주문되느냐?'고 묻는 사람이 점점 늘어났다.

"여기 팥빙수 있었네? 진작 알았으면 여기서 사먹을 걸. 가격도 다른데 보다 싸!"

고객들의 반응은 폭발적이었다. 그에 따라 음료 매출은 급상승했고 내 매장의 팥빙수 매출은 매일 매일 영업 본부의 집중 관심을 받게 되었다.

"와…. 형, 팥빙수 장난 아니네? 어떻게 한 거야? 거기 카페도 아니잖아."

이렇게 연락 해오는 동기들부터 시작해서

"점장님, 수원역에 무슨 일 있어요? 갑자기 팥빙수가 왜 이렇게 잘 나가요?"

잘 모르는 매장의 점장들도 내게 비결이 뭐냐고 물었다.

'수원역점 음료 매출 500% 성장'

난 수원역점의 음료 매출 판도를 흔들어 놓았고 여름 비수기 매출 기록을 갈아치우며 새로운 데이터를 남겼다. 다시 돌아온 점장 회의에 내가 한 것들에 대한 프레젠테이션을 했고 많은 칭찬을 받았다. 회의가 끝나고 슈퍼바이저 과장이 날 부르더니 안경을 고쳐 쓰며 말했다.

"이제 서울 들어 와야지?"

수원역점에 근무한 지 2개월여 만의 일이었다. 이 매장에서 최단기간 탈출(?)에 성공했다. 내가 구덩이에 심었던 나무에서 꽃이 피기 시작한 것이다.

#나? 강남 다니는 남자야!

난 강남 선릉의 점장으로 이동 발령이 났다. 이제 버스를 타고 고속도로를 달릴 필요도 없이 지하철 몇 정거장이면 매장에 닿을 수 있었다. 출퇴근 편의성 향상은 삶의 질을 크게 향상 시켜줬다. 난 어차피 오후 1시 출근이어서 2호선의 지옥철도 피할 수 있었기 때문에 더 편안한 출근을 할 수 있었다. 강남이라는 근무지는 출근 후 한가한 카페 자리에서 마시는 커피 한 잔의 여유가 있었고 강남에 일보러 나온 나의 지인들이 잠깐 들러 만나서 얘기할 수 있는 기회를 만들어 주었으며 늦은 시간 퇴근일지라도 친구들과의 모임 2차부터는 참석할 수 있는 신속성을 가져다주었다. 하지만 그 평화도 잠시, 회사로부터 나만의 미션이 떨어졌다.

"내가 너를 왜 이 매장으로 불렀게?"

강남에 있으니 자주 보게 된 슈퍼바이저 과장이 매장에 찾아와 물었다. 난 '제가 팥빙수 신화를 만들었기 때문이겠죠.'라는 말이 성대를 간지럽혔지만 사회생활용 대사로 말했다.

"제가 자주 보고 싶으셔서요."

"크크큭! 뭐…. 그 말도 틀린 건 아니다. 사실 이 매장에 중점적으로 신경 써줘야 하는 게 있어. 특납(어떤 단체에 대량으로 제품을 납품하는 것)알지? 이 매장 매출의 큰 비중을 차지하는 게 저기 대로 건너편에 있는 M소프트웨어 회사거든. 저기에서 특납 끊어내는 순간 이 매장 매출도 끝! 너도 끝! 이렇게 되는 거거든."

전 점장에게 인수인계를 받으면서 들은 내용이라 알고 있었고 지극히 사실이었다.

"그런데 전 점장이 관리를 좀 못해서 그 회사의 컴플레인이 엄청 많아졌어. 지금 특납 끊기기 직전이야. 그걸 네가 막아내. 그리고 곧 재계약인데 무조건 재계약 해내고 앞으로 우리 특납에 대해 컴플레인이 조금도 안 나오게 만들어. 넌 그거만 하면 돼. 내가 다른 건 아무것도 뭐라 안 할게. 그리고 거기서 요구하는 게 앞으로 제품 박스만 달랑 놓고 가지 말고 사람들이 출근해서 아침 식사로 편하게 먹을 수 있도록 층 별 탕비실에 보기 좋게 진열해서 사진도 찍어 보내달라고 하더라."

"출근 전에 그 많은 양을 저 큰 회사 탕비실마다 돌면서 다 깔아 두려면 엄청 일찍 시작해야 하잖아요?"

"응. 지금까지도 그렇게 해왔어. 네가 알아서 개선하고 관리 좀 잘 해봐."

난 먼저 M사 사내 복지 담당자와 곧바로 미팅을 가졌다. 뭐가 불만이고 문제였는지 직접 듣고 싶었다. 미팅 시간에 맞춰 M사 회사 입구로 들어서는데 정말 어마어마한 규모였다. 역시 글로벌 초대형 기업이라는 감탄이 나올 정도로 규모 뿐 아니라 IT 회사답게 자유로움이 회사 전체에서 묻어나왔다.

"안녕하세요? 점장님이시죠?"

직원 복지를 담당하는 인사팀 여자 담당자가 나와서 인사를 했다.

"네, 안녕하세요? 저는 이번에 새로 부임해서 온 선릉매장 점장입니다. 먼저 저희 제품 꾸준히 이용해 주셔서 감사드려요. 바쁘신 거 같으니까 본론으로 바로 넘어 가겠습니다. 지금까지 가지고 계신 불만들이랑 요구사항을 가감 없이 말씀 해주세요. 제가 최대한 개선해서 여기 회사 분들이 모두 만족하실 수 있도록 노력하겠습니다."

"그럼 정말 가감 없이 말씀드릴게요. 먼저 당일 갓 구운 빵으로만 가져다주세요."

"네? 그걸 안하고 있었나요?"

난 깜짝 놀라 눈을 동그랗게 뜨고 물었다. 아침에 배달하는 빵인데 안 갓 구워진 빵이 있을 수 있단 말인가!

"저번에 직원들의 컴플레인 중 하나가 빵이 전날 만든 거 같다는 거예요. 눅눅하고 맛도 없고요. 그리고 배송 시간 정확하게 지켜주시고 또…."

폭풍 요구가 쏟아졌다. 하지만 내가 해줄 수 없는 수준의 무리한 요구들은 아니었다. 난 먼저 왜 빵이 갓 구운 게 아니었는지 알아야 했다. 만약 전 날 남은 빵을 아침에 보낸 거라면 아주 큰 문제가 될 수 있었다. 난 매장으로 돌아오자마자 매니저에게 물었다.

"매니저님, 지금까지 M사에 특납 들어가고 있던 제품들 중에 당일 생산 아닌 거도 들어갔었어요?"

"그럴 리가요. 그랬다간 난리가 나도 벌써 났죠."

"그런데 왜 빵이 눅눅하다고 할까요?"

"아, 전 알 거 같아요. 예전 점장님은 점장님이 그 새벽 시간에는 못 나오니까 그 특납 준비하는 시간에만 아르바이트 2명을 따로 채용해서 빵 포장부터 배송까지 시켰었어요. 그래서 아르바이트 인원들이 빵이 식기 전에 바로 포장하는 경우가 있어서 빵 봉지 안에 습기가 차면서 눅눅해졌을 거예요. 뭐 그 뿐만이 아니에요. 그 시간에만 잠깐 나와서 일하는 애들이라 미숙한 게 많아서 그런지 저희도 매장이 엉망으로 되어 있어서 짜증난 적이 꽤 있어요."

충격적이었다. 점장이 없는 시간에만 나와서 잠깐 일하고 들어가는 그래서 책임감이 크지 않을 수밖에 없는 인력들이 관리자의 부재 하에 매장의 핵심 업무를 진행하고 있었던 것이다. 한 회사의 가장 중요한 거래처를 아르바이트 인력들이 관리하고 있는 것과 다를 바 없었다. 난 슈퍼바이저 과장에게 곧바로 전화를 걸었다.

"과장님, 저 한 달 정도 출근 시간 변경할 테니 허락해주세요."

"응? 왜? 몇 시에 출근하려고?"

"저 아침 6시에 출근해서 제가 직접 특납 제품 포장부터 배송까지 다 챙겨 할 거 같습니다. 그렇게 출근하고 오후 4시에 퇴근 할게요. 마감은 매니저 가르쳐서 한 달 정도 커버하라고 하겠습니다. 지금 마감보다 특납이 더 중요해요. 이거 안정화 시키려면 제가 그 시간에 매장에 있어야 합니다."

결국 내가 상상한 강남 라이프는 순식간에 사라지고 새벽 4시 반에 일어나 출근 준비를 해야 하기 때문에 일찍 자고 일찍 일어나는 새 나라의 착한 어른이의 생활이 시작되었다.

#미션클리어

난 지금 우리의 인력과 상황 하에 M사의 요구 사항을 어떻게 맞춰줄 지 고민을 했다. 매장 판매 직원들부터 제빵 기사들까지 모두 의견을 들어야 했다. 왜냐하면 아주 이른 시간부터 많은 물량의 생산, 포장, 배송이 모두 이루어져야 하기 때문에 분야별로 의견을 듣고 계획을 잡아야 했다. 이 매장은 이미 이 특납 때문에 제빵 기사들이 다른 매장보다 훨씬 일찍 출근을 하고 있었다. 하지만 판매 인력은 아르바이트 인원만 나오고 있었던 것이다. 난 매니저와 상의해서 초과 근무는 당연히 들어가는 거니까 판매 인력 중 2명을 돌아가며 특납 시간에 맞춰 나오는 스케줄을 짜 달라고 부탁했다. 그 대신 특납 아르바이트 인원을 그만 나오게 했다. 나도 그 시간에 매일 나올 테니 다 같이 도와달라고 신신 당부를 했다.

그렇게 이 특납의 모든 관리는 점장과 매장 직원 전체가 함께 하도록 시스템을 만들었다. 난 매일 6시까지 출근해 직원들과 함께 포장을 하고 배송도 했는데 배송이 가장 큰 문제였다. 제품 수량은 사람이 손으로 들고 배송할 수 없을 정도로 많고 거리는 차량이 배송해 줄 수 없을 정도로 가까운 거리였다. 그래서 약 4인용 식탁 크기의 견고한 두께를 가진 큰 판이 올려져 있는 바퀴가 달린 끌 판을 구입했다. 난 이 끌 판에 빵 박스를 가득 싣고 강남의 인도를 직원들과 밀고 끌며 걸었다. 다행히 이른 시간이라 거리에 사람이 없어 이동이 수월한 편이었다. 끌 판을 끌고 인도를 약 200미터 정도 걸어가면 횡단보도가 나왔고 그 횡단보도를 건너면 M사가 있는 건물에 도착할 수 있었다.

배송은 나를 포함에 총 2명 또는 3명이 갔는데 난 직원들에게 M사의 층별 탕비실 위치를 숙지시키고 누가 언제 몇 층을 가더라도 실수하지 않도록 했다. 우린 층 별로 나눠 각 탕비실에 빵을 최대한 가지런하게 놓은 후 각자 사진을 찍어 나에게 보내도록 했다. 이렇게 하고 나면 특납은 마무리가 됐다. 이 작업을 시작할 당시 아침 6시에 모두 돌아가며 출근해 달라는 말을 들었던 매장 직원들은 마치 내가 수원역 점으로 발령 날 때의 표정과 같았지만 시간이 갈수록 점점 적응을 해가는 모습이었다. 아침 일찍 나와 배송까지 마치고 다 같이 커피를 나누며 쉬는 시간은 팀워크가 더 좋아지는 효과도 가져다주었다.

그렇게 며칠을 지속적으로 해 나가자 M사의 담당자로부터 빵 맛이 좋아졌다는 피드백이 왔다. 자, 생산-포장-배송까지 자리가 잡혔다. 그럼 이제 다음은 뭘 해줘야 할까? 바로 서비스였다. 난 미리 써 둔 손 편지를 탕비실에 비치된 빵 옆에 함께 놓기 시작했다.

'오늘은 ㅇㅇ빵, ㅆㅆ빵 입니다. 이 빵은 어떤 재료가 들어가 맛이 이렇고…. 항상 저희 제품을 이용해 주셔서 감사드리며 오늘 하루도 저희 빵으로 기분 좋게 시작하세요!'

난 이렇게 제품에 대한 설명, 어울리는 음료, 알레르기 주의 등의 간단한 정보와 감사의 표시를 담아 탕비실 한편에 놓아두었다. 그렇게 또 며칠이 지나자 M사 담당자가 사진을 보내왔다.

'점장님, 이렇게 편지까지…. 정말 감사드립니다. 직원들이 너무 만족하고 있어요.'

서비스는 여기서 끝나지 않았다. 감성적인 서비스가 충족된 후 물질적인 서비스도 따라와 준다면 고객 감동이 실현될 수 있다고 믿었다. 난 유통기한이 임박한 제품들을 한 곳에 담아 먼저 M사 담당자에게 보냈다.

'유통기한이 얼마 안 남은 제품들인데 드시는 데에는 전혀 지장 없어요. 앞으로 이런 제품들도 서비스로 제공해도 될까요? 물론 너무 임박한 제품은 안 들어 갈 거예요.'

사실 판매 기준에서의 유통기한 임박일 뿐 구매 기준에서는 아주 넉넉한 시간이 남은 제품들이었기에 거절할 리가 없었고 M사 직원들의 만족도가 올라가면서 특납량을 더 늘려 재계약을 체결했다. 그리고 난 그에 대한 보답으로 M사에서 그토록 요구했는데 들어주지 않았다던 'M사 사원증 지참 방문 구매 시 할인' 혜택을 회사의 승인을 받아 마침내 만들어 주었다. 그러자 M사 빌딩 근처 매장으로만 가던 M사 직원들이 조금은 더 걸어야 하는 귀찮음을 감수하고도 우리 매장으로 찾아와 매출에 도움을 주었다. 특히 인사팀 담당자는 다른 사람들보다 더 자주 우리 매장에서 구매를 해갔다. 그리고 주변 다른 회사에서도 추가 특납 주문이 들어왔다.

고객이 멀어지는 것은 한 순간이었지만 멀어진 고객이 다시 가까워지는 것은 오랜 시간이 걸리는 것이었다. 사실 M사의 사람들이 무료 제품을 더 주는 것과 같은 물질적 서비스에 엄청난 만족을 느끼지는 않았을 것이라 생각한다. 개인 돈으로 구매한다면 보통 물질적 서비스에 대한 만족이 크겠지만 회사 돈으로 구매하는 것에 대해 물질적 서비스를 더 받고 싶어 하지는 않기 때문이다. 그저 그들은 '우리가 이렇게 당신 제품을 많이 사주는데 당신들은 이 정도도 못해?' 라는 대량 구매의 소비자가 당연히 요구할 수 있는 기본적인 서비스에 대한 암묵적인 바람이었을 것이다.

이렇게 나의 한 달 간 4시 반 기상 미션도 특납의 재계약과 동시에 끝이 났고 그 후엔 내가 아침에 없더라도 직원들이 나보다 훨씬 더 잘 해줘서 제공하는 제품과 서비스의 질이 유지될 수 있었다. 결국 이 특납을 성공적으로 개선하고 유지한 것은 우리 매장 직원들의 팀워크가 비결이었다. 한 명이라도 '내가 왜 이 새벽에 나와서 이런 거까지 해야 하지?'라는 불만 섞인 의문을 가졌다면 이 미션은 순조롭게 끝낼 수 없었을 것이다. **나에게 진정한 팀워크의 정의는 전체가 긍정적으로 생각하게 하는 것이 아니라 일부가 부정적인 생각을 갖지 않도록 만드는 것이었다.**

#싱가포르가 여기서 왜 나와??

1년 중 가장 바쁘고 힘들다는 크리스마스를 강남 선릉 매장에서 맞이했다. 난 크리스마스에 우리나라 사람들이 이렇게까지 케이크를 많이 사는 줄 몰랐다. 이건 마치 1인 1케이크 시대가 열린 것처럼 전 매장에서 케이크 전쟁이 일어났다. 어느 정도로 케이크가 팔리느냐? 한 회사에서 크리스마스이브에 직원들에게 선물로 나눠주겠다고 주문한 케이크 수량은 1.5톤 트럭을 따로 섭외해서 배송해줘야 할 정도였는데 케이크를 다 싣고 나니 케이크 박스가 1.5톤 트럭 화물칸을 꽉 채우고도 3층이 더 쌓였다. 일반적으로 사람들에게 크리스마스 시즌은 캐럴이 있고 트리가 빛나는 낭만적인 시기이지만 이 회사에 있는 사람들에겐 그 반대였다. 이렇게 나의 점장 생활의 1년이 지나가고 있었다. 이촌 점으로 걸었던 봄날의 포근한 출근 길, 수원역 점을 오히려 더 뜨겁게 달군 팥빙수가 있었던 여름, 거래처 직원들과 마음을 나눴던 선릉 점에서의 가을 그리고 케이크 상자가 쌓여 크리스마스트리가 되어버린 겨울을 지나며 내 회사 생활도 2년차로 접어들었고 회사는 연 초 조직 개편이 시작되었다.

1월 조직 개편의 가장 큰 이슈는 싱가포르 TF(태스크포스: 사업 목적 달성을 위해 별도로 설치하는 임시 조직, 이하 '싱가포르 팀'이라고 하겠다.)가 생기는 것이었다. 싱가포르 팀은 총 5명으로 꾸려졌는데 그 발령에 있는 명단이 점장들 사이에서도 줄기차게 회자가 되었다. 싱가포르 팀 팀장을 내가 지금 속해 있는 직영 영업팀장이 맡게 되면서 일단 우리 팀 전체가 들썩였고 또 다른 한 명은 부산 직영점 점장 출신 대리가 선발되었기 때문에 점장들 사이에서 화제가 될 수밖에 없었다. 이 부산 직영점 점장은 내가 부산 매장 실습 때 고객 컴플레인을 해결했던 남포동 매장의 점장이었다. 난 이제 막 신입사원 딱지를 뗀 터라 팀장과 친분이 있기엔 너무 거리가 멀었고 남포동 점장은 실습 후로는 연락할 일도 만날 일도 없어 그들에게 딱히 축하해 줄 수 있는 입장이 아니었지만 그들과 가까운 사람들은 축하도 해주고 부러워하기도 했다. 그런데 난 이 상황이 좀 의아했고 이해가 가지 않았다.

'왜 다들 싱가포르 가는 걸 부러워하고 축하를 하지?'

내 마음 속 목표는 오직 중국, 그 중에서도 베이징으로의 귀환이었기 때문에 다른 국가는 눈에 들어오지도 않았고 관심조차 없었다. 그리고 난 그때까지만 해도 싱가포르가 어디에 붙어있는지 조차 모를 정도로 중국을 제외한 다른 해외 시장에 전혀 지식이 없었다. 비록 내가 일전에 코엑스 점에서 전략적 어필을 하기 위해 중국어로 소통했던 가족이 싱가포르 인이었지만 싱가포르에 대해 찾아보지도 않았고 심지어 그때 '싱가포르 사람들인데 왜 동남아 사람들처럼 생기지 않았지? 어릴 때 이민을 갔거나 다른 사정으로 거기서 사나보다.'라고 생각할 정도였다. 난 그때까지만 해도 싱가포르가 동남아시아 국가여서 필리핀과 비슷한 경제 수준이라 살기 힘들고 위험하며 그들의 생김새도 서로 비슷할 거라 착각하고 있었다.

서울 생활이 1년 정도 지나고 일도 익숙해지자 난 지금의 생활에 상당히 만족하고 지냈다. 회사에서 나름 인정도 받았고 매장 직원들도 날 잘 따라와 줘 큰 스트레스가 없었다. 그리고 선릉은 오피스 상권이어서 주말 매출이 저조한 매장이라 다른 점장들과 달리 주말에 휴무를 많이 잡을 수 있어서 주말에 친구들을 자주 만날 수 있었다. 한마디로 요즘 강조하는 '워라벨(워크&라이프 밸런스: 일과 생활의 균형)'이 잘 지켜지면서 딱히 불만이 없었다. 그래서 난 부산이나 다른 지방에 있는 동기들에게 기회가 생기면 서울로 와서 일하는 것도 나쁘지 않다고 추천하기도 했다.

"선릉점장, 잘 지내? 나 누군지 알겠어?"

"네, 당연히 알죠. 팀장님. 늦었지만 싱가포르 팀장으로 가시게 된 거 축하드립니다."

같은 팀일 때도 통화해 본 적이 거의 없던 내 전 팀장이면서 지금 싱가포르 팀장이 전화를 걸어왔다.

"그래, 고마워. 나 좀 이따가 선릉 쪽에 갈 일 있는데 저녁 식사나 같이 할까?"

"아, 네. 그러시죠. 기다리겠습니다."

의문이었다. 같은 팀의 팀장으로 있을 때도 단 둘이 식사를 해본 적 없는 사람이 갑자기 식사를 하자고 하니까 의문이 아닐 수 없었다. 그래서 주변 친한 동기 점장들에게 물었다.

"너 점장하면서 팀장님이랑 단 둘이 밥 먹은 적 있냐?"

"아니, 전혀 없지. 왜?"

"갑자기 좀 전에 전화 와서 매장 근처에 갈 건데 밥을 먹자고 하시길래."

"형 원래 팀장님이랑 친했어?"

"아니, 전혀."

"그럼 뭐 진짜 그 근처 갈 일이 있는데 혼자 저녁 드시기 그런가보지 뭐. 뭘 그렇게 심각하게 생각해?"

저녁 식사를 혼자 먹기가 애매하면 사무실 근무자는 퇴근 시간이니까 집에 가서 먹으면 될 것이 아닌가? 사회생활에서 이뤄지는 대부분의 약속은 명분이 있다. 쌍방이 뭔가 필요한 것이 있거나 혹은 정말 둘이 마음을 나눌 수 있는 친한 사이이거나. 하지만 이 팀장과 나는 그 어떤 명분도 교집합도 찾아볼 수 없었다. 난 그 명분을 찾기 위해 다른 선배 점장에게 전화했다.

"점장님, 팀장님이랑 오래 일 하셨죠?"

"그렇죠. 제가 입사하고 쭉 팀장으로 계시다가 이번에 싱가포르 팀으로 가셨으니까요."

"그 팀장님께서 좀 전에 전화로 제 매장 근처에 오실 일이 있다고 같이 저녁을 먹자고 하시는데 원래 매장 오시면 점장이랑 식사 자주 하셨어요?"

"엥? 그래요? 보통 매장 오시면 혼자 조용히 둘러보고 가시지 밥 먹은 적은 저도 없어요. 혹시…. 점장님한테 싱가포르 제안??"

"에이, 말도 안 되죠. 싱가포르는 이미 팀원들이 다 정해져서 발령도 났고 전 해외 주재원 나갈 연차도 안 되잖아요."

"하긴 그러네요. 이미 갈 사람들 다 정해졌고 자격도 우리 회사는 대리급 이상부터 주재원으로 나가니까 그것도 아닐 테고…. 저도 좀 궁금하네요. 일단 뭐 같이 식사 해보세요. 뭔가 말씀하시겠죠."

내가 찾고자 하는 명분을 찾아줄 수 있는 사람이 없었다. 난 마치 즐겨보는 수목 드라마가 막 끝난 목요일 밤과 같은 기분으로 저녁 식사 약속을 기다렸다.

"나 한 10분 뒤에 도착할 거 같은데 매장 뒤 쪽에 일식 라면 집 알아?

"아, 네. 거기 알아요."

"그럼 바로 거기서 만나. 아, 그리고 매장 사람들한테 나 만난다고 얘기는 하지 말고."

명분을 찾을 수 없는 약속인 것도 모자라 비밀 접선이라…. 다음 편에 대한 궁금증에 내 목요일 밤 같은 마음은 더 잠을 설쳤다.

"우리 꽤 오랜만이지? 이제 제법 점장 같은 느낌이 나는데?"

170이 채 안 되는 키에 배가 두둑하게 나온 팀장은 내게 안부를 묻고 라면을 주문했다. 그리고 정말 아무 말 없이 라면만 먹었다. 난 이 어색함에 라면이 체할 것만 같아서 '싱가포르는 어때요? 가족들도 같이 가시 건가요?'와 같은 전혀 관심은 없지만 인사치레 질문을 억지로 찾아서 했지만 매장에 관련된 일 얘기를 빼면 교집합이 전혀 없는 두 사람의 대화는 자연스럽게 이어질 수가 없었다. 그렇게 어색한 면발을 다 비우고 나서 팀장이 말했다.

"이제 밥도 다 먹었으니까 내가 하려던 얘기해도 될까?"

"무슨 하실 말씀이라도 있으신 거 였어요?"

"자네 나랑 싱가포르 같이 안 갈래?"

"!!!!!!!!!!"

순간 식도로 내려가던 라면 면발이 도로 기어 올라올 뻔했다. 선배 점장도 나도 싱가포르 얘기는 아닐 거라고 그렇게 확신했는데 지금 여기서 싱가포르가 튀어 나오고 있었다. 난 이 상황이 뭔지 도무지 이해가 되지 않았다.

"네에??? 싱가포르요? 그 팀 인원 다 뽑으셨잖아요?"

"그건 내가 뽑은 건 아니고 엄밀히 말하면 인사팀에서 뽑은 거지. 그 중에서 내가 뽑은 사람이 한 명도 없어."

"아니, 그래도 지금 이미 준비 중인 사람들이 있고…. 게다가 저 대리도 아니에요. 아시잖아요?"

"그 대리 이상이라는 기준은 반드시 그렇다는 건 아니야. 그건 팀장 마음이지. 내가 이 일에 맞는 사람을 데려가고 책임지겠다는데 직급이 뭐가 중요하지?"

"저 경력도 얼마 안 되고 영어도 못해요. 제가 거기 가서 무슨 도움이 되겠습니까?"

"자네 중국어 잘 하잖아? 난 중국어 잘하는 자네가 필요해."

"싱가포르에서 중국어를 쓸 일이 있을까요?"

"이 사람아, 싱가포르는 화교 국가야. 내가 이번에 출장을 다녀왔는데 중국어를 너무 많이 써. 지금 멤버로 가면 아무도 중국어를 못 알아들어. 그러면서 딱 자네 생각이 나더라고. 왜 예전에 내가 코엑스 점에 갔을 때 기억나지? 그때 생각이 나면서 이 판을 다시 짜서 가지 않으면 안 될 것 같은 거야. 난 자네가 영업이랑 현장 경험도 있고 중국어도 되니까 최고 적임자라고 생각하는데…. 왜? 싫어?"

"싱가포르가 화교 국가에 중국어를 많이 쓴다고요? 거기 필리핀이랑 비슷한 나라 아니에요?"

"하하하하!! 자네 싱가포르가 얼마나 좋은 나라인 줄 알아? 우리나라만큼 잘 살아. 얼마나 안전하고 깨끗한데! 그리고 자네가 코엑스 점에서 얘기했던 사람들도 싱가포르 사람이라고 하지 않았어? 그 사람들 딱 봐도 기본적인 매너나 수준이 있어 보였잖아? 인사팀 관련된 문제는 내가 알아서 풀 테니까 같이 가지 그래?"

"저…. 팀장님, 사실 싱가포르가 옆집처럼 갈 수 있는 곳은 아니라서 지금 바로 답변은 드리기 힘들 것 같습니다."

"아, 아무래도 그렇지? 그럼 내가 일주일 정도 시간을 줄 테니까 괜찮겠어? 그리고 이 얘기는 아무한테도 말하면 안 돼. 인사라는 게 확정되기 전에 소문이 돌면 다 빠그라질 수가 있거든. 자네는 그냥 갈지 안 갈지만 생각해보고 얘기해줘."

"그…. 그런데요, 팀장님. 만약 제가 가게 되면 한 사람이 빠지게 되는 건가요?"

"그렇지."

"그건 좀…. 애매 하겠네요. 왜냐면 그 분이 남포 점장님이 될 거 같은데 그 분 이미 싱가포르 가려고 집도 팔고 한참 준비 중이라고 어깨 넘어 들었거든요. 그런데 저 때문에 그 분 인생이 바뀌면 제가 너무 미안해질 것 같습니다."

이 말이 끝나자마자 싱글벙글 미소로 일관하며 얘기하던 팀장은 갑자기 안경을 벗더니 세상 냉철한 눈빛으로 날 보며 말했다.

"그건 그 친구가 중국어를 못하기 때문에 못 가게 되는 거지. 왜 자네 때문에 못 간다고 생각하지? 회사는 사람을 뽑을 때 개인의 사정을 보고 뽑지 않아. 사업에 필요한 언어가 안 되는 그 사람이 부족한 거라고. 알겠어? 아무튼 다른 생각하지 말고 다른 사람한테 말하지도 말고. 일주일 안에 알려줘."

나에게 일주일이란 선택의 시간이 주어졌고 난 또 선택해야만 했다. 내가 그냥 지금 이대로 머물겠다는 결정을 내린다면 팀장이 당긴 방아쇠는 그냥 불발로 끝나며 아무도 모를 일이 되겠지만 반대로 싱가포르 팀에 합류한다는 결정을 내리는 순간 총알은 화약고를 정확히 관통하며 회사 전체에 대폭발을 가져올 게 분명했기 때문에 쉽게 내릴 수 있는 결정이 아니었다.

#결과가 선택을 판단하니까

너무나 갑자기, 확 날아들어 온 싱가포르는 그저 평범하고 만족스러운 일상을 그려가던 나에게 새로운 색깔의 물감을 쥐어주며 상상의 그림을 그려보게 만들었다. 난 싱가포르라는 미지의 세계에 대한 상상력이 턱없이 부족했다. 그도 그럴 것이 난 지금까지 내가 나중에 베이징에서 생활하는 상상 만을 해 왔기 때문이었다. 그 상상이 가능했던 것은 내가 가본 적이 있기 때문에 경험이라는 밑그림이 그려져 있어서 자신 있게 마음껏 색칠을 할 엄두가 났기 때문이기도 하다. 하지만 싱가포르는 밑그림도 그리지 못하는 나에게 색칠부터 해보라는 식으로 불시에 달려들었고 난 어안이 벙벙해 우물쭈물 거릴 수밖에 없었다.

내가 지금 당장 싱가포르를 갈 수 없기 때문에 직접 경험은 불가능하다. 그렇다면 간접 경험에 의존할 수밖에 없었고 그렇기 때문에 난 인터넷을 뒤져 객관적인 정보들과 블로거들의 주관적인 생각을 찾아봄과 동시에 싱가포르를 가봤던 주변 친구들을 수소문해 얘기를 듣기 시작했다.

"은미야, 너 여행 많이 다녔잖아. 싱가포르 가봤어?"

"응. 예전에 여행으로 한 번 갔다 왔어."

"싱가포르 어때?"

"완전 짱 좋지! 또 가고 싶을 정도로."

싱가포르를 가본 적 있는 친구들의 대답은 이렇게 한결같았다. 단 한 명도 별로였다 거나 안 좋았다는 사람이 없었다.

"아버지 예전에 배 타실 때 싱가포르도 가 보셨어요?"

"응. 가봤지. 싱가포르 참 좋았어. 그 옛날에도 우리나라보다 잘 살아 보여서 부러웠지. 그런데 갑자기 싱가포르는 왜? 여행 가려고?"

"아뇨. 사실 회사에서 싱가포르 주재원으로 갈 생각 있냐고 물어봐서요. 전 싱가포르가 동남아에 있는 필리핀이나 인도네시아랑 비슷한 줄 알았는데 아니더라고요."

"에이…. 싱가포르는 동남아 주변 나라들과는 수준이 다르지. 지금도 아마 엄청 잘 살걸? 그리고 그 나라는 예전에 엄청 유능한 총리가 있었는데 그 사람이 대단했지. 싱가포르 주재원이면 별로 걱정 안 해도 될 것 같은데? 그런데 가면 얼마나 있는 거야?"

"글쎄요. 기간은 모르겠어요. 그럼 아버지는 제가 가는 게 더 좋다는 거죠?"

"당연하지! 회사에서 그런 기회를 준다는데 '아이고 감사합니다.'하고 받아야지!"

베이징으로 유학을 결정할 때처럼 아버지의 조언은 이번에도 결정타가 되어 내 결정을 훨씬 쉽게 만들어 주었다. 만인이 좋다고 인정하는 나라. 가 본 사람이면 또 다시 가보고 싶은 나라. 안 가본 사람도 가보고 싶어 하는 나라. 그게 내가 간접 경험한 싱가포르였다. 난 싱가포르를 선택했고 또 다시 이 선택이 좋은 선택이 될 수 있도록 만들고 싶었다. 비록 원래 꿈꿨던 베이징은 아니지만 그래도 내가 오랜 목표로 삼았던 주재원은 될 수 있다는 생각에 가슴이 뛰었다.

"팀장님, 저 싱가포르 가겠습니다."

"그래! 잘 생각했어! 앞으로 회사가 좀 시끄러울 거야. 자네는 누가 뭐라 하던 아무 신경 쓰지 말고 혹시 팀에서 말 나오면 내가 와서 꼬였다고 그래."

나도, 팀장도 같은 예상을 하고 있었다. 첫 번째는 원래 예정되어 있는 사람을 낙마시키는 것에 대한 충격, 두 번째는 해외 파견 인사 기준 상 경력에 턱없이 모자라는 전례 없는 2년 차 애송이를 데리고 가겠다는 기준 파괴에서 오는 의구심, 이 모든 것을 비밀리에 진행해 원래 팀에서 빠져나가는 것에 대한 배신자 낙인. 만날 사람은 만나게 되어 있는 것처럼 터질 일도 결국 터지고 말았다.

"야, 이거 무슨 소리야? 너 싱가포르 간다던데? 네가 가고 싶다고 한 거야? 대체 뭐야 이거?"

슈퍼바이저 과장은 다소 격앙된 목소리로 내게 말했다.

"아, 과장님 그게…. 절대 아무한테도 얘기하지 말라고 해서 저도 어쩔 수가 없었습니다."

"하…. 이런! 아무리 그래도 그렇지 직속상관인 나한테는 적어도 얘길 해야지. 네가 싱가포르 간다고 하면 설마 내가 가지 말라고 하겠냐? 후배가 좋은 데로 간다는데 누가 그걸 말려? 좀 섭섭하네."

"제가 무슨 힘이 있겠어요. 부장님이 절대 비밀로 하라는데 제가 그걸 어떻게 어깁니까…. 말 못 하고 있는 저도 엄청 답답했어요. 이렇게 될 줄 알았으니까요."

"그래도 나한테는 귀띔이라도 해줬어야지…. 에이, 몰라. 아무튼 분위기 보니까 이미 사장님도 승인하신 거 같던데 준비 잘하고 조만간 술이나 한 잔 하자."

과장을 비롯해 직영 본부장, 전국의 점장들도 연락이 쏟아졌다.

"형! 진짜야? 싱가포르??"

"응. 그렇게 됐어."

"와…. 대박! 형 무슨 백이라도 있어?"

"야, 백 있으면 내가 수원역 점을 왜 찍고 왔냐? 그런 거 아니고 전 팀장님이 중국어 할 줄 아는 사람 한 명 무조건 데려가야 한다고 하셔서 그렇게 된 거야."

"싱가포르가 중국어 쓰는 나라였어??"

예상을 빗나가지 않은 당연한 반응들이었다. 너 사실 낙하산이었냐? 전 팀장이랑 친했었냐? 네가 찾아가서 가고 싶다고 한 거냐? 등등. 회사는 기준이라는 것이 있어서 그 기준을 깨는 누군가가 등장하면 의심의 눈초리로 바라보기 시작한다. 왜냐하면 우리 사회에서 소위 말하는 금 수저 정도는 휘두를 수 있는 사람이어야 기준을 깨뜨리고 원칙을 무시할 수 있다고 생각하기 때문이다. 더구나 안타깝게도 우리 스스로가 그들은 그럴 수 있다고 당연하다고 어쩔 수 없다고 스스로 인정해왔기 때문이기도 하다.

내가 만약 오너 집안의 가족 중 한 사람이었다면 그들은 의심이 아닌 인정을 했을 것이다. 아이러니하게도 사람들은 우리가 가진 순수한 능력은 절대적인 기준선을 무너뜨리지 못하는 것이라고 받아들이며 서로에게는 엄격한 기준을 들이밀지만 금 수저라는 집단이 선을 넘는 것은 기준에 맞지 않아도 당연한 것이라고 관대한 태도를 보이고 있다.

더 나아가 기준을 만든 근거가 뭔지도 모른 채 '원래 이랬기 때문에'라고 치부하며 지금도 그렇게 따라한다는 근거조차 모호한 기준은 어떻게 해야 할까? '경력 3년 이상의 대리급 이상'이라는 기준은 어떻게 만들어지게 된 걸까? 만약 이 기준이 해외 근무에 필요한 근거가 있어 생기게 된 것이라면 다행이다. 하지만 그냥 다른 회사들이 이렇게 하니까 우리도 이렇게 적용하는 흔히 말하는 '묻지 마.' 식의 기준은 마치 악 법도 법이니까 따라야 하는가와 같은 딜레마를 가져오는 문제이기도 하기 때문에 하루가 다르게 급변하는 글로벌 시대를 살아가는 모든 조직이 고민해 볼 문제다.

어찌됐건 나에 대한 합리적 의심은 내가 끝까지 감당하면 되는 것이었고 인사팀의 기준은 팀장이 끌어안고 해결을 했지만 낙마한 사람에 대한 책임은 그 누구도 대신 져 줄 수 없었다. 결국 낙마한 그 선배는 이번 일에 대한 충격과 회사에 대한 배신감이 컸는지 퇴사를 결정했다. 타인에 대한 배려와 정해진 기준을 지키려면 난 이 기회를 포기했어야 했고 나 자신을 위한 성공과 발전을 이루려면 이 기회를 잡았어야 했다. 결과적으로 나는 회사라는 지극히 개인적인 사람들이 모여 일하는 집단 내에서 지극히 나, 개인을 위한 선택을 했다. 만약 당신이 나와 같은 입장이고 당신이 잘 아는 선배와 이처럼 엮인 상황에 처한다면 당신은 어떤 결정을 내렸을까?

5장. 다시는 주재원을 하고 싶지 않았다

#오묘한 나라 싱가포르

난 그렇게 회사 전체를 뒤집어 놓는 이슈 메이커가 되면서 싱가포르 팀에 합류했다. 팀장 외 관리직은 나와 또 다른 대리 한 명이 더 있었고 생산직은 제빵 기사 한 명, 케이크 제조 기사 한 명 이렇게 총 5명이었다. 많은 사람들이 '빵이랑 케이크는 한 명이 다 만들 수 있지 않나?'라고 생각하지만 그렇지 않다. 같은 육상이라도 단거리 선수와 장거리 선수의 훈련과 능력이 다른 것처럼 이 둘은 같아 보이지만 엄연히 다른 영역이다. 팀장은 브랜드 총괄, 대리는 재무팀장, 나는 영업 및 점포개발 팀장으로 업무 범위가 정해졌는데 대리 역시 영업 출신이라 재무 경험이 없어서 본사 재무팀에서 교육을 받고 있었다. 그런데 나는 점포개발 경력이 없었는데도 불구하고 이유는 모르겠지만 아무런 교육이 없었다.

"이제 말 통하는 사람 들어와서 마음 놓고 출장 갈 수 있겠다. 파견 전에 자네는 나랑 2주 정도 출장 좀 다녀오자. 가서 준비할 게 많아."

팀장은 나를 쳐다보고 씩 웃으면서 말했다. 그리고 내 생애 첫 싱가포르 출장이 시작되었다. 한국은 아직 겨울이었지만 싱가포르는 항상 더운 나라이기에 여름옷을 챙겨서 공항으로 향했다. 2주라는 장기 출장은 짐을 어느 정도로 챙겨야 하는지 감도 제대로 오지 않아 주섬주섬 최대한 많이 챙긴 기억이 난다. 난 대학 졸업 여행으로 태국을 다녀온 걸 빼면 가본 곳이 중국 밖에 없어서 이번 출장이 상당히 설레었다. 인터넷을 통한 정보와 지인들의 얘기로 간접 경험만 하던 그곳을 직접 가보게 되니 가슴이 뛰면서도 한편으로는 '정말 싱가포르 사람들과 중국어로 소통이 가능할까? 중국어 안 쓰고 산지 꽤 오래됐는데 갑자기 못 알아들으면 어떡하지?'라는 긴장에서 오는 떨림도 함께 뒤

섞여 다가오고 있었다. 이때까지만 해도 내가 지금 가고 있는 이 나라에서 7년이란 시간을 보낼 줄은 꿈에도 몰랐고 이 노선의 비행기를 줄기차게 자주 타고 다니게 될 것이라는 것도 전혀 예상하지 못했다.

약 6시간 남짓을 날아 싱가포르 창이공항에 도착했다. 공항 환경과 시설에 대한 내 눈높이는 인천공항의 수준에 맞춰져 있었기 때문에 이때까지도 창이공항이 좋다고 생각하지 못하고 있었는데 향후 주변 동남아 국가들 공항을 비롯해 다른 많은 나라들의 공항을 겪으면서 창이공항이 얼마나 깨끗하고 편하고 친절하고 빠른지 깨닫게 되었다. 공항에 내릴 땐 에어컨 때문에 전혀 더운 줄 모르다가 택시 승강장으로 나오는 순간 마스크를 쓰고 숨을 쉬는 것처럼 더운 공기가 계속 코와 입 주변에서 계속 맴돌았다. 택시를 타고 오는 동안만 해도 보이지 않았던 중국어가 호텔에 가까워지면서 점점 자주 보이기 시작했다.

"이거 봐. 중국어 엄청 많지? 자네 저런 글자들 다 읽어져?"

"그러게요. 팀장님, 진짜 중국이랑 비슷하네요. 글자도 중국이랑 똑같은 간체자를 써서 다 읽어져요."

호텔에 도착해서도 호텔 직원과 모든 대화를 중국어로 소통 할 수 있어서 너무 신기했다. 물론 화교가 아닌 인도계나 말레이계 사람들은 중국어로 소통할 수 없지만 이 소수의 사람들과는 생활적으로나 일적으로나 거의 마주칠 일이 없었고 마주친다 해도 간단한 영어로 얘기하는 상황들이 대부분이라 중국어를 할 줄 아는 나로서는 정말 소통에 불편함이 조금도 없었다.

"이제 내가 자네를 왜 그렇게 기를 쓰고 데리고 오려고 한 지 알겠지?"

"저도 싱가포르에서 중국어를 이렇게 많이 쓰는지 몰랐습니다. 놀랍네요."

"좀 과장해서 말하면 여기 그냥 땅 덩어리 작은 중국이라고 생각해도 될 정도야. 영어 어중간하게 하는 두 명보다 중국어 유창한 한 명 있는 게 훨씬 낫다니까."

언어에 불편함이 없다는 걸 몸소 확인하고 나니 자신감이 생겼다. 팀장이 중국어가 필요하다고 할 때만 해도 난 팀장의 생각이 '영어 어중간한 두 명이 대충 알아듣고 어색하게 미팅하는 것보다 우리 팀에 중국어 잘하는 사람이 한 명 포함되어 있고 미팅에 나오는 상대측 싱가포르 사람들 중 한 명 정도는 중국어가 가능하니까 나와 그 사람 둘 만이라도 제대로 소통하는 게 낫다.' 이 정도의 계산이라고 생각했다. 그래서 난 '만약 어떤 미팅 자리에 중국어 할 줄 아는 사람이 안 나오면 어쩌지? 없으면 내가 매번 중국어 가능한 사람을 적어도 한 명은 미팅에 참석시켜 달라고 요청해야 하나?'라며 걱정했는데 오히려 싱가포르에서 중국어를 못하는 싱가포르 인을 찾아보기가 어려울 정도였다.

출장의 목적은 싱가포르의 베이커리 및 카페 시장과 1호점 매장을 입점 시킬 만한 쇼핑몰을 둘러보는 것이 주목적이었다. 싱가포르는 날씨가 더워 한국의 명동이나 홍대처럼 길거리를 걸어 다니면서 쇼핑할 수 있는 '로드샵' 문화가 아니었다. 건물을 벗어나 밖을 걸으면 5분도 채 되지 않아 땀이 삐질 흐르기 시작하기 때문에 에어컨이 잘 나오는 몰 안에서 쇼핑을 할 수 밖에 없는 환경이었다. 그렇기 때문에 어떤 몰에 매장을 입점 시켜야 하는지가 가장 최우선의 과제였고 그 몰의 어떤 자리를 잡아야 하는가가 2차적 부제였다. 하지만 국내에서 점포 개발 관련 교육도 경험도 없던 나에게 국내도 아닌 외국, 그것도 생전 처음 와 본 나라의 상권을 파악하는 점포 개발 업무를 맡기는 것 자체가 상당히 위험 수위가 높은 모험처럼 느껴졌다.

난 개발 업무에 이처럼 무식했기 때문에 시쳇말로 무대포처럼 점포 개발을 업무를 스스로 터득할 수밖에 없었다. 그도 그럴 것이 본사의 그 누구도 싱가포르의 상권에 대해 전문가 수준만큼 경험이 있거나 직접 살아본 사람이 없었기 때문에 가르쳐 줄 사람도 딱히 없는 상황이기도 했다. 하지만 인생은 새옹지마. 오히려 이런 환경에서 시작된 독학이 나만의 자산이 됐다.

평소에도 쇼핑몰을 다니거나 시내를 돌아다닐 때 난 '이 매장 자리가 좋다.'거나 '여긴 임차료가 비싸겠네.'라는 시각으로 시장을 바라본 적이 없었다. 백화점을 그렇게 가봤으면서도 왜 1층에는 항상 화장품과 향수가 있는지에 대한 의문을 가져본 적도 없는 무지한 나의 싱가포르 상권 이해 목표치는 싱가포르 사람들조차 '여기에서 제일 가까이에 있는 찰스 앤 키스(싱가포르 구두 브랜드)가 어디야?'라고 당연히 내게 묻게 되는 것이고 그럴 때마다 난 단 1초의 고민도 없이 '이 근처는 A몰이랑 C몰에 그 브랜드가 다 들어가 있는데 지하철로 가면 C몰이 10분 정도 가까워. 그런데 A몰이 매장 10평정도 더 크고 종류가 많은 편이야. C몰은 역에서 내린 후 몰 1층 에스컬레이터로 올라가면 XX매장이 보이는데 그 매장 맞은편에 있어서 그 매장이 바로 보일 거고 A몰은 지하철 개찰구를 나와서 지하통로 오른쪽으로 쭉 가면 은행이 나오는데 그 은행 옆, 옆 매장이야.'라고 대답할 수 있는 인간 쇼핑몰 맵이자 내비게이션이 되는 것이었다.

쇼핑몰을 돌 때마다 항상 제일 먼저 찾아가는 곳은 단연 싱가포르 대표 베이커리 브랜드 '브레드 토크(Bread talk)'였고 다른 베이커리나 디저트 매장이 보이면 필수로 들렀다. 거의 매일 다른 빵집의 다른 빵들을 먹었다. 출장 내내 빵과 디저트를 입에 달고 살았고 현지의 제품 가격, 진열 형태, 위생 관리 시스템 등과 같은 것들을 유심히 관찰하고 다녔다. 우리의 타깃이자 최대 경쟁사로 삼은 브레드 토크는 싱가포르의 대표적 대형 식품 그룹이었다. 브레드 토크라는 빵집 브랜드뿐만 아니라 싱가포르에 가면 자주 보이는 F&B 브랜드는 대부분이 이들 그룹에서 운영하는 것이었다. 아침 식사를 주 메뉴로 하는 '토스트 박스(Toast box)', 깔끔하고 잘 정돈된 느낌의 푸드 코트 '푸드 리퍼블릭(Food Republic)', 한국인들에게도 잘 알려진 딤섬 레스토랑 '딘타이펑(Din Tai Fung)', 관광객의 필수 맛집으로 한국인들도 찾아가는 바쿠테(우리나라의 곰탕과 비슷함) 요리로 유명한 '송파(Songfa)'를 비롯해 다른 디저트 브랜드와 케이크 전문점 브랜드도 다양하게 보유하고 있었다. 한국에서 굴러온 아직은 작은 돌이 이 박혀있는 거대한 돌에 버금가는 바위로 성장하기 위해서는 치밀하고 철저한 준비를 해야 했다.

#무늬만 주재원

출장을 마치고 돌아온 한국은 어느새 봄이 스멀스멀 찾아오고 있었다. 봄은 찾아왔지만 오히려 나는 서울을 떠나야 할 날이 점점 다가오고 있었다. 난 정리해야 할 것들을 하나둘씩 정리하기 시작했다. 불행하게도 내 생애 처음 산 새 차를 탄 지 3개월 만에 팔게 되었는데 차의 연식이 거의 새 차라도 중고차 판매 가격은 이미 엄청나게 깎여 있었다. 이렇게 예상치 못한 해외로의 이주는 예상치 못한 해지 위약금이 발생했고 이미 사둔 장기 회원권의 금액적 손실도 따라왔다. 중고가 된 자동차 값, 핸드폰과 인터넷 약정 위약금, 1년 치나 끊어 둔 피트니스 이용권, 계약을 채우지 못하고 나가야 하는 원룸에 대한 처리 등 크고 작은 해지에서 발생하는 금액은 가랑비처럼 내려 어느새 옷을 흠뻑 적셨다. 사람들마다 이런 손실 금액과 항목은 다르지만 어찌 됐건 손실이 발생하게 된다. 하지만 회사는 이런 비용을 지원해주지 않았다. 난 이런 부분이 상당히 안타까웠다. 회사의 발령으로 인해 발생하는 개인의 금전적 손실을 부담해주지 않는 것은 회사가 너무 무책임하게 느껴졌기 때문이다.

'회사에서 주재원씩이나 시켜주고 해외까지 보내주는데 이런 자잘한 비용들은 그냥 넘어가도 되지.'라고 생각할 수도 있지만 주재원은 개인이 회사로부터 받는 특혜가 아니다. 회사는 마치 이것이 개인에게 내려지는 벼슬처럼 여기며 주재원 대우의 원칙이 있음에도 비용 절감을 목적으로 생략하려는 경우가 있는데 이런 잘못을 저지르면 안 된다. 원칙을 어기는 것은 위반자의 잘못이지만 원칙을 제대로 적용하지 않는 것은 집행자의 잘못이기 때문이다.

내가 각기 다른 두 회사의 소속으로 싱가포르로 두 번이나 파견되면서 공통적으로 느낀 것이 있다. 주재원들이 출국 준비를 하면서 발생하는 비용에 대한 지원이나 해외 근무에 대한 급여, 복지 조건들을 대부분의 사람들이 인사팀에 물어보기 전에 상당히 주저하고 눈치를 많이 본다는 것이다. 파견자가 알아야 하고 회사의 기준에 맞게 받을 건 받아야 하는 것이 당연한 권리임에도 불구하고 '특혜'라는 그릇된 인식으로부터 자유롭지 못해 내 권리와 필요조건을 당당하게 요구하지 못한다. 게다가 회사는 개인이 신청해서 받을 수 있는 항목들을 절대 먼저 알려주지 않아 내가 스스로 규정과 기준을 찾아서 요구해야 하는 일이 다반사였고 어떤 것들은 규정 자체가 아예 없어서 받을 수 있는 방법이 없는 경우도 많았다.

더 안타까운 것은 인사팀은 파견자에게 필요한 지원 항목이 규정에 없다는 걸 이미 오래전부터 인지를 했음에도 불구하고 적극적으로 규정을 만들 생각조차 하지 않는다는 것이다. 왜냐하면 그들 자신에게 필요한 것이 아니기 때문에. 만약 인사팀 인원이 주재원으로 나가게 되는 경우가 전부터 있었다면 어땠을까? 그들은 그들을 위해서라도 해외 파견 규정을 만들고 개정해왔을 것이다. 이렇게 명확한 규정은 없이 특혜라는 편견만 가득한 조직에서의 주재원 생활은 굉장히 피곤하고 외로울 수밖에 없었다.

팀장, 제빵 총책 남 기사, 케이크/디저트 총책 민 기사, 재무/관리 총책 구 대리, 영업/개발 총책 나. 이렇게 5명은 어차피 곧 해외로 나갈 태스크 포스 팀이라 회사에서 임시로 지하에 마련해 준 사무 공간에 모여 출국 준비를 했다. 그런데 참 이상한 것은 회사에서 이사와 거주지에 대한 언급을 우리 5명 중 그 누구에게도 하지 않는다는 것이었다. 이제 곧 출국을 할 거고 도착하면 생활 할 집이 있어야 하는데 이 가장 기본적이고 필수적인 것에 대해 어떻게 준비하라는 말이 전혀 나오질 않고 있었다.

"팀장님, 저희 집은 현지로 넘어가서 구하는 건가요?"

나와 구 대리가 점심을 먹으며 팀장에게 물었다.

"아…. 그게, 일단 있어봐. 우리가 아직 정식 팀이 아니고 태스크 포스잖아? 일단 싱가포르로 넘어가고 팀이 되면 집을 해주지 않을까 싶어. 뭘 그렇게 걱정해? 나도 지금 마누라, 애들 다 남겨두고 혼자 가잖아."

팀장은 당황하는 기색이 역력했다. 이후에도 집에 대한 얘기가 팀원들로부터 언급될 때마다 팀장은 화제를 돌리거나 얼렁뚱땅 대답하면서 넘기기가 일쑤였다. 하지만 우리가 이런 문제를 해결해주길 바라며 의지하고 물어볼 사람은 팀장이 유일했고 출국 날짜가 다가올수록 다들 조급해질 수밖에 없었다.

"아니, 팀장님. 저희 이제 출국하려면 진짜 얼마 안 남았어요. 그런데 아직까지 집을 어떻게 해주겠다는 말도 없고 이사는 어떻게 하라는 말도 없고…. 이러면 어쩌라는 겁니까? 저는 곧 결혼식도 올리고 아내도 와서 같이 살아야 하는데 지금 어떻게 해야 할지를 모르겠어요."

곧 결혼을 앞둔 구 대리는 집 문제에 점점 예민해졌다. 사실 결혼 유무를 떠나 이 문제는 모두에게 예민한 문제였다.

"나도 답답해 이 사람아. 지금 자네만 그런 거 아니잖아? 나도 지원 부서랑 계속 얘기하고 있어. 그러니까 좀 더 기다려봐."

팀장 역시 짜증이 났는지 언성이 높아졌다. 하지만 달라지는 것은 없었다. 우리는 결국 회사에서 정해주는 주거지 확보에 대한 아무런 지침도 없이 떠나게 됐는데 회사의 핑계는 우리가 태스크 포스이기 때문에 장기 출장의 형태로 지원을 받을 수밖에 없으니 해외 출장 숙박비 기준에 맞춰 호텔이든 민박이든 알아서 생활하라는 것이었다. 그 뿐만이 아니었다. 회사는 우리가 해외에서 사고를 당하든 건강에 이상이 생기든 전혀 관심이 없었는지 보험도 마련해주지 않았다. 그리고 이런 것에 대한 질문을 하면 회사의 어불성설은 계속됐다. 우리가 1호점을 오픈하고 매출이 발생하면 보험도 현지 보험사를 통해 가입하라는 것이었다. 그냥 한 마디로 얘기하면 '당신들이 지금 거기 가서 바로 돈도 못 버는데 무슨 요구가 이렇게 많아? 억울하면 당신들이 현지에서 빨리 매장 오픈해서 수익을 발생시켜. 그럼 그 돈으로 집을 구하든 보험을 가입하든 알아서 하면 되잖아?' 이런 뜻이었다.

난 이런 황당하면서 화도 나는 일을 겪으면서 내가 지금 대기업에 다니고 있는 게 맞는지 의심이 들 정도였다. 회사는 교묘하게 태스크 포스라는 명찰을 우리에게 달아놓고 줄곧 팀이 아니라서 주재원 규정을 적용시킬 수 없는 상태라는 핑계를 들이대며 많은 것들을 지원해 줄 수 없다는 말만 반복하고 있었다. 이런 문제가 해결될 수 없었던 근본적인 이유는 '해외 파견자 지원은 내가 받을 일도 없는데 대충 만들자.'라는 안일함이 만든 이기심, '어차피 저 사람들은 월급도 나보다 많아질 건데 그거면 만족해야지.'라는 편견이 낳은 질투심, '주재원이면 월급도 많이 받는데 당연히 나보다 고생해야지.'라는 질투에서 발전된 적대심을 가진 사람들이 조직 내부 도처에 깔려있기 때문이다. 그도 그럴 것이 월급쟁이들은 당연히 월급에 가장 민감할 수밖에 없다. 주재원으로 나가는 순간 대리가 국내 팀장 수준의 급여를 받게 되니 상대적 박탈감을 느끼는 사람이 있는 것은 월급쟁이들 세계에서는 당연할 수도 있다.

하지만 월급쟁이도 프로다. 국내 프로야구 리그에서 미국 메이저리그로 진출한 선수가 국내에서 뛰는 선배들보다 연봉이 많아졌다는 이유로 그를 비난

할 수 있는 사람은 아무도 없다. 회사원과 스포츠 선수는 분야만 다를 뿐 둘 다 연봉을 받고 일하는 프로들이다. 냉정한 프로의 세계라는 말은 윗사람이 아랫사람을 다그칠 때 비유하라고 있는 말이 아니다. 오늘 당신의 아래에 있는 사람이 내일 당신을 냉정하게 대할 수 있는 윗사람이 되어 있을 수도 있는 냉정한 프로의 세계이니 시기하고 질투할 시간에 위기의식을 더 가지라는 말을 해주고 싶다. 그러나 회사에는 프로답지 않은 인간들이 다수이고 주재원은 소수이기 때문에 다수결의 원칙 상 주재원이 참고 넘어가야 하는 일들이 비일비재하다. 우리는 이 다수결의 원칙에 밀려 기본적인 주거지 마련에 대한 구체적 합의도 없이 싱가포르로 향했다.

태스크 포스라는 이유로 우리는 정말 장기 출장자로 분류되어 호텔에 살아야 했는데 싱가포르 숙박비 기준이 한화로 10만 원도 채 되지 않아 구할 수 있는 호텔이 거의 없었다. 싱가포르는 대체적으로 고물가이기도 하고 면적이 작은 국가여서 숙박비나 집세가 상당히 높다. 국내에서 현지 물가도 자세히 알아보지 않고 대충 정해놓은 출장비 기준은 정말 충격적이었다. 그 마저도 출장 기간이 길어질수록 숙박비는 더 낮아졌는데 출장 기간이 30일이 넘어가는 시점부터는 기준 숙박비의 80%만 지급한다는 식이었다.

난 이때 싱가포르의 저가 호텔이라는 호텔은 거의 다 자본 것 같다. 일정한 거주지가 없기 때문에 호텔을 바꿀 때마다 큰 여행 가방을 끌고 옮겨 다녀야 했고 사진으로만 보고 구한 호텔 방의 크기가 사진과는 달리 실제 고시원 같은 크기이면 여행가방 조차도 놓기 버거울 때도 있었다. 빨래는 호텔 화장실에서 대충 손빨래를 한 후 에어컨 앞에 널어 말릴 수밖에 없어서 옷을 관리하기도 힘들었다. 내가 가진 예산 내에 들어오는 호텔들은 대부분이 고시원만큼

방이 작고 방음이 잘 되지 않으며 위생 관리 상태도 좋지 않은 곳이었다. 그런 호텔들조차 메뚜기처럼 호텔(호텔이라고 하기에도 민망하다.)을 전전하다 보니 밥도 제대로 챙겨 먹을 수 없었다. 매일 사 먹을 수밖에 없었기 때문에 호텔 주변 식당 음식들이 입에 맞지 않아도 꾸역꾸역 먹어야 하는 환경이었다. 한마디로 의식주가 안정이 되지 않으니 생활 스트레스는 점점 높아질 수밖에 없었다.

기본적인 생활이 돌아가지 않는 상황에서 업무 능력이 좋을 수도 없었다. 나 스스로 나를 주재원이라고 생각하는 것조차 용납이 되지 않았고 오히려 부끄러웠으며 이런 식으로 직원에게 소홀한 이 회사가 원망스럽기 시작했다. 사람은 가지기 어려운 것에 대한 요구를 거절당하면 쉽게 수용하지만 당연히 가져야 할 것에 대한 요구를 거절당하면 오히려 더 쉽게 분노한다. 게다가 정해진 사무실도 없어 임시로 임차한 사무실은 5명이 두 줄로 양쪽 벽을 바라보고 다닥다닥 앉아 벽과 노트북만 바라보고 있어야 했다. 이런 좁은 사무 공간도 임차료는 결코 싸지 않았다. 국토 면적이 작은 나라에서 공간을 구매하는 것은 그만큼 큰 비용을 지불해야 하는 것이었다. 우리는 거의 돌아가며 매일같이 팀장에게 애로사항을 얘기했지만 팀장 자신부터가 혜택을 받은 사람으로서 실적이 있을 때까지 본사에 많은 걸 요구할 수 없다고 생각하고 있었기 때문에 우리의 요구가 반영될 리가 만무했다.

"자네들 엄청 행운이잖아. 다들 싱가포르 주재원이 되고 싶어서 난리인데 생활 좀 불편하면 어때? 요즘 같은 세상에 우리보다 힘든 사람들도 많잖아. 우리가 지금 까먹고 있는 회사 돈이 얼만데 이 정도만 해줘도 감지덕지해야지. 안 그래?"

전혀 공감할 수도 이해할 수도 없었다. 난 내가 싱가포르 주재원이 되고 싶어서 난리 친 적도 없고 요즘 세상에 직원을 해외에서 싸구려 호텔을 전전하면서 홈리스처럼 지내게 하는 대기업도 없다. 그리고 우리는 회사의 돈을 까먹고 있는 것이 아니라 회사가 해외 사업에 대한 투자를 한 것이고 본인들을 대신해서 타지로 나와 준 우리의 노고에 감사해야 한다. 그렇기 때문에 팀장의 개똥철학 같은 소리를 들을 때마다 우린 모두 분노가 치밀었다. 난 부모님의 잘 지내냐, 집은 구했냐는 질문에 거짓말로 대답할 때마다 얼굴을 쥐구멍에 파묻고 싶었다.

호텔 생활에 지친 우리는 결국 룸 렌트를 생각했다. 구 대리는 한 가족이 사는 아파트의 방 한 칸을 구했고 나와 남 기사, 민 기사는 방 3칸짜리 한 집을 빌려 같이 생활했다. 그나마 집같은 공간에 생활하니 호텔보다는 나았고 빨래와 요리를 할 수 있게 되었다. 하지만 회사 사람들과 같은 집에 산다는 것은 여전히 불편한 일이었다. 이렇게 내 집도 없는 상황이 이어짐에도 불구하고 회사는 매장을 구하라고 날 깨 볶듯 들들 볶았다. '당신들이 내 집도 안 구해주는데 당신 같으면 매장이 눈에 들어오겠소?'라는 말이 본사의 전화를 받을 때마다 맴돌았지만 어차피 '그래도 당신들은 더 받잖아?'라고 생각할 이 아마추어들에게는 그야말로 경 읽기라 참고 또 참았다.

내 메뚜기 인생은 호텔을 전전하는 것으로 끝나지 않았다. 난 브랜드 외판원이었다. 이 브랜드가 어떤 브랜드인지 당신들 쇼핑몰에 입점 시키면 당신들에게 어떤 이득이 발생할지를 계속 반복적으로 얘기하고 다녔다. 그 더운 날씨에도 좀 더 신뢰감을 주기 위해 최대한 셔츠와 정장 바지를 입었고 한 손에는 언제나 노트북이 들린 채로 매일 쇼핑몰을 찾아다니며 브랜드 소개를 했다.

초기에는 어떻게 누구와 연락을 해야 쇼핑몰 담당자와 닿을 수 있는지 알 수가 없어 현지 부동산 에이전시를 이용했다. 비교 대상을 위해 복수의 에이전시를 이용했는데 에이전시들을 통해 쇼핑몰 담당자들을 소개받을 수 있는 장점은 있었으나 그들이 실질적으로 내 브랜드에 맞는 자리를 분석해서 찾고 임차료를 열과 성을 다해 협상해주지는 않았다. 그들은 정말 그냥 소개만 해 줄 뿐이고 본인이 소개해 준 몰과 계약이 체결되면 상업 매장의 월세가 상당히 높기 때문에 엄청난 돈을 수수료로 받을 수 있었다. 그래서 그들은 최대한 많은 후보지들을 검토도 없이 고객에게 막 던진다. 그 중에 하나만 걸려도 대박이기 때문인데 그로 인해 굳이 직접 가서 검토하지 않아도 될 곳들을 가게 되기도 하면서 시간적으로 낭비가 되기도 했다.

하지만 브랜드 론칭 초반에 싱가포르라는 시장을 모르고 인맥이 없는 상태에서는 부동산 에이전시의 도움이 필요하기도 하다. 난 매일 에이전시가 오라는 장소와 시간에 맞춰 가서 쇼핑몰 담당을 만나고 브랜드 소개 자료를 보여주고 매번 녹음기처럼 같은 말을 반복하며 하루를 보냈다. 난 국내 업계 1위 브랜드이고 어디에서도 매장을 쉽게 볼 수 있는 브랜드라서 외국인들의 관심이 폭발적일 것이라고 예상했지만 내 착각이었다.

"음…. 그래서 뭘 얘기하고 싶은 거죠? 그냥 베이커리, 카페잖아요? 베이커리랑 카페라면 우리 몰에 이미 많이 들어와 있어요. 브레드 토크도 있고요. 그런데 우리가 왜 베이커리를 더 열어야 하죠?"

"아, 그게…. 저희 브랜드는 빵 종류도 훨씬 많고 인테리어도 엄청 예뻐서 눈에 확 들어와요. 그리고 일단 빵 맛이 완전히 다릅니다. 제가 브레드 토크 빵을 수도 없이 먹어봤는데 실망스러웠죠. 저희 빵 정말 맛있어요."

"글쎄요. 우리는 브레드 토크 빵 맛에 익숙해서 그 빵이 맛있어요. 그리고 베이커리 인테리어가 예쁘다고 크게 효과가 있을까요?"

맞는 얘기였다. 나 스스로가 우리 브랜드는 이 정도로만 대충 설명해도 딱 차이점을 느끼고 매력을 알아볼 것이라고 자아도취에 빠져있었던 것이다. 한국에서 1위라고 글로벌 1위 브랜드인 것도 아닌데 바보 같은 자만에 빠졌던 것이다.

그래서 난 브랜드 소개 자료를 재구성하기로 했다. 비록 내 생활은 이 모양이 꼴이었지만 싱가포르 사람들에게 제대로 된 빵 맛을 보여주고 싶다는 생각은 변하지 않았다. 난 본사에서 받은 너무나 단순하고 오만해 보이는 브랜드 소개 자료를 휴지통에 버리고 몰 담당자들과의 미팅에서 받아온 질문의 답이 모두 들어가 있으면서 일반 베이커리 브랜드와의 차이를 한 눈에 보여줄 수 있으며 한국에서 얼마나 대단한 브랜드인지 왜 그렇게까지 성장할 수 있었는지의 역사를 담을 수 있는 새로운 브랜드 소개 자료를 만들었다.

우리 브랜드를 직접 보지 못한 사람들, 제품을 먹어보지 못한 사람들에게 가장 와 닿을 수 있는 것은 아무래도 비주얼 위주의 자료였다. 난 사진으로만 봐도 맛있어 보이고 예뻐 보이는 제품들의 고 사양 사진들을 넣고 어떤 재료가 들어갔는지 재료의 원산지는 어디인지부터 식감과 맛의 표현까지 묘사해 보는 사람이 먹고 싶다는 생각이 들 정도의 매력적인 자료를 만들었다. 그리고 한반도라는 작은 땅에 이미 3천 개라는 어마어마한 숫자의 매장이 있고 그렇게 큰 성장을 이룰 수 있는 이유 중 하나가 IMF라는 시련을 겪으며 대규모 실직을 마주한 가장들에게 가맹점 점주로 다시 일어설 수 있는 기회가 되어 준 브랜드이기 때문이라는 감성적 스토리를 가미했다. 그리고 우리 매장은 단순

한 빵집이 아니라 와서 쉴 수 있는 카페 공간이며 인테리어와 제품 비주얼이 예쁘기 때문에 여성 고객들이 와서 제품과 매장 사진을 찍어 자신의 온라인 공간에 올리며 사람들과 소통할 수 있는 요소들을 간직한 곳이라는 것을 강조했다.

이렇게 쭉 이어지는 프레젠테이션의 마지막은 언제나 약 3분짜리 글로벌 홍보 영상으로 마무리됐는데 이 영상은 정말 초대형 글로벌 브랜드로 보이기 딱 좋게 만들어졌었다. 이 영상은 내가 신입 사원 교육 때 봤었던 기억이 있어 본사에 요청을 해서 CD를 받아 사용했는데 그 효과가 아주 좋았다. 내가 신입일 때나 지금의 싱가포르 사람들이나 둘 다 우리 브랜드를 잘 모르는 입장이기 때문에 내가 신입 때 인상적이었던 영상이면 이들에게도 충분히 그럴 수 있을 것이라고 생각했다. 이 글로벌 홍보 영상은 아침부터 밤까지 우리 브랜드가 진출해 있는 국가에서의 매장 풍경과 빵 먹는 사람들의 모습을 담은 것이었는데 언어도 영문, 중문이 모두 담겨있어서 아주 유용했다. 아침 8시에 미국에서는 모닝커피와 빵을 사고 12시에 중국 베이징에서는 차와 디저트를 먹고…. 이런 식으로 개점 시간부터 폐점 시간까지 글로벌 시장에 있는 매장과 고객들의 풍경을 보여주는 영상이었다.

'그냥 빵집이잖아?'라고 했던 그들이 이제야 '와우! 맛있겠는데?'라고 반응이 바뀌며 브랜드 소개 내내 맛있는 대화를 하며 좋은 분위기를 이끌어 갈 수 있었다. 더욱이 쇼핑몰 담당자들 대부분이 디저트를 좋아하는 여성들이라(그렇게 몰 담당들을 많이 만나고 알고 지냈지만 남자 담당을 만난 적이 거의 없다.) 그녀들은 한국 여행을 갈 건데 꼭 가서 먹어보겠다며 자신의 여행 코스 안에 매장 방문을 미리 넣어두기도 했다.

사실 외국에서 사업 미팅을 하고 다니는 초반은 엄청나게 많은 긴장을 했다. 한국에서도 해보지 않은 이런 중요한 미팅을 외국에서 외국인들과 외국어로 한다는 자체가 엄청난 심적 부담이어서 연습도 많이 했던 기억이 있다. 하지만 미팅이 반복되고 부족한 점을 찾아내고 보완해가면서 나만의 노하우가 쌓였고 상대방의 눈빛만 봐도 어떻게 받아들이고 있는지 대충 감이 올 정도로 익숙해져 갔다. 무엇보다도 내가 브랜드 소개에 자신이 있으려면 나 스스로가 브랜드에 대한 자부심을 가지고 있어야 하는데 그 당시 회사는 내 자부심을 점점 깎아내리고 있어 일에 신이 나질 않았다. 그렇기 때문에 우린 지금의 상황에서 그나마 좀 더 나은 상황을 만들 수 있는 방법을 강구해야 했다.

#멀티플레이어의 역설

주거가 안정되지도 회사의 지원이 좋지도 않은 악조건이었지만 내가 해야 할 일은 점점 많아졌다. 총 다섯 명의 멤버들 중 외국어가 원활한 사람이 나뿐이어서 난 거의 모든 업무에 통역으로 관여를 해야 했다. 그리고 우리는 더 이상 비좁은 임대 사무실에 있을 수가 없었다. 해외 법인으로서 기능을 제대로 수행할 수 있는 사무실을 찾아야 했다. 하지만 우리가 찾아야 할 사무실의 조건은 일반 회사와 다른 아주 까다로운 조건이었다.

일반적으로 사무실을 마련한다고 생각하면 교통 편의성과 회사의 이미지를 생각해 오피스 상권이나 경제 중심지에 있는 번듯한 빌딩 안의 깔끔한 사무실을 생각하겠지만 자기 집도 마련해주지 않는 상황에서 이런 사무실은 그림의 떡이었다. 그리고 이 회사는 운영 특성상 사무실과 제조 교육과 개발을 위한 트레이닝 센터가 함께 있어야 했다. 쉽게 말하자면 빵을 판매하는 매장에 영업 관리를 위한 사무실과 제빵을 위한 주방이 함께 있는 것처럼 관리와 제조가 한 공간에 들어가 있어야 했다. 예산이 충분하다면 사무실은 오피스 지역에 구하고 트레이닝 센터는 임차료가 좀 더 싸면서 넓게 쓸 수 있는 곳으로 구하는 게 좋겠지만 예산도 부족할 뿐만 아니라 지금 회사 규모와 인원에 비춰 봤을 때 이 둘을 분리하면 관리도 힘들고 여러모로 낭비가 될 것 같았다.

하지만 싱가포르에서 이 두 가지 기능을 함께 갖춘 조건의 사무실을 찾는 것은 정말 하늘의 별 따기와 같았다. 싱가포르는 철저한 계획 도시 국가이기 때문에 용도에 따라 지역이 철저하게 나누어져 있다. 트레이닝 센터는 빵을 굽고 요리를 할 수 있는 설비인 배수와 후드 시설이 필수인데 이 시설은 공단 지역에서만 허가를 낼 수 있고 일반 오피스 지역은 설치가 불가능했다. 그럼 우리가 공단으로 들어가면 되지 않느냐? 보통 공단 지역은 시내 및 거주 지역과 거리가 상당히 떨어져 있어 접근성이 좋지 않아 직원들의 출퇴근과 사무실에 찾아올 손님들에게 적지 않은 불편을 줄 수 있다. 싱가포르가 국토가 작아 출퇴근이 멀어봐야 그리고 불편해봐야 서울만 하겠냐는 생각을 할 수 있지만 이런 편협하고 자기중심적인 사고가 글로벌 사업에 큰 걸림돌이 되는 것이다.

서울 외곽에서 서울 시내로의 출퇴근은 당연히 지옥과 같을 만큼 고되고 힘들다. 난 이것을 서울에서 수원까지의 출퇴근으로 몸소 체험했다. 하지만 그것은 어디까지나 서울에서 생활해 본 사람들이 체감하는 불편함이고 싱가포르에서는 그들이 체감하는 그들만의 불편함이 있는 것이다. **내가 좋으니까, 내가 편하니까 타인도 그럴 것이라고 단정 짓는 것은 사고방식은 타인을 굉장히 불편하게 만든다.**

사람이 처한 환경에 따라 기준이 다 다르다는 것을 몸 소 깨닫게 해 준 일화가 있다. 내가 베이징에서 길을 가다가 중국인 어르신에게 길을 물은 적이 있는데

"여기로 가려면 얼마나 가야 해요?"

"아, 여기? 이쪽으로 쭉 가면 돼. 얼마 안 멀어! 그냥 걸어가도 되는 거리야!"

걸어서 45분 걸렸다. 한 여름에 땡볕에서 걷다가 쓰러질 뻔했다. 하지만 큰 땅덩어리에 사는 중국인들에게 이 정도는 먼 거리라고 느껴지지 않는 것이었다. 마찬가지로 싱가포르는 작지만 작은 만큼 우리에게 가까운 거리도 그들에게는 먼 거리인 것이다. 그래서 사무실을 찾는 일은 굉장히 오랜 시간이 소요됐다. 부동산 에이전시를 세 군데나 써서 우여곡절 끝에 사무실을 찾을 수 있

었는데 정말 사무실 분위기는 조금도 찾아볼 수 없는 창고 분위기의 공간이었다. 하지만 직원들의 출퇴근 편의성을 높여줄 수 있는 지하철역과 버스 정거장이 가까이에 있었고 제조 및 요리 설비까지 가능한 싱가포르 내에서 쉽게 찾을 수 없는 컨디션이었기 때문에 오래 고민하지 않고 바로 계약했다.

사무실 인테리어를 시작했다. 물론 인테리어 예산도 넉넉지 않았기 때문에 최대한 저렴한 것들로 사무실을 채워나갔다. 비싼 사무용 책상과 의자를 살 수가 없어서 마치 독서실 책상 같은 칸막이 책상을 샀는데 근무하는 모습을 바라보면 마치 고3들이 빽빽이 모여 앉아있는 것 같았다. 트레이닝 센터에는 제빵용 오븐, 반죽 기계, 커피 머신과 같은 제조 기계와 주방용 조리 도구들로 채워지기 시작했다. 그런데 이런 것들을 하나씩 사는 것도 내가 통역을 맡아야 했다. 업체를 검색하고 찾아가서 주문 수량과 가격을 흥정하는 것부터 업체에서 연락이 오면 통화조차도 내가 대신해줘야 했다. 그리고 내 팀의 직원뿐만 아니라 제조 팀의 직원 채용 면접도 내가 통역으로 들어가야 했고 앞으로 매장을 운영하게 되면 필요해질 밀가루, 설탕, 계란과 같은 원재료 업체 검색과 계약도 모두 나를 거쳐야 했다.

명목상으로는 통역을 위해서였지만 실질적으로 좋게 말하면 멀티플레이어고 나쁘게 말하면 일복 터진 사람이 되어가고 있었다. 사실 이렇게 내 일은 내 일대로 해야 하고 남의 업무까지 도와야 하는 상황이 쉽사리 긍정적으로 받아들여지지는 않는다. 나 역시 처음에는 귀찮기도 하고 짜증도 났지만 나중에는 점차 알아가는 재미가 있었다. 난 제조 기사들과 함께 싱가포르 최대 밀가루 공장을 가진 회사부터 작은 포크 판매 회사까지 찾아 다녔고 그러면서 내가 몰랐던 영역의 많은 것을 직접 체험할 수 있었다. 그리고 통역을 하면서 자연스레 이쪽 분야의 몰랐던 중국어 단어들도 습득하게 되었다.

그렇게 시간이 지나면서 어느새 내 명함첩에는 수많은 싱가포르 공급 상들의 명함이 가득 채워져 있었다. 난 이 명함들을 보면서 왠지 많은 인맥이 쌓인 것 같아 어깨가 으쓱해지기도 했다. 그리고 무엇보다 내 존재의 필요성이 조직 내에서 더 커졌다는 것이 가장 뿌듯했다. 여기저기 다 필요한 사람이 되면서 조직의 핵심 부품처럼 여겨지기 시작했고 다른 팀 사람들과의 사이도 좋아질 수밖에 없었다. 멀티플레이어가 된다는 것은 내 일이 아닌 일도 해야 하는 어쩌면 불공평하게 들릴 수 있는 일임과 동시에 내 일이 아닌 일을 할 수 있어서 키 플레이어가 되어가는 것이기도 했다. 그리고 이것은 다 갖춰진 조직에서는 남의 일까지 떠맡는 미련한 사람으로 보일 수 있으나 자본이 적고 법인 세팅부터 시작해야 하는 신설 조직에서는 모든 시작점과 히스토리를 알고 있는 유일한 재원이 될 수 있는 것이었다.

#새 식구를 찾습니다.

사무실 빌딩 바로 앞은 주유소를 낀 왕복 4차선 도로이고 뒤쪽은 공터였다. 그래서 주변에 점심 식사를 할 곳도 마땅치 않았다.(그땐 싱가포르에 배달 서비스가 거의 없었다.) 지하철을 타고 다른 동네로 가서 먹고 오거나 우연히 발견한 회사 뒤 공터를 가로질러 가면 나오는 싱가포르 2위 통신사 스타허브(Starhub. 국내로 치면 SKT, KT 같은 회사다.) 본사 구내식당에서 사 먹었다. 점심을 사 먹고 소화도 시킬 겸 스타허브 본사에 구경 갈 때마다 부럽다는 생각이 참 많이 들었다. 싱가포르 대표 통신사답게 건물은 반짝거렸고 휴게실에는(휴게실까지만 외부인이 출입이 가능했다.) 직원들을 위한 게임기, 무료 자판기, 안마기 등과 같은 세심한 편의시설까지 갖춰져 있었다. 게다가 그들의 일터도 우리와 같은 다소 외진 곳에 있다 보니 구내식당을 운영함과 동시에 구내식당 메뉴에 질려 나가서 먹고 싶은 직원들을 위해 가까운 시내로 나가는 점심시간 무료 셔틀버스까지 제공되고 있었다.

이런 광경을 자주 보면서도 볼 때마다 부럽다는 말이 절로 나왔다. 난 지금 제대로 된 내 집이 있는 것도 아니라 불편한 생활을 하고 있었고 그토록 어렵게 찾은 사무실 역시 엘리베이터가 언제 고장 나 멈춰도 이상하지 않을 낡은 건물 안에 있었다. 대한민국에서는 업계 1위인 대기업이지만 싱가포르에서의 우리는 이제 막 법인을 설립한 신생 기업이라는 현실을 뼈저리게 자각 할 수 있게 되는 순간이었다. 하지만 그나마 좁디좁은 고시원 같았던 임시 사무실을 벗어나 우리만의 사무실이 생긴 게 어디냐고 긍정의 틈새를 만들어 만족해보려 노력했다.

비록 비루 하지만 법인 사무실이 생겼기 때문에 난 1호점이자 플래그십 매장을 찾는데 더 속도를 내야 했다. 동시에 매장 오픈을 대비해 인력 채용과 교육도 해나가야 했다. 이제 사무실의 임차료가 나가기 시작할 것이고 직원들의 인건비도 더 늘어날 것이기 때문에 빨리 매장을 열어 수입을 발생시켜야 한다는 부담감이 더 커진 것이다. 마치 한 집안의 생계를 책임져야 하는 가장과 같은 마음으로 책임감을 가지고 이 조직을 이끌어나가야 하는 상황에 직면하게 되었다.

곧바로 영업, 재무, 제조 이 세 분야 모두 인력을 충원해야 했다. 제조는 빵이나 케이크 분야에 경력이 있는 사람들이 필요했고 재무 역시 한국과는 다른 시스템이어서 현지 재무 경력자를 뽑아야 했다. 난 고민 끝에 내 파트는 한국어를 할 줄 아는 현지인을 뽑기로 했다. 그래서 내 파트의 채용이 가장 어려웠다. 한국어를 할 줄 아는 싱가포리안(Singaporean: 싱가포르 인)이 많지도 않았고 한국어를 하면서 내가 바라는 경력까지 갖춘 사람은 당연히 극소수일 수밖에 없었다. 게다가 내가 원하는 요건을 모두 갖춘 능력자가 온다 하더라도 오히려 그가 원하는 급여 요구치를 맞춰줄 수 없는 나의 채용 예산이었기 때문에 욕심을 버려야 했다.

그럼에도 불구하고 내가 끝까지 한국어를 할 줄 아는 현지인을 채용하고자 한 이유는 첫 번째가 본사와의 소통이 반드시 필요한 업무였기 때문이었다. 난 외근이 많기 때문에 누군가 사무실에서 본사와 소통을 해주면서 날 지원해주는 것이 적은 인력의 소규모 조직에서는 효율이 높다고 생각했고 본사에서 출장을 오는 사람이 있다면 그 대처도 더 원활할 것이라 생각했다. 두 번째는 사무실에 있는 주재원들을 위해서였다. 영업은 제조와 재무 등 모든 파트와 연결되어 있기 때문에 다른 파트의 주재원들이 영업팀과의 소통에서 착오를 겪지 않도록 하고 싶었다. 세 번째는 좀 더 먼 미래를 생각해서였다. 나중에 조직이 커지고 내가 귀국이나 다른 이유로 이 조직에서 빠지게 되더라도 이 조직을 잘 아는 현지 직원이 날 대체하러 온 주재원에게 영업 상황을 잘 설명해 주길 바라는 마음이었다. 이렇게 까다로운 내 채용은 시간이 걸리기도 했지만 채용을 진행하면서 알게 된 놀라운 것 중 하나가 싱가포르의 '고용 할당제'였다.

싱가포르는 동남아시아에서 경제, 사회, 교육, 의료 등 대부분의 분야에서 으뜸인 나라이다 보니 주변 국가에서 많은 사람들이 일자리를 찾으러 온다. 그리고 동남아의 허브 역할을 할 수 있는 지리적 요건과 인프라가 구축되어 있어서 외국계 회사와 외국인 근로자가 상당히 많다. 그럼 고용주의 입장에서는 어떤 사람을 고용하게 될까? 당연히 인건비가 상대적으로 저렴한 주변 국가에서 넘어온 외국인일 것이다. 그들은 싱가포리안보다 적은 월급을 받아도 그들의 고향으로 돌아가면 큰돈이 되기 때문에 싱가포리안보다 희망 급여 수준이 낮은 경우가 다수이다. 그리고 외국계 기업은 나처럼 본사에 주재원을 파견 보낸 후 현지에서 인력을 채용하도록 하는데 고용주가 된 나 같은 주재원 역시 기본적인 채용 여건만 갖춘다면 급여의 요구치가 상대적으로 낮은 말레이시안이나 인도네시안을 선호하게 되어 결과적으로 고 학력이면서 고 연봉을 원하는 싱가포리안들은 노동 시장에서 설 곳이 없게 될 것이다. 그래서 이 똑똑한 싱가포르 정부는 자국민 일자리 보호를 위해 고용 할당제를 오래전부터 적용하고 있었다.

이 할당제는 산업 분야별로 할당 비율이 다른데 쉽게 설명하자면 어떤 기업이든 싱가포리안이나 영주권자를 2명 고용해야 외국인을 1명 고용할 수 있는 권한을 주는 것이다. 그렇기 때문에 무조건 싱가포리안이나 영주권자를 많이 채용하면 할수록 외국인 채용 T.O도 늘어나는 것이었다. 만약 싱가포리안이나 영주권자가 퇴사를 하면 T.O에 즉각 반영되어 외국인 고용 할당이 줄어들고 싱가포리안이 계속 그만두고 외국인만 남아있다면 마이너스 T.O를 부여해 이 마이너스를 플러스로 전환할 때까지는 계속 싱가포리안이나 영주권자를 뽑아야 한다. 이 T.O는 노동청에서 매월 회사 별로 공지를 하기 때문에 채용 전에 꼭 확인을 하고 채용을 진행해야 한다. 사실 이 할당제 때문에 대부분의 기업이 인력 부족의 스트레스에 시달리기 때문에 편법을 쓰는 회사들도 적지 않다. 예를 들면 집에서 놀고 있는 싱가포리안이나 영주권자를 여럿 섭외해 근무하는 것처럼 서류를 꾸며 위장 취업 형태로 회사 인원으로 등록을 시킨 후 비록 집에서 놀지만 아주 적은 급여를 줘서 T.O를 유지하고 실제로 출근하는 사람은 외국인을 뽑는 경우가 많은데 이걸 수 없이 봐온 싱가포르 정부는 반드시 잡아내고야 만다. 대부분 다 적발되어 혹독한 대가를 치르기 때문에 편법이나 불법은 생각하지도 못한다. 그럼 주재원들은 어떻게 일할 수 있느냐? 주재원처럼 급여가 높게 신고된 인력들은 거주 비자 등급이 다른 외국인들과 다른데 이 비자(E-Pass: 흔히 'EP'라고 불리며 연봉이 어느 선 이상으로 신고되어야 발급된다.) 소지자는 할당제의 외국인에 포함되지 않고 별도의 T.O를 받는다. 회사에서 이 비자를 발급해주려면 연봉을 많이 줘야 하기 때문에 어차피 많이 뽑을 수가 없다. 싱가포르 정부는 참 똑똑하다. 세금을 많이 내는 고 연봉자들은 이 고용 할당제에서 어느 정도의 탄력성을 부여해 세수도 늘리고 외국 고급 인력이 많이 들어와 경제에 도움이 될 수 있는 정책을 만들어 놓았으니 말이다. 이 할당제는 향후 내가 다른 브랜드를 관리할 때에는 더 심각한 골칫덩어리가 되는데 그건 뒤에서 얘기하도록 하겠다.

각 팀 별로 지원자들 이력서를 보면서 나는 우리의 현실을 더욱 깊게 깨닫게 되었다. 이 싱가포르에서 소위 '듣보잡(듣도 보도 못한 잡것)' 브랜드에 좋은 경력을 가진 사람들이 지원하지 않는 것은 당연한 것일지도 모르는데 이 사실을 잠시 망각했던 우리는 지원자들의 경력에 실망을 금치 못했다. 우리는 일단 싱가포리안이나 영주권자 위주로 뽑아서 잘 가르치는 것 외에는 방법이 없다고 생각했다. 제조팀은 내가 통역을 도와 실습생들을 뽑았고 구 대리는 재무 지원을 해 줄 영주권자 말레이시안을 채용했다. 난 끝까지 한국어 가능자를 기다렸고 운 좋게 서울에서 한국어학당까지 다녀온 유창한 한국어 능력을 지닌 싱가포리안 여성 '셀린'을 뽑을 수 있었다. 비록 셀린은 영업 경력도 전혀 없고 근무 경력이 전체적으로 짧았지만 지금 상황에서 조직이 가장 필요한 부분인 한국어 능력을 지녔고 희망 급여도 내 예산에 들어왔기 때문에 난 즉시 채용하기로 결심했다. 이렇게 새 집에 새 사람들이 서서히 자리를 채우기 시작했다. 이제 정말 뭔가 회사다워지는 기분이었다.

#1호점 자리=성공 키워드

난 1호점이자 플래그십 매장을 찾는 것에 계속 집중했다. 쇼핑몰에서 만나보고 싶다고 하면 몰의 수준이나 규모를 가리지 않고 일단 모두 찾아가서 브랜드 소개에 최선을 다했다. 왜냐하면 지금 만나는 담당자가 이 몰에서 더 이상 일할 생각이 없어져 다른 몰로 이직을 할 수도 있기 때문이었고 더군다나 그 몰이 내가 브랜드를 입점 시키고 싶은 몰이라면 생판 처음 보는 사람보다 한 번이라도 본 적 있는 사람과의 대화가 수월해질 가능성이 높기 때문이다. 싱가포르는 여느 외국 직장 생활 문화와 마찬가지로 한국과 달리 이직이 아주 보편적이고 잦은 노동 시장 구조이기 때문에 이런 가능성을 배제할 수 없었다.

내가 몰을 돌아다니는 그 와중에도 '저 다음 주부터 이 몰에서 일해요.'라는 연락을 종종 받기도 했고 미팅 중에도 후임자를 데리고 나와 소개를 시켜준 후 '앞으로 이 분이랑 연락하시면 되고 저는 다른 몰로 옮기는데 옮기고 나면 알려 드릴게요.'라고 말하는 경우도 있었다. 그렇기 때문에 어디서든 다시 마주칠 수 있다는 생각으로 만나자고 하면 응했고 그렇게 미팅을 다니다 보니 유통사 담당자들과의 인맥이 엄청나게 쌓이기 시작하면서 싱가포르 내 거의 대부분의 몰을 직접 가볼 수 있었다. 하지만 1호점을 찾는 것은 쉬운 일이 아니었다. 비록 내가 수많은 몰들을 다니고 있지만 그것은 1호점을 찾기 위해서라기보다는 브랜드를 널리 알리고 인맥을 쌓기 위함이었고 1호점이 들어서야 할 구역은 이미 정해져 있었다. 그곳은 바로 '오처드로드(Orchard Road)'였다.

오처드로드는 싱가포르의 쇼핑 중심지로서 내로라하는 세계 유명 브랜드들로 이루어진 브랜드 천국 같은 곳이다. 서울에는 강남대로, 뉴욕에는 맨해튼 거리, 상하이에는 신천지가 있는 것처럼 싱가포르에는 오처드로드가 있다. 오처드로드는 싱가포르를 방문하는 수많은 외국인들의 필수 방문 코스이기 때문에 매장을 여는 것만으로도 광고 효과가 탁월하고 럭셔리 브랜드들이 우글거리는 이런 곳에 어깨를 나란히 하며 매장을 열었다는 것 자체로 브랜드의 격과 위상이 올라가는 마케팅 효과도 톡톡히 볼 수 있다. 그렇기 때문에 고가의 임차료도 마다하지 않고 입점 전쟁이 일어나는 지역이다.

나 역시 이 전쟁에 뛰어들어야 했고 가장 빛나는 이 구역에 반드시 1호점 깃발을 꽂아 플래그십 매장을 만들고 싶었다. 하얀 사각형 티슈 중심부에 스포이트를 이용해 색깔 있는 물방울 하나를 떨어뜨리면 티슈 중심부터 서서히 색깔이 물들며 퍼져 나가듯 싱가포르 쇼핑 중심지에 1호점 물방울을 떨어뜨리고 싶었다. 그리고 기존의 빵집과는 '격이 다른 빵집'이라는 것을 그들에게 증명해 보이고 싶었다. 외국에 현지인들이 모르는 브랜드를 가지고 들어와 그 나라에서 브랜딩에 성공을 시키는 첫걸음도 1호점의 '자리'이고 나아가 사업의 성패를 좌우하는 것 역시 1호점의 '자리'이다. **아무리 시간이 걸리더라도 1호점의 자리는 적당한 곳이 아니라 내 브랜드 혹은 내 매장에게 여기가 아니면 안 되는 곳이어야 한다. 그래서 1호점의 자리는 찾기 전엔 나로 하여금 많은 시간을 쓰게 하더니 찾고 난 후는 많은 돈을 쓰게 했다.**

오처드로드 구역 안에 있는 쇼핑몰이라고 무조건 다 받아들일 수 있는 건 아니었다. 그 구역 안에서도 내 리스트에 올라와 있는 쇼핑몰이어야 하고 층수와 위치도 마음에 들어야 했다. 그리고 더 까다로운 것은 F&B 영업 허가가 나 있는 자리(싱가포르는 같은 층에 있는 매장이라도 자리마다 허가가 다르게 되어있다. 게다가 베이커리는 매장에 오븐이 있어야 해서 배수와 배기 시설이 모두 필요한데 이 시설 설치가 가능한 매장인지 확인도 필요했다. 만약 허가가 되어 있지 않는 매장이지만 자리가 너무 마음에 들어 용도 변경 허가를 진행할 수는 있지만 엄청난 금액과 시간이 들어가기 때문에 아무리 마음에 드는 자리라도 허가가 안 난 자리면 포기하는 것이 여러모로 현명했다.)여야만 하고 사이즈가 최소 60평 이상이어야 했으며 제빵용 오븐의 전력 소비를 감당할 수 있는 전력이 공급되어야 했다. 이런저런 조건을 모두 충족시키는 매장을 구하는 것은 사람이 꿈에 그리던 완벽한 이상형을 만나는 것처럼 쉽게 일어날 수 있는 일이 아니었다.

이렇게 조건이 까다롭다 보니 부동산 에이전시들도 하나씩 지쳐가며 연락이 줄어들었고 매장을 찾지 못하는 나는 본사로부터 매일 놀고 있는 사람 취급을 받았다. 본사 사람들은 한국 내 브랜드 위상만 봐왔기 때문에 '1호점 그거 찾는 게 뭐가 그렇게 어려워? 우리 브랜드 입점한다고 하면 서로 주려고 할 텐데 네가 못하는 거 아냐?'라며 쉽게 생각하고 말도 쉽게 내뱉었다. 1호점 확정이 늦어지면서 나는 이런 비난에 많은 스트레스를 받았고 매일 교육과 연습만 하는 제조 팀을 비롯하여 다섯 명의 주재원 모두가 본사의 압박을 피할 수 없었다. 그렇기 때문에 난 하루하루 피가 말랐다. 하루가 지나가며 찾아오는 내일이 두려웠고 시간이 지날수록 원하는 곳에 매장을 얻지 못하고 본사로 끌려들어갈지도 모른다는 생각도 들었다.

그러면서 점점 자신감도 잃어갔다. 싱가포르에 온 지 약 6개월이 지나면서 내가 오처드로드에 매장을 구할 수 없을 것이라는 패배감이 스멀스멀 피어올랐다. '점포 개발이라는 분야에 경험도 지식도 없는 내가 아닌 국내의 다른 전문가 주재원이 왔으면 금방 해내지 않았을까?'라는 자괴감도 밀려왔다. 결국 이 상황의 모든 책임과 잘못은 나에게 있는 것 같아 잠도 제대로 이룰 수 없는 날들이 계속되고 있었다. 그렇게 패색이 짙어져 가고 있던 와중에 전화 한 통이 걸려왔다. 일전에 프레젠테이션을 했었던 오처드로드에 있는 위즈마 쇼핑몰의 담당자 제시였다.

그녀는 나와 다시 한 번 만나 얘기를 해보고 싶다고 했다. 지금까지 다시 한 번 만나서 얘기해보자는 케이스는 거의 없었기 때문에 난 기대를 하면서도 또 한 편으로는 '설마 위즈마 쇼핑몰 같이 대단한 곳에서 입점을 시키려는 게 아니라 다른 일 때문에 보자는 거겠지?'라고 생각했다. 그렇게 혼란과 미궁에 빠지고 있을 때 즈음 제시에게서 내게 또 전화가 걸려왔다.

"미안해요. 제가 아까 다른 전화가 들어와서 자세한 얘기를 못 드리고 끊었네요. 이번 미팅 때 저번에 저한테 하셨던 프레젠테이션 있죠? 그거 다시 한 번 부탁할게요."

"그걸 다시요? 이미 다 보셨고 자료도 다 드렸지 않았나요?"

난 이 사람들이 갑질처럼 또 날 불러놓고 같은 일을 반복하게 하려고 하는 것 같아 살짝 불쾌해졌다.

"아, 제가 다시 보려고 하는 게 아니라 저희 사장님이 보고 싶다고 하셔서요. 이번엔 사장님이랑 임원 분들이 참석하는 미팅이니까 잘 부탁드려요. 그 분들께서 관심이 많으세요."

처음이었다. 쇼핑몰의 수장과 경영진들에게 프레젠테이션의 기회가 온 것, 그리고 우리 브랜드에 대한 관심이 사장까지 전해진 것. 이 모든 것이 처음이었다. 난 이 두 번 다시 오지 않을 수도 있는 기회를 잡기 위해 프레젠테이션 준비에 전력을 다했다. 반드시 이 쇼핑몰에 1호점을 오픈하겠다는 생각뿐이었다.

#빅딜(Big Deal)

오처드로드의 정 중앙에 자리 잡고 있는 위즈마 몰은 어떤 브랜드라도 입점하고 싶은 몰이다. 오처드로드 메인 상권에 버티고 있는 아이온 몰, 위즈마 몰 그리고 다카시마야 백화점 이 세 빌딩은 오며 가며 볼 때마다 단연 1호점으로 모두가 탐내는 쇼핑몰이었다. 그런 탐나는 자리 중 하나인 위즈마 몰의 사장이 나를 만나보고 싶어 한다는 것이 실감이 나지 않았다. 난 지금까지 해 온 프레젠테이션과 똑같이 하는 것이 나을지 뭔가 새로운 것을 더하는 것이 나을지 고민하고 또 고민했다. 고민을 해도 답이 나오지 않아 초조함과 답답함에 프레젠테이션 두 시간 전쯤 위즈마 몰에 도착해 천천히 돌아보았다. 싱가포르에 온 후로 그렇게 많이 돌아보았던 곳이지만 이번에는 왠지 새삼 새롭게 느껴졌다. 그 전에는 '이런 몰에 매장 하나만 열게 해 주면 진짜 잘 만들어 볼 텐데….'라는 맹목적 가정법의 입장이었다면 지금은 '가만 보자. 적어도 이 자리 정도는 돼야 1호점이라고 할 수 있겠는데?'라는 목적적 가정법이 된 것이다. 뭔가 좀 더 구체적인 희망이 보이기 시작하니까 내 눈에도 좀 더 실질적인 자리들이 보이기 시작했고 욕심이 생겼다.

'그래…. 우리 브랜드가 사장까지 올라갔다는 건 이 사람들 내부적으로 얘기가 어느 정도는 됐다는 걸 거야. 만약 입점에 관심이 없다면 굳이 사장씩이나 되는 사람이 날 만나자고 하겠어? 아니면 또 모르지…. 오히려 사장의 관심과 의지가 커서 이렇게 된 걸지도. 그래서 그들이 더 원하는 입장일 수도 있잖아?'

쇼핑몰을 돌면서 내 머리도 어떻게 돌아버렸는지 지금 아쉬운 것은 내가 아니라 오히려 그들일 것이라는 생각마저 들기 시작했다. 이런 생각을 바탕으로 협상 전략을 세웠는데 지금 돌이켜보면 곤충이나 동물들이 위협을 받을 때 자신의 덩치를 키우거나 외모를 무섭게 보이도록 변화를 주는 것과 같은 '허세 전략'이었다. 난 허세로 내 마인드를 가득 채우고 혈혈단신 회의실로 향했다. 이 회의의 무게를 알려주듯 교실 2개 크기 정도의 대 회의실이 마련되어 있었다. 쇼핑몰 실무자들과 미팅을 할 때는 항상 작은 회의실에서 포함해 많아야 세 명 정도가 회의를 했었는데 여긴 내가 지금까지 경험해보지 못한 역대급 스케일의 미팅이었다. 베이지 색의 고급스러운 원목 가구로 이루어진 회의실은 대체 몇 명이나 오는지 자리마다 생수 병이 놓여 있었고 프레젠테이션을 위한 장비도 준비가 되어 있었다. 마침 제시가 먼저 회의실에 도착했다.

"안녕하세요? 오랜만이네요. 제시, 이게 다 무슨 일이에요?"

"저번에 당신과 미팅을 하고 나서 제가 휴가를 때마침 서울로 갔었어요. 그런데 정말 서울 어디를 가도 당신들의 매장이 보이더라고요. 그리고 직접 매장에 들어가서 맛도 봤는데 너무 맛있는 거 있죠? 인테리어 디자인도 너무 예쁘고…. 그래서 제가 적극적으로 추천했어요."

"정말요? 너무 감사해요. 사실 우리 브랜드는 직접 가서 먹어보고 체험해보면 장점을 금방 알 수 있는데 그걸 못하니까 너무 답답했었거든요."

"사실 제가 추천하고 나서 경영진 몇 분도 출장으로 서울에 가셔서 매장을 보고 오셨어요. 그래서 오늘 프레젠테이션은 편하게 하셔도 돼요. 그 분들도 직접 보고 오셔서 어느 정도는 이해하고 계세요."

경영진이 서울까지 출장을 가서 매장을 보고 제품을 먹었다는 것은 잠시 후에 뿜어낼 내 허세의 사이즈를 팍팍 키워주었다. 내가 쇼핑몰을 다니면서 언제나 들었던 생각이 '당신들이 진짜 매장에 가서 먹어보고 맛을 알면 나한테 제발 입점해달라고 할 텐데….'였었다. 그런데 위즈마 몰의 경영진과 실무진은 그런 나의 답답함을 그들 스스로 풀어준 상태였다. 서울까지 가서 직접 보고 돌아와 날 직접 만나고 싶다는 것은 우리 브랜드가 그들의 타깃 중 하나가 됐다는 것이었다. 사장을 포함한 임원진 6명에 각 팀 팀장 정도로 보이는 실무진도 들어왔다. 난 마치 영화 속 전설의 17대 1 싸움 속 주인공이 된 것처럼 막다른 길에 서 있는 느낌이었다. 그리고 싸움이 시작됐다. 약 15분의 내 프레젠테이션이 마치고 불이 켜졌다. 그리고 한 임원이 첫 질문의 활시위를 내게 당겼다.

"지금 1호점에 대해 협의 중인 다른 쇼핑몰이 또 있나요?"

"물론입니다. 어떤 몰이라고 특정해서 말씀드리기 어렵지만 지금 많은 몰에서 관심을 가지고 있고 몇몇 쇼핑몰과는 브랜드 체험을 위해 서울 브랜드 투어도 협의 중에 있습니다."

이것이 내 허세의 시작이었다. 사실 이렇게 적극적으로 관심을 보이는 쇼핑몰도 없을뿐더러(더군다나 오처드로드의 쇼핑몰은 하나도 없었다.) 몰 관계자들에게 서울 브랜드 투어 시켜줄 예산이 있으면 주재원들 개인 거주지부터 구했을 것이다.

"만약 당신들의 브랜드가 우리 쇼핑몰에 입점하면 우리 쇼핑몰에 어떤 이점을 가져다줄 수 있죠?"

한 여자 임원이 물었다.

"당연히 사람이 많이 올 것입니다. 그럼 저희 매출은 당연히 높게 나올 것이고 그로 인해 임차료와 수수료를 아주 잘 낼 수 있겠죠?"

"영업이 잘 될 거라고 어떻게 확신합니까?"

"드셔봤잖아요?"

난 짧은 대답으로 모두의 기세를 제압했다. 이미 내 온몸과 정신을 지배한 허세는 멈추지 않았다. 그리고 그 기지를 이어 말을 이어갔다.

"서울에 가셔서 직접 드셔 보셨죠? 그리고 맛있었죠? 그래서 지금 이 미팅을 가지신 거 아닙니까? 만약 저희 제품을 드셨는데 맛이 없었다면 지금 저는 이 회의실에 와 있을 수 없겠죠. 저는 싱가포르에 온 후로 시장조사를 위해 싱가포르 전국의, 전 지점의, 전 브랜드의 빵을 모두 먹어봤습니다. 물론 음식은 사람마다 입맛이 다르고 나라마다 차이가 있죠. 하지만 '맛있는 음식'에 대한 느낌은 거의 똑같다고 생각합니다. 여러분도 분명 맛있다고 생각하셨을 거예요. 그럼 누구에게나 맛있는 게 확실한 거겠죠?"

그들은 미미하게 고개를 끄덕였다. 그리고 다른 임원이 물었다.

"맛 이외에 또 다른 차이점이 있습니까?"

"보셨잖아요?"

난 또 다시 단 답으로 그들의 주의를 끌었다. 이미 이 회의의 주도권을 쥐고 있다는 확신이 들어 자신감 있게 말을 이어갔다.

"직접 매장에 가서 보셨죠? 다른 브랜드와 확실히 차별화된 인테리어 디자인에 제품 비주얼. 딱 보셔도 매장에 와서 사진 찍기 참 좋겠죠? 서울 매장 보시면서 여러분도 사진 많이 찍으셨죠? 물론 제품 사진도요. 그리고 어떻게 하셨어요? SNS에 올리시거나 친구 분들한테 보여주셨죠? 친구 분들이 어딘지 궁금해 하지 않던가요? 가보고 싶다, 먹어보고 싶다고 하지 않던가요?"

난 마치 신이 들린 듯 허세를 작렬시키며 계속 독백을 이어갔다.

"여러분, 지금 여러분이 저에게 하는 질문에 대한 답을 이미 스스로 잘 알고 계실 거라 생각합니다. 저희 브랜드는 F&B 브랜드의 능력 중 가장 중요한 점인 맛이 확실하게 있어요. 게다가 인테리어도 충분히 매력적이고 한국에 3천 개가 넘는 매장이 있어 관리 능력도 검증이 된 브랜드라는 걸 너무나 잘 알고 계시죠. 이런 브랜드가 싱가포르 1호점이자 플래그십 매장을 오픈하면 여기

저기에서 미디어들이 엄청난 관심을 가질 겁니다. 그럼 더 이상 함께 할 것인가, 아닌가의 문제가 아니라 어느 자리를 줄 것인가가 중점이 아닐까 싶네요."

그들의 속내를 확신한 나는 협상에서 주도권을 바짝 틀어쥐었고 이 시간만은 평소에 하지 못했던 것들을 다 쏟아부어버리고 싶었다. 그것은 바로 내가 진심으로 가지고 있는 브랜드에 대한 자부심과 현장 중심의 시장 조사를 통해 몸소 체험한 품질력에 대한 자신감, 그리고 싱가포르라는 이 작은 세계에 불어올 새로운 베이커리 바람에 대한 비전을 이들 앞에서 마음껏 보여주고 싶었던 것이다. 쉬는 시간이 끝나고 제시의 프레젠테이션이 시작됐다. 제시는 우리 브랜드에게 줄 자리에 대한 프레젠테이션을 해 나갔다. 유동 인구가 현저히 떨어지는 지하 1층 태국 커피숍 자리를 내세우려는 모양이었다. 제시의 프레젠테이션이 끝나자 그들은 이 자리에 대한 내 생각을 듣고 싶어 했다. 난 다시 허세를 두 어깨에 가득 싣고 일어났다.

"이 자리를 제안하려고 이렇게 큰 미팅까지 열었다면 사실 좀 실망스럽네요. 전 쇼핑몰이 리뉴얼 계획이 있다고 해서 뭔가 큰 변화와 파격적인 브랜드 믹스를 할 거라 생각했거든요. 어차피 쇼핑몰 공사하실 거 아닙니까? 리뉴얼답게 확실히 변신해서 짠! 하고 그랜드 오픈해야 하는 거 아니에요? 1층에 딘타이펑(Din Tai Fung: 유명 대만 딤섬 프랜차이즈 식당으로 싱가포르는 브레드 토크 그룹이 운영함) 자리로 주시죠. 식당 자리라 배수, 배기 시설도 될 거고 사이즈도 딱 저희에게 적당합니다. 그리고 딘타이펑…. 3층, 4층에 있어도 사람들 찾아갑니다. 그런데 빵집은요? 반드시 사람들이 지나가는 자리에 있어야 해요. 여러분도 밥 먹으러 3층, 4층은 올라가도 빵 사려고 올라가진 않잖아요? 밥 먹고 집에 가는 길에 또는 퇴근길에 눈에 보이면 들어가서 우리 애가 좋아하는 빵이나 내일 아침에 먹을 빵 사서 가지 않나요? 그리고 저희처럼 인테리어가 예쁜 매장이 1층에 있어야 오가는 사람들한테도 잘 보이죠."

그들은 황당한 표정과 함께 웅성거리기 시작했다. 그리고 사장이 입을 열었다.

"잘 아시다시피 딘타이펑은 지금 그 자리에서 아주 좋은 매출을 내고 있어요. 그리고 몰 4층에 브레드 토크 그룹 소유인 '푸드 리퍼블릭' 푸드 코트가 있고 지하에는 '브레드 토크' 베이커리가 있죠. 딘타이펑 매장을 뺀다고 하면 그 자체도 큰 부담이지만 그 그룹에서 푸드 코트나 지하 베이커리 매장도 문제 삼을 수 있는 가능성이 높아요."

난 이미 허세를 잔뜩 부려왔고 여기서 꼬리를 내린다면 정말 허세로 보일 것만 같아 더 날을 바짝 세우며 말했다.

"사장님, 4층에 그들의 푸드 코트가 있고 1층엔 그들의 식당이 있고 지하에는 그들의 빵집이 있습니다. 그럼 잘 됐네요. 4층을 그들 레스토랑 천국으로 만드세요. 딘타이펑 4층으로 올려서 푸드 코트랑 같이 있으면 얼마나 좋아요? 지하에 빵집은 빵집의 특성상 그 자리가 맞기 때문에 자리 이동에 대해 언급하지 않겠습니다. 딘타이펑 4층으로 올려도 매출 안 떨어집니다. 이 자리는 이래서 안 되고 저 자리는 저래서 안 되면 혁신적인 리뉴얼은 대체 어떻게 하나요? 매장은 다 그대로고 그냥 외부 비주얼만 바뀌는 게 무슨 리뉴얼이에요? 지금 옆에 더 좋은 위치에 아이온 쇼핑몰이 생겼잖아요? 그리고 좋은 브랜드들도 엄청나게 들어왔잖아요? 그 몰이 현재 강력한 당신들의 경쟁자라면 위즈마는 더 새로운 브랜드 입점으로 사람들을 끌어와야 하지 않을까요?"

내 의견은 단순히 허세만 부리는 것이 아니라 그들의 뼈를 때리는 정말 현실적인 의견이었다. 오처드로드 지하철역과 직결된 아이온 쇼핑몰이 생기면서 위즈마 쇼핑몰까지 오던 사람들의 동선이 아이온 쇼핑몰에서 끊기고 있었다. 왜냐하면 굳이 위즈마 몰까지 걸어서 더 갈 이유가 없을 정도로 아이온 몰에는 쇼핑에 부족함이 없이 다양한 브랜드들이 채워져 있었고 지하철역도 직결이어서 교통 편의성까지 갖추고 있었다. 난 그들에게 팩트 폭격까지 단행하며 결국 우린 서로가 서로에게 필요한 존재라는 것을 각인시켰다. 그리고 마지막에 '오늘이 마지막 세일'이라는 마케팅 전략처럼 공포의 씨앗을 심어 놓았다.

"만약 저희 브랜드가 아이온 쇼핑몰에 1호점을 열게 되면 우린 오처드로드에 더 이상 오픈할 수 없을 겁니다. 오처드로드에는 1호점 딱 하나만 있으면 돼요. 한 상권에 매장을 두 개 이상 오픈하지 않을 겁니다. 그럼 결국 오처드로드에는 위즈마나 아이온, 그것도 아니면 다카시마야에 유일한 매장이 있게 되겠죠."

회의를 마치고 나니 저녁 8시가 넘었다. 난 겉으로는 허세를 부렸지만 어찌나 긴장을 했던지 배고픔도 느끼지 못하고 있었다. 그들은 2주일 내로 연락을 주겠다고 했고 난 이제 기다리는 수밖에 없었다. 비록 이 몰에 매장을 열지 못하게 되더라도 이번처럼 의미 있는 미팅은 처음이었기에 나름 만족할 수 있었다. 내가 가지고 있는 브랜드에 대한 자신감을 마음껏 쏟아낼 수 있었고 내가 하고 싶은 말을 당당하게 뱉을 수 있었고 회의를 주도하며 분위기를 휘어잡을 수 있었던 시간. 지금까지 브랜드를 이해하지 못하는 사람들에게 이해시키고 설득하고 부탁하는 미팅만 하다가 입점에 대한 내 생각과 계획을 전략적으로 표출하고 심리적 밀고 당기기에서 오는 협상의 매력을 느낄 수 있었던 순간. 이 협상에서 오는 성취감에 중독되어 난 계속 협상가의 길을 걷게 되었는데 나중엔 어떤 문제든 협상 방식으로 소통하려는 나쁜 습관이 생기기도 했다.

쇼핑몰의 연락을 기다리는 시간은 피가 말랐다. 혹시나 내 허세가 통하지 않았거나 우리 브랜드가 여전히 그들에게 2% 부족함이 있어 거절의 연락을 받게 될까봐 좌불안석이었다. 이 매장의 입점이 실패로 돌아가면 또 언제 적당한 후보지가 나올지도 모를 뿐만 아니라 본사의 우리에 대한 '식충이' 취급은 점점 심해질 것이 불을 보듯 뻔했다. 기다림과 초조함이 극에 달해갈 때 제시로부터 연락이 왔다.

"딘타이펑 그 자리, 드리기로 했어요."

꿈만 같았다. 내가 그리고 우리 브랜드가 그 거대한 딘타이펑 브랜드를 4층으로 올려 보내고 이 자리를 차지했다는 것이 믿어지지 않았다.

"조만간 만나서 임차료 조건에 대해 협상하도록 해요."

제시는 이 한 마디로 내 기쁨에 일시정지 버튼을 누르고 현실로 날 되감기 했다.

"아시겠지만 그 자리 엄청 비쌀 거예요. 임차료 의견이 서로 안 맞으면 계약은 못하게 될 거예요. 부디 우리 서로 잘 협상해 봐요."

제시는 모든 과정의 처음으로 날 되감기 시켜 놓으며 전화를 끊었다. 맞는 말이었다. 자리를 주겠다는 의견일 뿐이지 아직 계약서에 사인이 된 건 아니었다. 딱 보기에도 엄청난 임차료일 것이라고 감이 오는 자리이기 때문에 난 이제 빅딜에 이은 세부 조건을 협상해야 하는 스몰딜을 준비해야 했다. 빅딜은 성사됐지만 스몰딜이 성사되지 않아 계약이 날아갈 수도 있었다.

#스몰딜(Small Deal)

아직 나는 현지 임차료 시세에 대한 정보가 부족하고 처음 진행하는 큰 계약에 법적 오류가 생기지 않도록 하기 위해서 스몰딜은 부동산 에이전시의 자문을 구해 진행했다. 난 이 계약을 진행하면서 싱가포르 상업 부동산 시세를 면밀히 파악하고 계약 진행 절차를 상세히 기억했다. 그 이유로 첫 번째는 다음부터 계약부터는 부동산 에이전시를 쓰지 않고 자체적으로 진행하면서 수수료를 절감하기 위함이었고 두 번째는 나 스스로가 전문가가 되기 위함이었다.

알고 보니 싱가포르에 있는 대부분의 리테일 회사에는 한국처럼 점포 개발팀이라는 것이 없었다. 그래서 싱가포르에서 매장을 찾고 계약하는 업무를 전문적으로 하는 사람도 없었고 이 분야를 잘 알고 있는 사람도 없었다. 그렇기 때문에 난 이 분야에 대해서는 내가 '꾼'이 되어 쇼핑몰에서 내 이름을 들으면 협상에 심리적 부담을 갖게 되는 존재가 되고 싶었다.

난 먼저 위즈마 쇼핑몰에 가 계약서와 임차료 제안을 요청했다. 그들이 제안하는 금액을 먼저 보고 내 상한선을 만들어 볼 심산이었다. 그러자 그들은 오히려 내게 임차료 란은 빈칸으로 비워진 가 계약서 파일을 보내오며 메일에 간단한 메시지를 담아 보내왔다.

'귀사가 생각하시는 임차료와 계약기간, 수수료 등을 채워서 10일 이내에 보내주시면 답변 드리도록 하겠습니다.'

그들 역시 내가 얼마나 생각하고 있는지 먼저 간을 보고 싶은 모양이었다. 이제 정말 눈치 게임처럼 피곤한 심리전으로 접어들었다. 더 받으려는 자와 덜 내려는 자의 줄다리기는 이제 시작이었다. 그들이 요구한 백지 수표 같은

종이에 난 대체 얼마로 써서 보내야 할까? 이 정도 위치의 몰에 이런 자리면 대체 얼마가 적당한 것일까? 그리고 임차료와 별개로 내야 하는 수수료는 정말 다른 브랜드들도 내는 것인가? 그럼 수수료는 몇 프로 정도가 적정선일까? 계약은 3년이 나을까 5년이 나을까? 등등 생각해야 할 자잘한 내용들이 너무나 많았다. 사무실 계약을 통해 변두리 동네 빌딩이나 공장 지역 빌딩 임차료는 어느 정도 감을 잡고 있었지만 오처드로드와 같은 쇼핑 중심 상권 안에 있는 매장의 계약 내용은 겪어볼 수 있는 기회가 아예 없었기 때문에 더 예측하기 어려운 협상이었다.

그러자 부동산 에이전시 에이린이 자기가 다시 쇼핑몰에 먼저 조건을 달라고 요청하겠다고 했다. 에이린의 요청으로 그들은 그들의 요구 사항을 보내왔는데 정말 입이 떡 벌어지는 임차료였다. 지금 기억으로 더듬어보면 그들이 요구하는 월세는 SGD(싱가포르 달러) 70/sqft(스퀘어피트) 정도였는데 약 4천 스퀘어피트 크기의 매장이면 월세만 2억이 훨씬 넘는 것이었다. 에이린 역시 좀 과장된 것 같다는 의견이었다. 난 에이린에게 그럼 얼마 정도로 생각 하냐고 물었고 그녀는 보통 10~15% 정도 낮춰서 역 제안한다고 얘기했다. 팀장도 싱가포르에서 강남 같은 곳인데 에이린 말대로 해서 빨리 계약부터 성사시키고 본사에 보고하자고 조급해했지만 난 그럴 수 없었다. 70불에서 15%로 낮춰서 계약한다고 해도 2억을 넘는 금액은 변함이 없었기 때문이었다. 빵을 팔아서 한 달 매출 10억 이상을 해내야 이 임차료를 감당할 수 있을까 말까였기 때문에 도저히 이 금액을 주고 계약할 수 없었다. 아무리 손익 시뮬레이션을 돌려보아도 이 임차료는 영업이 무조건 적자였다.

난 경쟁사의 임차료 수준을 대충이나마 파악해보기로 결심했다. 그 방법은 아주 1차원적이고 재래식이었으며 손발이 고생하는 무식한 방법이었다. 난 싱가포르 내에 있는 40여 개의 브레드 토크 매장을 모두 돌기로 했다. 예전에도 중요 매장 대부분은 다 돌았지만 이번엔 매장 별 매출을 대략적으로 계산해 보기 위함이었다. 시간이 많지 않아 하루에 8개 이상 매장을 돌아 5일 내에 끝내는 것을 목표로 잡고 가장 효율적인 동선을 만들어 돌았다. 그리고 매장에 들어가 빵 하나를 사고 영수증을 받는다. 그럼 그 영수증에는 일련번호가 찍혀 나오는데 그 번호가 당일의 영수 건수인지를 확인한다. 만약 영수 건수가 맞으면 그 매장 앞에서 손님들이 담는 빵의 종류와 개수를 대충 보고 인당 구매 단가를 산정한다. 그렇게 한 시간 정도를 관찰하면 인당 구매 단가와 1시간 동안의 객수가 대충 나온다. 그리고 이 단가와 객수를 영업시간에 대입하고 손님이 비교적 없는 오전 시간과 많이 몰리는 피크 타임은 그 비중을 적용한다. 그리고 평일과 주말의 비중도 차별을 두고 계산하면 이 매장의 평균 매출이 대략적으로 나오게 된다.(나만의 계산법일 뿐 정확한 계산법은 아니다.) 그리고 이 매장의 평균 월 매출을 봤을 때 적자를 내지 않고 유지할 수 있는 임차료의 비율을 따지고 매장 사이즈도 감안해보면 임차료가 얼추 뽑아져 나왔다.

이 방법으로 약 40개 매장을 적용해보니 정확한 임차료까지는 아니더라도 중심지 쇼핑몰과 외곽 쇼핑몰의 대략적인 임차료 격차가 감이 잡히기 시작했고 적절한 임차료가 어느 정도 수준일지 예상이 되기 시작했다. 그리고 내가 원하는 현실적인 임차료의 결론에 다다랐다. 그들이 제시한 수준의 절반 수준의 임차료였다. 팀장을 비롯한 팀 사람들 역시 그러다 계약 날아가면 어쩔 거냐는 걱정을 가장한 '만약 진짜 잘못되면 자기는 모르는 일이다.'라는 뉘앙스의 회피를 하기 시작했다. 인간의 책임에 대한 회피 속도는 자동차 에어백 반응 속도보다 빨라서 실제 사고가 나기도 전에 회피백이 터져 나오는 것을 알고 있었기 때문에 난 전혀 놀랍지도 않았다.

난 쇼핑몰에 답변해줘야 하는 기한이 지나기 전에 계약 조건에 내가 원하는 임차료를 채워 메일을 보냈다. 일말의 망설임조차 없었다. 왜냐하면 난 내가 직접 발로 뛴 결과에 대해서 자신이 있었고 내가 제안하는 임차료 수준을 넘어서면 그 누가 매장을 열어도 이 자리에서는 망할 수밖에 없다는 확신이 있었다. 또한 내가 1호점을 이렇게 쉽게 그들이 원하는 대로 계약해버리면 업계에 소문이 쫙 퍼지면서 2호점도 3호점도 분명 이 수준에서 계약될 것이라고 생각했다. 그럼 나는 싱가포르 상업 부동산 시장에 싱가포르에 온 지 얼마 안 돼서 세상 물정 모르는 시쳇말로 '외국인 호구'로 유명해질 것인데 난 그렇게 되는 것이 무엇보다도 가장 싫었다. 내가 메일을 보낸 지 10분이 채 되지도 않아 쇼핑몰 담당자인 제시에게서 전화가 왔다. 제시는 격앙된 목소리였다.

"당신이 지금 보낸 계약 제안서, 그냥 아무 생각 없이 써서 보내신 건가요?"

"무슨 말씀이세요? 저 누구보다 생각 많이 해서 보낸 거예요."

"이거 봐요. 여기 오처드로드예요. 그리고 그 자리 우리 쇼핑몰에서 가장 좋은 자리라는 거 잘 알잖아요?"

"네, 맞아요. 거기가 오처드로드고 가장 좋은 자리라서 그렇게 드린다고 한 거예요. 그쪽은 가장 좋은 자리를 줬고 우리도 대한민국에서 가장 좋은 브랜드의 1호점을 주기로 했어요. 그럼 서로 잘 맞춰가야 하는 게 맞지 않나요?"

"그래도 그렇지 이건 너무 터무니없이 낮은 가격이잖아요."

"그건 그쪽에서 터무니없이 높은 가격을 생각해서 그런 거겠죠."

제시는 전화로는 해결이 안 된다고 생각했는지 자신의 회사로 와달라고 얘기했다. 아니, 엄밀히 말하면 호출 명령 같은 것이었다. 난 갑의 호출에 기꺼이 응해 사무실로 찾아갔다. 그녀는 막 담배를 피우고 올라왔는지 진한 담배 냄새를 풍기며 내게 말했다.

"우리 몰에 들어오기 싫어요? 지금 딘타이펑까지 4층으로 올려 보내면서까지 내주는 자리인데 이 정도 임차료면 적당한 거죠."

"딘타이펑을 4층으로 올리라는 아이디어는 제가 준 거 아닌가요? 엄밀히 말하면 제가 그쪽 쇼핑몰에 리뉴얼 아이디어를 제공한 거죠. 그리고 그쪽에서 얘기하는 적당한 임차료가 쇼핑몰한테만 적당한 거 아니에요? 상식적으로 생각을 해봐요. 그쪽에서 제시한 임차료를 내고 매장을 유지하려면 적어도 10억을 매월 팔아야 해요."

"그래서 딘타이펑 같은 브랜드가 그 자리에 있을 수밖에 없는 거예요."

"이거 봐요. 제시. 당신들이 딘타이펑을 4층으로 올려도 그들은 같은 매출이 나올 거예요. 그렇게 되면 딘타이펑은 임차료가 1층에 비해 훨씬 더 싸질 테니 큰 불만이 없겠죠. 당신들이 그렇게 해 줄 거고요. 그리고 1층의 이 노른자 같은 자리이지만 허가 상 F&B가 들어갈 수 있는 자리인데 이 자리에서 딘타이펑이랑 비슷한 매출을 장기적으로 유지하고 이익도 만들어 낼 수 있는 식음료 브랜드가 얼마나 있을까요? 이 넓은 자리를 커버할 수 있는 F&B 브랜드가 많지 않다는 걸 당신도 잘 알잖아요. 그래서 우리가 당신들의 조건에도 가장 완벽한 거잖아요."

"아뇨. 이 자리를 노리는 브랜드는 수도 없이 많아요."

"그럼 왜 사장에 임원들까지 모여서 우리 브랜드를 논의하고 선택한 거죠? 게다가 서울까지 출장은 왜 가서 매장을 보고 온 거예요?"

“그건 당신들이 입점하면 좋겠다는 의미지만 우리가 제안한 조건을 받아들이지 않는다고 해도 당신 브랜드를 입점을 시키겠다는 뜻은 아니에요.”

“그럼 내가 마지막으로 물어볼게요. 당신이 제안한 임차료는 당신의 생각이에요? 아니면 당신 사장님의 생각이에요? 만약 이게 순전히 당신과 실무진의 생각이라면 내가 직접 사장님이랑 얘기해 볼 수도 있어요.”

“사장님은 이런 작은 일에 관여하시는 분이 아니에요. 이건 내 일이에요.”

“제시, 우리 쉽게 가죠. 당신이 정말 우리 브랜드가 마음에 안 들고 내가 제안한 임차료가 터무니없다면 당신은 메일로 거절 통보를 할 수도 있었어요. 그런데 왜 날 사무실까지 오라고 한 거예요? 당신이 제안한 임차료에 맞춰야 한다고 확인시키고 나를 나무라고 싶은 거였어요? 난 적어도 당신이 소통을 원하는 줄 알았어요.”

난 제시의 호출에 사무실로 가면서 짐작했다. 이미 윗선으로부터 내 브랜드를 입점 시키라는 오더가 이들에게 떨어졌고 이들의 발등에도 불이 떨어졌다. 그렇지 않고선 이들이 임차료 협상을 위해 이렇게 적극적으로 달려들 리가 없다. 그들 생각에서 내가 그들의 임차료 수준을 감당할 수 없을 것 같아 보이면 그냥 단칼에 잘라내면 그만이다. 제시 말대로 쇼핑몰의 노른자 자리를 들어오겠다는 브랜드는 차고 넘친다. 하지만 사장이 입점 시키라고 꽂은 브랜드는 노른자처럼 단 하나뿐이다. 그래서 나도 지금 노른자 브랜드가 되어있는 것이다.

“제시, 당신들은 지금 고가의 임차료가 더 절실한가요? 아니면 아이온 쇼핑몰에 맞설 수 있는 혁신적인 리뉴얼과 브랜드가 더 절실한가요?”

“물론 우리가 리뉴얼을 대대적으로 단행하고 성공적으로 몰을 변화시키는 것이 중요하죠. 하지만 임차료 역시 어느 정도는 맞아야 하죠. 나도 매년 목표를 부여받는 직원이라고요."

"고가의 임차료를 내겠다고 해서 입점 시킨 브랜드가 막상 오픈 후 몇 개월도 버티지 못하고 나가면 그 성과가 과연 당신에게 좋을까요? 당신이 요구한 임차료 수준이면 솔직한 말로 당신들의 경쟁사인 아이온 쇼핑몰이랑 이미 계약하고 2호점을 찾고 있을 거예요. 하지만 우리 지금 거의 다 왔잖아요. 당신이 임차료만 맞춰주면 싱가포르 1호점이자 오처드로드에는 유일한 우리 브랜드 매장을 위즈마에 멋지게 만들어 준다니까요!"

난 이제 은근히 갑으로 둔갑하여 '내가 당신들에게 이 브랜드를 주겠다.'로 외치기 시작했다. 제시는 점점 조금씩 흔들리는 모습을 보였다. 그리고 내게 '그래도 이 정도까지는 어렵다.'는 여지가 있는 말을 남긴 채 미팅을 마쳤다. 하지만 모든 벽은 처음 금이 가게 하는 것이 어렵지 금이 생기면 금세 구멍이 나버리는 것처럼 난 그들의 요구 금액을 허물어뜨리고 그들이 제시한 금액의 절반에 가까운 수준까지 임차료를 낮춰 최종적으로 계약서에 사인을 해냈다.

본사의 그 누구도 내가 계약한 임차료가 얼마나 어려운 협상의 과정을 거쳐서 산출된 금액인지 시세에 비해 얼마나 낮은 건지도 몰랐기 때문에 '한국에 비하면' 임차료가 너무 비싼 거 아니냐? 라는 핀잔만 들었다. 그러나 난 뭐든지 한국을 기준으로 생각하고 판단하는 본사 사람들의 잔소리는 신경 쓰지 않았다. 이 거대한 쇼핑몰의 요구에 굴하지 않고 파격적으로 낮춘 금액을 역 제안하여 수용하게 만들었고 내가 원하는 몰에, 내가 원하는 자리에 들어갈 수 있게 되었다는 것이 이 성과의 핵심이었다. 타인에게 나의 수고와 성과를 인정받는 것보다 내가 찾은 해답도 정답이 될 수 있다는 것과 내 협상 전략이 그들에게 먹혔다는 것이 내게 더 큰 성취감을 가져다주었다. 그리고 이제 2호점도 금방 찾을 수 있을 것이라는 희망과 우리의 주거지도 조만간 해결되지 않을까라는 기대감도 생기기 시작했다.

#감을 믿어라

내가 위즈마 쇼핑몰과 1호점 계약을 성사시킨 일은 삽시간에 싱가포르 유통업계에 퍼져나갔다. 우리 브랜드가 위즈마 쇼핑몰이라는 유명 유통사와 계약을 성사시켜서 인지 다른 쇼핑몰에서도 우리 브랜드를 다시 보기 시작했다. 위즈마 쇼핑몰 정도의 유통업체가 계약할 정도의 브랜드라면 본인들도 입점에 대해 다시 생각해 볼 여지가 있다고 판단하는 분위기였다. 그래서인지 여기저기 아는 쇼핑몰 담당자들에게 전화가 쏟아졌다. 대부분 인사말은 '첫 매장 좋은 몰과 계약한 거 축하해요.'로 시작해서 마지막은 '이제 2호점, 3호점 계속 찾아야 하죠?'라며 한 번 만나서 자세한 얘기를 나누자는 식의 레퍼토리였다. 이처럼 첫 매장을 오처드로드에 있는 위즈마 쇼핑몰과 계약했다는 임팩트는 매장이 오픈하기도 전부터 화제가 되었고 브랜드를 바라보는 사람들의 시각이 달라졌으며 그들이 날 대하는 태도에도 상당한 변화가 있었다. 하지만 이런 기쁨에 취해 있는 것도 잠시, 난 이제 2호점을 미리 찾아야 했다.

내가 생각해 둔 점포 개발 계획은 먼저 중심부에 1호점을 오픈한 후 싱가포르를 동서남북으로 나눠 이 4개 구역별로 가장 좋은 쇼핑몰을 선별해 하나씩 계약해 총 5호점까지 확보해 두는 것이었다. 동부, 북부, 남부 지역은 사람들이 가장 많이 가는 쇼핑몰이 1~2개씩 있었는데 서부 지역이 좀 애매했다. 사람들이 가장 많이 가는 몰은 너무 서부 끝자락에 치우쳐 사업 초기에 관리가 쉽지 않을 것 같았고 좀 더 가까이에 있는 몰은 너무 낙후되어 입점 검토를 할 만한 몰이 아니었다. 동부와 북부, 남부는 원하는 자리에 영업 중인 브랜드들의 계약이 꽤 남아있는 상태였고 서부 끝자락의 몰 역시 우리가 영업할 수 있는 컨디션의 매장이 쉽게 나올 여건이 되지 않았다. 난감한 상황이었다. 1호점을 오픈하고 1년 뒤에 2호점을 오픈할 수는 없는 노릇이었다. 적어도 1호점 오픈 후 6개월 정도의 시간적 간격으로 2호점을 오픈할 수 있도록 미리 점포 개발을 해야 하는데 싱가포르는 국가 면적이 작은 만큼 쇼핑몰도 많지 않았다.

사업 시작 초기에 매장 오픈을 목표로 한 1차 상권 쇼핑몰들의 리스트 업과 몰 내부에 원하는 자리들은 이미 선정 및 정리가 끝난 상태였고 1차 리스트 외의 쇼핑몰은 사업이 어느 정도 자리를 잡고 난 후 2단계 진입 정도로 생각해 볼만 한 몰들이었다. 나는 브랜드가 알려지지 않은 새로운 지역에서의 점포 개발에 대한 한 가지 원칙을 세웠는데 그것은 매장 수의 확장보다 브랜딩을 함께 생각하며 전략적으로 확산해 나가는 이른바 '소플랜딩(Soft landing+'Branding)'이었다.

소플랜딩은 해당 지역에서 가장 번화가인 지역에 물방울을 떨어뜨려 중심부를 먼저 물들인 후 다시 그 지역의 테두리에 물방울을 나눠 떨어뜨려 외부 지역에서 중심 쪽으로 다시 서서히 적셔 들어오는 방식이다. 오처드로드와 같은 지역 최고 번화가에 1호점을 찍고 외곽 지역 별로 현지인들에게 고급 브랜드로 보일 수 있는 몰이나 백화점(국내처럼 땡땡 백화점 입점 브랜드! 효과와 같다.)만 골라서 입점하여 지역별 거점 매장을 만든다. 그렇게 되면 중앙, 동, 서, 남, 북으로 생긴 매장이 광범위한 광고판 역할을 해주게 되어 전 지역 사람들에게 브랜드 인지도가 높아지게 된다. 그럼 그 인지도를 등에 업고 다시 중앙을 기점으로 중앙과 동부 사이, 중앙과 서부 사이, 중앙과 북부 사이, 중앙과 남부 사이의 한 스폿을 잡아 4개 지점에 소형 매장을 오픈하여 매장과 매장 사이의 공백 상권 매출을 끌어오는 전략이었다. 이런 방식은 국내에서도 흔히 볼 수 있다. 한국을 전체로 봤을 때 서울에 1호점을 오픈하고 그다음 지역별 광역시로 확산한 후 위성도시로 지속 확산하는 경우가 있고 부산을 전체로 봤을 때 1호점을 부산의 중신 번화가 서면으로 시작해 남포동, 동래, 해운대로 확산하는 경우('L' 백화점이 그 예)라고 볼 수 있다. 이 점포 개발 전략이 모든 시장과 상황에 맞는 것은 아니지만 싱가포르 같이 작으면서 균형적으로 개발된 지역은 아주 적합한 것 같았다. 하지만 지금 이 소플랜딩 전략이 초반부터 흔들릴 위기에 처했다.

매장을 찾는 것은 사람을 만나는 것만큼 타이밍이 중요하다. 왜냐하면 내가 원하고 쇼핑몰도 날 원하지만 지금 그 자리에 운영 중인 브랜드와의 계약이 아직 많이 남아있다면 계약 만료까지 기다릴 수밖에 없기 때문이다. 간혹 쇼핑몰에서 파격적인 변화를 위해 위약금을 물어주고 내쫓는 경우가 생기거나 브랜드에서 적자가 심해져 계약 기간을 다 채우지 못하고 중간에 위약금을 물고라도 매장을 빼는 경우가 있기는 하지만 이것도 역시 타이밍이고 운이 따라줘야 가능한 일이었다. 전략 상 리스트에 있는 쇼핑몰들을 탈탈 털어봤지만 소용없는 일이었다. 1호점 오픈 준비도 본격적으로 시작되어 더 정신이 없어 정말 멘털이 붕괴되고 있을 때 모르는 번호로 전화가 왔다.

"안녕하세요? 저는 젬(Jem) 쇼핑몰 프로젝트의 총책임자 아이린 상무입니다. 저희 몰에 대해 소개를 좀 드리고 싶은데 시간 괜찮으신가요?"

처음 듣는 쇼핑몰이었다. 내 리스트에도 없는 쇼핑몰이기도 해서 난 대충 듣고 끊으려고 했다. 하지만 그녀의 한 마디가 예전의 나를 상기시켰다.

"저희 사무실에 오셔서 5분만 제 설명을 들어주세요."

5분. 나 역시 이 5분에 목을 매며 브랜드 소개를 할 수 있게 해달라고 했던

게 그다지 오래 전의 일이 아니었다. 난 상무 정도면 인맥으로 알아두는 것도 나쁘지 않다는 생각에 그들의 사무실로 찾아갔다. 처음 가보는 싱가포르의 서부 지역인 주롱 이스트(Jurong East) 지역에 있는 사무실이었다. 그녀를 비롯해 과장급인 웬디가 함께 날 환대해주었다.

"여기까지 와 주셔서 정말 감사해요! 바쁘신 분이니까 본론부터 말씀드릴게요."

아이린과 웬디는 원투 펀치처럼 돌아가며 자신들의 쇼핑몰 프로젝트에 대해 열심히 설명을 해 나갔다.

"이 지역에 두 개의 몰이 들어설 거예요. 하나는 저희가 운영하는 젬 쇼핑몰이고 다른 하나는 캐피털 랜드(Capitaland: 싱가포르 대표적 유통사)에서 바로 옆에 짓고 있어요. 그리고 이 두 몰이 내부 링크를 통해 연결이 될 거예요. 이 쪽 창가로 와보세요. 저 아래가 지금 쇼핑몰이 건설되고 있는 지점이고 저 쪽으로 지하철역과 연결될 예정이에요."

"그럼 쇼핑몰이 완공된 게 아니라 이제 짓고 있는 거라는 말씀이신가요?"

난 내 귀와 눈을 의심하지 않을 수 없었다. 여기저기 철근만 박혀있는 푹 패인 이 땅에 '앞으로 생길' 쇼핑몰을 소개하며 계약 얘기를 하고 있었던 것이다. 심지어 말로만 듣던 부동산 사기인가라는 생각도 들었지만 싱가포르에서 나름 굵직한 유통업체이기 때문에 그럴 위험성은 거의 없었다. 그런데 이들의 쇼핑몰 조감도와 자료들을 보면서 점점 괜찮다는 생각이 들었다. 위치, 교통, 운영 계획 등이 나쁘지 않았고 쇼핑몰 오픈 시기도 우리 브랜드의 2호점 오픈 희망 시기와 거의 비슷하게 맞아떨어졌다. 두 개의 신규 쇼핑몰이 들어서고 지하철 두 개 라인이 환승하는 역을 끼고 있으며 대형 병원을 비롯해 많은 유명 브랜드가 입점할 계획(주변 브랜드가 어떤 브랜드가 들어서는지도 상당히 중요하다.)이었다. 하지만 이 모든 것들은 말 그대로 계획이기 때문에 앞으로 어떤 변수가 발생할지 모른다는 리스크를 안고 있었다. 아이린은 나에게 층별 평면도를 책상 위에 쫙 펼치면서 말했다.

"저는 당신 브랜드에게 선택의 우선권을 드리고 싶어요. 당신이 원하는 자리를 골라보세요."

이 날은 참 신선한 경험 투성이었다. 이제 겨우 땅을 파고 있는 몰을 소개받더니 지금은 원하는 자리를 고르라고 한다.

"음…. 이건 힘들겠는데요. 실체가 있어야 주변 상권도 보고 유동 인구도 보면서 자리를 정하는데 지금은 아무것도 없잖아요. 그래요. 만약 제가 마음에 드는 자리를 정하고 아이린 씨도 그 자리를 내가 원하는 가격에 준다고 치자고요. 그럼 저는 본사에 '비록 지금 완공은 안됐지만 너무 좋은 몰이라서 도면만 보고 빨리 골랐습니다.'라고 보고를 해야 하는데 이 계약을 누가 승인하겠어요?"

"저도 이해해요. 하지만 하이 리스크 하이 리턴 아닌가요? 저희 입장도 마찬가지죠. 지금 싱가포르에 오픈한 당신의 매장이 있나요? 마찬가지로 없잖아요. 그럼 저는 뭘 믿고 당신에게 자리 선택의 우선권을 준다고 할까요? 그건 당신 브랜드에 대한 제 감이고 믿음이에요."

난 뒤통수를 얻어맞은 기분이었다. 그러고 보니 내 브랜드도 아직 실체가 없다는 사실을 잊고 있었다. 난 아무런 반박을 할 수 없었다.

"우리 같이 모험을 해봐요. 난 당신의 브랜드가 싱가포르에서도 반드시 잘 될 거라는 믿음으로, 당신은 우리 몰이 옆에 지어지는 캐피털 랜드의 몰보다 더 잘 될 거라는 믿음으로. 둘 다 리스크는 크지만 얻는 것도 클 거예요."

난 이들과의 미팅을 마치고 돌아와 쇼핑몰 자료들을 반복적으로 보며 계속적으로 고민했다. 도면만 보고 입점을 결정해야 한다는 원초적 리스크가 존재하고 게다가 젬 몰 옆에 지어지는 웨스트 게이트(West Gate) 몰의 주체인 캐피털랜드 그룹이 싱가포르 내 베스트 유통사이기 때문에 차라리 웨스트 게이트에 입점하는 것이 낫지 않을까라는 선택적 리스크, 그리고 이 상황을 보고 했을 때 내가 들을 비난과 그 비난을 감수하고도 계약을 진행할 경우의 책임적 리스크가 서로 맞물려 심리적 무게를 더하며 내 의지를 꺾는가 싶다가도 자리에 대한 우선적 선택권, 조기 계약자에 대한 임차료 우대, 그리고 2호점 예상 오픈 시기와 절묘하게 떨어지는 타이밍은 꺾이던 의지를 다시 들어 올렸다.

난 며칠 동안 도면을 뚫어지게 쳐다보고 쇼핑몰 개발 계획서를 반복적으로 검토했다. 이 몰에 입점을 하겠다는 의견을 제시하기 위해서는 먼저 나 스스로가 확신이 있어야 했고 이 몰이 향후 이 지역의 상권을 휘어잡을 것이라는 명명백백한 증거를 자료로 제출해야 했기 때문이었다. 그리고 본사의 수많은 질의와 의구심을 감당하기 위해서는 철저한 대비가 필요했다. 왜냐면 내 감이, 내 느낌이 이곳을 잡아야 한다고 내게 속삭이고 있었기 때문이었다. 물론 일은 감으로 하는 것이 아니다. 그리고 한 사람의 감을 믿고 거액의 돈을 투자해 줄 조직도 없다. 그래서 내 의견을 다른 사람들에게 강력하게 설득시켜야 한다. 일은 회사를 설득하는 것이고 회사는 동의에 인색하기 때문에 난 회사의 지갑을 열어젖히기까지 많은 장애물을 통과해야 한다. 내 장고의 결론은 이 몰에 들어가야 한다는 것이었다. 난 객관적인 자료와 내 생각을 담아 팀장에게 보고했다.

"이 도면만 보고 어떻게 그렇게 확신하지?"

팀장은 미간을 찌푸리며 매우 못 미덥다는 표정으로 물었다. 난 팀장에게 준비한 자료를 보여주며 확신에 찬 목소리와 표정으로 설득에 필요한 모든 것들을 역설하기 시작했다. 다 듣고 난 후 팀장은 여전히 미간을 풀지 않은 채 물었다.

“그래도 굳이 실물도 없는 몰을 미리 계약할 필요 있을까? 다른 몰도 많잖아. 그냥 안전하게 지금 잘 되고 있는 몰로 알아보지 그래?”

난 이 질문도 예상을 하고 있었기 때문에 준비했던 근거 자료들을 제시하고 한마디 덧붙였다.

“위즈마 몰도 비록 저희가 싱가포르에 실물 매장이 없지만 1호점 계약을 했잖습니까? 나중에 이 몰이 생기고 잘되는 걸 확인하고 들어가려면 늦어요. 아시다시피 한 브랜드가 몰이랑 계약을 하면 3년이 기본이라 일단 3년을 기다려야 할 겁니다. 그리고 그땐 임차료도 훨씬 높아지고 원하는 자리는 더 힘들겠죠.”

팀장은 팔짱을 끼고 눈을 지그시 감았다 뜨며 말했다.

“만약 매장을 여기 열었는데 사람도 없고 잘 안되면?”

예상했던 질문이었지만 막상 듣고 나니 내 미간도 찌푸려졌다.

“우리 회사 전 직원들 중에 싱가포르 상권, 쇼핑몰에 대해 저보다 잘 아는 사람 있습니까? 저보다 싱가포르 쇼핑몰에 많이 가 본 사람도 없어요. 제가 우리 회사에서 가장 전문가입니다. 본사 사람들이 저보다 잘 알 수 없잖아요? 그리고 자료로도 충분히 입점 조건이 되잖습니까? 뭐, 그럼에도 불구하고 열었는데도 장사 안 되면 제가 경위서라도 쓰겠습니다.”

“허허…. 자네가 왜 경위서를 쓰나? 팀장인 내가 책임지는 거지. 자네 뜻 충분히 알겠어. 여기 한번 해보자. 본사에는 내가 얘기할 테니까 매장 계약 품의 올려.”

내가 젊은 패기로 들이대는 부분도 있긴 했지만 무엇보다도 내 판단에 대한 확신이었다. 그리고 내 브랜드와 제품에 대한 자신감이었다. 비록 쇼핑몰 자체는 실패할지 몰라도 내 브랜드를 찾아오는 사람들은 반드시 많을 거라고 생각했다. 난 아이린과 매장 자리, 임차료, 그 밖의 계약 조건에 대해 내가 원하는 조건을 모두 관철시키며 서로 기분 좋게 계약을 타결할 수 있었다. 아이린은 내게 믿고 계약해줘서 고맙다는 말도 여러 번 반복했다.

향후 이 매장은 오픈 후 그 당시 우려했던 것들을 완벽히 불식시키며 매달 억대 매출을 만들어냈고 이 젬 쇼핑몰은 옆에 붙어있는 경쟁사 웨스트 게이트 쇼핑몰보다 훨씬 많은 유동인구와 다양한 브랜드들의 입점을 창출해내며 지역 최고 상권으로 급부상했다. 그리고 이 역사적인 계약의 인연은 향후 젬 쇼핑몰과 나와의 추억으로 이어졌고 내가 이직한 후 A 화장품 그룹의 I브랜드를 가지고 싱가포르에 들어왔을 때도 I브랜드를 매우 좋은 자리와 조건으로 몰에 입점 시켜주게 된다.

#왜 항상 버텨야 하나?

2호점까지 정해진 상황에서 우리는 각자의 분야에서 매장 오픈 준비에 전념했다. 난 미리 탄탄한 조직을 만들기 위해 채용, 교육에 더욱 집중했다. 우리는 회사의 방향과 계획이 변경될 수 있다는 것도 모른 채 매장을 오픈하고 수익을 만들어 낸 후 각자의 집을 구해 안정된 생활을 할 수 있게 되기만을 바라면서 열심히 오픈 준비에 매진했다. 하지만 그럼에도 불구하고 결국 올 것은 오고야 말았다.

"여보세요? 이야…. 네가 웬일이냐? 잘 지내지?"

본사에 있는 동기 한 명이 내게 전화를 걸어왔다.

"나야 뭐 맨날 똑같지. 형은 어때? 싱가포르 재밌어?"

"야, 재미있긴 뭐가 재밌겠냐. 대체 누가 주재원 가면 돈 많이 받고 편하게 일 한다고 그랬어? 이런 유언비어 퍼뜨린 사람들이 문제야 문제…. 크큭… 그나저나 갑자기 무슨 일로?"

"아, 이상한 소문이 들려서 형한테 직접 물어보려고 전화했어."

"소문? 뭔데?"

"싱가포르 매장 콘셉트 변경해서 오픈할 거라는 얘기가 들리더라고."

"그게 무슨 소리야?? 누가 무슨 콘셉트를 어떻게 변경한다고?"

"형 진짜 몰라? 거기 주재원들도 아무도 몰라?"

"무슨 소리야 인마, 듣긴 뭘 들어?"

"나도 다른 사람한테 들은 얘기인데 싱가포르는 P브랜드가 아니라 프리미엄인 C브랜드 콘셉트로 바꿔서 프리미엄 매장으로 오픈한다는 말이 있어. 그래서 이번 달에 C브랜드 쪽 팀장님이랑 상무님이 싱가포르 출장 간다고 하더라고. 지금 내부적으로 얘기 거의 끝났다는데 거기 주재원들한테 아무도 얘기 안 해 준거야? 형네 팀장님은 아실 텐데⋯.”

“무슨 미친 소리야 인마⋯. 1호점 오픈 얼마 남지도 않았는데 지금에 와서 콘셉트를 어떻게 바꿔? 그리고 그럼 우리는? 팀장님은?”

“형, 나도 들은 얘기라고⋯. 일단 형도 한번 알아봐. 헛소문이면 상관없는데 만약 맞으면 좀 심각한 거니까⋯. 그리고 출장 간다는 C브랜드 팀장님이랑 상무님도 어떤 사람들인지 알지? 소문난 악마야 악마.”

정말 어처구니가 없었다. 지금까지 회사로부터 제대로 된 지원도 못 받고 고생은 고생대로 하면서 밥상을 다 차려 놨더니 다른 인간들이 숟가락을 얹으러 올 거라는 것이었다. 더 황당하고 화가 나는 것은 팀장이 우리에게 함구하고 있었다는 것이었다. 난 이 사실을 팀장에게 물었고 팀장은 우리 모두를 불러 얘기했다.

“본사에서 싱가포르는 프리미엄 콘셉트로 변경해서 가겠다고 결정이 났어. 그런데 자네들은 여기 계속 있을 거야. 그러니까 너무 걱정하지 마. 다 내 불찰이다. 그리고 우리 원래 태스크포스잖아. TF가 할 거 다 했으면 돌아가는 게 맞다고 생각해야지⋯.”

“아니, 팀장님. 여기서 또 무슨 TF 타령이에요? 그리고 여기 있을 수 있고 없고의 문제가 아니잖아요. 왜 다 결정이 나고 나서야 저희가 알게 되는 겁니까? 그리고 지금까지 저희가 준비해 온 건 뭐가 되는 거예요?”

솔직히 가장 큰 피해를 볼 사람은 나와 팀장이란 것이 명확했기 때문에 난 흥분하지 않을 수 없었다. 제조 2명은 콘셉트가 바뀌더라도 제조를 하면 그만이고 구 대리는 재무였기 때문에 브랜드 콘셉트가 바뀌더라도 재무 업무는 어차피 똑같았다. 하지만 난 매장과 제품을 모두 관리해야 하는데 브랜드가 바뀌면 내가 할 수 있는 것이 아무것도 없었다. 그리고 더 심각한 것은 영업 손실의 문제였다. C브랜드는 프리미엄 브랜드로 재료부터 고급이고 대부분의 제조 과정이 수공이라서 매장 제조 인력에 대한 투자비가 상당히 높았다. 내가 아무리 계산을 해봐도 이건 적자가 엄청날 것이었고 결국 이 손익에 대한 책임은 영업 책임자인 나와 팀장이 지게 될 것이 뻔했다. 어릴 때 학교에서도 배운 것 아닌가? 회사는 이윤을 추구하는 집단이라고.

이런 상황에서 제조 쪽과 구 대리는 크게 동요하지 않았다. 그리고 그들은 어쨌거나 주재원이 월급을 더 많이 받는 것은 사실이었기 때문에 브랜드가 바뀌더라도 주재원으로 남고 싶어 했고 그들이 준비하고 있던 업무도 큰 변화는 없을 것이기에 남의 얘기나 다름없었다. 팀장은 당연히 교체를 당할 것이었고 난 새로 오는 그들의 결정에 달려있었지만 그 결정을 그들에게 맡기고 싶지 않았다. 난 지금까지 우리가 준비한 것을 단숨에 허물어뜨리는 그들과 함께 일하고 싶지도 않았고 큰 적자가 날 것이라는 걸 뻔히 알면서 그 똥물을 뒤집어쓸 정도의 바보도 아니었다. 평소에 서로 의지하고 술만 마시면 한 명 귀국하면 나도 들어간다고 큰소리치던 인간들은 온데간데없이 사라지고 서로 말꼬리를 흐리기 시작했다.

"음…. 난 일단 해보고 안 되면 들어가던지 할까 생각 중이야…."

현실은 현실이고 생계는 생계이니 개인적으로 판단하는 것은 당연한 일이었다. 하지만 내가 이때 이 일을 겪으면서 다시 한 번 되새기게 된 것이 있다면 회사 내에서 큰일이 터졌을 때 그 일에 대한 회사에 있는 인간들의 사고는 역시 '나만 아니면 돼.'와 '내가 힘든데 누구를 도와?'라는 것이었다. 어차피 우리는 남이기 때문에 그리고 계속 먹고살아야 하기 때문에 어쩌면 당연한 의식이지만 적어도 진심으로 누군가를 걱정해주는 것은 할 수 있지 않을까. 하지만 회사 사람들에게 이런 걸 기대한다는 자체가 내 욕심이었다.

결국 온다고 했던 그들이 마침내 싱가포르 사무실로 왔다. 마치 정권을 승계받으러 온 새로운 세력처럼 등장했고 그들은 우리를 하나씩 불러 면담을 시작했다. 팀장이 했던 말처럼 태스크포스였으니 사업을 위한 준비를 다 끝내 준 셈 치고 한국으로 돌아가겠다는 내 결정은 변하지 않았다. 출장자이자 새로 올 팀장이 내게 물었다.

"너는 어떻게 할래?"

"본사로 들어가겠습니다."

"왜? 우리가 돌려보내겠다는 것도 아닌데 왜?"

그는 마치 비꼬는 듯한 표정으로 눈을 동그랗게 뜨면서 얘기했다. 정말 한 대 쥐어박고 싶을 정도로 얄미운 표정이었다.

"제가 할 수 있는 일이 아닌 것 같습니다."

난 화가 치밀었지만 최대한 냉정하게 대답했다.

"야, 너 온 지 얼마나 됐다고 들어갈 생각부터 해? 내 밑에서 좀 버텨봐. 내가 잘 키워줄게. 왜? 나 싫어? 그래서 그냥 바로 들어가려는 거야?"

엄지손톱으로 검지 손톱 끝을 긁으며 눈도 바라보지 않고 영혼 없이 말하는 그의 모습은 정말 세상에 인간이 이렇게까지 밉상일 수 있을까라는 생각마저 들게 만들었다. 내가 알아서 빠져 주기를 바라면서 마음에도 없는 소리를 이토록 잘할 수 있다는 것에 감탄하지 않을 수 없었다. 그리고 '버텨봐라. 키워주겠다.'는 이 뭐 같은 소리는 내 분노 게이지를 점점 끌어올렸지만 난 조용히 본사로 복귀하자는 마음으로 참선하며 참고 참았다. 그렇게 면담 같지도 않은 면담을 끝내고 나오는데 구 대리가 날 불렀다.

"어떻게 하기로 했어?"

"내가 전에 얘기한 거 그대로죠. 전 본사로 복귀합니다."

"에이…. 그냥 좀 버티지. 그래도 돈은 많이 주잖아."

안 그래도 짜증이 나있는데 이 인간이 또 '버티지.'라는 말로 날 긁어댔다. 술 마실 때마다 '너 들어가면 나도 들어간다.'고 만날 노래를 부르더니 막상 이런 위기가 오니까 저 살길부터 찾았던 인간이, 진심으로 남 걱정하지도 않는 인간이 인생 훈수까지 두려고 하니 같잖다는 생각이 들어 한마디 했다.

"대리님. 난 말이죠. 항상 버티면서 살아가고 싶지 않아요. 그럴 이유도 없고요. 대리님이나 쭉 버티는 인생으로 사세요. 생전 하지도 않는 남 걱정하지 마시고."

결국 나와 팀장은 복귀했고 나는 부산 영업팀으로 가길 희망해 부산으로 돌아갔고 팀장은 본사에서 대기발령으로 지내다가 자진 퇴사를 했다. 날 싱가포르까지 이끌어 주신 분이었기에 마음이 매우 편치 않았다. 사실 팀장은 공채 출신이 아닌 경력직 출신이었고 회사는 공채와 경력직에 대한 선이 매우 뚜렷했다. 마치 신라시대 귀족 신분이었던 성골과 진골처럼. 참 씁쓸한 조직 문화가 아닐 수 없었다.

#사람은 변화를 싫어한다.

싱가포르에서 약 2년을 보내고 부산 영업팀으로 내려오니 점장 중에서는 내 동기도 선배도 없고 모두 다 후배들이었다. 내 동기 중 한 명이 이미 점장들의 관리자 급인 슈퍼바이저가 되어 있었기 때문에 후배 점장들에게 나의 부산 영업팀 컴백은 매우 불편하고 달갑지 않은 것이었을 것이다.

해외 근무는 시간의 한계가 온다. 평생 주재원이라는 신분으로 해외에 있을 수 없기 때문에 언젠가는 국내로 복귀를 해야 한다. 회사마다 차이가 있지만 주재원이라는 이름을 달고 해외로 나갈 때 보통 2년에서 5년의 시간을 부여받는데 이 시간을 다 채우든 다 채우지 못하든 국내로 복귀하는 순간이 오면 많은 주재원들이 공황 상태에 직면한다. 왜냐하면 막상 본사로 복귀하려고 하면 내 자리가 없다. 게다가 해외에서 이미 연차가 많이 높아진 상태이기 때문에 국내 자리는 더욱 비좁아져 있는 상태가 된다. 그럼 이런 질문을 할 것이다.

'아니, 해외에서 고생하고 돌아가는 사람의 자리를 회사에서 당연히 마련해줘야 하는 거 아닌가요?'

전혀 아니다. 난 두 개의 대기업에서 모두 주재원을 했고 두 회사 모두 복귀의 순간을 직면해봤다. 그리고 다른 주재원들의 복귀 모습을 수없이 봤다. 복귀가 1년 정도 남은 시점이 되면 자신의 진로를 고민하기 시작하고 불안해하는 주재원들이 대다수이고 급기야 사직을 생각하기도 한다. 결과적으로 해외로 보낼 땐 회사의 일이었지만 복귀하는 것은 개인의 일이 되어 버리기 때문이다. 이런 불투명한 미래가 도래하는 것을 아는 사람들은 주재원으로 해외에 나가는 것을 망설이기도 한다. 특히 연차가 높을수록, 나이가 많을수록 이에 대한 고민의 골도 더 깊다.

주재원 한 사람이 어떤 한 팀으로 복귀하게 되면 그 팀의 팀원들은 상당한 변화를 겪게 된다. 내가 이 팀의 최고 선임이자 차기 팀장 후보였는데 갑자기 해외에서 내 위로 한 명이 들어오면 최고 선임 자리를 내어주게 되고 팀 내 신입 바로 위로 누가 복귀해서 들어오게 돼도 그 신입에게는 선배만 한 명 더 많아지게 된다. 그리고 팀장은 복귀하는 사람에게 업무를 만들어줘야 하기 때문에 모든 팀원들의 업무 분장을 새로 조정할 수밖에 없다. 이는 많은 사람들에게 매우 귀찮고 불쾌한 변화이다. 왜냐하면 사람은 변화를 좋아하지 않기 때문이다. 무언가를 바꾸는 일은 상당히 귀찮고 번거롭고 불편해지는 일이 아닌가? 대다수의 사람은 내가 손에 익은 것, 내가 쓰던 것, 내가 잘 아는 것이 좋다. 당장 이사를 가도, 핸드폰이 바뀌어도 얼마나 불편한지 모른다. 모든 변화의 과정과 시도는 번거롭기 짝이 없다. **그럼에도 우리가 항상 변화를 갈구하고 새로운 것을 원하는 이유는 사람이 변화를 좋아해서가 아니라 변화가 가져오는 혜택을 좋아하기 때문이다.** 주재원의 복귀가 가져오는 팀의 변화가 팀원들에게 가져다 줄 혜택이 없기 때문에 그들이 복귀자를 반갑게 맞아줄 수가 없다.

앞서 말한 문제처럼 난 점장으로 담당할 매장도 없고 슈퍼바이저도 빈자리가 없는 상태여서 임시로 부점장 신분으로 후배가 점장인 매장에서 잠깐 근무하라는 통보를 받았다. 난 크게 개의치 않았다. 갑작스러운 싱가포르 사업 방향의 전환으로 인해 나 역시 계획보다 빨리 귀국을 하게 됐고 연고지 영업팀으로의 복귀는 내가 원하던 것이었기 때문에 부산으로 돌아왔다는 것만으로도 만족했다. 후배 점장은 비록 내가 부점장이지만 아주 깍듯이 선배 대우를 해줬고 나 역시 선배이지만 점장을 잘 도와주며 재미있게 지냈다. 그리고 지방 영업팀에는 해외 주재원 경력이 있는 사람이 없어서인지 팀장을 비롯해 많은 사람들이 나에게 주재원 생활에 대해 궁금해 했고 난 술자리마다 주재원 스토리로 그들의 잔을 가득 채워주었다. 하지만 나 자신은 오히려 계속 비워지는 것 같았다.

부산 영업팀에서의 근무는 너무나 평온하고 쉽고 편안했다. 동기가 슈퍼바이저라 내가 눈치 볼 사람도 없고 점장들은 모두 다 후배라 내게 뭘 시키지도 않고 팀장은 가맹 관리 담당으로 갈 때까지 그냥 쉬고 있는 셈 치라고 할 정도였으니 그야말로 '땡보직(가장 편한 보직이라는 말로 군대에서 쓰는 시쳇말)'이 따로 없었다. 하지만 이렇게 몸은 편해도 마음은 계속 불편했다. 싱가포르에 대한 아쉬움이 계속 머릿속에 맴돌았고 글로벌 시장에 대한 응어리가 가슴팍에 체해 내려가질 않았다. 난 글로벌이라는 목표가 있어서 굳이 서울에 남아 그 고생을 했었고 결과적으로 목표를 이뤘었는데 결국 부산 영업팀으로 돌아온 것이다. 이게 내 한계이고 내 능력인 것인가. 역시 나는 운 좋게 대기업에 입사해 주재원까지도 운으로 됐지만 결과적으로 능력이 드러나게 된 것인가. 여기가 원래 내 자리가 맞는 것인가. 시시각각 나 자신을 돌아보고 내 능력에 대한 질문을 던졌다. 그리고 이 질문에 대한 내 답변은 사직이었다.

내가 간 크게 사직을 결심한 이유는 복합적이었다. 먼저 이제 이 회사에서는 더 이상 해외로 갈 수 있는 기회는 없을 것 같았다. 부산 영업팀으로 복귀한 이상 서울 본사도 다시 가기 힘들 것이고 주재원은 더더욱 기회가 없을 것이라 판단했다. 그리고 나 스스로가 정체되고 퇴보하는 기분이 들었다. 싱가포르에서 광범위한 업무를 하다가 들어오니 일하는 맛이 나질 않는 것이었다. 마지막으로 이 모든 이유들로 인해 행복하지 않았다. 물론 생계를 이어가기 위해 힘들지만 참고 일하는 수많은 사람들이 들으면 내가 배부른 소리를 한다고 할 것이다. 그리고 조금만 힘들면 사직해버리는 인내심 부족한 인간으로 보일지도 모르겠다. 하지만 그 당시의 난 30대 초반으로 젊은 나이였고 해외 경력도 더해진 상태라 이 회사가 아니더라도 나와 더 잘 맞는 회사를 찾을 수 있을 것이라 생각했다. 그래서 더 큰 행복을 느낄 수 있는 회사를 찾기 위해 오랜만에 이력서를 업데이트하기 시작했다.

특히 우리나라는 이직에 대해 많이 보수적이다. 외국은 대부분 3년 정도의 간격을 두고 이직을 한다. 그들은 이직을 하면서 연봉과 직위를 큰 폭으로 올린다. 일반적으로 연봉은 30% 이상(경력과 능력이 탁월하면 두 배 이상도 오른다.) 상승을 하고 직위도 한 단계 이상 승진한다. 그래서 나이가 어려도 연봉과 직급이 높은 사람들도 많다. 한마디로 능력만으로 평가받는 것이다. 반면에 한국은 정해진 연봉과 승진 체계 안에서 움직이고 한 직장에 오래 다니는 편이다. 그래서 외국처럼 쉽게 이직하는 사회적 분위기가 아니어서 이직에 대해 매우 신중하다. 외국과 한국을 비교해 어떤 것이 더 좋다고는 할 수 없다. 이것은 각 국가와 사회의 시스템에 맞춰져 있는 하나의 문화와 같기 때문이다.

S그룹에 들어오기 전에는 이거 해보다가 또 저거 해보다가 하면서 쉽게 일을 바꿔본 나이지만 이번 경우는 달랐다. 스펙이 좋지도 않은 내 장점과 경험

을 처음으로 인정해 준 회사였고 애송이인 나에게 주재원 경험까지 할 수 있게 해 준 의미 있는 회사였다. 마치 첫사랑 같다고나 할까. 오랜만에 쓰는 이력서는 정말 어색했다. 그리고 내가 직접 이직 시장에 뛰어들어 이직에 도전해 보는 것도 처음이라 막상 아무 데도 날 찾아주는 곳이 없을까 봐 걱정도 됐다. 하지만 이 걱정은 기우에 불과했고 이력서를 업데이트 한지 얼마 되지도 않아 한 여자 헤드헌터로부터 전화가 왔다.

"안녕하세요? 전 헤드헌터인데요. 잡 사이트에 이력서 보고 연락드렸어요. 지금 이직 준비 중이신 거죠?"

"네, 맞습니다. 어디 괜찮은데 나왔나요?"

"네, 화장품 A그룹 아시죠?"

난 회사 이름을 듣는 순간 확실한 관심이 생겼다.

"네, 그럼요. 당연히 알죠. 대한민국에서 그 회사 모르는 사람은 없으니까요."

"네, 그렇죠. 그 그룹 내에 있는 'I' 브랜드예요. 들어보셨어요?"

"네, 들어는 봤는데 자세히는 몰라요. 거기 괜찮은가요?"

"그럼요. 요즘 아주 잘 나가고 있는 브랜드예요. 관심 있으시면 제가 이쪽으로 소개해 드려 봐도 괜찮으시겠어요?"

난 헤드헌터와 통화를 끝내고 화장품 브랜드 'I'에 대해 폭풍 검색을 시작했다. 이 브랜드의 광고도 본 적이 있고 매장도 본 적이 있지만 그 외에는 아는 것이 정말 하나도 없었다. 검색을 하면 할수록 A그룹은 규모가 거대하지만 이 브랜드는 지금 내가 다니고 있는 회사보다 확실히 작은 규모라는 생각이 들었다. 그리고 '또 다른 업종을 내가 잘할 수 있을까?'라는 의구심도 들었다.

이직을 단 한 번도 해보지 않은 사람은 이직에 대해 부정적인 경우가 많다.

그리고 두려움을 가지는 사람들이 대부분이다. 두려움을 형성시키는 가장 큰 원인은 바로 '적응'이라는 존재가 아닌가 싶다. 앞서 얘기한 것처럼 인간은 변화를 좋아하는 것이 아니라 변화가 가져다주는 혜택을 좋아할 뿐이기 때문에 대다수가 익숙해진 것에 대한 집착이 있다. 익숙함이라는 것은 한 사람이 오랜 시간과 정성을 들여 얻어낼 수 있는 값진 의미이기 때문에 이것을 포기하는 것은 결코 쉬운 일이 아니다. 내가 한 회사의 신입사원으로 시작을 해서 매일같이 눈칫밥을 먹고 나와 맞지 않는 사람들에게 맞춰가며 친분을 쌓고 신뢰를 형성해가며 이제야 사무실이 편해지고 사람들도 익숙해져 회사 생활에 크게 어려움이 없다. 허나 막상 이 긴 노력의 결정체인 익숙함을 버리고 다른 회사로 이직해 또 다시 새로운 사람들을 만나고 친해지고 환경에 적응해야 한다고 생각하면 여간 큰 부담이 아닐 수 없다. 익숙해진 회사를 떠난다는 것은 익숙해진 사람을 떠나는 것만큼 쉽사리 발길이 떨어지지 않는 일이다.

난 나의 친구이자 제갈공명같은 영민이에게 전화했다. 영민이도 영민하게 경험을 수혈하며 대기업 C그룹 O브랜드로 이직 해 멋진 커리어를 만들어가고 있었다.

"너 화장품 'I'브랜드 알지?"

"응, 잘 알지. 요즘 꽤나 잘 나가는 거 같더라."

"나 거기로 이직할까 하는데 네 생각은 어때?"

"무조건 콜!"

영민이는 일말의 고민도 망설임도 없이 이직에 동의를 했고 난 그런 그가 너무 쉽게 결정을 내리는 것이 마치 장난처럼 느껴지기도 했다.

"야…. 나 지금 진지하게 묻는 거라고…. 장난 아니라고!!"

"머라카노? 내도 장난치는 거 아인데?"

"그럼 뭐 때문에 이렇게 쉽게 동의하냐? 거기 매출 규모도 지금 내가 다니는 데 보다 훨씬 작은데."

"야이 바보야. 매출 규모로 할 거면 전 그룹으로 비교해봐라. A그룹 규모가 훨씬 크지. 그리고 빵은 웰빙이니 뭐니 하면서 앞으로 점점 안 좋아질 수도 있지만 '미', 아름다움에 대한 인간의 욕구는 절대 끊이지 않지. 내 같으면 무조건 화장품 한다. 게다가 A그룹같이 거대한 우산 아래 있는 브랜드인데 뭐가 걱정이고?"

다 맞는 말이었다. 영민이는 언제나 그랬듯 내 고민을 확실히 해결해주는 팁을 제시해줬다. 난 헤드헌터에게 전화했다. 내가 이직하는 데 있어서 무엇보다 중요한 것을 확인해야 했다.

"박 이사님, 안녕하세요?"

"네, 안녕하세요? 어떻게…. 저번에 말씀드린 회사 진행해볼까요? 결정은 하셨어요?"

"그 회사 업무 분위기는 어떤가요? 회사 문화 같은 거요."

"그건 정말 걱정 안 하셔도 돼요. 이 회사 분위기가 상당히 좋다고 들었어요."

"제가 보수적이고 군대식 같은 회사에 다닌 적이 있는데 저랑은 전혀 안 맞아서 저는 그런 곳에 적응을 못해요. 그래서 혹시나 해서 여쭤본 거예요."

"그거면 더더욱 걱정 안 하셔도 되죠. 입사하신 분들 얘기로는 분위기도 상당히 좋고 다들 만족하신다고 하셨어요. 걱정 마세요. 그럼 진행할까요?"

"네, 이사님. 그럼 진행해주세요."

비록 짧은 해외 주재원 생활이었지만 난 과도한 업무와 큰 책임감을 겪은 후로 꽤나 지쳐있었다. 무엇보다 주재원에 대한 처우가 엉망이었기 때문에 난 다시는 해외에 나가 굳이 사서 고생하고 싶지 않은 생각이 강해져 새로운 회사로의 이직도 부산 영업팀으로 지원했다. 정말 다시는 해외 주재원을 하고 싶지 않았고 하지 않을 것이라 스스로 다짐했다. 그리고 이제 연봉을 떠나 회사 생활을 좀 더 즐겁게 할 수 있는 곳을 찾고 싶었다.

그 당시 'I' 화장품 브랜드는 매출 규모도 작았을 뿐만 아니라 급기야 연봉도 전 직장보다 더 적었다. 하지만 내가 이직을 진행하게 된 가장 큰 이유는 왠지 이 회사는 더 큰 행복감을 줄 것 같다는 기대감이었다. 인터넷을 비롯해 이 회사에 대해 찾아본 결과, 국내 여대생들이 가장 다니고 싶어 하는 회사. 좋은 회사 문화를 가진 회사. 과장님, 부장님 같은 직급을 부르지 않고 누구나 동등하게 이름에 '님'을 붙여 '누구님'이라고 부르는 개방적인 회사였다. 이런 곳이라면 규모가 작고 연봉이 좀 깎이더라도 내가 만족하며 일할 수 있을 것 같은 '더 큰 회사' 같이 보였다. 그리고 헤드헌터로부터 전화가 왔다.

6장. 다시 주재원이 될 줄 몰랐다

#싱가포르가 여기서 왜 또 나와?

"이력서 통과됐어요. 부산 영업팀이라서 부산 영업팀장님이랑 면접을 먼저 봐야 한다고 하는데 언제 시간 괜찮으세요?"

경력직으로 면접을 보는 것이지만 난 철저히 준비를 했다. 더군다나 업종을 변경하는 도전이기 때문에 이에 대한 질문이 많을 것으로 예상했고 공채 면접 때보다 더 많은 준비를 했다.

"싱가포르에서 근무를 하셨네요? 싱가포르에서는 무슨 일을 하셨나요?"

면접관으로 나온 영업 팀장이 물었다. 나는 내가 싱가포르에서 한 일에 대해 요목조목 설명을 했고 면접은 보통 면접과 큰 차이가 없이 순조롭게 끝이 났다. 그리고 며칠 후 헤드헌터에게서 전화가 왔다.

"축하드려요. 1차 면접 통과하셨어요. 다음 면접은 서울 본사에서 있는데 정해진 날짜와 시간에 맞춰서 다녀오셔야 해요."

"그럼 서울 본사 면접이 마지막인가요?"

"아뇨, 본사 면접이 두 번이에요. 이번에 가셔서 통과하시면 한 번 더 있을 거예요."

"네?? 무슨 경력직 면접이 이렇게 많아요?"

"경력직 면접도 신입 면접이랑 크게 다를 게 없어요. 지금 계시는 회사에서도 이 정도 면접 과정으로 들어오셨죠? 그거랑 비슷하다고 보시면 돼요."

경력직 면접은 더 간단할 거라고 여겼던 내 예상과는 달리 아직도 두 번의 면접이 남아있었다. 그렇게 2차 면접도 통과했고 마지막 면접이 다가오고 있었다.

"지금까지 정말 잘하셨어요. 마지막 면접은 임원진 면접이에요. 제가 받은 정보로는 해당 브랜드 대표님, 해당 브랜드 인사 팀장님, 그룹 인사 임원 분이 나오신다고 들었어요. 너무 긴장하지 마시고 이번만 잘 넘기시면 되니까 잘 준비해서 꼭 합격하시길 바랄게요."

헤드헌터는 나에게 나올 면접관을 알려주고 대략 어떤 질문을 할 건지 팁을 주었다. 하지만 헤드헌터의 예상은 완전히 빗나갔고 난 예상치 못한 질문만 받았다.

"왜 이 대학교를 간 거죠?"

정말 신선한 질문이었다. 지금까지 수많은 면접을 봤지만 이렇게 내 급소 중 하나를 직접 찌르는 질문은 처음이었다.

"제가 그 전공을 공부해보고 싶었고 그 당시 해당 전공을 운영하는 학교가 많지 않았습니다. 그리고 특차로 가기 위해서 그 학교로 지원했습니다."

"아…. 특차로 들어갔어요? 그렇군요."

면접관은 '특차'라는 말을 듣자 이해한다는 듯이 고개를 끄덕였다. 그 당시 특차라는 입시 제도가 있었는데 이 제도는 특정 과목의 우수자를 소수로 뽑는 제도였다. 상대적으로 다른 과목에 비해 수학 점수가 심하게 낮고 다른 과목의 점수가 나름 괜찮았던 나는 수학 점수를 제외한 다른 과목들의 점수만으로 특차 지원을 열어둔 학과에 무난하게 들어갈 수 있었다. 게다가 전공도 내가 배우고 싶은 학문이었기 때문에 나에게 맞는 입시 제도도 활용하고 원하는 전공도 선택할 수 있어 일석이조의 선택이었다.

하지만 그건 세상 물정 모르는 순진한 고등학생의 소신이었고 세상은 출신 대학교의 간판과 지역으로 간단명료하게 사람을 판단하고 있었다. **출신 대학은 마치 내 혈액형과 같아 바꿀 수 있는 것이 아니었다. 그래서 난 수혈을 하는 방법을 택했다. 경험으로 수혈을 하기 위해 지속적으로 경험을 쌓았고 필**

요한 순간이 올 때마다 그때그때 하나씩 꺼내어 전략적으로 활용했다. 이번 면접도 그런 순간이 찾아왔다.

"싱가포르 경력이 있는데 어떤 겁니까?"

면접관이 총 3명인데 한 분만 계속 질문을 했다. 그리고 이렇게 시작된 싱가포르 경험에 대한 질문은 끊이질 않았다. 난 분명 부산 영업 사원으로 지원을 했는데 영업에 대한 건 일체 묻지도 않고 시작부터 끝까지 싱가포르였다.

"싱가포르 오처드로드 아이온 쇼핑몰 알죠? 거기 지하 3층 매장에 대해 어떻게 생각합니까?"

싱가포르 쇼핑몰 인간 내비게이션인 나에게 전혀 어려운 질문이 아니었다.

"지하 3층은 입점으로는 전혀 생각할 가치가 없다고 생각합니다. 그 몰의 유동 인구는 지하 2층까지가 마지노선이고 3층은 임차료가 저렴하지만 영업에 도움이 되지 않습니다. 저라면 임차료를 좀 더 주더라도 지하 2층을 선택하겠습니다. 물론 쇼핑몰에서 자리를 내어줘야 하겠지만요. 더군다나 1호점이라면 더욱 그렇게 해야 합니다."

난 면접관의 질문에 모두 막힘없이 매우 상세하게 답변했다. 그러자 면접관이 날 공격적인 눈빛으로 바라보며 물었다.

"만약 회사에서 싱가포르에 혼자 주재원으로 보내면 매장 오픈할 수 있겠어요?"

난 다시는 주재원을 하지 않을 것이고 이제 내 고향에서 마음 편하게 회사 생활을 하고 싶어서 이직을 생각하는 것인데 뜻밖의 질문에 또 급소를 찔리고 있었다. 하지만 내 머리와는 달리 내 가슴의 대답은 자신감이 넘쳤다.

"네, 물론 할 수 있습니다."

"업종이 다른데 가능할까요?"

"건축으로 생각을 해보겠습니다. 제가 만약 건축의 기술과 경험만 가지고 있다면 아파트이던 단독 주택이던 다 지을 수 있습니다. 브랜드 론칭도 마찬가지라고 생각합니다. 물론 달라지는 업종과 제품에 대한 기본 지식은 배워야 할 것입니다. 그건 배우면 됩니다. 하지만 해외에서 브랜드를 론칭하는 경험은 배울 수 있는 것이 아닙니다. 경험이 제 자산이자 핵심입니다."

이렇게 모든 면접을 끝냈고 난 최종 합격하며 이직에 성공했다. 이제 연봉 협상으로 넘어가게 되었다.

"축하드려요! 이 회사 면접에서 떨어지는 분들 정말 많은데 대단하시네요. 이제 인사팀에서 연봉이랑 근로 계약서 보내드릴 거예요. 보시고 연봉 협상하시면 될 것 같아요."

헤드헌터는 내게 축하의 전화를 걸어왔다. 이직이 축하할 일인지 아닌지는 아직 모르겠지만 어쨌든 내가 원하는 곳으로 가게 되었으니 난 만족하고 있었다. 곧 인사 담당자로부터 전화가 걸려왔다.

"연봉 계약서 확인하셨죠?"

"네, 확실히 지금 회사보다 적네요."

"표준 연봉은 그렇지만 연말 성과급까지 생각하시면 더 많이 받으실 거예요."

"성과급은 말 그대로 성과에 따라서 받을 수도 아니면 못 받을 수도 있는데 그걸 왜 연봉으로 취급해서 계산해야 하죠?"

인사 담당자는 성과가 좋으면 더 많이 받을 거니까 줄어드는 연봉은 신경 쓰지 말라는 어이없는 말을 했다. 하지만 애초부터 연봉이 더 커지는 회사가 아닌 내 행복이 더 커질 수 있는 회사로의 선택이었기 때문에 난 적은 금액에 연연하지 않기로 했다. 그런데 이 뿐만이 아니었다.

"그리고 한 가지가 더 있어요. 완전히 다른 업종에서 오시는 거라 연차가 1

년 줄어드는 연차로 들어오시게 될 거예요."

난 순간 욕이 튀어나올 뻔했다. 갑질도 갑질의 정도가 있지 난 결코 참을 수가 없었다.

"이거 보세요. 연봉이 깎이는 건 제가 수긍하겠어요. 하지만 연차를 깎는다니요? 다른 업종에서 일을 해서 연차를 깎을 거면 같은 업종 사람들만 뽑으셔야죠. 전 이 부분은 전혀 동의 못하겠네요. 이 회사는 항상 이런 식으로 사람 채용합니까? 연봉이랑 연차까지 다 깎아가면서 사람을 데리고 가겠다는 마인드 자체가 전 도무지 이해가 안 가네요. 아무튼 전 이 부분은 동의 못합니다."

결국 인사 담당은 내 연차를 건드리지 못했고 난 근로 계약서에 서명을 하면서 이직 계약이 체결되었다. 첫 출근까지 한 달 정도의 여유가 있어서 오랜만에 백수가 되어 빈둥거리는 생활을 하게 되었다. 이제 서울도 해외도 아닌 내가 가장 익숙한 내 지역에서 지하철로 15분이면 도착하는 사무실로 출퇴근하며 마음에 여유가 느껴지는 회사 생활을 할 수 있을 거라고 생각하니 미소가 절로 나왔다. 하지만 한 통의 전화에 나의 이 미소는 오래가지 않았다.

유유자적한 백수 생활을 만끽하고 있는 나에게 모르는 번호로 전화가 걸려왔다.

"어디시죠?"

"안녕하세요? 저는 인사팀장입니다."

곧 출근할 회사의 인사팀장이 직접 전화를 걸어온 것이었다.

"네, 안녕하세요? 인사 팀장님이 무슨 일로…."

"한 가지 제안을 드리려고 합니다. 원래 부산 영업팀으로 출근 예정이시죠?"

"네, 맞습니다."

"혹시 서울로 출근 가능하세요?"

"!!!!!!!!!!!!!!"

이건 무슨 아닌 밤중에 홍두깨인지 정말 홍두깨로 머리를 두드려 맞는 느낌이었다.

"팀장님, 무슨 말씀이세요…. 제 집이 부산이고 저는 부산에서 근무하고 싶어서 부산 영업팀으로 지원한 거고요. 이미 근로 계약서도 부산 영업팀으로 계약이 체결됐는데 제가 왜 서울로 가야 한다는 말씀이시죠?"

"아…. 이거 참, 저도 지금 상황이 많이 당황스러우실 거라고 생각합니다. 그런데 저희가 지금 싱가포르 진출을 계획하고 있어요. 마침 싱가포르 경력이 있으시더라고요. 그래서 싱가포르 파견 대상자로 선정이 되셨습니다."

무슨 선정? 본인도 동의하지 않은 무슨 선정?? 난 정말 어이가 없다 못해 화가 났다. 개인의 의견과 상황은 아무 고려도 하지 않고 아직 출근도 시작하지 않은 사람의 인사를 마음대로 논의한다는 것 자체가 너무 괘씸하고 짜증이 치밀어 올랐다.

"저기…. 팀장님. 저는 다시는 해외 근무를 하고 싶지 않아서 국내로 들어온 사람이에요. 게다가 부산에 있고 싶어서 부산으로 지원한 거고요. 제가 굳이 서울로 갈 의무도 이유도 없으니까 저는 못 들은 걸로 하겠습니다."

난 단호하게 거절 의사를 전달했다. 아무리 인사팀장이라고 해도 이건 너무하지 않은가? 아직 첫 출근도 안 한 사람한테 근무지를 변경하라는 통보를 하다니! 난 비록 단호하게 전화를 끊었지만 찜찜함은 가시질 않았다. 그리고 언제나 슬픈 예감은 틀리지 않듯이 다음 날 또 내게 전화가 걸려왔다.

"인사팀장입니다. 서울로 변경 좀 부탁드릴게요. 이건 정말 부탁드리는 겁니다."

"팀장님, 서울이 제가 집 앞 슈퍼처럼 가서 일할 수 있는 곳이 아니에요. 제가 서울로 갈 수 없는 이유를 말씀드릴게요. 첫 번째, 집이 없어요. 두 번째, 서울의 비싼 집을 구할 돈이 없어요. 그리고 세 번째, 제가 서울로 가야 할 이유가 없어요."

"아니, 오셔서 잠시 본사에서 근무하면서 저희 회사에 대해 파악하신 다음에 싱가포르로 가실 거예요. 서울에는 정말 얼마 안 계실 겁니다."

"그럼 더 큰 문제네요. 제가 예상되는 문제를 말씀드릴게요. 이건 하나씩 답변해 주셔야 합니다. 제가 주재원을 경험하면서 수많은 상황들을 봤었기 때문에 말씀드리는 거예요. 자, 제가 서울로 가서 일을 한다고 쳐요. 그런데 이런 변수가 생길 수 있어요. 첫 번째, 싱가포르 진출 프로젝트가 취소된다. 두 번째, 제가 지목이 됐지만 나중에 다른 사람이 가게 된다. 세 번째, 싱가포르 진출이 예상보다 많이 미뤄지게 된다. 자, 이 세 가지 중 한 가지 변수가 발생한다면 저는 서울에서 오리 알이 되는 건가요? 아니면 부산으로 고스란히 다시 돌아올 수 있는 건가요? 그땐 이미 부산 영업팀에 자리가 없을 텐데요."

난 첫 주재원을 겪으면서 수많은 변수를 직간접으로 경험했다. 신규 국가 프로젝트가 여러 가지 이유로 무산되어 버리거나, 코엑스 점 선배 점장처럼 베트남 진출이 언제 시작될지 몰라 무작정 기다리게 되는 경우, 그리고 내 경우처럼 갑자기 파견 대상자가 다른 사람으로 바뀌는 경우까지. 이렇게 나처럼 주재원 '경험'이 있는 사람을 인사팀이 설득시키는 것은 쉬운 일이 아닌 것이다.

"싱가포르 진출이 취소되는 일은 절대 없을 겁니다. 그러니까 그 점은 걱정 마시고 서울로 올라오셔서 프로젝트 준비부터 함께 해주세요."

"취소되는 일은 없을 거지만 어쨌든 변수는 남아있지 않습니까? 전 지금 그런 리스크를 안고 서울까지 올라가고 싶지 않아요."

"아니…. 지금 회사 사람들 대부분이 다 싱가포르에 주재원으로 가고 싶어서 난리인데 왜 이렇게 안 가시려고 하시는 거예요?"

"그렇게 가고 싶어 하는 분들이 많으면 그 분들 중 한 분으로 보내시면 되겠네요."

"……."

"팀장님, 회사 입장은 이해합니다. 사측에서도 해외 진출은 아무래도 그 국가에 대한 경험과 이해도가 높은 사람이 담당하는 게 맞다고 생각하시는 거겠죠. 잘 압니다. 하지만 전 지금 이 브랜드에 대한 경험과 이해도가 전혀 없어요. 지금 저 같은 사람이 아무것도 모르는 브랜드 가지고 론칭하겠다고 싱가포르 나가면 저도 바보 되고 회사 입장에서도 큰 손실입니다. 회사 내부에서 뽑아서 보내세요. 제 생각에는 그게 더 리스크가 적습니다."

나의 굳은 의지는 조금도 꺾이지 않았다. 짧은 시간이지만 주재원을 경험하면서 회사의 중심을 보았고 그로 인해 많은 변수를 마주했으며 회사가 돌아가는 모양새를 파악할 수 있었다. 또한 멀티 플레이어가 되어 이것저것 다 관여하며 일을 하다 보니 어느새 나도 직장 생활 꽤나 한 사람처럼 생각도 많이 달라져 있어서 내 생각을 논리적으로 말하며 상대방을 설득시키는 스킬도 확 늘어 있었다. 하지만 인사 팀장의 의지 역시 눈곱만큼도 꺾이지 않았다는 것이 문제였다.

"팀장님, 이렇게 계속 전화하셔도 저 서울 안 가요. 진짜 안. 가. 요."

"사실은…. 위에서 오더가 내려왔어요. 반드시 서울로 발령 내라고…. 저 한 번만 도와주시죠…. 제가 그래도 팀장인데 체면 좀 세워주세요. 하하…."

그랬다. 회사원은 위에서 시키는 것을 잘 해내야 인정을 받고 반대로 그것을 해내지 못하면 질책을 받는 것이었다. 난 같은 회사원으로서 이 부분에 공감하지 않을 수가 없었다.

"팀장님, 어느 분께서 이렇게까지 압박을 주시는 거예요?"

"마지막 면접 보실 때 저렁 같이 계시던 분들 중에서 중간에 앉아 계시던 분 기억하세요? 질문 제일 많이 하셨던 분이요."

"네, 기억합니다."

"그분이 바로 저희 브랜드 대표님이세요. 대표님 오더입니다."

오호 통제라…. 대표의 오더가 얼마나 강력하면 인사팀의 팀장씩이나 되는 사람이 일개 담당에게 이렇게 애걸복걸하듯 한단 말인가? 그렇지만 나로서는 쉽사리 결정할 수 있는 문제가 아니었다. 지금 갑자기 서울로 간다면 당장 집을 구해야 하는데 보증금이랑 월세의 부담이 컸다. 게다가 인사 팀장의 말에 따르면 내가 언제 싱가포르로 갈지 모르는 상황인데 집을 계약하고 살면 중간에 집을 빼면서 적지 않은 위약금을 물어야 한다. 그리고 무엇보다 주재원으로 다시 나가겠다는 내 의지가 강하지 않았다.

길지 않았던 나의 첫 주재원 생활은 많은 새로운 경험을 만들어 주었고 그 경험 속에는 흉터처럼 남은 기억도 있기 때문에 그런 일이 다시 반복될 수도 있다는 트라우마로 인해 엄두가 나지 않았다. 처음 주재원을 나갈 때는 내가 베이징에서 본 주재원 형들의 좋은 모습만 남아 있었기 때문에 무작정 나도 그런 사람이 되어보고 싶었고 반드시 해보고 싶다는 의지가 충만했다. 하지만 모든 일이 그렇듯 막상 해보면 겉으로 비치는 찬란한 모습과는 다른 씁쓸한 알맹이의 맛을 체감하게 되고 회의를 느낀다. **그렇기 때문에 내가 직접 겪어보지 못한 일에 대해 상상과 예상에 기대어 떠들어대는 것은 자신이 겪어보지 못한 사람에 대해 함부로 얘기하는 것처럼 어리석은 일이다.**

짧은 기간 동안 무수히 많은 변화가 일어나고 있었다. 내 직장이 변했고 내 근무지와 팀도 변할 수 있는 가능성이 생겼다. 하지만 어쨌든, 내 결정에 달려 있었다. 난 인사 팀장에게 전화를 걸었다.

"제가 만약 서울로 가면 주거지에 대한 지원은 회사에서 해줄 수 있나요?"

"아…. 이런 경우는 규정에 없어서 안 될 것 같습니다."

"팀장님, 회사의 계획에 의해서 전 제가 원래 출근하려던 부산 영업팀은 구경도 못해보고 서울로 가는데 이런 지원이 없으면 어떡합니까?"

"규정만 있으면 가능한데 이런 케이스가 한 번도 없어서 지원해 줄 수 있는 규정이 없어요."

"지금까지 없었다면 이번 일로 만드시면 되잖아요. 앞으로 계속 글로벌 사업을 해 나가실 거라면 또 저 같은 케이스가 생길 겁니다. 그 정도 배려는 해주셔야 저도 서울까지 가서 일 할 수 있죠."

회사는 항상 그놈의 규정이 문제다. 회사에 유리하거나 조직을 통제하는 규정은 하루아침에도 뚝딱 만들어 내면서 직원에게 혜택으로 적용되는 복지나 지원 규정은 마치 월드컵 우승까지 가야 하는 과정처럼 고난과 역경의 연속이고 그마저도 이뤄지는 확률이 낮다.

"제가 한번 알아보고 연락드리겠습니다."

비록 내가 피고용자이지만 난 내가 요구해야 하는 것은 반드시 요구를 하고 싶었다. 내가 처음 싱가포르로 넘어갈 당시에는 회사에 찍소리도 못하는 세상물정 모르는 병아리였다. 그래서 아무런 요구도 할 줄 몰랐고 회사로부터 어떤 확답도 없이 출국하는 바람에 무늬만 주재원인 생활을 하며 많은 스트레스를 받았다. 난 이 경험을 되풀이하고 싶지 않았다.

"제가 이렇게도 저렇게도 알아봤는데 집세 명목으로 지원해드릴 수 있는 방법이 없어요."

인사 팀장은 볼멘소리로 얘기했다.

"그럼 무슨 명목으로 지원이 가능한가요?"

"제가 출장 명목의 숙박비로 지원을 하려고 봤는데 기간이 너무 길어서 그것도 안 되고…"

"그럼 기간이 짧으면 된다는 거죠? 이렇게 하시죠. 제가 서울 집세는 알아서 하겠습니다. 대신 주말마다 부산으로 왕복하는 기차 비용을 지원해주세요. 그건 일주일에 한 번이니까 가능하지 않을까요?"

주말마다 서울에서 부산까지 왕복하는 KTX 비용을 한 달로 계산하면 거의 월세 수준이었기 때문에 난 이렇게라도 지원을 받아내고 싶었다.

"알겠습니다. 매주 왕복 KTX 비용은 회사에서 지원해 드릴게요. 그럼 서울로 출근 가능하신 거죠?"

난 교통비 지원에 대한 인사팀장의 약속을 받고 서울행을 택했다. 이게 무슨 운명의 장난인지 서울, 그리고 싱가포르는 자꾸 날 불러댔다. 그러므로 인해 2012년 10월, 내 계획에도 없던 서울 고시원 생활이 시작되었다.

#슬기로운 이직생활

집을 계약하기가 애매한 상황이라 나는 계약이 필요 없는 고시원으로 들어갔다. 부산에 내려갈 때도 편하고 회사와도 가까운 서울역 근처 고시원을 인터넷에서 찾아 예약했다. 생전 처음 살아보는 고시원은 불편함 투성이었다. 공동으로 쓰는 샤워실은 내가 씻고 싶을 때 씻지 못하는 상황이 발생했고 벽 대신 합판으로 칸막이만 되어있어 방음이 전혀 되질 않아 옆방의 핸드폰 진동 소리까지 들릴 정도였다. 무엇보다 관에 누워있는 듯 한 느낌의 방 크기는 물건과 옷도 제대로 정리할 수가 없어 불편하고 답답해 미칠 지경이었다. 하지만 보증금과 계약의 부담이 없는 유일한 거주 형태였기 때문에 나는 선택의 여지가 없었다. 외국에서도 그렇게 저가 호텔을 떠돌아다니더니 국내에서도 마찬가지가 된 셈이다.

이직을 이미 적지 않게 겪어 본 터라 첫 출근에 대한 걱정은 전혀 없었다. 다만 한 가지 걸리는 것은 기존 사람들의 '텃새'였다. 이 텃새는 어딜 가도 있다. 외부에서 누군가가 들어오면 환영하기보다 '쟤 뭐야?'라는 식으로 바라보는 사람들의 시선. 앞서 말한 것처럼 인간은 변화를 좋아하지 않기 때문에 새로운 사람의 출현을 처음부터 마냥 반기지만은 않는다. 그러다가 그 새로운 사람으로 인해 자신의 일이 줄어들거나 뭔가 편해지는 것이 있으면 그 사람을 반기기 시작한다. 책의 앞부분에서 내가 언급했던 인간은 변화를 좋아하는 것이 아니라 변화가 가져오는 혜택을 좋아한다는 것과 일맥상통하는 것이다. 그래서 난 텃새를 준비하고 있는 터줏대감들에게 반드시 혜택을 가져다주어야 했다.

글로벌 전략팀. 이 팀이 내가 앞으로 일할 팀이었다. 아침에 좀 일찍 도착해 인사팀 담당자의 안내를 받아 자리에 앉았다. 그리고 같은 팀원들과 인사를 나누고 난 후 팀장이 나를 커피숍으로 데리고 나갔다.

"저 사실은 그쪽 안 받으려고 했어요."

첫 출근 날, 첫 티타임 때, 팀장이 나와 나눈 대화의 첫마디였다.

"저도 오고 싶어서 온 거 아닙니다."

갑작스러운 상황 변화부터 시작해 고시원 생활까지 가뜩이나 짜증이 나있는 상태인데 아무리 팀장이라고 해도 처음 출근하는 사람한테 '난 너를 받기 싫었다.'라는 말을 들으니 가만히 듣고만 있을 수가 없어서 되받아쳤다.

"그래요. 저도 그쪽이 원래 부산 영업팀에 갈 사람이라고 들었어요. 뭐, 어차피 이렇게 된 거 우리 잘 해봐요."

내가 팀장의 마음을 이해 못하는 것은 아니다. 글로벌 전략팀은 이제 막 생겨난 신생 팀이었으니 이 팀장은 얼마나 자기 새끼들로 팀을 꾸리고 싶었겠는가? 자기가 데리고 일하고 싶은 사람, 자기가 잘 알고 자기와 잘 맞는 사람을 구상하고 있었을 건데 대표가 꾸역꾸역 욱여넣은 내가 왔으니 나름 짜증이 났을 것이다. 게다가 난 이쪽 업계 출신도 아니었기 때문에 관리자의 입장에서는 우려가 컸을 법도 하다. 하지만 그래도 그렇지 부산에서 올라와 고시원 생활 중인 내 기본적인 상황도 모르면서 첫마디로 내 뼈를 때리니 지렁이도 꿈틀 하게 되었던 것이다. 하지만 어찌 됐건 내가 선택한 길이었고 난 또 이 선택이 좋은 선택이 될 수 있도록 결과를 만들어내고 싶었다. 그리고 더 큰 행복을 위해 이직한 회사인 만큼 나는 더 행복하게 생활하고 싶었다.

업종이 여성들이 주로 많이 쓰는 아이템의 업종이라 그런지 확실히 여직원들이 많았다. 사무실 분위기도 내가 다니던 회사들과는 다르게 보수적이지 않았다. 무엇보다 굳이 정장을 입지 않아도 되는 것이 내겐 작은 행복 중의 하나였다. 난 대표를 비롯하여 팀장들 자리를 찾아가 인사를 나눈 뒤 내 자리에 앉았다. 글로벌 전략팀은 이제 글로벌 시장으로 영역을 넓히기 위해 갓 만들어진 팀이었고 내 위로 선배가 두 명, 밑으로 후배가 두 명으로 내가 딱 중간에 끼게 되었다.

"커피 한 잔 하러 갈래요?"

팀의 선배 중 한 명인 민호 선배가 다가와 얘기했다. 그리고 나머지 선배인 창화 선배도 함께 갔다.

"이렇게 만나서 반가워요. 싱가포르 경력자라고 얘기는 들었어요. 싱가포르에서는 어떤 일을 했었어요?"

난 내가 했던 일에 대해 자세히 설명을 해줬다. 그리고 전 직장에 대해 궁금해 하는 것들도 얘기를 해줬다. 아무래도 외부에서 사람이 오니 궁금한 것이 많았을 것이다. 민호 선배는 사람이 아주 나긋나긋하면서 친절하게 대화를 해나가는 반면 창화 선배는 그 반대로 날 의심스럽게 바라봤다.

"그럼 화장품은 아예 모르겠네요?"

내가 이 회사에서 앞으로 가장 많이 듣게 될 질문을 창화 선배가 가장 먼저 던졌다.

"네, 그래서 사실 저도 걱정이에요. 사실 제가 이 팀에 지원했던 것도 아니거든요."

그러면서 난 내 입사 스토리를 이어갔다.

"뭐라고요? 그럼, 부산 영업팀에는 아예 가보지도 않았고 게다가 지금 고시원에서 지낸다고요?"

딱히 그들의 동정심을 유발하려고 했던 것은 아니다. 다만 내가 이 업계를 모르기 때문에 그들이 가지고 있을 편견에 대항할 내 나름대로의 사정은 알려주고 싶었다. 나도 내가 화장품을 모르기 때문에 기본인 영업부터 배우고 싶었지만 회사에서 이렇게 상황을 만든 것이니 나도 답답하다는 정도의 하소연이라고 할까. 그리고 틀린 얘기도 아니니까 말이다.

"와…. 그럼 지금 엄청 힘들겠네요. 앞으로 힘든 거 있으면 우리한테 언제든지 얘기해요."

그들은 날 아주 불쌍한 눈빛으로 바라보며 위로해주었다. 이렇게 시작된 이 두 선배와의 관계는 나중에 서로 호형호제를 할 만큼 격이 없는 사이로 발전하게 되는데 지금 처음 만날 때를 생각해보면 정말 까마득한 오래전 일처럼 느껴진다.

당장 싱가포르로 넘어갈 것처럼 얘기하던 것과는 달리 내가 본사로 출근하는 시간은 점점 늘어났다. 왜냐하면 내가 면접을 보기 전부터 얘기가 되고 있는 1호점 매장 자리의 계약이 어그러지면서 다시 매장을 찾아야 하는 상황이 되었기 때문이다. 하지만 난 이게 더 잘 된 일이라고 생각했다. 왜냐하면 계약을 얘기하고 있던 자리는 내 판단에 의하면 입점하면 안 되는 자리였고 화장품을 아예 모르는 내가 본사에서 회사의 시스템과 업종에 대해 배울 시간을 벌었기 때문이다. 그리고 그 무엇보다 소중한 것은 본사 사람들과의 인맥과 친분을 쌓을 기회가 많아졌다는 것이었다. **무슨 일을 하든 무슨 제품을 취급하던 내게 언제나 가장 중요한 것은 사람이기 때문이다.**

난 본사에서 10개월 정도 근무를 했는데 짧은 시간이었지만 많은 것을 배웠고 좋은 사람들을 알았고 이것저것 새로운 경험도 할 수 있었다. 하지만 새로운 곳에서 새로운 일을 시작하고 새로운 사람을 알아가는 것은 결코 즐거운 일일 수많은 없다. 왜냐하면 이직은 새 출발과 같은 달콤한 의미임과 동시에 낯선 출발이라는 두려움이기도 하기 때문이다. 이직을 고민하는 많은 사람들이 두려워하는 것이 바로 이 적응의 문제일 것이다. 나 역시 이 새로운 곳에 적응하고 그들과 잘 섞이기 위해 많은 노력을 했다. 결론적으로 새로운 곳에서 적응을 잘하고 못하고는 스스로에게 달려있다. 날 잘 알고 알아주던 사람들은 이곳에 없다. 그렇기 때문에 내가 적극적이지 않으면 안 된다. 내가 먼저 다가서야 하고 내가 먼저 주동적으로 움직여야 한다. 내가 가만히 있는데 날 모르는 사람들이 다가올 것이라는 착각은 적응의 실패로 돌아오고 또 이직을 고민하게 만들기 때문에 만약 당신이 이직을 고민하고 있다면 연봉과 업무, 직위만 고민할 것이 아니라 '나는 과연 새로운 곳에서 신입의 마인드로 생활할 수 있는가?'라는 고민도 함께 해볼 수 있길 바란다. 비록 당신은 경력직이지만 그들의 눈에 당신은 신입과 다를 게 없기 때문이다.

그렇기 때문에 난 내가 이방인이라는 생각을 지우지 않았다. 전 직장에서 내가 뭘 했던 어떤 경력을 가지고 있던 이 사람들은 알 리가 없고 관심도 없다. 이 사람들에게는 그저 지금 내가 이곳에서 뭘 할 수 있는지, 그리로 내가 어떤 사람인지 그래서 내가 어떤 혜택을 가져다 줄 수 있는지가 중요하기 때문에 그들은 관찰자이고 난 그 관찰에 대해 그들이 만족할 수 있는 퍼포먼스를 보여줘야 했다. 그렇기 때문에 난 이곳에서 알게 모르게 많은 테스트를 거쳤다. 내가 싱가포르 주재원 후보자의 자질이 있는지, 외국어 능력은 어느 정도인지, 싱가포르를 얼마나 이해하고 있는지, 성격은 어떠한지 등등. 물론 아무도 이게 날 시험하는 것이라고 말하지 않지만 내게 과제가 떨어질 때마다 난 이런 것들이 테스트임을 느낄 수 있었다.

출근 초기에 회사 메일을 통해 사내 활동에 대한 홍보 메일이 모두에게 왔다. 사내 방송 프로그램을 알리는 메일이었는데 내가 고등학교 방송부 생활을 했던 것과 비슷해서 난 작가 이력을 어필해서 신청을 했고 게스트 DJ로 선정이 되어 매주 점심 방송 DJ로 참여를 해 내가 이런 재능과 이력이 있다는 것을 사람들에게 알렸다. 그리고 어떤 모임이든 적극적으로 참여했다. 이 회사에 들어온 지 2개월 남짓이 되자 연말 회사 행사가 있었는데 이때 동료들과 아이돌 그룹인 오렌지 캬라멜을 결성해 공연을 하게 되었고 난 이 무대가 회사 전체 사람들에게 날 알릴 수 있는 좋은 기회라고 생각하고 매우 열심히 안무 연습에 임했다. 그리고 공연 당일 난 나의 모든 에너지와 숨은 끼를 분출시키며 흥행 대박을 만들어냈고 회사 사람들에게 '어느 회사에서 경력직으로 들어온 사람'이 아닌 '글로벌 전략팀의 누구'로 인식될 수 있었다. 내가 만약 '내가 신입도 아닌데 이런 것까지 해야 하나?'라는 마인드가 조금이라도 있었다면 난 이런 행사에 참여하지 않았을 것이고 사람들은 계속 날 몰랐을 것이다.

회사는 날 여러 가지로 시험했다. 먼저 중국어 회화 능력에 대한 테스트가 진행됐는데 난 대표의 통역병처럼 지정되어 대표가 출장으로 가는 중화권 어느 곳이든 내가 통역병으로 따라다니게 되었다. 만약 첫 출장에서 내 통역이나 수행이 기대 이하였다면 내 통역병 지위는 바로 박탈이 되었겠지만 난 싱가포르 주재원으로 나가기 전까지 대표 전용 통역병으로 다녔다. 비록 나보다 훨씬 높은 직위의 어려울 수밖에 없는 대표이지만 난 통역으로 그를 따라 다니면서 얘기하는 시간과 마주치는 시간이 많다 보니 나에게는 그렇게 어렵기만 한 분은 아니었다. 오히려 내가 존경할 만한 면이 많은 분이었다.

"니 면접 때 내가 물어봤던 거 기억하나?"

어느 날 술자리에서 구성진 경상도 사투리로 대표가 나에게 물었다.

"그때 대표님께서 저한테 하도 많은 걸 물어보셔서 어떤 걸 말씀하시는지 모르겠습니다."

"그때 내가 니한테 그랬지. 혼자 싱가포르에 보내면 브랜드 론칭 할 수 있겠냐고. 내는 똑똑히 기억한다. 니는 면접이라 면접용 멘트로 할 수 있다고 한 지 모르겠지만 어쨌든! 네가 할 수 있다고 했으니 내는 진짜 니 혼자 보낼 거야. 알겠나?"

"와…. 대표님 진짜 그걸 기억하고 계시네요. 기억력이 장난 아니십니다."

비록 다른 업종에서 온 나였지만 그는 날 많이 신뢰해주었다. 그리고 나 역시 이 신뢰에 반드시 보답하고자 하는 강한 의지가 생겨났다. 난 이렇게 대표의 통역병이 되면서 대표의 신뢰를 받았고 중국의 여러 도시를 가볼 수 있었으며 중국 법인의 사람들도 자연스럽게 알 수 있게 되었다. 내게는 좋은 기회였고 다양한 경험을 쌓을 수 있는 상당히 의미 있는 시간들이었다.

그리고 내게 이 회사에서의 첫 싱가포르 출장이 생겼다. 싱가포르 법인에서 초청한 행사가 생겼는데 나는 마케팅 상무, 내 팀장과 함께 가게 되었다. 비록 내가 싱가포르에 2년 가까이 살다 왔지만 오랜만에 가는 출장이라 걱정도 됐다. 왜냐하면 이 두 분은 내가 싱가포르를 얼마나 잘 알고 있는지 확인하고 싶을 것이라는 생각이 들어서였다. 특히 현지 시장을 둘러볼 때 내가 길을 헤매거나 우왕좌왕하는 모습을 보이면 안 되고 이 분들이 궁금해 하는 것들을 최대한 잘 설명해야 한다는 부담이 컸다. 하지만 내 걱정과는 달리 싱가포르는 내가 있을 때의 그 모습으로 있어줬고 내가 인간 내비게이션이 되고자 했던 예전의 나 역시 그 모습 그대로 남아있었다. 출장은 아무 문제없이 끝났고 난 내가 앞으로 같은 사무실에서 매일 봐야 할 사람들인 싱가포르 법인 사람들의 안면을 익힐 수도 있었다.

어느 날 떨어진 대표의 지시로 나는 매달 1회 싱가포르로 정기 출장을 가야 했다. 하지만 딱히 뭘 하고 오라 하거나 다녀와서 뭘 보고하라는 것은 없었다. 그냥 앞으로 내가 싱가포르에 가서 일을 해야 하니 매달 가서 시장을 보고 감각을 키우라는 의미였다. 내게는 너무 좋은 출장이었다. 목적이 없어서 좋은 출장이 아니라 내가 스케줄을 짜고 계획할 수 있는 출장이라는 것이 좋았다. 혼자 가는 출장이 좋은 거 아니냐며 부러워한 사람들도 있었는데 2년 가까이 싱가포르에 살았던 사람이 혼자 간다고 한들 뭐가 그렇게 좋을 것이 있었겠는가. 이미 안 가본 곳이 없고 안 해본 것이 없는 곳에 혼자 자유로운 출장을 가도 내가 여행의 목적으로 다닐 수 있는 곳은 이미 아무 데도 없었다. 오히려 혼자 목적 없이 가는 출장은 역설적으로 내게는 내가 스스로 뭔가를 발굴해서 알아 와야 하고 찾아내서 보고해야 한다는 부담이 있었다. 난 출장을 가서 친구처럼 지내는 쇼핑몰 담당자들을 만나 요즘 시장 동향을 파악하고 새로운 상권을 보고 브랜드도 면밀히 살폈다. 무엇보다 잘 아는 쇼핑몰 담당들에게 앞으로 내가 향후 싱가포르에 가지고 올 브랜드에 대해 언급하고 미리 좋은 자리에 대해 얘기할 수 있는 시간을 가질 수 있는 것이 큰 장점이었다. 이렇게 난 새로운 회사에 적응해갔고 또 다른 새로운 사람들이 우리 팀에 들어오기 시작했다.

#싱가포르 프로젝트 리더

팀장을 제외한 담당이 총 5명이던 팀에 2명이 더 들어왔다. 둘 다 나보다 후배라서 나는 총 7명 중 영화 제목 같은 팀의 넘버 쓰리가 되었다. 한 명은 일본어가 유창해 일본 주재원 후보로 들어온 한민이었고 다른 한 명은 인도 최고 대학을 나와 영어와 인도어도 유창한 인도 주재원 후보 종상이었다. 한민이는 영업팀에 갓 들어온 신입 사원인데 우리 팀으로 이동을 했고 종상이는 다른 브랜드에서 계열사 전적을 해서 옮겨왔다. 둘 다 신입 급이다 보니 안 그래도 눈치가 보이는데 또 새로운 곳에 와서 어쩔 줄 몰라 하던 모습이 아직도 내 눈에 선하다. 난 내가 이직을 해 온 입장이라서 내 마음이나 그들의 마음이나 다를 게 없다고 생각해 이 둘을 동생처럼 가깝게 대했다.

"뭐하냐?"

내가 한민이에게 다가가 물었다.

"아, 예…. 그게…."

"할 거 없는 거 다 알아. 큭큭. 나와. 커피나 한 잔 하자."

팀의 선임 격인 민호 형이랑 창화 형은 이 두 신입과 연차가 좀 차이나는 편이라 신입이나 다를 게 없는 이 둘은 그들을 상당히 어려워했고 난 이 두 형들과도 가깝고 새로 온 동생들 둘 과도 가까운 딱 중간이라 내가 중간 다리 역할을 잘하려고 노력했다. 경력직인 나도 초반에 어려웠는데 신입인 이들의 심적 압박은 나보다 더 했을 것이다. 향후 이 둘도 어엿한 주재원이 되어 역량을 펼치게 되는데 한민이는 예정대로 일본 주재원으로 나갔고 종상이는 인도 주재원을 거쳐 두바이 주재원까지 경험하는 인재가 된다.

글로벌 전략팀은 신생 팀이었고 새로운 국가를 담당자 개별적으로 준비해야 했기 때문에 거의 개인 프로젝트처럼 따로 움직였다. 난 시간이 지나 '싱가포르 론칭 프로젝트 리더'로 임무를 부여받고 싱가포르 브랜드 론칭 전략을 준비했다.

"저기, 싱가포르 법인에서 우리 브랜드 매장 자리를 하나 잡았다는데 검토 좀 해봐."

팀장이 내게 얘기했다. 우리 브랜드를 제외하고 다른 브랜드들은 이미 싱가포르에 진출한 상태여서 이미 해외 법인은 갖춰져 있었다. 그리고 그 법인에서 우리 브랜드 자리를 찾아주고 있는 모양이었는데 난 사실 이 부분이 이해가 가질 않았다. 왜냐하면 이것은 마치 내가 내 집을 남에게 찾아달라고 하는 것과 같기 때문이다. 이건 매우 간단한 논리로 펼쳐진다. 만약 좋은 자리가 나왔다면 내 브랜드를 넣고 싶을까 아니면 다른 브랜드에게 들어가라고 소개하고 싶을까? 이직해서 온 내가 이곳의 구조를 탓할 수 있는 입장은 아니어서 난 이 점에 대해 크게 의문을 던지지는 않았지만 그 당시에는 이 중요한 걸 왜 남한테 맡기는지에 대한 의문이 컸다.

난 팀장이 회송해준 메일 내용을 봤다. 싱가포르 법인에 있는 타 브랜드를 총괄하는 싱가포리안 GM(General Manager)이 보내온 메일이었다. 난 그녀가 추천하는 매장의 자리도 마음에 들지 않았고 가격은 더더욱 받아들이기 힘들었다. 그녀는 싱가포르 오처드로드에 있는 다카시마야 백화점 지하 2층의 자리를 제안했고 그녀의 메일 내용만 보면 이 자리는 너무 좋은 자리이고 합리적인 임차료로 보였다.

"팀장님, 이 자리 꼭 들어가야 하나요?"

"아니, 꼭 들어가야 하는 건 아니야. 왜? 별로야?"

"네. 저라면 여기 1호점을 열진 않을 것 같은데요."

"그래? 그런데 지금 저번 계약 건 어그러진 후로 몇 개월 째 오처드로드에 자리가 안 나오고 있다가 나온 거거든. 우리도 한번 직접 가서 보고 오자."

난 팀장과 싱가포르로 향했다. 그리고 메일을 보내온 싱가포리안 GM 벨러리를 만났다. 그녀는 나와 팀장을 데리고 다니며 이 매장 저 매장을 보여주는데 그녀가 보여주는 매장을 보면 볼수록 이런 생각까지 들 정도였다.

'이 몰에 우리 브랜드를 넣으면 혹시 이 GM이 뭘 받기라도 하는 걸까?'

이런 의심이 들 정도로 안 좋은 몰과 자리만 보여주고 있었다. 물론 팀장은 싱가포르를 잘 모르니까 판단이 분명하진 않겠지만 난 명확했다. 그녀는 우릴 데리고 다니며 점점 장사가 안 되고 있는 싱가포르 이세탄 백화점만 돌며 보여 주길래 내가 물었다.

"내가 알기로는 싱가포르에서 이세탄 백화점이 점점 안 좋아지고 있는 걸로 아는데 이세탄 백화점 말고 다른 쇼핑몰은 없나요?"

그녀는 내 말을 듣더니 날 깔아보며 말했다.

"난 싱가포리안이고 싱가포르에서 이 업계에 10년이 넘게 일했어요. 당신은 싱가포르에 얼마나 있었죠? 그리고 이 업계에 일 한지 얼마 안 됐다고 들었는데 당신이 어떻게 그렇게 잘 알죠?"

그녀가 내게 돌 직구를 던졌고 난 정확히 받아쳐 담장을 넘기고 싶었지만 아직 내 입지가 그렇게 두텁지 않았고 팀장도 있는 자리여서 그냥 원 스트라이트로 흘려보냈다. 그리고 저녁에 팀장과 난 식사와 간단한 맥주를 하며 얘기했다.

"오늘 벨러리가 보여준 곳은 별로지?"

"네. 완전 별로죠. 우리를 바보로 아는 건지 뭔지 모를 정도로 이상한 곳만 보여줬어요."

"그래. 나도 그런 거 같았어."

팀장도 그렇게 느끼고 있다니 천만다행이었다.

"그럼 1호점은 어떻게 할까? 그래도 오처드로드고 다카시마야 백화점인데 말이야. 자리가 완전히 안 좋아 보이진 않지?"

팀장은 맥주를 한 잔 들이켜고 내게 물었다.

"사실 저한테 결정하라고 하면 그 자리는 안 합니다. 결코 베스트는 아니에요. 하지만 A, B, C, D로 하면 B정도는 될 것 같아요."

"그래…. 더 좋은 자리가 나오면 좋지만 언제 또 나올지도 모를 문제고…. 그렇게 되면 너도 언제 주재원으로 나가게 될지 모르는 일이거든. 그 자리에서 잘 만들어 볼 수 있겠어?"

"그런데 팀장님, 전 한 가지 이해가 안 가는 게 있어요. 그냥 제가 미리 파견으로 나가서 매장 자리까지 구하고 계약해서 오픈하면 되는데 왜 그 중요한 1호점 자리 찾는 걸 굳이 다른 브랜드에 맡기는 거예요?"

"사실 우리 브랜드가 해외 경험이 없잖아. 그래서 지금 미리 경험한 다른 브랜드의 도움이 필요하긴 해. 그리고 우리도 각 국가별로 사람을 보내서 자리를 찾아보고 싶지. 싱가포르는 네가 경험이 있으니까 가능하지만 다른 국가는 어차피 해당 국가 법인에 부탁을 할 수밖에 없어. 매번 그 국가에서 사업 경험이 있는 사람을 뽑을 수도 없으니까. 그래도 해외에 법인이 있는 게 얼마나 좋아? 다 장단점이 있는 거지."

팀장의 얘기도 맞는 얘기였다. 전 직장은 해외 법인 자체가 없는 상태여서 법인 설립부터 사무실 계약과 인테리어까지 해야 했지만 이곳은 적어도 그런

원초적인 것들은 생각하지 않아도 되기 때문에 내 입장에서는 도움이 되는 것도 사실이었다.

"네 생각처럼 B정도 되는 자리면 일단 해보자. 우리가 준비 잘해서 들어가면 A 자리로 바뀔 수 있을 거야."

그렇게 매장 실사를 위한 출장을 마치고 서울로 돌아왔다.

"내가 메일 하나 회송했는데 한번 읽어봐. 읽고 그냥 넘겨. 신경 쓰지 마. 그냥 알고만 있으라고 보낸 거야."

출근하자마자 팀장이 메일을 하나 보냈는데 벨러리가 팀장에게 보내온 메일이었다. 그 메일의 내용은 대충 이러했다.

'왜 그런 애송이를 너희 브랜드의 싱가포르 총괄로 보내려고 하는지 이해가 안 간다. 그는 중국어는 잘 하지만 영어는 그렇게 잘하는 것 같지도 않았다. 그리고 업계 경력도 없고 완전히 주니어 수준이더라. 싱가포르로 파견 보낼 사람에 대해 다시 한 번 생각해봐라.'

그녀가 두 번째 돌 직구를 던진 것이었다. 난 아침부터 극도의 화가 치밀었고 그녀의 돌 직구를 보기 좋게 받아치는 메일을 보내고 싶었지만 또 참을 수밖에 없었다. 내가 그녀의 돌 직구를 받아쳐 담장을 넘길 수 있는 가장 좋은 방법은 브랜드 론칭을 성공적으로 해내는 것이었고 업적으로 회사에서 인정받고 입지를 쌓아야 가능한 것이었다. 난 그녀의 말대로 이 업계 경력이 전무한 주니어였고 영어는 중국어만큼 유창하지 않은 외국인이라는 것은 부정할 수 없는 사실이기 때문에 또 참아야 했다. 그리고 나중에 싱가포르에 내 브랜드를 오픈하고 대 성공을 했을 때 내가 직접 그녀에게 이렇게 말해주겠다고 다짐했다.

"당신은 싱가포르에 나보다 오래 살았고 이 업계에 나보다 오래 일했는데 왜 내 실적보다 좋지가 않은 거죠?”

인간은 시간에 쉽게 속는다. 물론 시간을 아예 무시할 수는 없다. 하지만 맹목적으로 믿어서도 안 된다. 일이든 사람이든 마찬가지다. 한 사람을 오래 알았다고 그 사람을 가장 잘 안다고 할 수 없듯이 한 분야의 일을 오래 했다고 그 사람이 그 일을 가장 잘 안다고 할 수 없다. 내가 중국어를 공부한 시간도 그랬다. 난 베이징에서 1년 반이라는 시간을 공부했지만 4, 5년을 공부한 많은 사람들보다 더 좋은 결과물을 도출했다. **시간은 상대적 참고 사항일 뿐 절대적 차이의 기준은 될 수 없다. 얼마나 오래 일했냐보다 얼마나 뜨겁게 일했냐가 관건인 세상이 오고 있다.**

싱가포르 법인에서 구해 준 매장의 계약이 체결되었고 내가 싱가포르로 가야 할 시간도 정해졌다. 본사에서 지낸 10개월 동안 난 많은 테스트를 거쳤고 인맥을 쌓았고 새로운 업종에 대해서 많은 것을 배웠다. 가장 큰 배움은 마케팅에 대해 알았다는 것이다. 전 직장은 마케팅보다 영업 중심의 회사였고 내가 경험한 것도 영업과 점포 개발이었다. 하지만 화장품은 철저한 마케팅 중심의 세계였다. 쉽게 말하면 잘 파는 것보다 잘 보이는 것이 중요한 것이다. 어떻게든 잘 팔아서 매출 목표를 달성하면 되는 것이 아니라 대중들에게 아름답게 보여야 하고 브랜드의 이미지를 가꿔야 하며 대중들에게 잊히지 않도록 끊임없이 소통해야 하는 것이었다. 내가 소속된 글로벌 전략팀 역시 마케팅 디비전에 있었기 때문에 마케팅 전략을 짜는 것이 주요 업무가 되었고 더 나아가 난 싱가포르에서 펼칠 마케팅 전략을 준비해야 하는 프로젝트 리더였다.

초반에는 마케팅과 영업의 차이조차도 몰랐는데 시간이 지나면서 마케팅을 이해해갔다. 특히 이 조직에는 마케팅에 도가 튼 사람들이 많아서 내가 배울 수 있는 사람들이 많았다. 대표는 전무씩이나 되는 직책의 남자임에도 불구하고 여성들이 모여 화장품을 얘기하고 정보를 교환하는 커뮤니티에 매일같이 들어가 고객들의 우리 제품에 대한 반응을 체크해 제품 개발에 신속히 반영했다. 게다가 하루는 그가 신제품 마스크 팩을 붙이고 사무실을 돌아다니는 모습을 볼 수도 있었다. 내가 지금까지 알고 있던 대표라는 직책의 사람은 마주치기만 해도 그저 불편하고 어려운 사람인데 그의 이런 생각과 행동은 조직에 창의적인 사고를 불러일으키기에 충분했다. 그리고 초반에 날 반겨주지 않았던 팀장은 우리 회사의 에이스이자 평판이 상당히 좋은 사람이었고 민호 형과 창화 형은 오랜 마케팅 실무 경험자들이었기 때문에 난 새로운 일을 배우기 완벽히 좋은 환경에 있었던 것이다. 다시 말하면, 새로운 직장에는 좋은 사람들이 많았고 내가 더 큰 행복을 위해 단행한 나의 이직은 매우 성공적이었다.

민호 형은 홍콩 론칭 프로젝트 리더, 난 싱가포르 론칭 프로젝트 리더, 새로 들어온 한민이는 일본 론칭 지원, 종상이는 인도 론칭 지원을 하면서 각자의 미래를 준비해 갔다. 홍콩은 내가 준비 중인 싱가포르보다 론칭이 더 앞서 있어서 민호 형은 홍콩 주재원으로 부임해 먼저 떠나 브랜드를 론칭했는데 홍콩은 전 회사를 들썩거리게 할 정도의 성과를 내며 매출 대박을 터뜨렸다. 난 이 소식이 기쁘면서도 부담으로 다가왔다. 이제 다음 차례는 나였고 나 역시 그에 버금가는 성과를 내야 한다는 부담이 생겼기 때문이다. 그렇게 내 주재원 부임 날짜는 다가오고 있었다.

#다시 주재원이 되고 있었다.

이 회사는 그래도 주재원의 지원에 대한 기준이 그나마 명확하게 잡혀있는 편이었다. 하지만 그래도 놓치고 있는 부분이 꽤나 있었고 난 내가 경험했을 때 주재원에게 필요한 지원이 무엇인지 적극적으로 의견을 제시해 몇 가지 지원 제도를 만들어냈다. 인사 담당도 해외 진출 지원에 대해 잘 모르고 있었기 때문에 나는 내가 회사 규정을 찾아서 이런 게 있다고 알려주기도 했고 없는 규정은 앞으로 글로벌 시장으로 계속 나가면 주재원이 많아질 것에 대비해 꼭 만들어야 한다고도 했다.

난 다시는 주재원을 하지 않겠다고 다짐했었다. 하지만 이 문장은 수정이 필요했다. 난 다시는 주재원을 하지 않겠다고 다짐했던 것이 아니라 난 다시는 예전과 같은 주재원을 하지 않겠다고 다짐했던 것 같다. 난 누구보다 다시 도전하고 싶었고 내가 잘 아는 싱가포르에서 더 잘 해내보고 싶었다. **무엇보다 두 가지의 다른 업종을 모두 싱가포르에 성공적으로 론칭해 업종이 달라도 경험이 같으면 충분히 가능하다는 것을 증명하고 싶었다.**

인사팀에서는 내게 꽤나 많은 것들을 물어봤다. 왜냐하면 이 브랜드에는 주재원을 경험했던 사람이 나뿐이었기 때문에 주재원에게 필요한 지원 제도나 어떤 사람을 주재원으로 선발하는지 그리고 어떻게, 뭘 교육해줘야 하는지와 같은 주재원 파견에 대한 기준을 잡아가고 싶어 했기 때문이다. 글로벌 진출 초기에 이 회사에는 주재원 선발 기준도 없었고 요구되는 자격도 없었으며 그 어떤 검증 과정도 없이 그냥 추천과 인맥으로(한 마디로 윗사람의 선택) 주재원을 선발해서 보내다가 나중에는 어학 점수, 개인성과, 경력 등의 요구 조건이 생기고 과제 같은 것도 생겼지만 내가 경험을 통해 느낀 자격과 인사팀의 선발 조건의 괴리감은 있을 수밖에 없었다.

보통 많은 기업들이 주재원은 국내성과가 좋은 사람을 우선적으로 생각하는 편이다. 물론 국내성과를 무시할 수는 없다. 안에서 새는 바가지가 밖에서도 샌다는 말이 있듯이 지금 주어진 자기 일을 잘하는 사람이 뽑히는 것도 부정할 수 없는 좋은 이유다. 하지만 국내성과가 좋으면서 동시에 한 가지 이상의 외국어가 원활하게 되는 사람 역시 많지 않다. 물론 이 좌우 쌍포를 모두 가진 사람이라면 당연히 0순위로 보내야 하겠지만 만약 둘 중 하나만 가지고 있다면 난 단연코 '외국어 능력'을 우선시하라고 말하고 싶다. 내가 일전에 이런 말을 들은 적이 있다.

'일 잘하는 사람이 가야지. 외국어? 그거 거기 가서 살다 보면 다 하는 거지 뭐. 말이야 가서 배워도 돼!'

난 그 반대다. 일은 일을 하면서 배울 수 있지만 언어는 일을 하면서 배우기 쉽지 않다. 언어 습득에 대해 쉽게 생각하는 사람들이 있는데 그 사람들에게 예를 들어주자면 당신이 중, 고, 대학교를 거치면서 수년간 배운 영어 실력이 고작 그거다. 그리고 평생을 배워온 국어도 못해서 같은 말도 듣는 사람 참 기분 나쁘게 하는 사람이 천지다. 언어는 의사소통만 하는 수단이 아니라 감정을 교환하는 매우 섬세한 매개체이다. 주재원으로 현지인들과 일을 잘하려면 의사소통은 아주, 매우, 엄청나게 중요하다. 더욱이 당신이 리더의 역할이라면 당신은 직원들의 속사정까지 들어줘야 한다. 한국에서 일할 때도 마찬가지 아닌가? 당신이 발표를 잘하고 질문에 대답을 잘하고 회식과 같은 자리에서 상사와 또는 동료들과 대화를 잘하는 것이 얼마나 중요한 것인지를. 그리고 당신도 느껴봤지 않은가? 같은 한국말을 쓰는 사람이지만 도무지 말이 안 통하는 사람이 수두룩하고 당신이 그런 사람과 대화를 시작하기만 하면 열이 받아서 회사를 박차고 나가고 싶은 순간이 한 두 번이 아니었던 것을. 결국 당신도 말 잘하고 말 잘 통하는 사람을 좋아하는 것이다. 그럼에도 불구하고 언어는 가서 배우면 된다는 식이라고 말하며 안일하게 인식하지 말았으면 한다.

주재원은 본사와 현지의 연결 고리이다. 당신은 현지인들의 의견을 본사에 전달해 설득하고 설명해야 하고 또 반대로 본사의 의견을 현지인들에게 이해시키고 가르쳐줘야 한다. 그리고 당신은 현지 거래처와 협상해야 하고 때로는 언쟁해야 하고 직원을 혼내야 하고 달래줘야 하고 때로는 잘라내야 하고 또 잡아야 한다. 이렇게 많은 말을 하고 일하고 살아가야 하는데 언어에서 자유롭지 못하다면 당사자인 당신도 관찰자인 그들도 모두 불편할 수밖에 없다. 여기서 통역을 쓰면 되지 않느냐고 생각하는 사람에게 미리 말하겠다. 통역을 대동하는 순간 모든 회의 시간이 2배 이상으로 늘어나게 되고(안 그래도 긴 회의 시간이 두 배로 늘어난다고 생각해보라. 끔찍하지 않은가?) 당신의 뉘앙스와 감정이 100% 전달될 수 없으니 그냥 당신 스스로가 외국어를 잘할 수 있길 바란다. 왜냐하면 줄곧 통역 자를 거쳐 '이 사람이 당신한테 이렇게 말하네요.', '이 사람이 그렇다고 하네요.'식의 당신 1인칭 주인공 시점이 아닌 통역관 제 3자의 시점에서 얘기가 전달될 테니까.

그래서 단순히 어학 점수 기준보다 진짜 회화 수준을 검증할 수 있는 내부 시스템을 만들어보라고 추천하고 싶다. 그리고 조직원들의 언어 능력을 업무 성과보다 가중치를 더 많이 주라고도 얘기하고 싶다. 마지막으로 언어를 쉽게 여기지 말라고 다시 강조하고 싶다. 현지에 파견으로 나와서 하루 종일 현지인들과 말 한마디 안 하고 지내는 주재원을 나는 수도 없이 봤다. 현지인들과 아무 소통 없이도 할 수 있는 일을 왜 굳이 외국 사무실에 앉아서 하고 있는지 의아스러울 정도인 사람들도 있었는데 같은 팀인 현지인들조차 왜 그 사람이 자기 팀에 있는지 이해를 못했다.

그리고 또 중요한 것이 오픈 마인드이다. 가장 답답한 사람이 항상 '한국에서는 이렇게 하거든.'이란 말을 달고 사는 사람이다. 모든 기준을 국내로 잡고 모든 것을 그 기준으로 만들거나 바꾸려는 사람. 나는 그런 사람을 제발 해외로 보내지 말아 줬으면 좋겠다고 얘기해주고 싶다. 그런 사람은 쭉 국내에서 일하는 것이 본인과 회사의 발전에 좋기 때문이다. 이런 마인드의 사람이 해외로 가는 순간 현지인들과 수많은 마찰이 생긴다. 그리고 결과적으로 현지인들이 드는 생각은 '당신들에게는 한국이 최고고 우리는 아무것도 아닌가?'라는 생각을 하게 만든다. 왜냐하면 무슨 안건을 들고 가도 '에이, 이렇게 하면 안 돼. 한국에서는 이렇게 하니까 우리도 이렇게.'라고 얘기하고 무슨 전략을 내세워도 '아니지. 이 전략이 한국에서 잘 먹혔으니까 이걸로 하자.'라고 얘기하기 때문에 현지인들과의 소통에 의미가 없어진다.

어떤 전략이나 마케팅 방법이 우리가 했던 것 그것들보다 현지인들의 방식이 뒤처지거나 촌스러울 수 있다. 하지만 그것은 그 나라 사람들의 취향이고 전통이고 기호이다. 우리 눈에는 그 촌스러워 보이는 마케팅이 그곳의 사람들에게 제대로 먹힐 수 있는 전략인 것이다. 비록 지금은 우리가 하지 않는 이벤트일지라도 그들이 즐거워하고 현지 고객들이 행복해한다는데 더 이상 무슨 말이 필요할까? 새로워 보이는 것을 이상하게 보인다고 생각하지 않고 이 또한 경험해야 하는 것이라고 생각할 수 있는 마음가짐을 가진 사람. 뒤쳐져 보이는 것을 틀린 것이라고 말하지 않고 우리의 문화와 좀 다를 뿐이라고 말할 수 있는 입을 가진 사람. 몰랐던 것을 필요 없는 것으로 바라보지 않고 배워야 하는 것이라고 바라볼 수 있는 눈을 가진 사람. 이런 마인드를 가진 사람을 고려하길 바란다.

혹자는 어떻게 이런 사람인지까지 검증을 하나하나 다 하고 뭘 이렇게까지 해야 하냐고 생각할 수도 있다. 하지만 주재원을 한 명 해외에 내보내는 것은 회사 입장에서 많은 예산이 투입되는 것인데 이 정도 검증도 안 하고 보낸다는 것이 오히려 너무 안일한 것이 아닐까? 그리고 이런 검증을 안 하고 그 중요한 글로벌 시장에 사람을 보내는 조직은 잘 돌아가고 있는 정상적인 조직인가? 요즘은 개인 SNS만 둘러봐도 그 사람의 성향뿐만 아니라 생활 전반의 것들도 둘러볼 수 있는 시대로 오히려 이런 분야에 대한 검증이 예전보다는 쉬운 세상이다. 농담을 좀 섞어 말하면 예전에는 각자가 회사에서 가면을 쓴 채 연기하는 모습에 속을 수밖에 없는 시대였다면 지금은 회사와 개인 사이에 많은 것들이 연결되어 있다. 그렇기 때문에 인사팀이 게으르지만 않다면 그리고 온전히 남의 일이라고만 생각하지 않는다면 주재원에 대한 선발 기준을 더 잘 만들고 현지에 더 잘 맞는 사람을 파견할 수 있다고 생각한다.

마지막으로 그 국가를 잘 아는 사람이 있거나 경험한 사람이 있다면 그 사람을 우선으로 고려하는 것을 추천한다. 한 사람이 새로운 지역에 파견을 가서 그 지역에 대해 익숙해지고 정보를 습득하기까지 걸리는 시간이 생각보다 길다. 그리고 인맥을 쌓아가는 시간은 더욱 오래 걸린다. 경험이 있는 사람의 장점은 시간을 단축시키고 비용을 절감시켜 줄 수 있다는 것이다. 그리고 현지에서의 시행착오와 리스크도 눈에 띄게 줄어든다. 이것은 사업에 있어서 단기적, 장기적으로 모두 중요한 요소이기 때문에 되도록이면 그 지역을 잘 아는 사람을 추천하고 싶다. 그리고 그 지역의 전문가는 최대한 오래 그 지역을 관리하게 하는 것이 그 당사자나 회사에게 모두 윈-윈 할 수 있는 것이다. 이 회사에서 이해가 가지 않았던 것 중의 하나가 주재원의 임기였다. 주재원은 4년의 임기라고 하기에 내가 물었다.

"왜 4년이에요? 무슨 월드컵 나가요?"

"음…. 일단 그 정도는 있어야 그 지역이나 그곳의 업무에 익숙해질 수 있지 않을까요?"

"그럼 4년 만에 익숙해져 있는 사람을 왜 다시 빼는 거죠?"

"그래야 다른 사람들도 주재원을 경험할 수 있죠."

"다른 사람에게 경험을 시키기 위해 그 지역 전문가를 교체한다고요? 하…. 주재원이 무슨 캠프예요? 너도 가봤으니까 나도 가봐야지. 뭐 이런 거예요? 그래요. 회사 차원에서 많은 사람들을 해외 인재로 키우려면 그것도 필요하죠. 하지만 그 적어도 그 국가를 론칭하면서 A부터 Z까지 잘 알고 있는 사람은 교체 안 하는 것이 회사에 이익이에요. 제가 다녔던 이전 회사는 론칭 주재원은 귀국하고 싶어도 안 시켜줬어요. 생각해봐요. 회사에서 그 사람에게 장기간 투자를 해서 기껏 지역 전문가로 키워 놨는데 회사가 그 사람을 왜 놔주겠어요? 주재원은 캠프처럼 돌아가면서 체험하는 자리가 아니에요."

난 너무 황당해서 이렇게 반문한 기억이 있다. 물론 많은 사람에게 그 중요한 경험을 하게 하여 인재 풀을 늘리겠다는 취지를 모르는 것은 아니다. 정 그렇다면 그 지역 전문가는 두되 그 사람에게 새로운 인력을 보내서 교육을 받게 하고 일을 배우도록 해야지 이건 잔뼈가 굵은 해당 지역 전문가와 신규 인원을 교체를 하는 경우이기 때문에 난 이 제도는 좀 아닌 거 같다는 의견을 내세운 것이다. 쉽게 예를 들어 설명하면 파일럿 한 명을 양성하기 위해 시간과 비용을 엄청나게 투자했고 마침에 이 파일럿이 비행기를 자유자재로 주무를 수 있게 되었다. 그런데 파일럿 기간은 4년이니까 이제 비행기는 그만 타게 하고 앞으로 잠수함을 타도록 하는 것과 뭐가 다른가? 그렇기 때문에 지역을 잘 아는 사람을 파견하고 만약 없다면 파견하여 지역 전문가로 양성한 후 계속 그 지역과 시장에 대해 연구하도록 하는 것이 더 효율적이라고 생각한다.

이번 장에서 말한 내용들 외에 더 많은 상세한 것들이 있지만 일단 주재원 자격에 대해 내가 경험을 통해 생각해왔던 가장 굵직한 것들을 먼저 얘기했다. 그리고 이번 장에서 다룬 이 내용들은 다시 주재원이 될 줄 몰랐던 내가 다시 주재원이 되면서 경험하는 일상의 중간 중간에 묻어나오며 '아하~ 그래서 앞 장에서 그렇게 얘기했구나!'라고 당신에게 리마인드를 불러일으킬 것이다.

#멍청하진 않으니까.

회사는 중국 시장과 홍콩 시장의 성공적 론칭에 들떠 있었다. 매일 매일이 축제 분위기였고 우리 모두는 사업에 대한 자신감이 넘치고 있었다. 하지만 난 마냥 함께 들떠 있을 수만은 없었다. 나도 적어도 그 만큼은 해내야 이 분위기를 이어갈 수 있을 것이기 때문에 기대와 고뇌가 한 세트로 들어오기 시작했다.

"형님, 형님은 싱가포르에서 홍콩만큼 잘 되실 거예요. 전 확신합니다!"

회사 옥상에서 커피를 마시는데 한민이가 내게 말했다.

"한민아, 홍콩만큼만 잘 되면 잘 되는 게 맞긴 한 거니?"

"아유…. 그럼요 형님! 지금 홍콩 매출을 보세요! 저 매출만 나와도 완전 땡큐죠! 지금 당일 오픈 매출로는 전 그룹 신기록이라는데 그 정도만 해도 그게 어딥니까?"

한민이는 커피 잔을 든 채로 내게 눈을 부릅뜨며 흥분해서 말했다.

"한민아, 홍콩만큼 말고 홍콩보다 더 잘 되고 싶다. 굳이 스스로 한계를 정해두지 말자고…. 너도 나중에 일본 진출하게 되면 나랑 다른 선배들을 다 뛰어넘어 버려."

내가 커피를 한 잔 들이켠 후 한민이에게 미소를 보이며 말했다.

"그…. 그렇죠, 형님! 싱가포르의 힘을 보여 주십시오! 가셔서 형님의 능력을 보여 주세요! 저도 꼭 일본 갈 겁니다!"

"야, 나 딱히 능력은 없어. 이렇게 허세 부려도 사실…. 홍콩 반만 되고 좋겠다고 생각해. 큭큭."

난 싱가포르로 사전 출장을 떠났다. 파견 전 집을 계약하고 생활에 대한 준비를 하는 출장이었다. 어차피 싱가포르는 내가 잘 아는 곳이었기 때문에 집을 비롯한 생활에 대한 준비는 빨리 끝낼 수 있었고 내 조직에 대한 준비를 미리 하기로 했다. 난 싱가포르에 충분한 인맥이 있었기 때문에 내가 함께 일하면 좋을 것 같은 사람을 미리 만나 채용에 대해 얘기했다. 난 전 직장에서 주재원을 할 때 내가 채용했고 함께 일했던 한국어에 유창한 셀린을 만났다. 그 이유는 처음 주재원을 할 때의 이유와 같았다. 사업 초반 한국어를 할 줄 아는 현지인은 한국 본사를 비롯한 많은 조직원들에게 업무를 원활하게 만들어 줄 수 있고 그로 인해 많은 시간이 단축된다는 것을 난 경험을 통해 이미 입증했었다. 셀린은 때마침 일자리를 구하고 있는 중이었고 내 제안에 흔쾌히 응했다.

그리고 한 명이 더 필요했다. 셀린에게는 현지 마케팅을 맡길 생각이었고 물류와 재고 관리를 할 인원이 필요했다. 왜냐하면 제품을 한국에서 수입해와 창고에 넣어둬야 하고 그 수입에 대한 절차와 물량, 재고관리가 원활해야 한다는 판단이었다. 그리고 이 분야는 경력이 있는 사람이 필요했다. 난 전 주재원으로 있을 때 인성이 좋아 보이고 일도 꼼꼼히 잘했던 협력 물류업체 직원이며 한국인인 제시카에게 연락했다. 이게 일이 되려고 하는지 제시카도 일을 쉬고 있는 상태였고 내 제안에 곧바로 응했다. 지역을 잘 알고 인맥이 있고 경험이 있는 난 짧은 사전 출장에 이미 내 조직의 구성을 끝냈다.

"형님, 이제 진짜 가시나 보네요."

"그러게 한민아, 시간이 참 빠르다 그렇지?"

"형님 없으면 전 누가 챙겨줍니까? 형님 말고는 편하게 얘기할 사람도 없는데…."

"그렇게 생각해줘서 고맙다. 나도 많이 아쉬울 거 같네. 오늘 회식 때 우리

이별주 진하게 마시자."

내 파견 송별회를 앞두고 오후 일과 시간에 난 많은 사람들과 이런 대화를 나누게 되었다. 오늘이 본사로 마지막 출근이었고 난 이제 싱가포르로 다시 날아가 새로운 도전을 해야 했다.

"싱가포르의 성공을 위하여! 짠!"

송별회의 주인공은 나와 싱가포르였다. 다들 싱가포르로 가는 날 부러워했다. 하지만 술잔이 채워질 때마다 내 부담도 함께 채워졌고 '잘 될 거야.'라는 말을 들을 때마다 난 부담을 털어내기 위해 술잔을 비웠다. 부담이 자주 채워진 만큼 내가 비운 술잔도 많았고 난 약간 취한 상태였다. 그리고 화장실로 가는 길에 창화 형을 마주쳐서 잠깐 얘기를 나눴다.

"갈 준비는 다 잘했냐?"

창화 형이 취기에 붉어진 얼굴로 물었다.

"나야 뭐…. 처음 가는 곳도 아니고…. 준비는 아주 잘했지. 그나저나 부담이 커."

"솔직히 나도 걱정인 게 회사 사람들이 홍콩 론칭 때문에 눈높이가 너무 높아졌거든. 그 매출이 어쩌면 당연한 게 아닌데 지금 사람들이 그걸 당연시하고 있어. 그래서 나는 네가 지금 부담이 큰 거 잘 알아."

"그러게 말이야…. 우리가 언제부터 그런 매출인 브랜드였다고 저러는지 모르겠네."

난 취한 김에 창화 형에게 하소연하듯 말했다. 그러자 창화 형이 담배 연기를 뿜어내더니 날 쳐다보며 물었다.

"그럼 넌 얼마나 할 거 같냐? 네 마음 속 오픈 매출 목표는 얼마야? 싱가포르는 네가 제일 잘 아니까 네 목표가 있을 거 아냐? 하긴 싱가포르는 엄청 작은 시장이라 너무 큰 기대는 안 해야지."

"3천만 원."

"뭐라고? 한국 돈 3천만 원?? 아, 나 술이 확 깨네. 야, 홍콩이 첫날 5천만 원 넘었었나? 그런데 홍콩은 그게 어쩌면 당연한 거야. 홍콩은 소비 시장이 엄청 크거든. 그런데 싱가포르가 3천만 원?? 절대 안 돼지…. 천만 원만 해도 잘한 거야."

"형, 그 정도는 해야지. 적어도 홍콩의 반 이상은 해야 그나마 못했다는 소리는 안 들을 거 같아서…."

"야, 그런 생각하지 마. 시장이 다 다른 거야. 다른 시장인데 어떻게 같이 비교를 해? 홍콩은 홍콩이고 싱가포르는 싱가포르야. 그러니까 너도 목표 너무 높게 잡지 마."

난 술에 취해 한 숨을 후우 뱉고 창화 형을 바라보며 혀가 꼬이며 말했다.

"형, 난…. 말이야…. 내가 잘 알아. 난 똑똑하지 않다는 걸 내가 너무 잘 알거든. 그런데 그렇다고 내가 적어도 멍청하지 않다는 것도 잘 알아. 그래서 엄청 잘하지는 못해도 엄청 못 하고 싶지도 않아서…. 그 정도는 내가 꼭 해내고 싶어."

술에 취한 김에 난 창화 형에게 내 속 얘기를 했던 기억이 있다. 그렇게 출국날이 되었고 난 대표에게 출사표 문자를 보냈다.

'대표님 접니다. 이제 큰마음의 부담을 안고 싱가포르로 갑니다. 저는 싱가포르의 토니 셰이(성공한 ZAPOS 브랜드의 전 CEO)가 될 것입니다. 그동안 절 믿어주셔서 감사드리고 싱가포르에서 그 믿음에 보답하겠습니다. 그럼 오픈날 웃으면서 뵐 수 있도록 하겠습니다. 감사합니다.'

그렇게 나를 실은 비행기는 싱가포르로 날아가고 있었다.

2013년 8월. 이제 난 이제 일개 담당이 아닌 싱가포르 총괄 책임자인 GM이 되어 브랜드의 론칭부터 경영까지 모두 해내야 했다. 무게감 있는 직책처럼 내 책임감도 더욱 묵직해진 것을 느낄 수 있었다. 셀린과 제시카가 내가 출근할 때에 맞춰 출근을 할 수 있어서 시작부터 함께 할 수 있었다. 행운인지 아닌지는 모르겠으나 내가 출근을 시작했을 때 내게 돌 직구를 던졌던 밸러리는 회사에서 문제를 일으켜 이미 해고가 되어 사무실에 없었다. 사실 그럴 가능성이 농후한 인간이었기 때문에 난 조금도 놀라지 않았다.

난 내 경험을 토대로 사업 추진에 대한 세팅을 하기 시작했다. 매장의 자리와 오픈 예정일은 이미 정해져 있기 때문에 나는 오픈 준비와 전략에 집중하고 몰두했다. 오픈은 11월로 잡혔고 내게 주어진 시간은 3개월 남짓이었다. 내게 남겨진 시간이 적어서 마음이 급했고 남보다 잘하고 싶어서 마음이 앞섰다.

그런데 슬슬 거슬리는 것이 있었다. 가만히 보니까 제시카와 셀린이 있음에도 불구하고 본사는 계속 나만 찾아댔다. 내가 분명 담당이 누구이고 무슨 일을 하니까 이쪽 일은 담당에게 직접 연락하라고 설명을 했고 더군다나 본사 사람들을 위해 한국어가 가능한 사람을 뽑았음에도 불구하고 본사 사람들은 아주 당연하다는 듯이 나에게만 모든 것을 마구 던져댔다. 그리고 난 그것들을 일일이 응대하고 제시카와 셀린에게 전달을 해줘야 했다. 그리고 그 후로도 본사는 계속 난 주재원인 너에게 던질 테니 네가 거기서 알아서 처리하라는 식이였다. 그리고 또 거슬리기 시작한 다른 한 가지가 본사 사람들이 우리쪽으로 업무 메일을 보낼 때 의례적으로 한글로 보내고 첨부 파일 내용과 제목도 영문으로 수정 없이 한글판만 그대로 보내는 것이었다. 물론 나와 셀리,

제시카만 보는 내용이면 상관이 크게 없지만 현지 외주 업체와 연결이 된 일도 아무 생각 없이 한국어로 막 보내 댔고 그럴 때마다 업체에서 웃으며 내게 번역을 부탁하는 전화가 오기도 했다. 그럼 난 그걸 다시 번역해서 보내주는 일이 반복되면서 본사의 담당들에게 메일을 보냈다.

'앞으로 싱가포르에 보내는 모든 메일은 영문으로 작성해주시고 첨부파일이 있을 시 첨부파일의 내용과 파일 제목 역시 영문으로 반드시 변경해서 보내주시기 바랍니다.'

하지만 인간은 언제나 같은 실수를 반복하기 때문에 이 습관들은 시간이 지나도 쉽사리 고쳐지지 않았고 난 결국 일대일 지도에 들어갔다.

"제가 저번에 메일 내용 영문으로 쓰고 파일도 영문으로 보내달라는 메일 못 보셨어요?"

"아, 그게 제가 영어를 잘 못해서…. 괜히 틀리게 쓸까 봐서요."

글로벌 관련 업무를 하는 사람이 영어를 못해서라는 핑계를 웃으면서 너무 당연한 듯이 얘기 하길래 난 이 웃음을 지워주고 싶어 말했다.

"영어도 못하는데 글로벌 업무는 왜 하시는 거예요? 글로벌 쪽 담당이신데 영어를 못하면 공부를 하던 번역기를 돌리던 알아서 할 생각은 안 합니까? 그쪽에서 그냥 막 한국어로 보내면 주재원이 알아서 번역해서 전달할 테니까 대충 보내도 된다는 생각 갖고 계신 건 아니고요?"

"아이고…. 무슨 말씀이세요? 절대 아닙니다. 죄송합니다. 제가 앞으로 어떻게든 영어로 해서 보내겠습니다. 대신 틀려도 이해해 주세요."

"여기 영어 문법 채점하는 사람 없어요. 틀리는 거 두려워하지 마세요. 저도 잘 틀리는데요 뭐. 틀려도 영어로 보내 주시는 게 현지 직원들이 더 고마워해요. 그리고 영어 좀 틀려도 여기 사람들 다 알아봅니다. 이렇게 영어로 계속하시다 보면 앞으로 점점 느실 거예요."

난 이렇게 본사와 규칙을 하나씩 정해갔다. 그렇지 않으면 모두 나만 찾고 내가 해야 하는 자잘한 일들이 많아 큰 것을 놓칠 것만 같았기 때문이었다. **난 주재원이란 존재는 모든 것을 다 하는 사람 아닌 모든 직원들이 다 할 수 있도록 만들어가는 사람이라는 철학이 있었기 때문에 내 조직은 반드시 그렇게 만들고자 했다.** 초반에 이런 규칙과 습관을 철저히 들이지 않으면 시간이 지나 조직이 커지고 일이 더 많아져 감당을 할 수가 없게 된다. 초반부터 내 조직의 현지 직원들 개개인이 본사와 알아서 연락하고 업무를 처리할 수 있는 시스템과 역량을 갖추지 못하면 그 부메랑은 결국 주재원 자신에게 돌아오기 때문에 초반에 시스템을 만들고 교육을 시키는 과정을 절대 귀찮아해서는 안 된다. 지금 이것들이 귀찮아서 '에이, 그냥 내가 하는 게 더 빠르니까 내가 하자.'는 생각으로 계속 직진한다면 당신은 결국 빨리 지칠 것이고 직원들은 여전히 혼자서도 할 줄 아는 것이 없는 상태로 정체되어 조직력이 약해져 있을 것이다.

우리 셋은 거의 일당백처럼 움직였고 다행히 호흡이 잘 맞아 큰 문제없이 론칭 준비를 해나갔다. 그리고 1호점 매장 판매 사원과 점장을 뽑았는데 이 역시 내가 해야만 했다. 이때 나는 또 다시 싱가포르 고용 할당제의 늪에 빠지면서 채용의 어려움을 겪기 시작했다. 싱가포리안, 영주권자를 위주로 뽑을 수밖에 없는 그때 그 늪에 다시 빠져들면서 채용 스트레스에 다시 시달렸다. 그리고 비록 제시카와 셸리가 잘해주고 있지만 그래도 나 혼자 많은 것을 감당하는 것이 생각처럼 쉽지는 않았다. 그리고 좀 억울했던 것이 홍콩은 주재원이 2명이 같이 파견됐는데 난 왜 혼자인가라는 것이었다. 그래서 가끔 팀장에게 볼멘소리를 하기도 했다. 그런데 팀장이 어느 날 내게 얘기했다.

"안 그래도 너 혼자 힘들 것 같아서 한 명 더 보내려고 생각 중이야.

"앗! 팀장님, 그게 사실이에요? 언제요? 누구예요?"

"그렇게 빨리는 안 될 것 같고 일단 11월 오픈은 네가 혼자 해야 해. 오픈 날 다가올 때쯤 오픈 지원으로 잠깐 싱가포르에 갈 거야. 그리고 11월에 오픈 끝나면 아마 1월부로 넘어가던지 할 것 같으니까 조금만 더 힘내 봐."

한 줄기 빛과 같은 희망적인 뉴스였다. 사실 영업, 마케팅, 전략, 인사, 물류, 재고, 점포개발 등 이 모든 것들을 다 혼자 세팅을 하고 관여를 해야 하니 점점 힘에 부치고 있었다. 그래도 좋은 선배가 한 명 온다고 하니 난 그나마 힘이 났다. 이 희망의 끈을 잡고 일단 오픈은 잘 해내야겠다고 다짐했다.

"오늘 마치고 뭐해요?"

다른 브랜드에 있는 주재원 무열씨가 내 자리에 다가와 내게 물었다.

"글쎄요. 별 일은 없어요. 왜요?"

"우리 같은 사무실에서 일하는데 술도 한 잔 안 해본 것 같아서요. 오늘 저녁에 한 잔 어때요?"

그는 나보다 나이도 많고 직급도 높은 선배였는데 고맙게도 내게 먼저 다가와 저녁 식사를 제안해주었다. 그는 날 싱가포르 야경이 내려다보이는 루프탑 바로 안내했고 우린 많은 얘길 나눴다.

"아참, 예전에 싱가포르 주재원 했었다고 들었는데 싱가포르 잘 아시겠네요?"

"싱가포르는 잘 아는데 오늘 무열님이 데리고 와 준 이런 좋은 곳은 아예 몰라요. 하하!"

"아, 그래요? 그럼 잘 됐네요! 앞으로 저랑 자주 다니시죠. 이런데 돌아다니시는 거 좋아하면 저랑 같이 구경 다녀요."

"저야 좋죠!"

내가 혼자 파견되어 와 오픈 준비에 한창 바쁘고 지쳐갈 때 무열 선배는 좋은 친구가 되어 주었다. 나중엔 친해지다 못해 둘이서 여행도 가는 사이가 되어 싱가포르 생활의 몇 페이지를 장식하게 되었다.

주재원은 외롭고 리더는 더욱 그렇다. 그렇기 때문에 주재원으로 나가면 조직에 좋은 친구가 있어야 한다. 주재원은 일적인 스트레스도 받지만 이국땅에서 생활적인 스트레스도 엄청나게 때문에 언제든 얘기할 수 있는 친구가 있으면 이겨낼 수 있는 큰 힘이 된다. 난 운이 좋게도 무열 선배가 먼저 다가와 주었고 그로 인해 다른 브랜드 사람들과도 자연스럽게 알게 되면서 잘 섞여갈 수가 있었다. 그리고 GM이라는 직책은 내 조직원들에게는 어쨌든 편할 수 없는 사람이다. 내가 아무리 편하게 대해도 어쨌든 그들에게 난 보스이고 최고 권위자이기 때문에 심적 거리감은 언제나 존재할 수밖에 없다. 그래서 당신이 해외에 주재원으로 파견이 되거나 더욱이 리더의 위치로 파견이 된다면 외롭게 되지 않도록 노력해야 한다고 조언하고 싶다. 그리고 외롭게 일하지 말라고 얘기해주고 싶다.

#개봉박두

오픈 날짜가 코앞으로 다가오고 있었다. 우린 놓치고 있는 것은 없는지, 혹시 안 하고 있는 것은 무엇인지 중복으로 체크를 했고 점점 긴장감이 맴돌기 시작했다. 그리고 팀장이 얘기했었던 파견 예정자 사효 선배가 오픈을 도와주기 위해 싱가포르로 왔다. 내겐 천군만마와 같은 사람이었다. 난 사효 선배와도 금세 호형호제를 하게 되었고 형은 경상도 사람이었지만 의외로 차분한 성격에다가 회사에서 영업 경력이 많은 좋은 선배였다.

"형, 형이 이렇게 와줘서 얼마나 힘이 되는지 몰라요. 형 이 출장 끝내고 돌아갔다가 최대한 빨리 와 주세요."

"내가 무슨 그렇게 큰 도움이 된다고…. 이번 오픈 잘 끝내고 앞으로 싱가포르 같이 잘 만들어 보자."

오픈 3일 전부터 나와 사효 형, 제시카, 셀린 이렇게 우리 네 명은 낮에는 사무적인 일을 처리하고 밤에는 매장으로 가서 매장을 정리했다. 인력이 많지 않았기 때문에 매장 직원들을 도와 매장에 제품을 진열해야 했다. 산더미처럼 쌓여있는 박스를 까고 제품을 꺼내 매장 내 창고에 유형별로 정리를 했다. 그리고 매장 진열대에도 보기 좋게 제품을 정돈하는 일을 밤마다 해야 했다. 이 작업을 진행하면서도 난 앞으로 매장 직원들이 스스로 할 수 있도록 가르치고 또 가르쳤다. 앞으로 매장이 많아질 텐데 매번 사무실 직원들이 이렇게 같이 할 수는 없는 일이기 때문에 난 1호점 준비를 기점으로 오픈에 대한 현장의 일을 가르치고 매장 오픈 매뉴얼을 만들어가기 시작했다. 매뉴얼을 미리 정리해두면 앞으로 사람이 바뀌어도 매뉴얼대로 준비하면 되기 때문에 이 작업은 미래를 위한 대비책이었다.

오픈 하루 전. 본사에서 많은 사람들이 싱가포르로 출장을 왔다. 오픈 당일의 모습을 보기 위해 팀장을 비롯해 향후 오픈할 대만 주재원 후보자들, 본사 글로벌 업무 관계자들이 싱가포르를 찾았다. 난 그들에게 준비된 사항들을 보고하고 매장을 보여주었다.

"고생했네. 내일 뚜껑 한번 잘 열어보자!"

팀장을 비롯해 모든 사람들이 준비하느라 고생했다고 격려해주었다. 그리고 우린 전야제를 보내는 듯 한 회식을 가졌다. 하지만 난 회식 시간에 제때 갈 수가 없었다. 난 여전히 불안했고 매장이 걱정되어 매장을 마지막으로 점검해 보고 싶었다. 그래서 본사 사람들에게 회식을 먼저 시작하라고 했고 난 매장을 다시 한 번 체크했다. 인터넷은 잘 되고 있는지, POS가 문제가 있어서 계산이 안 되는 것은 아닌지, 팸플릿은 적당히 준비가 되어 있는지, 매장은 깨끗한지…. 돌아보고 돌아봐도 걱정은 계속되었다. 당장 몇 시간 후면 오픈을 할 것이고 고객들이 몰려온다는 상상을 하니 안 하던 걱정도 사서 하게 되었다.

"이제 다 된 것 같은데 회식 장소로 가자."

사효 형이 내게 말했다. 난 발길이 쉽게 떨어지지 않았지만 날 위해 찾아와 준 손님들이 기다리고 있었기에 형과 제시카, 셀린과 함께 회식 장소로 걸어갔다. 그리고 신호등에서 신호를 기다리는데 '툭!' 하고 뭔가 묵직한 게 내 머리로 떨어지는 것이 느껴졌다.

"뭐지?"

난 머리를 만져보았다. 뭔가 미지근한 크림 같은 것이 손에 만져졌다.

"우웩!!! 아 씨!! 이거 뭐야!!!"

난 소스라치게 놀라며 소리쳤다. 그걸 본 제시카가 놀라며 내게 물었다.

"왜요? 왜 그러세요??"

"제시카…. 이거 봐…. 새 똥이 내 머리 위에 떨어졌어!!"

정말 새똥이 머리 위에 떨어진 것은 태어나서 처음이었다. 게다가 밤 12시가 넘어 새똥이 웬 말인가! 그 모습을 보고 모두 웃음을 터뜨렸다.

"하하하하!! 이거 진짜 새똥이네? 야! 오픈 대박 나려나 보다!"

사효 형이 크게 웃으며 말했다.

"형…. 이거랑 오픈이랑 무슨 상관이에요…. 아오…. 냄새!!! 나 회식 못하겠는데 어쩌지?"

새똥 냄새가 진동을 해서 난 도무지 회식 장소에 그대로 갈 수가 없었다. 그러자 제시카가 내게 말했다.

"아참! 우리 제품 중에 샴푸 있잖아요! 지금 매장에 가셔서 그 샴푸로 머리 감으시면 되지 않을까요?"

듣고 보니 맞는 말이었다. 막 매장에서 나온 상태라 거리가 멀지도 않았기 때문에 난 다시 매장으로 돌아가 쇼핑몰 보안 담당자에게 문을 열어달라고 한 후 샴푸를 꺼내 머리를 감았다. 그렇게 머리를 감고 회식 장소에 도착했는데 이미 내가 새 똥 맞은 얘기가 퍼져있었다.

"야! 너 새 똥 맞았다며? 이야! 이거 진짜 내일 대박 나는 거 아니냐? 하하하하!"

팀장 역시 우리가 대박이 날 조짐이라며 크게 웃었다. 비록 미신이지만 나 역시 이 순간만은 그렇게 믿고 싶었다. 아니, 대박까지는 바라지도 않는다. 나는 그냥 중간만 해도 좋을 것 같다는 생각이었다. 정말 이 새똥 사건이 내게 행운을 암시하는 것이라면 난 얼마든지 새똥을 더 맞을 수 있다. 괜히 새똥을 맞는 바람에 내심 요행을 바라는 기대도 생겨버렸다. 이제 주사위는 던져졌고 결과는 대중들의 손에 달렸다.

2013년 11월. 많은 사람들이 기다렸던 싱가포르 그랜드 오픈 날이 밝았다. 난 김장감을 안고 아침 일찍 매장으로 향했다. 우리 팀원들을 비롯해 본사의 많은 사람들이 매장으로 하나둘씩 모이기 시작했다. 난 이 역사적인 순간을 남기기 위해 오픈 전에 매장 직원들과 함께 사진을 찍었다. 싱가포르의 첫 매장을 함께 오픈하게 된 오픈 멤버들을 기억하고 기념하고 싶었다. 그리고 난 오픈 전에 전 직원들과 간단한 미팅을 가졌다.

"점장, 매장 준비는 어때?"

"다 문제없이 잘 됐어요."

"다행이네. 고마워. 그동안 다들 수고 많았어. 그리고 어디 아프거나 컨디션 안 좋은 사람 있어? 왜냐하면 오늘 우리 바람대로 손님이 엄청 많으면 많이 힘들 수도 있으니까 일하다가 피곤하거나 힘들면 꼭 쉬면서 해야 해. 알았지? 매출도 중요하지만 난 내 팀원들도 중요하니까."

"네~ 걱정 마세요. 아픈 사람도 없고 우리 오늘 엄청 팔 거예요!"

매장 직원들은 생기가 넘쳤고 모두 표정이 밝아서 난 안심이 되었다.

"자, 우리 그동안 오늘을 위해서 준비한 거니까 오늘 한번 잘해보자! 싱가포르 사람들한테 우리 브랜드가 얼마나 좋은지 느끼게 해 주자고!"

난 매출도 매출이지만 장기전을 위해 직원들의 체력과 건강이 걱정되었다. 하루 종일 서서 일하는 직원들이 오픈 후 오픈발로 인해 며칠을 연속으로 장사진을 이룰 고객들을 상대하려면 체력이 따라줘야 하기 때문이었다. 게다가 고용 할당제 때문에 넉넉한 인원을 뽑지 못한 상태였기 때문에 직원 한 사람 한 사람이 희생과 고생을 감수해줘야 하는 상황에서 팀워크가 무엇보다 중요하기 때문에 난 무엇보다 매장 직원들에 대한 지원에 집중했다.

오픈 시간인 오전 10시가 다가오고 있었다. 그리고 예상치 못했던 고객들이 뭉게구름처럼 밀려오기 시작했다. 오늘은 전 그룹이 내 매장 매출에만 집중을 하는 날이고 본사에도 매출이 실시간으로 보고가 되기도 했다. 새똥의 마법이 일어난 것일까? 올림픽 개막식의 관중들처럼 밀려들어오는 고객으로 매장은 하루 종일 발 디딜 틈이 없었고 계산을 대기하는 줄은 30미터가 넘게 생성되었다. 다들 감탄을 자아냈다. 우리 모두의 예상을 뒤엎고 싱가포르의 매출은 실시간 급격하게 상승했고 본사는 싱가포르 매장 소식으로 들썩이기 시작했다. 여기저기서 축하의 메시지가 날아왔고 매출 상황을 알려줬다. 나 스스로도 믿기지 않았다. 홍콩 매출을 보며 그런 성과가 정말 가능한 것인지 믿기지 않을 정도였는데 지금 내가 오픈한 매장에서 같은 일이 일어나고 있었다. 고객의 줄은 꼬리에 꼬리를 물고 그 끝이 보이지 않을 정도였고 POS 매출은 마치 초시계처럼 숫자가 바뀌고 있었다. 난 매장 앞에서 이 광경을 바라보며 소름이 돋았다. 그냥 서서 매장을 바라볼 뿐인데 전혀 지루하지 않았다. 수많은 고객이 장관을 만들어내고 있는데 어떻게 지루할 틈이 있겠는가? 난 조금이라도 도움이 되기 위해 매장에서 발로 뛰며 판매를 도왔다. 팀장 역시 흐뭇하게 바라보며 내게 말했다.

"고생 많았다!"

난 이 기쁜 와중에도 또 걱정을 하고 있었다. 그 걱정은 이제 다음 스텝에 대한 걱정이었다. 지금 상태로는 판매 사원이 부족하다는 것과 이제 2호점을 빨리 찾아야 한다는 것이었다. 그리고 이 정도의 큰 매출이 나온다면 이제 조직을 개편해 매출 규모에 맞는 옷으로 갈아입어야 한다는 생각이 밀려들었다. 이게 리더가 가진 무게인 것이다. 기쁜 일에도 마냥 기뻐할 수만은 없고 또 앞으로의 계획과 방향을 설정해야 하는 리더의 고충은 그 무게를 줣어지지 않아

본 사람은 체감할 수 없다. 이렇게 출발이 좋은 사업을 계속 더 잘 되게 하려면 어떻게 해야 하는지에 대한 걱정과 지금을 즐기고 싶은 즐거움이 적절하게 섞이며 그동안 맛보지 못한 독특한 맛의 칵테일을 만들어내고 있었다.

'오픈 매출 6,000만 원 돌파.'

싱가포르의 오픈 매출은 홍콩의 오픈 매출 기록을 갈아치우면서 회사에 새로운 역사를 썼다. 그리고 오픈 3일 동안 1억 원 돌파라는 어마어마한 매출을 쏟아내며 동남아 시장에서의 성공 가능성도 확인시켜 주었다. 난 내가 오늘의 이곳에 있다는 것이 너무 자랑스러웠고 행복하고 운이 좋다고 생각했다. 그리고 이곳은 내게 '더 큰 회사'가 확실하다는 생각을 했다. 1호점은 오픈발로 끝나지 않고 계속 고 매출을 유지했고 난 이 성과로 내 입지를 다져나갔다. 그리고 이제 2호점, 3호점을 찾기 시작했고 조직이 성장함에 따라 좋은 조직을 만들기 위해 큰 그림을 그려나가기 시작했다.

#홀로서기

매장 영업은 순조롭게 이어져갔다. 매출이 크게 나와도 난 웃고 있을 수만은 없었다. 왜냐하면 매출이 크게 나오는 것에 비례해 매장 직원들의 업무 강도 역시 강할 수밖에 없다는 것을 매장 점장 경험이 있는 나는 너무나 잘 알고 있었다. 난 어떻게든 채용을 빨리 해 지금 운영 중인 1호점의 인력뿐만 아니라 앞으로 열어야 하는 2호점, 3호점 등과 같은 미래의 매장 판매 사원에 대한 인력을 미리 보충해 기존 매장에서 미리 배우도록 하고 싶었다. 하지만 예전에도 경험했듯이 싱가포르의 고용 할당제는 매우 큰 장애물이었고 난 이번에도 이 장애물을 넘지 못하고 있었다. 그래서 인력을 완벽히 채워주지 못하는 대신 내가 해줄 수 있는 한도에서 매장 직원들의 복지와 편의에 힘썼다.

먼저 하루 종일 서서 근무하는 매장 직원들이 쉬는 시간이라도 푹 쉴 수 있도록 매장 사무실 겸 휴게 공간에 푹신한 소파를 넣어주고 식사를 편하게 할 수 있는 테이블, 전자레인지, 정수기. 냉장고 등을 구매해 주었다.

"당신은 무슨 매장에 이런 거까지 사서 넣어줘요? 지금 매출 잘 나온다고 너무 마음대로 돈 쓰는 거 아닌가요?

당시 재무팀 사람들 중 한 명의 현지인 직원이 내가 올린 비용 청구를 보고 나를 찾아와 컴플레인하듯 말했다. 난 내 조직에 대해 알지도 못하면서 함부로 얘기하는 이 태도를 참을 수 없었다.

"당신, 매장에서 일해본 적 있어요? 매장 에어컨 잘 나오는 사무실에 하루 종일 앉아만 있으니까 하루 종일 서서 일하는 게 얼마나 고된지 모르죠? 난 매장 즉, 현장에서부터 시작한 사람이에요. 그래서 내가 현장도 내 조직도 제일 잘 아니까 신경 꺼 주셨으면 좋겠네요. 그리고 당신네들 돈도 아니고 우리가 번 우리 돈으로 사주는 거니까 선 넘지 마세요. 내 브랜드의 GM은 나니까."

매장의 판매 직원들은 소비자와 직접 접촉하며 매출을 만들어내는 핵심 인력이다. 많은 사람들이 매장직을 사무직보다 등한시하거나 무시하는 경향이 있는데 정말 그릇된 생각이다. 매장에서 직원이 고객을 어떻게 응대하는지에 따라서 매출은 바뀔 수 있다. 그리고 회사가 판매 직원들에게 불만을 갖게 만들면 직원들 역시 고객을 열정적으로 대하며 일할 의욕이 싹 사라진다. 그래서 난 이곳 사람들에게도 내가 생각했던 '더 큰 회사'를 만들어 주고 싶었다. 내가 언제나 꿈꾸었던 그런 조직을 만들고 싶은 마음이 강했기 때문에 싱가포르에서 누구나 다니고 싶은 회사를 만들어보고 싶었다. 무엇보다 나는 매장 직원들 하나하나와 소통하는 것을 중요시했다. 내 위치가 위치인 만큼 내가 어렵게 느껴질 수 있는 판매 사원들에게 편하고 친근감 있는 리더가 되기 위해 정기적으로 모든 직원들이 돌아가며 대화와 식사를 진행하는 프로그램도 만들었다. 물론 이것이 더 불편함을 줄 수도 있다고 생각할 수 있기 때문에 난 원하는 사람이 내게 직접 신청하는 방식을 택했다. 무엇보다 점장을 거쳐 올라오는 개인의 문제나 매장의 안건들은 점장의 주관이 포함될 수도 있는 것이고 점장에게 얘기하기 어려운 것에 대해 내가 직접 듣고 점장과 의논해 해결해주고 싶은 마음이 있었다. 그래서 난 꾸준히 여러 가지의 내부 소통 방식을 시도하며 조직을 이끌어갔다.

그렇게 해가 바뀌어 1월이 되었다. 하지만 언제나 같은 계절인 싱가포르는 계절의 변화가 없어서 해가 바뀌고 달이 바뀌어도 큰 감흥이 없었다. 하지만 회사는 새해 정기 인사 발령으로 인한 변화에 술렁이기 시작했다. 나 역시 이

술렁임의 한 축에 끼어 있었다.

"하…. 이거 참 난감하게 됐네. 어떡하지? 너 계속 혼자 해야 할 거 같다."

싱가포르에 합류하기로 한 사효 형이 팀장으로 승진하면서 본사의 한 팀을 맡게 된 인사 발령을 보고 팀장이 내게 전화해 미안해하며 말했다.

"팀장님, 그럼 다른 사람이라도 보내주세요. 사효 형이야 승진하고 좋은 일이니까 축하해야죠. 그럼 대안이 있을 거 아녜요?"

"지금 보낼 사람이 마땅치가 않아…. 너 혼자 할 수 있잖아? 지금까지도 잘 해왔고. 그냥 한 번 쭉 해봐."

인사 발령을 보는 순간 난 너무 어이가 없었지만 어쨌든 좋은 선배가 좋은 일로 못 오게 된 것이니 그렇게 기분 나빠할 수도 없는 노릇이었다.

"형, 승진 축하해요. 이제 저 혼자 하래요. 하하…."

"그러게 내가 괜히 미안해지네. 나도 싱가포르에서 한 번 해보고 싶었는데 아쉽다."

난 사효 형과 통화를 나누고 축하와 아쉬움을 전했다. 그리고 생각했다. 앞으로 혼자 모든 것을 관리하고 이 브랜드를 키워갈 수 있을까? 내가 과연 혼자 해낼 수 있는 능력이 되는가? 이 고민에 빠져드는 순간 난 내가 참 멍청하다는 생각이 들었다. 난 혼자가 아니었다. 시작부터 계속 잘 도와주고 있는 셀린과 제시카도 있고 매장 직원들도 있었다. 지금의 이 시작과 좋은 성과도 내가 혼자 한 것이 아니라 '우리'였기 때문에 가능했고 앞으로도 우리는 '우리'이기 때문에 가능한 건데 왜 내가 혼자라고 생각했는지 나 스스로를 반성했다. 물론 그들이 주재원만큼은 해줄 수 없겠지만 내가 잘 가르치면 되는 것이고 주재원이 못하는 것을 그들이 할 수도 있는 것이었다. 난 더 이상 혼자라고 비관하지 않았고 오히려 이것이 더 좋은 기회라고 생각하기 시작했다. 내가 만들고 싶은 누구나 다니고 싶은 더 큰 회사를 마음껏 만들면서 내가 해보고 싶은 것을 다 해볼 수 있는 기회라고 생각하니 오히려 혼자가 편해졌다.

이제 본사의 주재원 보충에 대한 미련을 깔끔히 털어냈고 난 2호점을 찾고 조직의 규정과 시스템을 만들어가는 것에 집중했다. 그렇게 순조롭게 모든 것이 진행되던 어느 날 제시카가 점장의 전화를 받더니 내게 말했다.

"매장에 경찰이 왔다 갔대요. 그리고 저한테 경찰서로 와 달래요."

호사다마라는 말처럼 뭔가 나쁜 일이 생긴 것이 분명했다. 난 제시카가 나를 바라보는 놀란 눈으로 똑같이 바라보며 물었다.

"뭐? 경찰? 경찰이 왜? 무슨 일로??"

"직원 중에 한 명이…. 손님 신용카드를 훔쳤다는 것 같아요…"

난 믿을 수가 없었다. 일단 이 일에 대한 자세한 경위와 내용을 듣기 위해 즉각 매장으로 달려갔다. 그리고 매장 사무실에서 점장과 단 둘이 조용히 얘기했다.

"점장, 대체 무슨 일이야? 어떻게 된 거지?"

"애그너스 아시죠?"

"그럼 당연히 잘 알지."

"애그너스가 계산을 했는데 손님이 계산을 하고 나서 신용 카드를 모르고 놓고 갔나 봐요. 그런데 애그너스가 그 신용 카드를 손님한테 바로 돌려줬어야 했는데…. 순간 무슨 생각을 했는지 그 카드로 우리 제품을 구매했다가…. 바로 정신을 차리고 다시 매출 취소를 한 거예요. 하지만 이미 늦었죠. 손님에게 카드 사용 문자가 날아갔고 그걸 본 손님이 바로 신고를 했으니까요."

"그럼 애그너스는 제품에 욕심을 낸 거야?"

"아뇨. 그녀는 카드로 매출을 발생시키고 취소를 한 후 그만큼의 현금을 계산대에서 빼 가면 된다고 혼자 생각한 거 같았어요. 그래서 충동적으로 카드를 긁었는데 긁고 나니 겁이 확 났고 그래서 취소를 바로 했지만 이미 신고가 된 거죠."

"그럼 지금 애그너스는 어떻게 되는 거야?"

"아까 경찰이랑 손님이 같이 와서 일단 경찰서로 갔어요. 제시카한테 전화한 이유가 회사에서 한 명이 경찰서와 와줘야 한대서 전화한 거예요."

도무지 믿을 수 없는 일이었다. 금세 들통이 날 이런 일을 내 직원이 저질렀다는 것이 너무 황당하면서도 실망스러웠다. 제시카로부터 전화가 왔다.

"일은 잘 마무리됐어요. 손님도 경찰도 큰 사고로 번지지 않았으니까 넘어가 준대요. 일단 오늘은 들어가 쉬라고 하고 내일 출근하라고 할게요."

"아니. 일단 당분간 출근하지 말라고 해."

"네?? 왜요? 매장에 인력도 모자란데 어떡하시려고요?"

"점장한테는 내가 얘기할 테니까 일단 출근하지 말라고 해."

비록 이 사건이 법적인 문제로부터는 자유로워졌지만 내 조직의 문제로부터는 아직 그럴 수 없다고 생각했다. 난 이 문제를 단호하게 처리해야 한다고 마음먹었다.

#나무를 심지 않았다

이 사건에 대해 어떻게 처리해야 할지 고민하느라 머릿속이 전화선처럼 엉키는 것만 같았다. 이렇게까지 고민하며 해고할 것인가, 아니면 그냥 넘어갈 것인가 갈팡질팡하며 쉽게 결정을 내리지 못하는 이유는 이랬다. 만약 해고를 한다면 안 그래도 턱없이 부족한 매장 인력이 더 부족해지고 그 피로감은 남아있는 직원들에게 돌아간다. 새로 사람을 뽑는다 해도 지금 무직인 상태가 아니고서는 면접부터 전 직장의 정리 시간까지 적어도 2개월은 걸릴 것이고 또 신입이 오던 경력자가 오던 브랜드에 대한 교육의 시간이 소요된다. 그렇기 때문에 신규 채용은 어차피 당장 가용할 수 있는 인력이 아니라 곧바로 매장에 큰 도움이 되지 못하고 그마저도 사실 언제 뽑아질지도 모른다. 그로 인해 남아있는 직원들이 그 공백으로 인한 피로를 버티지 못하고 나가버리면 인력 상황은 점점 악화된다. 이것이 쉽게 해고할 수 없는 가장 큰 이유였다.

게다가 애그너스는 대만인인데 그녀의 소개로 대만인 친구 케티도 우리 회사에 입사를 해 함께 일하고 있었다. 애그너스가 해고되면 캐티 역시 심적으로 흔들릴 것이 분명했다. 그럼 결과적으로 두 명의 인력이 한 번에 사라지는 것이 된다. 마지막으로 앞서 말한 바와 같이 애그너스는 대만인이라 고용 할당제에 걸리기 때문에 싱가포르에서 직장을 찾는 것이 쉽지 않다. 만약 내가 그녀를 해고하고 취업비자를 말소시키면 그녀는 이번 사건으로 인한 부정적인 기록이 남아 취업비자가 재발급이 안 돼 당장 대만으로 돌아가게 될 확률이 상당히 높고 다시는 취업의 목적으로 싱가포르는 들어오지 못할 수도 있다.

하지만 해고를 하지 않고 그냥 넘어간다면 이를 쉽게 생각해 다른 직원이 또 이와 비슷한 문제를 만들 수도 있다는 생각이 들었다. 내가 이 사건을 작은 해프닝으로 취급해 용서하고 넘어간다면 누구든지 용서받을 수 있다고 생각해 또 다른 사고를 칠 수도 있다는 불안한 마음이 든 것이다. 그리고 더 걱정이 되는 것이 우리가 사람이 모자라기 때문에 무슨 잘못을 저질러도 회사가 결코 직원을 해고시킬 수 없다는 이미지를 심어주게 되는 것이었다. 그렇게 되면 분명 이 인력 부족에 대한 상황을 악용하는 사람이 나타날 수 있다.

난 오만 고민을 하던 중에 예전 사건이 떠올랐다. 제빵 기사가 고가의 오븐용 장갑을 마치 일회용 장갑처럼 사용하고 버리다가 내게 적발되었던 사건 말이다. 그때 난 내가 발견한 구덩이를 더 파헤치지도 그렇다고 완전히 덮어버리지도 않고 그 자리에 나무를 심으며 용서인 듯 용서 같지 않은 용서를 했었다. 그리고 그 결과는 조직에 나쁘지 않은 결과를 가져왔었다. 하지만 이상하게도 이번엔 쉽게 결정을 내리지 못하고 있었다. GM은, 리더는, 보스는 결정을 내리는 사람이고 그 결정에 책임을 지는 자리이기 때문에 언제나 결정을 잘해야 하는데 이번 결정은 내가 좋은 리더가 아닌 것 같다는 생각이 들 정도로 결정을 쉽게 내리지 못하게 만들었다.

아무리 리더이지만 이 문제를 나 혼자 고민하고 결정하는 것 역시 내 조직원들을 존중하지 않는 것이라는 생각이 들었다. 내가 어떻게 결정을 내리든 그 결정으로 인해 가장 큰 영향을 받는 것은 매장 직원들일 것이기 때문에 난 점장과 애그너스의 친구인 케티와 직접 얘기해보기로 했다.

"저도 잘 모르겠어요. 사실 이런 문제는 그냥 넘어가서는 안 되는데 매장에 인력도 필요하고…. 안 그래도 요즘 다들 지쳐가고 있는 눈치거든요. 그런데 여기서 한 명이 빠지면 직원들 스케줄은 더 빡빡해지고…. 엄청 힘들어질 것이 사실이라…. 저는 사실 사람이 필요해요. 잘 아시잖아요."

점장은 솔직한 마음을 내게 토로했다. 용서해선 안 돼지만 지금은 용서해야 할 수밖에 없을 것 같다는 점장의 얘기에 공감하지 않는 것은 아니었다. 하지만 난 내가 걱정되는 것을 말했다.

"그런데 말이야…. 만약 내가 용서를 하고 그냥 복직시킨다면 많은 직원들이 '인력이 부족하니까 회사도 어쩔 수 없구나.'이런 그릇된 생각을 하지 않을까? 다른 직원들도 그렇게 생각하기 시작하면 점장이 그들을 컨트롤하기 더 어려워질 수도 있어. 지금 당장은 한 명이 빠지면 힘들겠지만 반대로 지금 이 한 명을 그대로 두면 전체가 오염될까 봐 그래."

"그 말씀도 맞아요. 에효…. 그래서 저도 정말 모르겠어요. 사람만 안 부족해도 이런 고민할 이유가 없는데…."

"점장, 내가 채용에 더 힘쓸 테니까 점장이 우리 직원들 잘 이끌어줄 수 있지? 내가 진짜 인원 보충에 전력을 다할 테니까 만약 한 명이 더 빠지더라도 남은 직원들 동요하지 않고 잘 따라올 수 있게 잘 좀 챙겨줄 수 있겠어?"

"이럴 줄 알았어요. 결국 내보내야 한다고 생각하시는 거…. 사실 저도 앞으로를 위해서는 그게 맞다고 생각해요. 그래서 저도 반대는 못하겠어요. 보스가 어떻게 결정하시든 제가 매장은 잘 챙길게요."

"그래, 고마워."

[깨진 유리창의 법칙: 낙서, 유리창 파손 등 경미한 범죄를 방치하면 큰 범죄로 이어진다는 범죄 심리학 이론으로 한 개의 유리창이 깨지면 주위의 온전한 다른 유리창들도 깨질 확률이 높다는 것.] 1982. 제임스 윌슨(James Q. Wilson), 조지 켈링(George L. Kelling).

난 예전 신입 사원 교육 때 들었던 이 법칙을 떠올리며 사실 해고라는 결정을 거의 내린 상태에서 점장을 만났다. 그리고 이제 캐티와 얘기를 나눠야 했다. 캐티는 마치 자신이 무슨 잘못을 한 것처럼 앉아서 고개를 들지 못하고 있었다.

"애그너스 얘기는 잘 알지? 캐티랑 친한 친구이고 같이 산다고도 들었어. 그래서 내 생각도 캐티한테 얘기해주고 나도 캐티 생각을 듣고 싶어서 얘기하자고 한 거야. 내 생각 먼저 얘기할게. 난 이번 일을 많이 심각하게 받아들이고 있어. 그래서 애그너스를 회사에서 내보내야 한다고 생각해. 그런데 캐티랑 친한 친구이고 같이 산다고도 들었는데 애그너스가 회사를 나가고 또 만약 대만으로 돌아가게 되면 캐티 네 마음이 안 좋을 것 같거든. 그래서…. 내가 아무리 대표라고 해도 그냥 일방적으로 결정할 문제는 아닌 것 같아서 얘기해주러 온 거야."

"저…. 괜찮아요. 애그너스가 큰 잘못을 했어요. 아무리 친구라고 해도 그런 짓을 저질렀다는 건 저도 이해가 안 돼요. 그럴 애가 절대 아닌데…. 저랑 애그너스랑 고등학교 때부터 친구예요. 정말 그런 애가 아닌데…. 왜 그랬는지 저도 이해가 너무너무 안 돼요."

캐티는 약간 울먹거리며 내게 말을 이어갔다.

"이해는 안 돼지만 이해하려고 하고 싶진 않아요. 이건 잘못한 게 맞으니까요. 어쩔 수 없다고 생각해요…"

"그래, 이해해줘서 고마워."

"그리고 대표님. 제 걱정은 하지 마세요. 전 여기가 좋아요. 그냥 대표님 생각대로 하셔도 되는데 제 생각해서 이렇게 얘기해주러 일부러 와주시고…. 전 계속 여기서 열심히 일 할 거예요. 그러니까 저랑 애그너스는 따로 생각하세요. 이렇게 많이 생각해 주셔서 제가 감사해요."

난 캐티에게 오히려 내 속 마음을 들킨 것 같아 민망한 생각도 들었지만 이렇게 내 마음을 알고 내가 걱정하는 것을 얘기해주니 또 한편으로는 마음이 편했다. 그 후로 캐티는 점점 성장해 점장까지 되었고 창립 멤버로서 나와도 거리감이 적어 항상 내가 싱가포르에 있는 한 절대 그만두지 않을 거라는 말을 농담처럼 하더니 그녀는 정말 내가 싱가포르 조직을 관리하는 내내 나와 함께 일했고 내가 싱가포르를 떠나고 난 후 곧바로 자신의 나라인 대만으로 돌아갔다. 지금 생각건대 아마도 그 사건으로 인해 나와 그녀는 서로에게 암묵적으로 인간적인 신뢰가 생긴 것이 아닐까 싶다.

다음 날 난 애그너스를 해고시키겠다는 레터를 서명해 법인 인사팀에 전달했다. 그러자 인사팀장이 또각또각 하이힐 구두 소리를 내며 날 찾아와 물었다.

"지금 사람이 모자랄 텐데 정말 해고하실 건가요?"

"왜요? 문제 있어요? 해고 사유가 명확할 텐데요."

"노동법 상 문제는 없죠. 사람이 모자랄 텐데 사람이 채워지고 나서 내보내도 되지 않나 싶어서요. 걱정돼서 그래요."

"걱정해주는 건 고마워요. 그런데 지금 인사 팀장님께서 걱정하셔야 할 문제는…. 지금 당신이 얘기한 것처럼 왜 우리가 사람이 이렇게 모자란가? 이거 아닐까요? 우리가 사람이 모자라지 않았으면 내가 내 직원을 오늘 해고하든 내일 해고하든 전혀 걱정될 일이 아닌 것 같은데?"

인사, 재무와 같은 기능은 내가 직접 팀을 만들고 관리하는 것이 아닌 그룹 소속의 조직 기능을 공유하는 구조이기 때문에 사실 난 인사팀에서 우리의 매장 직원 채용에 대해 전력을 다하지 않는 것 같다는 불만을 항상 가지고 있었다. 이런 상황에서 인사 팀장이라는 인간이 나에게 인력 채용을 제때에 못해

주고 있는 본인의 문제를 말하지 않고 내가 직원을 해고시키는 타이밍에 대해 얘기를 하고 있는 걸 보고 있으니 가관이라는 생각에 콱 깨물어 버렸다. 난 결국 애그너스를 해고시켰고 며칠 후 매장 직원들을 모아놓고 얘기했다.

"난 우리 직원들이 정직했으면 좋겠습니다. 일은 못할 수도 있고 실수할 수도 있어요. 그건 배우면 되고 고치면 됩니다. 하지만 정직하지 못한 것은 뒤늦게 배우고 고쳐지는 것이 아닙니다. 스스로가 항상 기억해야 하는 것이지요. 난 여러분에게 다른 부탁은 하지 않겠습니다. 그냥 정직하게만 일 해주세요. 그럼 저는 여러분이 더 행복하게 일할 수 있는 회사가 되도록 최선을 다할 것입니다."

이번에 발견한 구덩이에는 결국 나무를 다시 심지 않고 과감히 파헤친 후 모두에게 알렸다.

#내가 왜?

2호점 오픈도 무사히 잘 됐고 여전히 부족한 인력이지만 판매 사원도 그나마 충원이 되면서 영업은 순조롭게 이어져갔다. 1호점의 부점장을 점장으로 승진시키며 2호점을 맡을 수 있는 기회를 주었다. 직원들이 이렇게 빨리 성장할 수 있고 큰 기회를 잡을 수 있는 것이 우리 같은 신생 기업에서 일하는 장점이기도 하기에 난 초기 멤버들에게 우선적으로 기회를 주었고 더 빨리 성장할 수 있는 길을 열어주었다. 그래야 이 모습을 보고 다른 판매 사원들도 우리 회사가 다른 회사보다 좋은 점이 열심히 그리고 잘하기만 하면 기회가 빨리 주어진다는 것을 보고 동기 부여가 될 것이라 생각했다.

이제 3호점을 찾아야 했다. 3호점은 내가 반드시 들어가고 싶은 곳이 있었는데 바로 싱가포르의 홍대라 여겨지는 젊은 사람들의 아지트 같은 곳인 '부기스 정션(Bugis Junction)' 쇼핑몰이었다. 난 전 직장에서부터 이 쇼핑몰이 그렇게 탐나지 않을 수가 없었다. 오처드로드가 브랜드의 격을 올리고 브랜드를 널리 알릴 수 있는 브랜딩을 위한 지역이라면 부기스는 전적으로 매출을 위한 지역이었다. 내 브랜드가 주 타깃으로 정하고 있는 2030 세대의 젊은 층이 주로 모여 데이트하고 쇼핑하는 곳이 바로 부기스였다. 난 이 몰의 가장 좋은 자리에 반드시 내 브랜드를 넣고 싶었다. 그래서 쇼핑몰 담당 샤를린을 만나 입점에 대한 논의를 시작했다.

"안녕하세요? 저희 브랜드 잘 아시죠?"

"그럼요! 저도 쓰고 있는 걸요! 너무 좋은 거 같아요."

샤를린은 본인도 내 브랜드의 팬이라며 내가 입점에 관심을 보이는 것에 대해 좋아하는 눈치였다. 내가 쇼핑몰과 협상을 할 때 친밀도를 높이기 위해 주로 쓰는 카드가 있었는데 그것은 바로 화장품도, 한류스타도 아닌 중국어였다. 싱가포르 사람들은 싱가포르에 있는 한국 사람이 중국어를 할 수 있을 거라는 생각을 쉽게 하지 않는다. 보통 다 영어를 사용하기 때문이고 비즈니스는 더더욱 영어를 사용하기 때문에 전혀 중국어에 대한 예상을 하지 않고 있다. 난 항상 그 점을 공략했다.

"저…. 실례지만 자세한 얘기는 이제 중국어로 해도 될까요?"

"어머! 중국어를 할 줄 아세요? 한국인 맞으시죠?"

"네, 제가 예전에 베이징에서 유학을 했어요. 그래서 중국어가 더 편해요."

"와우! 독특하네요! 그럼 한국어, 중국어, 영어가 다 되는 거네요. 대단해요! 그런데 베이징에서 공부하셨으면 저보다 중국어를 잘하실 수도 있는데…. 제가 화교인데 중국어를 한국인보다 못할 수도 있어서 부끄럽네요."

"하하! 아니에요! 전혀 그렇지 않아요. 중국어 잘하시는데요. 그리고 전 1년 반만 공부해서 절대 싱가포리안 보다 절대 잘 할 수가 없어요."

"에이, 지금 들어봐도 엄청 유창하신데요. 그런데 1년 반 만에 이렇게 중국어가 되나요? 전 학교 다닐 때 중국어가 너무 어려웠어요. 호호…. 그럼 중국어는 어떻게 공부하셨어요? 영어보다 어렵지 않던가요?"

이런 식이다. 내가 영어를 하다가 갑자기 중국어를 꺼내면 대부분의 싱가포리안들은 날 너무 신기하게 바라봤다. 그러면서 중국어 공부 스토리를 풀기 시작해서 사적인 얘기를 나누면 딱딱했던 분위기가 금세 부드러워졌고 웃으며 얘기할 수 있는 사이가 되었다. 그리고 그들은 중국어가 가능한 날 똑똑한 사람으로 여기면서 절대 날 무시하지 않았다. 싱가포르도 여느 선진국과 마찬가지로 고 학력 사회이고 학벌이 우대받는 사회이다. 그러다 보니 내가 중국어까지 할 줄 안다는 것이 그들에게는 내가 고급 교육을 받은 엘리트처럼 보였을 것이다. 결국 중국어 때문에 내 싱가포르의 생활과 비즈니스는 언제나 순조롭게 풀렸다.

난 이렇게 친밀감을 올려놓은 뒤 슬슬 내가 싱가포르 상업 부동산에 대한 이해도가 있으니 협상을 쉽게 가져가자는 뉘앙스를 풍기기 위해 언제나 내 경력을 공유했다.

"오처드로드 위즈마 몰에 P브랜드 베이커리 아시죠?"

"그럼요! 저도 종종 가는데 너무 맛있어요."

"제 전 직장이에요. 그 매장이랑 잼 쇼핑몰 매장도 다 제가 계약했어요."

"와우! 자리 정말 좋더라고요. 그럼 싱가포르에 대해 잘 아시겠어요."

"잘 알기 때문에 이제 3호점은 부기스 정션에 오픈하려고요."

"그럼 저희야 환영이죠!"

샤를린의 환영이라는 말과는 달리 그녀는 내게 실망스러운 쇼핑몰의 2층 자리를 제안했다.

"지금 저희가 2층을 한국 화장품 구역으로 만들려고 해요. 그래서 한국 화장품 브랜드는 2층의 이 자리만 가능합니다."

"이건 좀 이해가 되지 않네요. 한국 화장품만 왜 굳이 2층으로 몰아넣는 거죠?"

"요즘 한국 화장품이 엄청 핫해요. 그래서 한 구역에 모아서 고객들이 쇼핑하기 편하게 만들려는 계획이에요. 이 구역이 K-Beauty 구역이 될 거고 그렇게 되면 사람이 바글바글 할 거예요."

"글쎄요. 전 1층을 원하거든요. 2층은 화장품에 맞지 않아요. 더 잘 아시겠지만 백화점의 1층이 왜 전부 화장품인지 아시잖아요."

"그건 그래요. 하지만 한국 화장품은 2층에서도 충분히 잘 될 수 있어요. 그리고 이 구역에 대한 계획은 이미 내부적으로 정해진 것이라 예외는 없을 거예요."

부기스 정션 몰은 내가 가장 원하는 몰이었지만 2층에 매장을 오픈하는 것은 내 입장에서는 정말 아니었기에 아리송한 기분을 안고 사무실로 돌아왔다. 사무실에 돌아오자 동남아 법인장인 상무가 나를 불렀다.

"너 부기스 정션 담당이랑 만나고 왔다며? 매장 준대냐?"

법인장은 내게 다소 공격적인 말투로 물었다.

"네. 그런데 2층이라서 안 들어가려고 합니다."

"야, 2층이면 어때? 부기스 정션이잖아. 그리고 너 지금 물들어올 때 노 저어야지. 네 브랜드가 언제까지 이렇게 매력도가 높고 환영받을 거라 생각해? 도면 보니까 2층이라도 자리가 좋은 자리네. 그리고 너 들어가면서 다른 브랜드도 같이 입점시켜봐. 네 브랜드 파워가 있으니까 우리 그룹 다른 브랜드도 같이 안 넣어주면 입점 못한다고 그래."

"네?? 그게 무슨 말씀이세요?"

"야, 다 같은 그룹 안에 있는 같은 회사 아니냐? 같이 잘 되면 좋은 거지. 넌 다른 브랜드 생각도 좀 해라. 너만 잘되려고 하지 말고. 다른 브랜드 같이 안 넣어주면 너도 들어가지 마. 알았지?"

좀 많이 어이가 없는 제안이자 지적이었다. 내가 내 브랜드만 생각하는 게 마치 이기적이라는 듯 한 말을 들으니 나는 화가 치밀었고 다른 브랜드를 안 넣어주면 내 브랜드도 입점하지 말라는 공상 과학 소설 같은 제안을 들으니 더 이상 듣고 있을 수만은 없었다.

"상무님, 제가 제 브랜드를 잘 챙기는 게 왜 저만 잘되려고 하는 겁니까? 그리고 제가 왜 다른 브랜드까지 입점을 시켜야 하나요?"

“야, 다 같이 잘 되면 좋은 거잖아. 그냥 네 브랜드 협상할 때 말 한 마디만 해 주면 되는 건데 그게 그렇게 어렵냐? 그리고 너 지금 나한테 대드냐?”

“상무님, 제가 버릇없이 보였다면 죄송합니다. 하지만 비록 제가 직급은 한참 낮지만 저도 한 브랜드의 대표로 이곳에 와 있는 겁니다. 그렇기 때문에 저는 당연히 제 브랜드를 우선적으로 챙겨야 하고요. 직급을 떠나서 저는 제 브랜드의 대표로서 말씀드리는 겁니다.”

“하…. 나 원 참! 아무튼 너! 다른 브랜드도 생각 좀 해!”

법인장은 날 직급으로 누르려고 했지만 난 눌리지 않았다. 내가 눌리면 내 직원들도 눌릴 것이고 난 본사와 법인장 사이에서 샌드위치가 될 것이 불을 보듯 뻔했기 때문에 내 중심을 잡으려고 부단히 노력했고 무서웠지만 당당해 보이려고 애썼다.(상무인데 그 당시 대리밖에 안 되는 내가 안 무서울 리가 있나?) 하지만 법인장과 나는 일적으로는 이렇게 가끔 부딪혔지만 사실 그는 인간적이고 정이 많은 사람이라서 난 그를 미워하지는 않았다. 오히려 그런 방식이 더 좋았다. 말이 안 되는 소리를 하던 화를 내며 소리를 지르든 깔끔하게 모두 다 내 면전에 쏟아내고 나와 해결을 하려고 하지 직급을 이용해 내 윗사람에게 얘기해서 나를 제외하고 일을 억지로 해결하려고 한 적은 없었기 때문이다. 이것이 내가 비록 직급은 낮지만 나를 브랜드의 대표로 인정해주고 있다는 그의 암묵적 표현이라고 생각했기 때문에 난 그의 업무 방식이 뒤끝이 없고 깔끔하다고 생각했다. 그래도 나는 다른 브랜드의 입점까지 생각해 줄 생각은 요만큼도 없었다. 내가 왜? 전혀 그렇게 할 이유가 없지 않은가? 하지만 이 3호점 계약을 진행하면서 이 잡음은 끊이질 않았고 언제나 슬픈 예감은 틀리지 않듯이 일이 터졌다.

#둘 중 한 명은 바보

2층의 한 구역을 한국 화장품 브랜드 존으로 만들겠다는 부기스 정션 쇼핑몰의 선언으로 인해 난 진퇴양난이 되었다. 부기스 정션 몰에는 반드시 입점해야 하는데 2층은 죽어도 들어가기 싫었다. 하지만 시간은 내 편이 아니었다. 2호점까지 오픈한 상태에서 3호점 오픈을 세월아 네월아 미룰 수는 없었기 때문에 시간이 지날수록 내가 불리한 것이 사실이었다. 하지만 이순신 장군도 적에게 죽음을 알리지 말라고 한 것처럼 난 그들에게 내가 시간에 쫓기고 있다는 모습을 보이지 않기 위해 부단히 애썼다.

"굳이 부기스 정션이 아니라도 우리 브랜드 들어오라고 하는 곳 많아요. 어쨌든 난 2층은 절대 안 들어갈 테니까 그렇게 알고 계세요."

"저번에도 말씀드렸지만 2층에 한국 화장품 브랜드 존을 만들거고 거기에 모든 한국 화장품 브랜드를 함께 넣을 것이라는 계획은 변함이 없어요. 그렇게 1층만 고집하시면 저희 몰에 영원히 입점 못 할 건데 괜찮으세요?"

순간 뜨끔했지만 난 굴하지 않고 대답했다.

"원하지 않는 곳에 매장을 억지로 오픈할 바엔 아예 안 하는 게 나을 수도 있죠. 원하지 않는 자리에 매장 오픈 계약을 하는 건 내가 살고 싶지 않은 집을 억지로 계약하는 거와 같아요. 당신은 아파트의 브랜드가 좋고 아파트 단지의 위치만 좋으면 몇 동에 있든 몇 층이든 그리고 집의 방향이 북향이든 서향이든 상관 안 하고 입주할 수 있나요?"

"그건 아니지만 그러다가 2층에도 좋은 자리를 다 뺏길 수도 있어요. 아시잖아요? 2층이지만 그 구역 유동인구가 많다는 걸요. 그리고 그 구역의 제일 앞 매장으로 드린다고 했잖아요. 그 정도 자리면 충분히 매출이 잘 나올 수 있어요.”

“이봐요. 2층에서 제일 앞 매장을 주는 건 나를 위한 건가요? 당신들 몰을 위한 건가요? 우리 매장이 제일 앞에 있으면 우리만 좋아요? 당신들 몰에도 좋은 거잖아요. 매장 디자인 예쁘니까 앞쪽에 있으면 쇼핑몰 분위기도 살겠다, 고객 많이 오니까 2층 상권도 살겠다, 그러면 2층 임차료 가치도 오르겠다, 누가 더 이익이에요?”

쇼핑몰 담당자들 중 점포 개발의 협상이나 언쟁에서 나를 이길 수 있는 사람은 없었다. 난 이미 싱가포르의 상권을 내 손바닥 안에 두고 있었고 수많은 성공적인 협상의 경험이 있었으며 그 경험들이 날 단단하게 만들었기 때문에 그들의 꼼수가 내게 통할 리가 없었다. 하지만 시간에 쫓기는 나는 ‘이런 그들의 꼼수에 모른척하고 그냥 넘어가 주면서 그냥 싸게 계약해버릴까?’라는 타협적인 생각이 들기도 했었다. 하지만 난 여전히 마음을 부여잡고 예전의 경험처럼 원하는 자리가 나올 때까지 인내하고 또 인내했다. 그러던 어느 날 우리 법인의 브랜드 중 하나인 L브랜드 대표 싱가포리안 도린이 나를 찾아와 말했다.

“부기스 정션 2층에 한국 브랜드 넣는다는 거 알죠?”

“네, 물론. 그런데요?”

평소에 내게 별로 좋은 이미지가 아니었던 도린이었기에 난 그녀를 치켜보며 아주 건조하고 짧게 대답했다. 그녀는 계속 말을 이어갔다.

“그 구역을 다 한국 브랜드로 채울 거라 지금 2층에서 영업 중인 왓슨스(Watsons: 글로벌 멀티 브랜드 매장, 한국의 올리브 영과 비슷하다고 생각하면 된다.)도 뺄 거래요. 그래서 그 자리를 반으로 나눠서 내 브랜드랑 그쪽 브랜드랑 나란히 같이 들어가는 건 어때요?”

“누굴 위해서요?”

"우리 그룹을 위해서죠. 당연히."

"그럼 반으로 잘랐을 때 입구 쪽은 내 브랜드가 들어가고 입구에서 잘 안 보이는 뒤쪽은 당신 브랜드로 들어가겠다는 거죠? '그룹'을 위해서. 그죠? 그래서 나한테 제안하는 거죠?"

"무슨 말이에요? 우리 브랜드가 더 프리미엄 급이니까 당연히 앞쪽에 있어야죠."

"하하하하! 이봐요, 도린. 내가 정말 몰라서 그러는데…. 당신은 나를 바보로 아는 거예요? 아니면 당신이 바보인 거예요?"

"네? 무슨 말을 그렇게 해요?"

"그럼 우리 둘 다 바보가 아닌 건 확실해졌으니까 자리로 돌아가세요."

평소에도 잘난 척을 너무 해대고 윗사람들한테 정치만 하려는 그녀가 비호감이었는데 오늘 나한테 와서 한다는 말이 방귀 같아서 다시 되돌려줬다. 그러자 법인장이 잠시 후 나와 그녀를 불렀다. 역시 정치가인 그녀는 또 정치를 하기 시작했다. 법인장은 나와 그녀를 앞에 두고 내게 물었다.

"너, 여기 어떡할 거야? 안 들어갈 거야?"

"2층은 안 들어가죠. 그리고 지금 도린이 법인장님한테 무슨 얘기했는지 알겠는데요. 일단 2층은 안 갈 거지만 가더라도 도린 브랜드 뒤로는 절대로 안 들어갑니다. 그러니까 절대 저 설득하려고 하지 마세요."

"그럼 어떡하냐? 도린 브랜드도 여기 들어가야 하는데 자리가 없어. 그리고 너희 브랜드 들어와야 같이 준다는데…."

"상무님, 제 브랜드는 제 브랜드고 도린 브랜드는 도린 브랜드예요. 물론 법인장님 입장에서는 다 같이 챙겨야 할 브랜드죠. 하지만 매장 입점은 브랜드의 입장에 맞게 가야 하고요. 입장 바꿔서 생각해보면 누가 도린 말에 동의할까요? 자기 브랜드 위해서 내 브랜드 희생하고 안 좋은 자리인 뒤쪽으로 들어가 달라는 걸 누가 받아들입니까?"

난 또다시 따박따박 논리를 펼쳤고 법인장도 이해하는 눈치였다. 그러자 법인장이 도린에게 물었다.

"도린, 그냥 앞 쪽을 이 브랜드에 주고 뒤로 들어가는 건 어때?"

정말 웃긴 게 난 분명 2층에 안 들어간다고 말을 했는데도 법인장은 그녀에게 2층 앞자리를 양보하고 뒤로 들어가라는 식으로 말하고 있었다. 그러자 정치 잘하는 도린은 고개를 끄덕거리며 말했다.

"네, 알겠어요. 제가 양보할게요."

양보? 누가? 뭘? 그리고 누가 누구한테?? 정말 어이가 없었다. 법인장 앞에서 마치 본인이 조직을 위해 뭔가 통 큰 결단을 내리는 것처럼 '양보'라는 단어를 쓰고 있었다. 난 양보해달라고 한 적도 없는 양보를 혼자 단행하며 온갖 불쌍한 표정을 다 짓고 있는데 진짜 미스트를 갖고 와 확 뿌려주고 싶었다. 난 어이가 없었지만 어차피 2층은 안 들어갈 거라 그냥 무시하고 있었다. 난 그렇게 시간과의 싸움을 하며 부기스 정션 몰에서 1층을 내어 줄 때만 기다리고 있었다. 그리고 어느 날 내가 법인의 타 브랜드 마케팅 팀장과 얘기를 나누고 있는데 도린이 갑자기 우리 얘기를 끊고 내게 당당하게 물었다.

"저번에 내가 양보해 준 그 자리 어떻게 돼가요?"

"하하하하!!"

난 '양보'라는 단어를 듣자마자 빵 터져버려서 크게 웃었다. 그리고 웃음을 싹 지우고 난 자리에서 일어서서 그녀에게 경고했다.

"이봐, 도린. 양보? 내가 당신한테 그 자리를 양보해달라고 구걸한 적 있나? 그리고 몰에서 내 브랜드가 2층에 들어가 주지 않으면 당신 브랜드는 아예 기회도 없다고 확인했는데 아직도 당신이 나한테 양보했다고 생각하나? 내가 저번에는 법인장님 앞이라 어이없어도 그냥 넘어갔는데 지금 당신한테 경고할게. 앞으로 내 일에 그 어떤 관여도 하지 마. 그리고 다시는 내 매장 계약에 대해서도 끼어들지 마. 난 당신한테 양보할 생각 없으니까. 그리고 당신이 나한테 양보하게 될 상황도 절대 발생하지 않을 거니까. 알겠어? 어디서 계속 당신이 마치 나한테 큰 양보를 한 것처럼 떠들고 있어? 당신이 양보를 하고 안 하고 가 아니라 내가 당신을 구제하고 안 하고의 문제야! 알아들어?"

내가 흥분하는 모습을 보이자 도린의 동공은 흔들렸고 나와 대화중이던 마케팅 팀장이 나를 누그러트리며 멈춰 세웠다. 안 그래도 벼르고 있었는데 건드려줘서 폭발했더니 속이 시원했다. 한국이든 외국이든 회사에는 꼭 이런 인간들이 존재했다. 그렇게 폭풍우를 몰아치고 나서 날이 개는 것처럼 좋은 소식이 들려왔다. 2층에 있는 왓슨스 매장이 그대로 잔류하게 됐다는 것이었다. 결국 부기스 정션의 2층 한국 화장품 존 계획은 거대한 왓슨스 브랜드의 반대로 무산된 것이다. 난 곧바로 부기스를 찾아갔다.

"2층에 왓슨스 그대로 남는다면서요?"

"네…. 그래서 그 자리 말고 맞은편 자리로 드리려고 생각하고 있어요."

"에이…. 그건 말이 안 되죠. 이제 2층은 한국 화장품 브랜드만 있는 게 아닌데 내가 왜 2층에 들어가요? 그리고 왓슨스 자리 잘라서 입구 쪽으로 준다고 철석같이 약속해줘서 본사에 계신 모든 분들께 보고 다했는데 난 이제 어떡해요? 세상에 부기스 정션 몰이 브랜드와 한 약속을 이렇게 쉽게 어겨요?"

난 하지도 않은 보고를 했다고 몰 담당자를 몰아세웠다.

"그…. 그게…. 왓슨스가 원래 이동하기로 했는데 갑자기 이동을 철회해서…."

"그럼, 우리 브랜드는 왓슨스의 결정에 따라 여기로 갔다 저기로 갔다 이래야 해요? 왓슨스 말은 그렇게 잘 들어주고 내가 1층에 자리 하나 내어 달라는 건 그렇게 들어주기 어려워요? 이미 약속을 두 번이나 어겼어요. 2층에 한국 화장품 존 실패 그리고 나에게 주겠다는 자리도 무산. 이제 어쩔 거예요? 부기스 쇼핑몰이 좋은 거 알아요. 아무리 몰이 좋다고 이래도 되는 거예요?"

"정말 죄송해요. 저희가 지금 내부적으로 상의하고 있어요. 좋은 자리로 다시 제안 드릴게요."

"전 이제 2층은 절대 안 가요. 왓슨스 브랜드 하나 때문에 몰의 계획이 어그러지는데 제가 그 계획에 왜 동참하겠어요? 무조건 1층이에요. 이제!"

난 그들의 실수를 포착하고 집요하게 파고들었다. 사실 쇼핑몰이 거의 갑이기 때문에 어쩔 수 없다고 생각하고 넘어가는 경우가 대부분이지만 난 모 아니면 도라는 생각으로 일단 그들을 물어뜯었다. 난 싱가포르라는 사회와 싱가포리안들이 약속에 대한 철저한 이행을 중요시한다는 것을 이미 알고 있었다. 그리고 공평과 공정도 매우 중요시한다는 것 역시 알고 있었다. 왜냐하면 이미 살아 본 곳 즉, 경험이 있는 곳이기 때문이다. 그렇기 때문에 난 그들이 나와의 신용이 져버렸다는 점을 강조하며 상당한 실망감을 드러내며 그들의 멘털을 흔들었다. 내가 본사를 어렵게 설득해 2층에 들어가기로 허락까지 받았는데 어쩌냐고 약간의 조미료를 쳐서 그들을 압박했다. 그러자 그들은 움직이기 시작했고 며칠이 지나 답변이 왔다.

"사실…. 저희가 원래 1층에 매장 확장 계획이 있었어요. 사실 그쪽은 한국 화장품을 넣을 계획이 아니었어요. 하지만 저희가 약속을 지키지 못한 것이 있으니 그쪽에서 원하는 자리를 골라주세요. 드리겠습니다."

마침내 난 이렇게 인내의 선물로 부기스 정션의 1층 자리를 따낼 수 있었다.

“부기스 1층 들어간다며? 대단해…. 부럽다. 부러워! 우린 지금 1층 계약 만료가 다가오는데 재계약도 안 해준데….”

내 옆 자리에서 E브랜드의 GM으로 일하고 있는 원준 선배가 말했다. 내가 이 회사 싱가포르 법인으로 넘어오는 초기에 나에게 도움을 많이 주셨던 분이었고 좋은 선배라서 도린과는 달리 난 그에게 도움이 되고 싶었다. 그리고 선배에게 물었다.

“그럼 만약에 지금 확장하는 1층에 자리 내어준다면 생각 있으세요?”

“당연하지! 거긴 어디에 들어가도 잘 될 텐데.”

“알겠습니다. 그럼 제가 얘기해 볼게요.”

난 부기스를 다시 찾아가 아주 뻔뻔한 요구를 했다. 이 담당과는 이미 친구처럼 지내는 사이라 편하게 말했다.

“그 확장하는 곳 도면 보니까 내 매장 옆이 아직 비어있는 거 같던데 맞아?”

“응…. 그런데 왜? 그쪽이 더 좋아 보여서?”

“아, 아니. 그 자리 우리 그룹에 있는 E브랜드한테 줘. 건너편 동에 영업 중인 매장 계약 끝나면 이 쪽으로 옮기면 되잖아.”

“뭐?? 그건 안 돼. 네 브랜드니까 그쪽에 입점 시켜주는 거야. 다른 화장품은 그쪽에 넣을 생각이 없어. 절대 안 돼.”

“그럼…. 내 브랜드도 못 들어갈 거야. 그래도 괜찮아?”

“무슨 소리야? 그런 게 어디 있어?”

“나야 뭐…. 회사원인데 하라는 대로 해야지 어떡해? 그냥 같이 넣어줘. 생각해봐 내 브랜드는 기초 화장품이고 그 브랜드는 색조잖아. 그래서 같이 있으면 훨씬 시너지 효과야. 진짜로!”

“아…. 글쎄, 안된다니까. 이거 나도 본사 보스까지 보고해야 돼. 그리고 안 해줄 거야."

"그럼 내가 네 보스 만나서 얘기해볼게. 너랑 같이 미팅 잡아줘."

그녀는 그녀의 보스와 나와 함께 미팅을 잡았고 해당 쇼핑몰 그룹의 본사 1층에 있는 커피숍에서 그들을 만났다. 보스인 신디는 단발머리에 아주 냉철해 보이는 전형적인 커리어우먼의 이미지였다.

"제 직원한테 얘기는 대충 다 들었어요. 정말 그렇게 하셔야 하는 건가요?"

"제가 지금 억지 부리는 게 아니에요. 정말 이 두 브랜드가 같이 있으면 매출에도 훨씬 도움이 돼요. 한국에서도 같이 붙어있는 매장이 많은데 이 데이터를 보시면 시너지 효과가 있다는 걸 아실 수 있을 거예요. 그리고 부기스는 싱가포르 젊은이들의 아지트잖아요? 제 브랜드랑 E브랜드가 같이 있으면 그쪽 분위기가 확 살 거예요."

"당신 브랜드도 아닌 E브랜드까지 왜 이렇게 당신이 같이 입점 시키려고 하는 거죠?"

"내 브랜드는 아니지만 '우리'브랜드니까요. 그리고 E브랜드에서 준비하고 있는 게 많아요. 나중에 그쪽 GM이랑 만나보세요. 이렇게 두 브랜드가 나란히 오픈한다는 건 본사 차원에서도 아주 큰 사건이에요. 그럼 부기스 정션 쇼핑몰에 대해 한국의 매체에서도 많이 다뤄질 거예요. 이러다 제 브랜드도 못 들어가요…. 제발 둘 다 같이 계약해주세요."

이 건으로 시간은 다소 소요가 됐지만 결국 난 E브랜드의 입점까지 함께 따내며 우리는 부기스 정션 몰의 1층에 당당하게 나란히 오픈할 수 있었다. 이 도움은 내가 원준 선배와 친해서만은 아니었다. 첫 번째, 내가 신디에게 어필한 것처럼 시너지 효과가 분명히 있다는 것이 데이터로 증명이 되었고 두 번째, 내 브랜드 파워가 다른 브랜드도 살릴 수 있는 정도인지 확인을 하고 싶은 도전 의식이 생겼었고 마지막으로 내가 가장 들어가고 싶었던 몰에 회사 내부적으로 역사적인 다수 브랜드의 동반 입점을 만들어 내보고 싶었다.

해외에서 점포 개발은 역시 서두르면 안 되는 것이라는 점을 다시 한 번 증명시켜 주었다. 난 이후에도 여유를 가지면서 매장 오픈을 해갔는데 5년 반 동안 싱가포르에 16개 직영점을 오픈했다. 이 직영점은 모두 하나같이 누가 봐도 상권에서 가장 좋은 쇼핑몰에 그리고 몰에서 가장 좋은 자리에 입점 되어 있다.

#글로벌 기업의 기준이 뭔데?

매장이 늘어나고 매출이 늘어나면서 내 조직도 늘어나야 했다. 회사가 커간다는 느낌을 가장 많이 받을 때가 늘어나는 직원 수를 볼 때였다. 2013년 11월에 1호점을 오픈으로 시작한 이 사업은 거침없이 성장해 나갔고 나는 2015년에 회사로부터 '장원상'이라는 우수 사원 상을 받게 되었다. 부상으로 상금도 있었는데 이 상은 나 혼자 해서 이루어진 것이 아니라 내 조직원들이 함께 이룬 결과라고 생각했기 때문에 난 이 상금을 사무직원들과 똑같이 나눠가졌고 그들의 도움으로 인해 상을 받게 된 것에 감사했다.

조직이 커가면서 각 부서별로 필요한 인원이 점점 많아졌다. 난 규모가 달라짐에 따라 매번 조직도를 새로 그렸다. 이제 내가 모두 다 관할할 수 없는 조직의 규모가 되었고 난 내 권한과 의무를 분담하기 위해 인력 충원 계획을 잡았다. 난 판매 사원들을 위한 교육 담당자와 브랜드 마케팅을 더 디테일하게 해 줄 마케팅 팀장을 뽑았는데 이 부분은 전적으로 경력자이자 싱가포리안을 채용했다. 왜냐하면 매출이 성장하면서 마케팅은 더 디테일하고 고도화되어야 했기 때문에 마케팅 팀장급이 필요했고 그 시장을 가장 잘 아는 현지인 경력자가 하는 것이 당연하다고 생각했다. 그리고 교육 매니저는 판매 사원들과 소통이 원활하고 감정적인 유대감까지 나누면서 리더십을 가져가야 하기 때문에 이 역시 현지인을 뽑았다. 그리고 한 자리가 더 필요했는데 우리가 팔 제품에 대한 수입 물량을 예측하고 주문하고 재고를 관리하는 자리였다. 이 부분은 그전에 제시카가 겸업을 했는데 이제 물량이 극도로 많아져 전업할 담당이 필요했고 제시카는 다른 업무를 시킬 생각이었다. 난 이 포지션은 반드시 한국 사람을 뽑아야 한다고 생각했다. 그 이유는 수출입 업무는 본사와 협업 빈도가 훨씬 많았기 때문에 원활한 소통이 필요하고 돌발 상황에 대한 대처를 해야 했기 때문이다. 하지만 본사와 법인장은 모두 회의적인 의견이었다.

"야, 넌 또 한국 사람을 뽑으려고 하냐? 너 편하려고?"

법인장은 나를 불러 또 언짢은 말투로 다그쳤다.

"법인장님, 한국 사람을 뽑아서 제가 편할게 뭐가 있습니까? 제가 외국어가 안 돼는 거도 아닌데요. 이 포지션은 한국 사람이 더 잘할 수 있고 업무상으로 필요하니까 뽑으려는 거예요."

"왜 너만 한국 사람이 필요해? 너도 한국사람, 그 제시카도 한국사람 이렇게 두 명이나 있어. 그런데 또 한국 사람을 뽑겠다고? 너희 지금 몇 명이야? 5명이지? 그럼 한 명 더 뽑으면 여섯 명 중에 반이 한국 사람인 거야."

"아니, 전체의 몇 명이 한국 사람인 게 사업에 무슨 문제가 됩니까?"

"야, 우리가 그래도 해외에 나와 있는 글로벌 기업인데 외국인을 더 많이 뽑아야지!"

이 논리는 다소 날 어리둥절하게 만들었다. 그래서 난 또 논리적으로 대꾸했다.

"법인장님, 무슨 근거로 많은 외국인이 일하는 기업이 글로벌 기업입니까? 전 전혀 그렇게 생각하지 않습니다. 글로벌 기업은 현지에서 잘하는 기업이 글로벌 기업이죠. 저도 지금 사업을 더 잘해 나가려고 그래서 글로벌 브랜드 되려고 이렇게 채용 계획을 이렇게 세운 겁니다."

"하…. 이 자식이 또 대드네. 야, 다른 브랜드들 봐. 그 포지션 다 현지 애들이 하고 있어!"

"그래서 그 업무가 잘 돌아간다고 하던가요? 제가 알기로는 전혀 안 그렇던데요. 다들 그 포지션은 한국 사람이어야 한다고 동감합니다."

"너 한국사람 뽑으면 고용 할당제 어쩔 거야? 지금 할당제 걸려서 매장 인력도 모자란다고 들었는데 사무직으로 그 T.O 하나 그렇게 날릴래? 매장이 더 중요하잖아!"

법인장은 나의 치명적인 약점을 찌르며 날 역공했다. 난 비록 데미지를 입었지만 정신을 차리고 또 다시 답변했다.

"매장에 인력이 부족한 건 저도 인정합니다. 그래서 저도 이걸로 고민 엄청 했어요. 그런데 이 자리 한국사람 안 뽑으면 매장 재고랑 제품 수량 관리가 더 힘들어집니다. 한 명의 외국인 할당을 이쪽으로 쓰더라도 장기적으로 보면 이게 매장에 더 도움이 돼요."

난 끝까지 투쟁하고 설득해서 이 포지션에 강윤수라는 한국 사람을 뽑았고 고맙게도 이 친구가 일을 잘해줘서 내가 시작한 이 한국인 채용은 회사의 기준처럼 되었다. 내 조직인 싱가포르 이후에 오픈 한 타 국가의 수요 재고 담당은 모두 한국인을 채용했고 그룹 인사팀에서도 내게 전화로 어떤 스펙을 가진 한국인을 뽑았는지 자문을 구했다. 그리고 그들도 내가 조직 구성을 잘했다고 인정했다. 기존에 현지인이 수요를 담당하던 브랜드도 다시 한국인으로 사람을 교체하기도 했다.

조직을 갖추어 갔지만 우리는 여전히 본사 지원에 많은 부분을 기대고 있었다. 그 대신 본사는 내정 간섭처럼 사업에 대해 사사건건 많은 간섭과 관여를 했는데 이런 것들이 현지 직원들과 본사 간에 적지 않은 충돌을 야기했다. 하루는 마케팅 팀장인 조디가 나에게 프로모션 사은품 제안서를 가지고 왔다. 그녀는 나에게 자신의 계획을 설명했고 디자인을 보여줬다. 내 조직 관리에 대한 나의 기본 개념은 '나 혼자 일하지 말자.'와 '담당자의 의견에 최대한 따른다.'였기 때문에 난 그녀의 의견을 적극 수용했고 그 의견을 본사에 보고했다. 하지만 본사는 또 반대했다.

"이거 너무 촌스럽잖아. 이런 디자인으로 하지 마. 본사에서 디자인해서 보내줄게."

"한국사람 눈에는 촌스러워 보여도 현지인들 눈에는 귀여워 보인대요. 어차피 싱가포르 내에서만 쓸 건데 우리 마케팅 팀장 안목 믿어주세요."

난 매번 현지 직원들의 의견을 받은 후 그 내용을 잘 정리해서 본사를 설득해야 했다. 하지만 본사는 모든 것을 한국 기준으로 생각하고 판단했기 때문에 이 과정은 결코 쉬운 것이 아니었다.

"무슨 마케팅 팀장이라는 사람이 이렇게 안목이 없어? 이건 안 돼. 내가 본사 디자인 팀에 요청할게. 기다려."

난 또 '안 된다.'는 말을 전해야 했다. 이 말을 잘 전하기 위해서는 난 또 오만 가지 이유를 대면서 현지 마케팅 팀원들의 사기가 저하되지 않도록 설명해야 했고 이런 일이 반복될수록 그들의 의지는 꺾일 수밖에 없었다.

"우리가 만들면 또 본사에서 하지 말라고 할 거 아니에요? 그냥 본사에서 시키는 대로 한다고 해요."

조디는 입을 주욱 내밀며 내게 투덜거렸다. 난 그녀가 투덜거리는 것이 백번 이해가 됐고 본사의 내정 간섭 없이 모든 것을 현지 조직에서 처리하려면 내 조직을 더 크게 키워야 한다는 생각뿐이었다. 그리고 나는 글로벌 기업이라는 정의에 대해 계속 의문을 던지고 답을 찾아가려고 애썼다.

그러기 위해서 난 최대한 게을러졌다. 그 말은 난 최종적으로 모든 책임을

지고 컨펌을 하지만 각 팀의 업무에 대해서 깊게 관여하지 않았다. 그리고 깊게 알려고 하지도 않았다. 해당 업무는 그 담당이 가장 전문가이어야 하고 그들이 가장 잘 알고 나서 내게 보고하고 알려주는 것이 맞다고 생각했다. 만약 내가 각 분야에 대해 세세히 알게 되면 시시콜콜 관여를 할 것이기 때문에 그러기 보다는 난 각 담당을 신뢰하고 그들을 육성시켰다. 내 판단에 필요하면 그들을 본사에 교육을 보내주고 또 본인이 원하면 예산을 집행해 업무에 관여된 외부 교육도 듣게 해 줬다. 결과적으로 난 그들의 일은 세세하게 알지 못하지만 그들이 얼마나 잘하고 있는지는 알 수 있었다.

이런 내 관리 방식은 향후 그들 개개인을 업무 전문가로 만들었고 급기야 타 국가의 직원들이 내 직원들에게 교육을 받으러 싱가포르로 오기도 했다. 그리고 타 국가 브랜드 론칭을 준비하는 예비 GM들은 나보다 한참 선배임에도 불구하고 나를 찾아와 교육을 받았다. 싱가포르는 사내에서 누구나 인정하는 가장 잘 갖춰진 조직이 되었고 가장 일 잘하는 현지 직원들을 데리고 있는 내가 되었다. 본사에서 생각하는 브랜드 해외 시장 진출의 매뉴얼 같은 국가가 싱가포르였고 그렇기 때문에 우리는 싱가포르 주변 국가의 지원과 교육의 기능까지 하며 마치 동남아 헤드쿼터와 같은 역할도 했다. 내 직원들은 싱가포르로 배우기 위해 출장 오는 사람들을 가르치고 여건이 안 되는 곳은 직접 출장을 가서 가르쳐주기도 했다.

"안녕하세요? 저 말레이시아 GM으로 발령받은 남정우라고 합니다."

"네, 안녕하세요? 선배님, 무슨 일로 연락하셨어요?"

"아, 제가 이제 말레이시아에 론칭 준비하고 있는데 막막해서요. 싱가포르로 출장 가서 좀 배우려고 합니다. 언제 시간되시나요?"

"에이…. 무슨 말씀이세요? 저보다 훨씬 선배님이신데 저보다 더 많이 아실 거라 제가 가르쳐드릴 게 없을 거예요."

"아니에요. 저 진짜 이런 건 하나도 몰라요. 시간만 내주시면 제가 싱가포르로 갈게요. 말레이시아에서 비행기로 한 시간이면 가니까 금방 가요."

그렇게 정우 선배는 싱가포르로 날아왔고 난 선배가 알고 싶어 하는 것들에 대해 아는 한 대답해주었다.

"그리고 염치없지만 하나만 부탁드려도 될까요?"

정우 선배는 슬쩍 내 눈치를 보며 물었다.

"물론이죠. 선배님이신데 편하게 말씀하세요."

"매장 오픈 때 매장 판매사원 두 명 정도 지원해 주실 수 있을까요?"

사실 좀 어려운 부탁이었다. 왜냐하면 내 매장의 직원도 모자란 상태이기 때문에 매장 지원으로 며칠을 빼면 그 매장이 많이 힘들어지기 때문이다. 하지만 난 내가 론칭 초반에 고생했던 것들에 대한 기억도 있고 정우 선배가 한참 선배임에도 너무 간절하게 부탁하는 것이 마음에 걸려 판매 사원 중 가장 에이스다운 두 명을 과감하게 말레이시아로 지원 출장을 보냈다.

"고마워! 진짜 이 두 명 지원 없었으면 우리 오픈 망했을 거야! 이 두 명이 다 해줬어! 내가 맛있는 거 사 먹이고 잘 챙겨서 보낼게! 진짜 고마워! 잊지 않을게!"

지금은 나와 정우 형은 호형호제를 넘어 엄청나게 가까운 사이가 됐고 형은 만날 때마다 내가 오픈 때 도와준 얘기를 하며 고마움을 표시했다. 그리고 다행히 말레이시아도 성공적인 오픈과 확장을 이어갔다.

만약 누군가가 내게 또 다른 브랜드를 어딘가에 론칭시키고 새로운 조직을 만들라고 한다면 내 철학과 방식은 크게 변하지 않을 것이다. **내가 아닌 그들**

이 잘할 수 있게 해주는 것, 잘한 것은 우리가 해낸 것으로 만든다는 것, 우리가 해낸 것은 모두에게 확실히 알리는 것. 그렇게 우리는 글로벌 브랜드로 성장해가고 있었다.

#고개 숙이지 마라

내가 험난한 투쟁과 설득의 과정을 거쳐 채용한 마지막 한국인 직원 윤수는 기대보다 일을 잘 해주었다. 윤수는 제시카를 통해서 소개 받았는데 업무도 업무지만 나에게 친구와 같은 존재가 되어 주었다. 앞서 외롭지 않게 일해야 한다고 이 책에서 언급한 적이 있는데 이 부분을 윤수가 채워주었다. 나와 윤수는 직급 상으로는 상당한 거리가 있는 입장이었지만 친 형제만큼 친하게 지내게 되었고 다른 직원들이 내가 그를 편애한다고 오해와 질투를 할 때도 있을 정도였다.

하지만 조직 내에서 유일한 남자이자 마음이 통하는 친구였기 때문에 일 얘기이든 개인적인 얘기이든 모든 얘기를 들어주고 나눌 수 있는 사람이 생기면서 내 해외 근무 생활에 큰 힘이 되었다. 비록 직급 상으로 내 아랫사람이고 회사의 직원이지만 난 굳이 그런 벽을 두지 않았다. 이것이 해외에서 외롭지 않게 일하는 나의 방식이었다. 그리고 윤수가 일을 잘해주면서 내가 역설했던 한국인의 필요성을 입증해 주었기 때문에 향후 다른 국가나 브랜드에서도 이 업무의 담당을 한국인으로 뽑는 것이 당연시되었다.

그리고 다른 직원들도 하나씩 변화가 생겼다. 교육 담당 도로시와 나와 함께 일을 시작한 제시카가 차례로 시집을 가면서 난 이 둘의 결혼식에도 모두 참석해 직접 축하를 해 줄 수 있었다. 또 제시카와 셀린은 나란히 승진을 하면서 함께 성장해 나갔고 그렇게 시간은 많은 변화를 가져오며 마침내 우리는 싱가포르 뷰티 브랜드 중 3위까지 도약할 수 있었다. 이것은 실로 작지 않은 성과였다. 수많은 럭셔리 브랜드들을 제치고 한 국가에서 3위의 브랜드가 되었다는 것은 우리 모두가 자랑스러워할 만한 일이었고 우리 브랜드는 싱가포르의 어디에서나 누구에게나 환영받고 있다는 뜻이었다. 직원들도 나도 함께 오래 일하다 보니 난 직원들의 경사를 축하해 줄 수도 있었고 승진해가는 모습을 볼 수 있어서 나는 매우 큰 보람을 느꼈다. 그리고 싱가포르에서 내로라하는 브랜드로 성장한 것 역시 우리 모두가 말로 표현할 수 없는 자부심을 가지게 했다.

브랜드를 사랑해주는 고객이 많다는 말은 역으로 주시하고 있는 사람도 많아졌다는 뜻이었다. 소위 싱가포르에서 '핫 한' 브랜드가 되었기 때문에 고객의 수와 회원이 느는 만큼 서비스와 회원 관리에 더욱 집중해 나가야 했다. 하지만 언제나 그랬듯 매장은 고용 할당제로 인해 인력이 계속 모자라고 있었기 때문에(내가 싱가포르를 떠날 때까지 난 한 순간도 내가 원하는 인원을 채우지 못했다.) 많아지는 고객을 응대할 수 있는 사람이 항상 부족할 수밖에 없었다. 그래서 이에 대한 고민을 하고 있는데 본사에서 전화가 왔다.

"어떤 고객님이 본사에 클레임을 하셨는데요. 싱가포르에서 한번 확인 부탁드릴게요."

"네? 본사로요?"

"네. 내용을 보니까 매장에서 해결해 줄 의지가 없어서 너무 화가 나서 본사로 보냈다고 하네요."

"네…. 일단 보내주세요. 제가 한번 볼게요."

난 고객이 본사로 보낸 컴플레인 메일을 넘겨받아 확인했다. 메일의 내용은 한 고객이 한국에서 제품을 구매했는데 그 한국에서 구매한 제품을 싱가포르 매장에서 환불을 받으려고 했고 싱가포르 매장에서 거부를 했다는 것이다. 환불이 안 되는 것도 화가 났는데 그걸 말하는 직원의 태도도 안 좋았다는 것이다. 게다가 본인이 자주 우리 제품을 구매하는 VIP 고객이고 매장도 빈번하게 방문하는데 앞으로 그 직원을 안 봤으면 좋겠다는 내용이었다. 난 먼저 진위 파악을 위해 영업 담당을 매장으로 보내 점장과 사건 당사자를 인터뷰하고 오라고 했다. 그리고 그 고객을 응대한 시간을 체크하고 그 시간 CCTV도 확인하라고 했다. 그렇게 이 일에 대해 진상 파악을 시작으로 일을 처리하려고 하는데 그 사이를 못 참았는지 내정 간섭자인 본사에서 또 전화가 왔다.

"야! 이거 어떤 직원이야? 알아냈어?"

"지금 먼저 경위부터 파악 중입니다."

"무슨 경위를 파악해? 그냥 무조건 고객한테 사과해야지. 그리고 고객님 섭섭하지 않게 클레임 처리해서 제품도 좀 드려. 이런 건 조용히 빨리빨리 처리하는 게 좋아. 또 하나 더, 환불 해 드려. 이런 거 가지고 시끄럽게 하지 말자."

난 본사의 이런 태도에 슬슬 열이 지펴지기 시작해 입을 열었다.

"원칙적으로 회사 규정이 환불이 안 되는 건데 어떻게 환불을 해줍니까? 한국에서 산 제품을 여기서 환불하면 한국에서 싱가포르 법인으로 이 제품 하나에 대한 가격 이체해 주실 건가요? 재무적으로 안 되는 거 아시잖아요? 그리고 한국에서 판매되는 제품이랑 싱가포르에서 판매되는 제품은 제품 코드도 다른데 이 환불 제품 받아서 제가 국제 택배로 한국으로 보내드립니까? 그럼 제품 가격보다 비싼 택배비도 본사에서 내셔야죠."

"야, 그냥 알아서 좀 처리해봐. 일단 환불해주고 무조건 사과시켜! 그리고 그 직원 다른 매장으로 보내. 그 손님 다시 올 때 마주치지 않게."

"뭐라고요? 제가 왜 그래야 하죠?"

"손님이 그렇게 하래잖아!"

“제 직원이 진짜 나쁜 태도를 보였는지 그 손님이 억지를 부리며 지어내는 건지도 모르는 상황에서 왜 제 직원이 무조건 사과하고 근무하는 매장이 바뀌는 피해를 봐야 합니까? 그리고 타 국가에서 구매한 제품이 싱가포르에서 교환이나 환불이 불가능하다는 교육받은 그대로 이행한 것뿐인데 무슨 잘못이 있어서 사과를 해요?”

“야! 그냥 좀 조용하게 넘어가자고! 괜히 그 손님이 일을 더 키우면 얼마나 피곤해지는지 몰라? 네가 책임질 거야?”

“네, 당연하죠. 그러려고 제가 이 자리에 앉아있는 거니까요.”

“일 커지기만 해 봐! 네가 다 알아서 해!”

난 언제나 내가 브랜드의 대표로서 책임을 지는 것은 당연하다고 생각했기 때문에 책임진다는 것에 전혀 거리낌도 두려움도 없었다. 그리고 나 역시 현장에서 수많은 블랙컨슈머도 겪었고 가지각색의 악의적인 고객들을 본 적이 있기 때문에 반드시 진위를 따지도록 했다.

매장에 다녀온 영업 담당 카이가 나를 찾아와 보고했다.

“우리 직원 웬디 얘기는 자기가 전혀 불량하게 얘기한 적도 없고 교환이나 환불이 안 된다고 하니까 그 손님이 계속 우기면서 웬디가 다른 일을 못하게 계속 붙잡고 있었대요. 그러면서 계속 무조건 환불해달라고 닦달을 하며 자리를 못 뜨게 하니까 그냥 무시하고 다른 일을 했대요. 매장에 사람도 부족해서 다들 바쁜데 자기가 계속 이 사람의 억지를 들어주고 있을 수만은 없으니까요. 그런데도 그 고객이 계속 웬디를 쫓아다니면서 클레임을 걸더니 ‘이런 식으로 나오면 본사에 고발하겠다.’ 뭐, 이렇게 말하고는 사라졌다네요. CCTV도 확인했는데 웬디가 고객을 불량한 태도로 응한 건 없었어요.”

"그럼 웬디는 원칙을 지켰고 따지고 보면 잘못은 없는 거 맞지?"

"음…. 굳이 있다면 나중에 그 손님을 무시한 거겠죠?"

"그건 웬디가 고객을 무시한 것이 아니라 그 고객이 무시 받을 상황을 만든 거지. 오케이, 알았어. 난 우리 직원의 잘못이 없다는 걸 확인하고 싶었을 뿐이야. 이젠 내가 처리할게. 가서 일 봐."

난 곧바로 전 직원들에게 공지를 보냈다.

[내 직원들에게. 오늘 한 매장에서 이러이러한 사건이 있었다. 난 이 사건에 대해 우리 직원은 잘못이 없다고 생각한다. 그렇기 때문에 웬디는 당당해지길 바란다. 그리고 여러분께도 얘기해주고 싶다. 만약 본인이 회사의 규정과 가이드라인을 잘 지켰고 잘못이 없다면 무조건 고객에게 고개부터 숙이지 마라. 고객이 왕이라는 말이 있지만 모든 왕을 존경할 수는 없다. 왕이 매장에서 내 직원에게 잘못을 저지른다면 당당해져라. 그리고 나에게 얘기해라. 난 당신들을 위해 이런 것들을 처리해주기 위해 존재하는 사람이다. 기억해 달라. 내 직원을 함부로 대하는 손님에게까지 절대로 고개 숙이지 말라는 것을.]

그리고 사건 당사자인 웬디에게 따로 메시지를 보냈다.

'그 고객에 또 찾아와 억지를 부리고 괴롭히면 바로 영업 담당에게 얘기해. 정 안되면 내가 처리해 줄 테니까.'

그 고객은 아주 끈질겼다. 매장 영업 담당 카이가 매장 영업을 방해 못하도록 하려고 카이의 연락처를 알려줬더니 이제 카이에게 문자와 전화를 수시로 해대며 환불과 피해보상을 요구하고 있었다. 카이는 이 문제가 나에게까지 올라가게 하는 것이 싫었는지 본인이 처리하려고 부단히 애쓰고 있었다. 아마도 본인이 처리를 못해 나에게까지 이 문제가 넘어가는 상황을 만들면 무능력해 보일 것 같아 싫었을 것이다. 그럼에도 불구하고 역부족인지 나를 찾아와 아주 조심스럽게 말했다.

"저…. 그 고객님이 대표랑 얘기하고 싶대요…. 어떡하죠?"

"그렇지? 혼자 해보려고 했는데 잘 안됐지?"

난 이미 예상했다는 미소를 보이며 말했다.

"네…. 죄송해요. 이제 무조건 대표님만 찾아요."

"그래? 그럼 이제 끝판 대장인 내가 상대해 줘야지. 그 분한테 내 연락처 알려드려."

"정말…. 괜찮으시겠어요?"

"아유…. 괜찮아. 내가 처리할게."

내 연락처를 받은 그 고객은 나에게 폭풍 메시지를 쏟아냈다. 그리고 난 이렇게 답장했다.

'난 문자로 많은 얘기를 하는 것을 좋아하지 않습니다. 그러니 내일 나와 만나죠. 만약 당신이 내 앞에서도 이렇게 얘기할 수 있는 보고 싶으니 내일 10시까지 내 사무실로 와 주십시오. 그럼 내가 당신과 직접 마주 보고 얘기를 들어드리겠습니다. 하지만 말하는 태도는 불량하게 하지 않았으면 합니다. 만약 당신이 불량한 태도를 보이면 난 인내심이 없기 때문에 당신과 경찰서에서 다시 만나게 될지도 모릅니다. 그럼 내일 10시에 당신을 기다리겠습니다.'

결국 그 고객은 나타나지 않았고 그 어떤 클레임도 다시 하지 않았다. 회사의 대표가 회사로 오면 만나주겠다는 친절을 베풀었는데도 그 고객은 내 친절을 받지 않았다. 난 이 일을 통해 내 직원들에게 무조건 고개 숙이지 않아도 된다는 것, 그리고 그 이유는 뒤에 내가 있기 때문이라는 것을 확실히 알려주었다. 보통 직원들이 클레임 사례와 같은 것은 작은 일이라 생각해 높은 직급의 사람에게까지 귀찮은 일을 만들지 않기 위해 무조건적인 사과를 하고 넘겨버린다. 그리고 고객과 싸워봐야 본인만 손해라는 것을 잘 알고 있기 때문에 억울하고 비인간적인 대우를 받았음에도 머리를 숙이고 끝내는 경우가 많다는 것을 나는 아주 잘 알고 있었다. 그렇기 때문에 난 직원들이 이런 내가 그들의 뒤에 있음에 당당해지고 억울한 일로 상처를 받아 회사를 그만두는 일이 없었으면 좋겠다고 생각했다. 그 당시 마음 같아서는 매장마다 인터넷에서 본 '저희 직원도 저에게 소중한 가족입니다. 저의 가족에게 무례하게 대하는 고객은 나가셔서 다시는 안 오셔도 됩니다.'와 같은 글을 배치하고 싶었지만 좀 과한 것 같아 참았다.

그 후로 내 직원들은 클레임에 언제나 회사의 가이드대로 지혜롭게 대처했고 비교적 큰 클레임이 생기면 난 여전히 경위와 진위를 따져 팩트에 따라 내가 직접 처리했다. 이 역시 내가 만들고 싶은 '더 큰 회사'의 일부분이었다.

리더는 조직의 모든 사람이 긍정적 사고를 하게 하는 것보다 단 한 사람이라도 부정적 사고를 하지 않게 해야 한다. 한 사람의 부정적 사고가 주변을 오염시키기 때문이다.

#갈림 길에 섰던 순간

내가 2013년에 〈싱가포르, 이곳〉이라는 포토 에세이를 출판한 적이 있다. 이 책의 내용은 싱가포르의 여행 정보나 가이드 같은 성격은 아니고 그냥 싱가포르에서의 내 생각, 사람들, 이방인의 시각과 느낌 같은 것들을 사진과 함께 담은 책이었다. 어느 날 이 책을 출판했던 출판사 사장으로부터 전화가 왔다.

"작가님, 오랜만이에요. 잘 지내시죠?"

"네, 사장님. 정말 오랜만이네요."

한국에 있을 때 책을 내고 다시 싱가포르로 온 후로 한 번도 연락한 적이 없는 출판사 사장의 연락이라 난 좀 어리둥절했다.

"작가님, 아직 싱가포르에 계신 건가요?

"네, 아직 싱가포르에서 일하고 있습니다. 사장님도 잘 지내시죠? 그런데 어쩐 일로 연락하셨어요?"

"아, 다름이 아니라 좋은 기회가 있어서요."

"저한테요? 무슨 기회예요?"

"작가님 혹시 교육 콘텐츠 방송에서 하는 여행 프로그램 보신 적 있으세요?"

"음…. 어떤 프로그램 말씀하시는지 잘 모르겠어요."

"거 왜 있잖아요. 작가나 유명한 사람들이랑 같이 오래 여행 다니면서 자연스럽게 얘기하고 탐험하는 프로요. 프로그램 이름이 '세상 테마 여행'일 거예요."

"그 프로그램 당연히 알죠! 얼마나 유명한데요."

"그래요. 저도 종종 보니까요. 작가님도 아실 거라 생각했어요. 글쎄 그 방송 PD님이 저한테 연락이 왔어요. 작가님 책을 봤는데 함께 촬영을 하고 싶다고 작가님 연락처를 알려달라고 하더라고요. 작가님, 이거 정말 작가에게는 천금 같은 기회예요. 하실…. 거죠?"

"네에??? 그런 프로그램에서 저 같은 무명작가와 촬영을 하고 싶다고요? 그리고 제 책이 잘 알려진 책도 아닌데 왜 저예요?"

"하하, 그게 작가님 운인 거죠. 지금 이 방송에서 기획하는 게 태국에서 말레이시아를 지나 싱가포르까지의 루트를 여행하고 싱가포르에서 마무리하는 거래요. 그래서 이 PD님이 싱가포르에 대한 책을 검색했는데 작가님 책이 딱 눈에 들어온 거죠. 작가님이 쓴 책 내용을 보니 본인들 콘셉트 랑도 잘 맞고 작가님 나이도 딱 좋다고 했습니다. 작가님, 이번 기회에 작가로 이름도 알리고 책도 알려 봐요. 무명작가에게 이런 방송 제의는 절대 다시 오지 않아요."

믿을 수 없는 일이 일어나고 있었다. 나 같은 무명작가에게 이런 유명한 프로그램의 촬영 기회가 오다니! 난 마치 꿈을 꾸는 것 같았다.

"사장님, 그럼 이 촬영 기간은 어느 정도라고 하던가요?"

"글쎄요. 자세한 건 담당 PD님과 직접 얘기해 보시는 게 좋을 거 같아요. 그럼 작가님 연락처 알려드릴 테니 방송국에서 연락이 오면 잘 얘기해 보세요."

난 마치 얼어붙은 고목처럼 자리에 앉아 움직일 수가 없었다. 왜냐하면 이 기회는 분명 천금 같은 기회이지만 내가 지금 이 상황에서 이 기회를 잡아도 되는지 그리고 잡을 수 있을지 의문이었기 때문이다. 그리고 정말 방송국 PD로부터 연락이 왔다.

"안녕하세요? 작가님, 출판사 사장님께 얘기 들으셨죠?"

"네, PD님. 대략적인 얘기는 들었습니다. 자세한 내용은 아직 잘 몰라서 그러는데 어떤 건가요?"

"아, 네. 저희가 지금 약 2개월 간 태국으로 들어가서 말레이시아를 지나 싱가포르에서 마무리를 하는 여행을 기획했는데요. 작가님 책을 우연히 봤는데 저희 콘셉트랑 너무 잘 맞을 것 같더라고요. 그리고 작가님 프로필 사진을 보니 방송이랑도 잘 어울리실 것 같고…. 무엇보다 싱가포르에 대해 잘 아시니까 얘기도 재밌게 잘해주실 것 같아서 작가님을 섭외하려고 해요."

"촬영 기간이 2개월이라고요? 아…. 저 정말 이거 너무 하고 싶은데 제가 지금 해외 파견 근무 중이라 2개월은 너무 길어요."

"회사에 얘기를 좀 잘해보시는 건 어떨까요? 이 촬영이 시작부터 마지막까지 같이 해야 하는 거라 저희도 그 일정을 어떻게 조절할 수가 없거든요."

"음…. 제가 마지막에 싱가포르 부분만 촬영한다거나 이런 것도 안 되는 건가요?"

"네…. 무조건 2개월 풀 촬영으로 해야 합니다."

이 촬영에 응한다면 한마디로 내게는 사직서를 쓰고 조인하는 것 말고는 방법이 없는 것이었다. 난 고민하고 또 고민했다. 그리고 팀장과도 상의했다. 하지만 2개월은 절대 뺄 수 없는 것이었고 지금 내가 이 싱가포르 조직의 수장으로서 빠져서도 안 되는 시기였다. 내가 이들과 함께 일으켜 세우고 있는 이 사업에서 손을 떼고 과감하게 내 평생의 꿈인 작가의 길로 뛰어드느냐 아니면 그래도 지금 하고 있는 해외에서의 임무를 끝까지 완성하느냐에 대한 선택의 갈림길에 서게 되었다. 난 PD가 생각해보라고 한 72시간을 이 선택에 대한 고민으로 모두 써버렸다고 해도 과언이 아닐 정도로 쉴 새 없이 고민했다.

"PD님, 죄송합니다. 전 지금 하고 있는 일 때문에 안 될 것 같습니다."

난 최종적으로 내가 지금 하고 있고 해야 하는 일을 택했다. 이 결정을 내린 이유는 지금 내가 해야 하는 일을 더 열심히 많이 해야 나중에 내가 하고 싶은 일을 더 많이 할 수 있을 것 같다는 생각이 들었기 때문이다. 지금 당장 이 회사와 지위를 내팽개치고 그들과 여행을 떠나 완전한 작가의 인생으로 살아갈 수도 있겠지만 아직은 때가 아니라는 판단이 들었다. 지금 내가 해야 하는 일을 다 하지 않은 상태에서는 내가 하고 싶은 일도 잘할 수 없을 거 같다는 생각이 들었다.

그리고 시간이 좀 더 흘러 이 사업체가 어느 정도의 안정된 궤도에 올랐을 때 또 내가 큰 고민을 할 수밖에 없는 제안을 받게 되었다. 이 역시 한 통의 전화로 시작되었다. 우리 회사를 다니다가 퇴사한 승목이 형에게서 전화가 왔다.

"잘 지내? 싱가포르는 여전히 잘 나가고 있지?"

"형, 오랜만이네. 싱가포르는 뭐…. 직원들이 다 잘하니까. 형은 이직한 회사 어때?"

"여기 나쁘지 않아. 요즘 워낙 잘 나가는 브랜드잖아."

"하긴 요즘 선글라스는 그 브랜드가 대세지. 덕분에 형 선글라스는 많이 쓰겠다? 크큭!"

"하하, 딱히 그렇지도 않아. 내가 원래 선글라스를 안 쓰는 편이라…. 그건 그렇고 너 지금 조용한 데 가서 전화 좀 받을 수 있어?"

난 회의실로 자리를 옮겼다.

"응, 얘기해. 무슨 일이 길래?"

"너 우리 회사 올래?"

"응? 형 회사를? 내가? 왜?"

"우리 브랜드도 지금 싱가포르 진출하려고 하거든. 그런데 마땅한 사람이 안 찾아져서 내가 널 얘기했더니 대표님이 만나보고 싶어 하시더라고. 그리고 싱가포르뿐만 아니라 동남아 지사장 포지션이야."

"에이…. 형, 나 안 돼. 나 선글라스나 패션은 진짜 하나도 몰라. 그리고 내가 무슨 지사장을 해? 난 아직 멀었어. 더 익어야 돼."

"무슨 소리야? 너 정도면 충분하고도 남아. 너만 생각 있으면 내가 대표님께 얘기해서 만나서 얘기하는 자리 한번 만들어볼게. 면접까진 아니고 그냥 식사하고 얘기하는 자리 정도로 할 거야. 그리고 주재원 근무 조건이랑 이런 건 내가 다 말씀드려서 대표님도 어느 정도는 이해하고 계셔. 그러니까 네가 원하는 조건도 대충 생각해봐. 아마 거의 다 맞춰주실 거야."

형이 제안한 G선글라스 브랜드는 분명히 지금 가파른 상승세를 보이고 있는 잘 나가는 브랜드였다. 그리고 이 브랜드까지 싱가포르 론칭을 성공시키면 난 F&B, 화장품, 패션 세 업종의 글로벌 론칭을 성공시키는 이력을 가질 수도 있었다.(물론 성공시킨다는 가정 하에.) 무엇보다 나는 이 도전적인 상황이 끌리긴 했다. 세 가지의 다른 업종을 모두 글로벌에 성공적으로 론칭을 시키는 경험을 가진 사람이 되어보고 싶은 마음이 없지는 않았다.

브랜드 론칭 업무는 마치 마약과 같았다. 분명히 힘겨운 싸움인 것을 알면서도 그 결과에 대한 성취감이 너무도 달달하기 때문에 난 어쩌면 이미 중독이 되어 있는 건지도 모르는 것이었다. 말로는 자신 없다고 했지만 사실하고 싶었고 할 수도 있는 일이었다.

그래서 난 때마침 잡힌 서울 출장길에 G선글라스 회사의 대표와 승목이형, 그리고 팀장 한 명과 식사를 하고 대표와 단독으로 얘기를 나눴다. 대표는 패션 업계의 미다스라는 소문처럼 대표임에도 불구하고 티셔츠와 7부 바지의 매우 캐주얼한 차림이었고 대화를 나누면서 생각이 많이 깨어있는 사람이라고 느낄 수 있는 사람이었다. 난 내 경험에 대해 가감 없이 얘기했고 대표는 모든 얘기가 끝나자 내가 원하는 조건을 물었다. 난 당연히 지금 받고 있는 것보다 더 나은 조건을 얘기했고 대표는 거절하지 않았다.

"제가 왕복 비행기 표를 제공할 테니까 얼마 뒤에 우리 한 번 더 만나서 얘기 나눌 수 있을까요?"

대표가 대화의 마지막 즈음에 내게 말했다.

"글쎄요. 비행기 표를 제공해 주신다고 해도 사실 싱가포르와 서울의 거리가 가까운 것은 아니라서요."

"그냥 부담 갖지 말아요. 주말에 와도 상관없으니까. 올 수 있을 때 얘기해줘요. 비행기 표 보낼게요."

난 다시 싱가포르로 돌아와서 고민에 빠졌다. 조건도 더 좋고 지금 잘 나가는 브랜드이자 내가 겪어보지 않은 업계, 그리고 싱가포르에서 더 나아가 동남아 시장을 움직여볼 수 있는 기회라는 수 없이 많은 장점들이 있었다. 이 업계를 잘 아는 사촌 동생에게 물어보니 그 역시 당연히 가도 좋은 회사라고 했다. 하지만 영민이는 생각이 달랐다.

"그냥 하던 거 해라. 선글라스는 무슨 선글라스고?"

"요즘 엄청 급성장하는 브랜드잖아. 그리고 직위랑 급여도 훨씬 좋아지는데?"

"간단하게 생각해봐라. 화장품은 매일 쓰고 주기적으로 사제? 근데 선글라스는? 니 1년에 선글라스 몇 개 사노?"

"음…. 한 개?"

"그래 인마. 내는 한 개도 살까 말까다. 그리고 선글라스 하나 사면 한 2, 3년은 쓰지 않나? 지금 급성장해도 나중에 금방 한계가 오는 아이템이다. 내 같으면 그냥 하던 거 하겠다."

영민이의 말도 일리가 있었다. 구매의 빈도와 소비의 주기로 보면 선글라스는 분명 한정적이었다. 그래서 성장에 대한 한계 시점이 다른 아이템보다 더 빨리 올 가능성이 높았다. 그리고 또 한 가지 걸리는 것이 있었다. 바로 '사람'이었다.

난 이때까지 지금의 회사를 입사한 이후 아침에 눈을 떴을 때 출근하기 싫다는 생각을 한 적이 단 하루도 없었다. 내가 만약 아침에 눈을 떴을 때 출근하기 싫다는 생각이 들고 있었다면 분명 뒤도 돌아보지 않고 이직을 했을 것이다. 이는 내가 회사를 바꾸는 기준 중에서 하나의 중요한 바로미터이다. 하지만 이 조직에는 아직까지 내가 그런 생각이 들게 할 정도의 스트레스 유발자가 없었다. 이제 모든 친분이 두터워졌고 내가 뭘 잘하는지 내 성향이 어떤지 내 단점이 어떤지 잘 아는 사람들이 날 둘러싸고 있었다. 그리고 무엇보다 내가 만들어가는 이 싱가포르 조직의 모든 인원이 내 리더십을 신뢰했고 잘 따라와 주고 있었으며 나 역시 그들의 노력과 믿음으로 인해 좋은 성과를 내고 있었다.

난 영민이의 의견도 어느 정도 동감 가는 부분이 있었고 더 나아가 이 '사람'의 문제가 가장 많이 날 머뭇거리게 만들었다. 내가 두려운 것은 비록 조건도 좋고 비전도 좋아 회사를 옮겼지만 그 회사에서 만난 인간들 중에 단 한 명이라도 내가 출근하고 싶지 않은 마음을 들게 하거나 내가 다니는 회사를 나에게는 지옥인 곳으로 만들어 버리는 인간이 있다면 내 이직은 아주 큰 실패가 될 것이기 때문에 난 쉽사리 새로운 길을 택할 수가 없었다. 반대로 말하면 난 지금 내 조직과 일 그리고 사람들에 대해 전혀 불만이 없다는 말이었고 그 말은 결과적으로 내가 이직을 할 이유가 없다는 것이었다.

"승목이 형, 내가 깊이 생각을 해봤는데 난 그냥 여기 남아있어야 할 거 같아."

"뭐어?? 야, 지금 대표님이 네 자리까지 만들고 있어! 그런데 안 온다고 하면 어떡해??"

"엥? 무슨 소리야? 저번에 대표님이 한 번 더 만나서 얘기하자고 했지 날 채용하겠다고 한 적 없고 내가 가겠다고 한 적도 없는데 왜 내 자리를 만들어?"

"아, 몰라…. 대표님은 네가 마음에 들었나 보지. 요즘 회의 때마다 네 얘기도 얼마나 많이 하신다고…. 딱 봐도 이미 널 데려올 생각이신데 너 진짜 안 올 거야?"

"난 진짜 그 분이 그 정도로 날 생각하고 계셨는지 몰랐네. 그런데 난 여기서 더 있는 게 맞는 거 같아. 아직 여기 남아서 할 일이 많은 것 같아."

난 이렇게 또 다른 기회를 거절했던 기억이 있다. 해외에서 경력이 쌓이고 경험치가 올라다가 보면 여기저기서 많은 제안들이 오고는 한다. 하지만 그 모든 제안들이 앞으로 자신에게 더 좋은 약이 될지 독이 될지는 온전히 스스로가 판단하고 결정해야 한다. 내 판단의 기준은 과거에도 지금도 앞으로도 '사람'이다. 좋은 사람들이 내 곁에 있다면 좋은 조건만으로 난 그 사람들을 떠나지 않았고 앞으로도 그렇게 할 것이다. 난 예전 방황의 경험을 통해 '더 큰 회사'의 의미를 확실하게 깨달았고 그 교훈은 세월이 지나 나이가 먹고 내 지위가 올라가도 변하지 않았다. 난 앞으로도 내가 더 큰 행복을 느낄 수 있는 일을 할 것이고 내가 더 큰 행복을 공유할 수 있는 사람들과 함께 할 것이다. 이것이 내가 회사 생활을 하면서 깨달은 가장 핵심적인 부분이었다.

#마지막 숙제

난 이 브랜드에서 4년이라는 주재원 임기를 마치고도 회사의 요청으로 연장을 하게 되어 총 5년 6개월을 있게 되었다. 나의 임기가 연장이 되면서 내가 떠나야 할 시간이 정확하게 정해지게 되었고 그러면서 난 내가 떠나기 전까지 이 조직을 위해 그리고 내 직원들을 위해 해야 할 것들을 반드시 해놓고 가야 한다고 마음먹었다. 그 중 한 가지가 매장 판매 사원들의 미래를 만들어 주는 것이었다.

보통 매장 판매 사원들은 현장 판매 일을 어린 나이에 빨리 시작하는 편이다. 이들의 나이가 어릴 때는 그래도 체력이 받쳐줘 오래 서서 일을 할 수 있는데 나이가 들면서 체력적으로 힘든 것이 사실이었다. 그리고 근무 시간이 불규칙하고 주말에도 일을 해야 해서 가정이 생기고 아이가 생기면 일을 유지하기가 쉽지 않았다. 그래서 난 판매 사원들이 오래 일을 해 점장이 되고 점장의 역할을 잘 해내면 사무직으로 전환을 시켜 나중엔 사무직으로 일할 수 있는 비전을 만들어주고 싶었다. 매장 관리 슈퍼바이저나 판매 사원들을 교육시키는 트레이너와 같은 사무직 포지션을 외부에서 채용하지 않고 내부의 점장들에게 맡겨보고 싶었다.

"우리도 그렇게 해보려고 했는데 결국 안 되더라고."

다른 브랜드 사람들의 의견이 대부분 부정적이었다. 다들 그 시도를 해봤지만 사무 업무 능력과 경력이 전혀 없는 판매 사원에게 사무 업무를 적응하도록 하는 것이 쉽지 않다고 했다. 나 역시 그걸 모르는 것은 아니었다. 매장에서 제품 판매를 주로 하던 직원이 사무실에 들어와 하루 종일 앉아 엑셀과 파워포인트 같은 컴퓨터 프로그램을 사용하고 회사 내 전산 프로그램을 사용해 많은 것들을 분석해야 하는 것이 하루아침에 될 리가 없었다. 하지만 누구에게나 처음은 있고 일은 배우면 된다. 난 중요한 것은 배우고자 하는 사람의 의지라고 생각하기 때문에 하고자 하는 의지가 있다면 어떻게든 가르쳐 해낼 수 있게 만들어보고 싶었다. 하지만 만약 당사자의 의지가 없다면 의지가 없는 사람을 굳이 억지로 만들고 싶지는 않았다.

난 이 계획을 판매 사원들과 점장들에게 알렸고 내가 먼저 기회를 주고 싶던 점장 아이린과 면담을 했다. 아이린은 점장의 경력이 가장 많았고 경력이 많은 만큼 나이도 점장 중 가장 많았으며 그 동안의 성과와 평판 역시 좋았다. 나 역시 그녀가 믿음직스러웠기 때문에 판매 사원들에게는 큰 언니 같은 존재인 그녀에게 가장 먼저 길을 열어주고 싶었다.

"아이린, 할 수 있겠어?"

"네, 저도 해보고 싶어요."

"그런데 사무직으로 전환되면 급여가 줄어들 거야. 알고 있지? 판매 사원은 판매 목표 달성에 대한 인센티브가 있지만 사무직은 없거든."

"네, 알고 있어요. 괜찮아요. 저도 이제 수입은 좀 줄어도 사무직 시간으로 일하고 싶어요. 애도 많이 커서 저녁이나 주말에 같이 해주고 싶은 것들이 많아지고 있거든요."

"그럼 지금부터 매장 사무실이나 집에서 엑셀, 파워포인트 같은 프로그램을 많이 배워야 해. 일도 바쁘고 가정도 돌봐야 하는데 괜찮겠어?"

"그런 건 제가 당연히 준비해야죠. 그래서 저 학원 다닐 생각이에요."

"뭐? 이거 때문에 학원까지 다니겠다고?"

"물론이죠. 학원에서 잘 배워서 일도 잘하고 싶어요. 대신 한 가지 부탁만 들어주세요."

"응, 얘기해봐."

"학원 수업이 있는 날은 고정으로 오전조 근무를 할게요. 그래야 마치고 학원 수업을 들을 수가 있어요. 오후조는 매장 닫는 시간에 퇴근하니까 그 시간까지 하는 학원이 없어요."

"이렇게까지 의지가 있는데 내가 그 정도는 지원해 줘야지! 수업에 지장 없이 근무 스케줄 짜. 그건 아이린이 알아서 관리해. 내가 슈퍼바이저한테 얘기해둘게."

"네, 감사해요. 그거만 해주시면 전 오케이예요."

난 아이린에게 충분한 시간을 줬고 그녀는 일과 수업을 병행하며 아주 열심히 미래를 준비했다. 그리고 마침내 내가 조직의 비전 중 하나로 그림을 그렸던 판매 사원과 점장을 거쳐 올라온 슈퍼바이저가 탄생했다. 하지만 그녀의 사무직 적응은 쉽게 이뤄지지 않았다.

아이린이 학원에서 배운 것과 실무에서 쓰이는 것은 분명한 차이가 있었다. 그래서 여전히 다른 슈퍼바이저로부터 배워야 할 것이 많았고 그만큼 실수도 많았다. 이런 것들이 반복되면서 아이린은 다른 슈퍼바이저들과 잦은 마찰이 생겼고 급기야 따돌림을 당하는 상황에 이르렀다. 아이린은 하루하루 매우 힘들어 보였다. 매장에서는 점장이자 큰 언니로서 매장도 잘 운영하고 매장 직원들도 잘 따라오게 했던 그녀가 사무실에서는 전혀 능력을 발휘하지 못했고 다른 직원들에게 배척까지 당하고 있었다. 난 이 모습을 보면서 내가 괜한 욕심을 부려 매장에서 잘하고 있는 아이린을 사무실로 불러들여 커리어를 망쳐놓은 것 같아 미안한 마음이 들기도 했다. 하지만 난 이 문제에 개입하지 않았다. 내가 개입하는 순간 다른 직원들이 아이린을 편애한다고 오해할 수도 있다는 생각이 들었고 그렇게 되면 그녀들 간의 골이 더 깊어질 수도 있기 때문에 아이린을 조용히 불러 면담을 했다.

"안 하던 일 하니까 많이 힘들지? 해보니까 어때?"

내 질문에 아이린은 그동안 참았던 울음을 터뜨렸다.

"흑흑흑…. 죄송해요. 저 더 이상 못하겠어요. 너무 힘들어요. 흑흑…."

"그래, 그 마음 이해해. 그럼 다시 매장으로 보내줄까?"

"아니에요. 다시 매장으로 가고 싶지는 않아요. 저 그만둘게요. 대표님이 저 생각해주셔서 이렇게까지 해주셨는데 정말 죄송해요. 정말 죄송해요…"

브랜드 시작 초반부터 지금까지 함께 일해 준 아이린은 그렇게 사직을 하면서 회사를 떠났다. 결론적으로 나의 '매장 직원들에게 비전 만들어주기.' 계획은 실패로 돌아갔다. 아이린의 일화는 삽시간에 매장 직원들 사이에 퍼졌고 이 얘기를 들은 매장 직원들은 내 바람과는 정 반대로 사무직에 대한 공포심을 가지게 되었다.

지금 그때를 생각해보면 안타깝기 짝이 없다. 그 당시의 내가 이 비전 만들기에 대해 체계적으로 준비하지 못했다는 생각도 든다. 그때 내가 이 프로세스를 더 체계적이고 디테일하게 만들었다면 이 문화가 확실히 자리 잡히지 않았을까? 난 이 부분을 완성시키지 못한 것에 대한 여전한 아쉬움이 있다. 직원들이 장기적으로 목표를 가지면서 오래 일할 수 있는 '더 큰 회사'를 만들지 못하고 떠났기 때문에 이것에 대한 결핍은 아마도 계속 남아있을 것 같다.

싱가포르 전체 16개 직영점 오픈. 싱가포르 뷰티 브랜드 TOP 3 그리고 고객 선호도 1위. 그리고 내가 행복하게 일했던 곳 1위. 난 싱가포르에서 많은 업적과 경험을 만들게 되었다. 난 30대의 대부분의 시간을 싱가포르에서 보냈고 향후 시간이 더 지나 내 인생의 마지막에 닿아갈 때 역시 다시 돌아봐도 선명한 추억으로 남아있을 시간들이다. 좋은 나라에서 좋은 성과를 냈고 좋은 사람들을 만나며 좋은 시간을 보냈다. 물론 스트레스도 심했고 나쁜 일, 슬픈 일도 있었지만 싱가포르에서의 주재원 경험은 분명 찬란한 경험이었다. 첫 회사의 싱가포르 주재원을 마무리하고 귀국하면서 다시는 가지 않겠다고 다짐한 그곳에 이직한 회사의 주재원으로 다시 가게 되었고 다시는 가지 않겠다는 그곳은 다시는 잊지 않겠다는 곳으로 바뀌었다. 싱가포르에서 나에게 찬란한 시간을 선물해 준 모든 내 사람들에게 감사의 말을 전한다.

약 7년 반이라는 시간을 싱가포르에서 지냈고 난 이제 떠날 준비를 해야 했다. 싱가포르라는 작은 도시 국가에 전혀 다른 두 개 업종의 브랜드를 론칭했고 한 브랜드는 나와 함께 성장했다. 긴 시간을 싱가포르에 머물면서 난 그들처럼 되려고 했다. 그들의 사고방식을 이해하고 문화를 함께 공유하며 이 사회에 흡수되기 위해 노력했다. 아니, 어쩌면 노력이라는 말은 어울리지 않는 것 같다. 왜냐하면 순전히 내가 원해서 그렇게 한 것이니까.

난 비록 외국인이지만 그들의 정서와 문화를 모두 받아들였고 일하는 방식 역시 한국 기업의 방식을 강요하지 않았다. 그리고 나는 주변의 다른 주재원들이나 글로벌로 나아가는 본사 사람들도 그렇게 해주길 바랐다. 하지만 이런 것들은 한 사람의 희망만으로는 달라질 수가 없었다.

한 번은 본사에서 출장자가 왔는데 공교롭게도 그날 출장자와 미팅을 하기로 한 내 직원이 몸이 아파서 병가를 냈다. 그래서 내가 대신해서 출장자에게 사과를 했다.

“죄송해요. 비행기까지 타고 오셨는데 오늘 몸이 좀 안 좋다고 하네요. 그래서 병가를 냈어요. 대신 오늘 다른 일정 먼저 보시고 내일 미팅하셔도 괜찮을까요?”

“네, 그렇게 하는 건 별 문제없어요. 그런데 얼마나 아프기에 병가를 냈어요?”

“감기 기운이 좀 있나 봐요. 열이 좀 난다고 하더라고요.”

“네? 고작 감기 기운으로 미팅을 잡아놨는데 병가를 내요? 이 직원 분 원래 자주 이러세요?”

본사에서 온 출장자는 감기로 병가를 냈다는 것에 어이가 없다는 듯 한 표정으로 내 직원을 내 앞에서 깎아내리려고 했다. 난 그 어이없는 표정에 더 어이없다는 표정으로 말했다.

“멀리서 오셨는데 일정이 바뀌어서 언짢으신 건 저도 이해하고 그건 제가 대신 사과드릴게요. 그런데 고작 감기라니요? 아프면 쉬는 게 맞는 거죠. 그걸 참고 억지로 나와서 일하는 게 더 아닌 거죠. 우리 사고가 잘못된 거예요. 싱가포르는 원래 병가를 쉽게 쓰는 사회예요. 사람 건강이 우선이니까 그렇게 만든 제도고 또 그걸 당연히 마음껏 사용하도록 노동법이 그렇게 되어 있어요. 그렇게 살아온 사람들한테 우리처럼 쓰러져도 사무실에서 쓰러지라고 하는 건 잘못된 거죠. 그리고 우리도 바뀌어야 하고요.”

“아…. 그렇군요. 이제 정말 외국인 다 되셨네요.”

출장자는 ‘외국인 다 됐다.’라는 칭찬인 듯 칭찬 아닌 말로 되받아쳤지만 난 크게 개의치 않았다. 왜냐하면 이런 말을 수도 없이 들어왔기 때문이었다.

난 싱가포르에 살면서 싱가포르의 많은 것들이 좋았고 역시 선진국이라는 감탄이 자주 나왔다. 그리고 나 역시 그 좋은 것들을 배우고 따르며 살았다. 방금 얘기했던 병가도 그 중의 하나이다. 싱가포르는 병가를 휴가처럼 쓸 수 있다. 정말 조금만 아파도 병가를 낼 수 있었고 그걸 욕하거나 부정적으로 바라보는 사람이 없다. 왜냐하면 본인들도 그 병가를 쓰고 사회생활을 해왔으니까. 난 이 제도가 직원들의 휴가처럼 오용이 되던 남용이 되든 상관없이 사람을 먼저 생각하는 노동법이라 좋았다. 조금만 아파도 먼저 건강을 챙기게 하는 제도와 그것을 당연하다고 생각하는 사회. 아프면 죄인이 되고 정신력이 약하고 체력이 달리는 사람으로 보이는 사회가 아닌 곳. 병가뿐만 아니라 출산 휴가를 비롯한 모든 개인이 당연히 사용해야 하는 휴가에 대해서는 그 누구도 반려할 수도 없고 편견을 가지지도 않는 세상. 싱가포르는 그런 곳이었다.

하지만 안타깝게도 많은 한국 기업들은 이런 세상을 거부했고 받아들이더라도 현지인들에게만 인정하는 경우가 많았다. 싱가포르라는 같은 사회에서 그리고 같은 사무실에서 일하지만 한국 기업은 누가 시키지 않아도 한국인과 현지인을 명확하게 갈라놓고 대우를 다르게 했다. 이 악습은 싱가포르에서 뿐만 아니라 향후 내가 중국 상하이로 근무지를 이동해서도 마찬가지였다. 나라가 어디냐를 막론하고 한국 사람은 한국 사람에게만 엄격했다.

싱가포르는 예전에 영국령이었던 영향이 있어서 인지 대부분이 화교의 동양인이지만 서양식의 마인드를 가지고 있었고 많은 시스템이 영국식을 답습하고 있었다. 처음엔 나도 이런 것들이 불편했지만 시간이 지나면서 차츰 더 좋다는 걸 많이 느낄 수 있었다. 싱가포르 노동 사회의 또 한 가지 부러운 것이 일이 휴가를 막을 수 없다는 것이었다. 싱가포르 사람들은 새해가 다가오면 자신의 새해 휴가 계획을 모두 세우고 모든 휴가에 대한 비행기 표도 미리 사 둔다. 자신이 떠나고자 한 날에 무슨 일이 생기던지 떠나겠다는 의지가 담겨 있는 것이다. 그리고 대부분의 회사는 그것에 대해 휴가를 취소하라고 강요하거나 벌써부터 휴가 갈 생각부터 하냐는 식의 꼬인 시선으로 개인을 바라보지 않았다. 싱가포르는 일보다 개인의 생활이 우선시 되는 사회이기 때문이다. 누군가 나에게 왜 일을 하냐고 묻는다면 내 대답은 오로지 하나다.

'나는 놀기 위해서 일한다.'

만약 내가 일을 하는데도 놀지 못한다면 난 그 일을 당장 그만둘 것이다. 물론 이 철학은 내 개인이 가진 일에 대한 철학일 뿐이다. 세상에는 여러 가지 이유로 일을 하는 사람들이 있다. 그 여러 가지 이유 중 나는 '놀기 위해서'라는 이유를 가장 선두에 두고 있다는 뜻이다.

"휴가? 왜? 무슨 일로?"

이런 질문을 받으면 싱가포리안들은 왜 이런 걸 물어보는지 이해를 못했다. 내가 법적으로 가진 정당한 내 휴가를 쓴다는데 왜 지극히 개인적인 사유를 타인에게 말해야 하는지 이해가 안 간다는 얘기를 많이 들었다. 나도 이해가 안 가는 건 마찬가지였다. 내가 내 휴가를 쓰는데 왜 죄인처럼 구구절절 설명해야 하고 상대방에게 내가 휴가를 쓸 수밖에 없음을 거짓말이라도 해서 납득을 시켜하는지 이해가 가지 않았지만 그런 행동을 요구하는 사람이 생각 외로 많았다. 뭐, 알고 싶은 사람이 내게 휴가비라도 챙겨주면서 물어보면 대답해 줄 수도.

난 싱가포르에서 살고 일하면서 스스로 외국인 다 됐다고 인정했다. 이건 그렇지 않은 날 완전히 노력으로 개조한 것이 아니라 이런 문화를 좋아했던 내가 내 세상을 만난 것이었기 때문에 내가 외국인이 되는 길은 그다지 힘든 길이 아니었다. 물론 외국 문화가 무조건적으로 다 좋다는 것은 아니다. 당연히 안 좋은 것들도 있고 불편한 것들도 있다. 여기서 내가 얘기하고 싶은 것은 그들이 가진 것을 우리 것으로 덮거나 가리려고 하지 말라는 것이다. 당신이 그 나라에 갔음에도 불구하고 당신의 생각에 그들 다수를 맞추게 하지 말라는 것이다. 당신 하나만 바뀌면 되는데 왜 굳이 다수를 바꾸려고 시간과 노력을 낭비하는지?

"나? 벌써 적응했지! 내가 누군데! 뭐 외국이라고 다르냐? 난 무인도에 가도 적응해! 크하하!"

당신은 적응하지 못했다. 앞으로도 쭉 부적응자로 살 것이다. 왜냐하면 다수의 현지 동료들이 당신에게 적응을 못하고 있으니까. '적응'이라는 단어는 결코 이기적인 단어가 아니다. '맞을 적'과 '응할 응'. 맞음에 대한 응답이 있어야 하는 것이다. 그래서 적응은 나만 불편함이 없이 지내면 되는 것이 아니라 서로가 불편함이 없이 지내야 하는 것이다. 앞으로 당신이 글로벌 시장으로 나가게 된다면 부디 잘 '적응'하길 바란다.

난 싱가포르에서 많은 것을 배우고 느끼고 경험했다. 그리고 싱가포르라는 나라와 싱가포리안이라는 사람들을 더 자세히 알아가려고 노력했다. 이런 시간과 노력을 바탕으로 싱가포르 주재원을 하면서 내 성격과 생각도 꽤 큰 변화들이 있었고 내 스스로도 만족하는 시간을 보냈다. 그리고 난 2019년 1월 중국 상하이로 근무지를 옮기게 되었다. 회사는 또 다른 임무를 나에게 부여했고 난 또 새로운 곳에서 새로운 일을 시작하게 되었다. 난 또 새로운 나라와 사람들에게 '적응'해야 했다.

7장. 주재원이 되어 돌아오다

#중국, 재회

2007년. 베이징 어학연수를 마치고 떠났던 중국에 나는 주재원이 되어 정말 다시 오게 되었다. 어학연수 당시 내가 부러워했던 주재원 형이 나에게 했던 '그럼 너도 주재원 해봐.'라는 말이 반복 재생처럼 상기되면서 나도 모르게 뿌듯함을 느꼈다. 물론 나는 주재원이 처음도 아니고 이미 오랜 시간을 주재원이라는 이름표를 달고 살았지만 막상 중국에 이 이름표를 달고 들어오니 감회가 또 새로웠다.

비록 오래 전이고 상하이가 아닌 베이징에 살았지만 나는 내심 지금의 상하이도 예전의 베이징과 크게 다를 것이 없을 거라고 생각했다. 그래도 내가 한 번 살아봤던 나라이고 언어 문제도 전혀 없기 때문에 큰 문제가 없을 것이라고 자신했는데 12년 만에 돌아온 중국은 세월에 비례, 아니 기하급수적으로 발전했고 완전히 다른 세상이 되어 있었다.

중국에 막 왔을 때 난 거의 원시인처럼 아무것도 할 수 없었다. 중국 핸드폰 번호가 없으면 은행 계좌를 열 수도 없었고 은행 계좌를 열지 않으면 알리페이(Alipay)나 위챗페이(Wechat pay) 같은 전자 지불 시스템을 사용할 수 없었다. 중국은 마치 무현금 도시 같았다. 초반에 며칠 현금을 들고 다닐 수밖에 없었는데 현금을 주면 거의 모든 점원이 지폐처럼 인상을 구기기가 일쑤였고 거스름돈이 없다고 하는 경우도 다반사였다. 중국의 거의 모든 지불은 핸드폰에 저장된 전자 지불로 대체되어 있었고 나처럼 갓 중국에 온 사람이나 단기 여행자들은 엄청난 불편을 겪을 수밖에 없었다.(농담이 아니라, 거지조차도 스마트 폰을 내놓고 QR코드로 돈을 달라고 구걸하고 있을 정도다.) 나 역시 전자 지불 시스템을 가진 후로는 단 한 번도 현금을 들고 밖으로 나간 적이 없었다.(신용카드도 만들 필요가 없다.) 그러므로 인해 지갑은 고스란히 서랍에 감금당하게 되었다. 모든 것이 스마트 폰으로 해결되는 거의 완벽에 가까운 전자 지불 세상이었다.

그리고 또 한 가지는 VPN이다. 중국 정부에서 외국 메신저와 SNS 플랫폼을 거의 모두 막아놨기 때문에 중국에 거주하는 사람들은 카톡이나 유튜브, 구글 등의 SNS 플랫폼을 사용할 수 없었다.(많은 웹사이트도 안 된다. VPN을 켜고 한국 웹 사이트에 글을 올릴 때마다 속도가 엄청나게 느려서 속이 터진다. 거의 3G보다 좀 더 느린 속도.) 그래서 이것들이 필요한 사람들은 유료 VPN을 구매해서 IP주소를 중국 외 국가로 우회시키는 방식으로 SNS를 사용했다. 이것은 여간 스트레스가 아니다. 속도도 느릴뿐더러 VPN을 켠 상태로 중국 앱을 쓰면 중국 앱의 속도가 느려진다. 그래서 VPN을 껐다 켰다를 반복해야 하는 엄청 난 불편함이 있다. 그리고 중국 내에서는 VPN이 불법으로 취급되기 때문에 고객이 미리 1년 치 선불을 내고 사용하는 도중에 업체가 단속에 적발되어 말도 없이 환불도 없이 업체가 사라지는 경우도 있었다. 하지만 그럼에도 불구하고 나 같은 외국인들은 이렇게라도 VPN을 사용해야 했다. 그래야만 자국에 있는 사람들과 연락이 가능하고 우리가 접하고 살아온 유튜브와 같은 SNS 매체를 즐길 수 있기 때문에 필수적인 요소이다. 한국에 있는 모든 친구들에게 '나 중국이니까 위챗 앱을 깔아서 연락해.'라고 할 수 없기 때문에 목마른 사람이 우물을 파야했다.

아무리 중국에 살았었고 중국어가 불편함 없이 되는 나지만 새로운 변화에는 적응이 필요했다. 이제 싱가포르에서 느낄 수 없었던 사계절의 변화를 느길 수 있었고 그래서 그동안 거의 살 필요가 없었던 겨울옷과 이불을 사기도 했다. 이렇게 내가 스스로 적응해야 하는 환경에 대한 것들은 언제나 빨리 적응할 수 있지만 문제는 새로운 조직에 대한 적응이 관건이었다. 싱가포르 조직에서의 나와 상하이 조직에서의 나는 많이 달랐다. 싱가포르에서 나는 한 브랜드의 대표이자 리더였고 큰 그림을 그리며 결정을 하고 책임을 지는 임무를 맡았지만 상하이에서 나는 한 팀의 팀원이자 내게 주어진 내 일에 집중해야 했다.

난 싱가포르에서 리더의 역할을 맡으며 그 나라를 더 잘 이해하고 그 나라 사람들의 역사를 알기 위해 그 나라 사람들이 존경했던 리더이자 싱가포르 건국의 아버지라 불리는 '(古)리콴유' 전 총리의 자서전 '일류 국가의 길'을 완독하며 공부할 정도로 내 모든 역량과 시각을 리더의 눈높이에 맞추어 학습하고 체득했다. 그리고 나는 언제나 더 큰 회사를 만들기 위해 애썼고 항상 비전을 제시하고 큰 그림을 그리며 조직을 이끌었다. 그렇기 때문에 내게는 항상 새로운 날들의 연속이었고 도전과 시험의 반복이었으며 브랜드의 성장이 눈에 보이는 다이내믹한 시간들이었다. 그렇게 전 직장 경력을 합쳐 약 7년을 리더로 일한 내가 이제 완전히 반대의 시각에서 바라봐야 하고 누군가에게 결정을 받아야 하며 나만의 작은 그림을 그려야 하는 임무를 맡게 된 것이다. 어떻게 보면 마치 좌천된 사람처럼 보일 수 있지만 조직의 규모와 사업의 특성 상 어쩔 수 없는 것이었다.

상하이의 조직은 한국 본사만큼 거대했기 때문에 난 마치 중소기업에서 대기업으로 이직을 하는 것과 다를 게 없었다. 내가 키워갔던 싱가포르 조직은 판매 직원까지 모두 다 합쳐도 100명이 채 되지 않는 규모였지만 중국 조직은 사무직원만 200명이 넘었고 전국의 판매 직원까지 합치면 1,000명이 훌쩍 넘었다. 그렇기 때문에 내 업무가 달리진 것에 대한 거부감은 없었지만 다소 걱정은 되었다. 왜냐하면 내가 업종을 바꿔 이직을 하며 느낀 변화를 비유하자면 티셔츠를 입다가 셔츠를 입는 느낌이었는데 이번 변화는 사이즈가 큰 옷을 입다가 작은 옷을 입는 느낌이었기 때문이다. 티셔츠를 입다가 셔츠로 갈아입으면 그에 어울리는 신발과 바지 그리고 액세서리를 잘 찾아서 다시 어울리게 코디를 하면 된다. 하지만 작은 옷은 억지로 욱여넣어야 하고 설사 그렇게 입었다 해도 움직임이 불편하기 짝이 없다. 참고 입을 수는 있겠지만 몸에 비해 작은 옷은 언젠가 뜯어져 버릴 수 있는 위험이 있다. 그렇기 때문에 갑자기 작은 옷을 받은 나는 적지 않은 걱정을 했다.

이것은 내가 대표라는 위치에서 담당이라는 위치로 내려와 기분이 나쁜 것이 아니라 내가 오래 해왔던 일, 그리고 오랫동안 잘하고 있던 일에 대한 자신감이었고 앞으로 더 잘 해보고 싶었던 아쉬움이었다. 하지만 어쩌겠는가? 회사원은 회사의 방침을 따라야 하고 회사라는 조직 내에서 내가 하고 싶은 일을 하며 회사를 다니게 되는 확률은 그리 크지 않은 것을. 게다가 회사라는 곳 자체를 다니고 싶어서 다니는 사람도 많지 않은 것을. 아무 근거도 없는 마치 월드컵 주기 같은 4년이라는 주재원의 임기 기준을 만들고 그 사람의 특기와 적성을 전혀 고려하지 않는 인사를 단행하는 것이 회사의 인사팀인 것을.

난 상하이에서 신사업인 가맹 프랜차이즈 전략 업무를 맡게 되었다. 우리 브랜드가 중국 시장에서 처음 시도하는 가맹 사업의 기준과 계약서를 만들고 가맹 프랜차이즈 업체를 찾아 쌍방이 좋은 조건으로 계약을 해내 중국에 더 많은 매장을 오픈해야 하는 일이었다. 한 마디로 우리 브랜드 권한을 중국 업체에서 사서 매장을 내고 운영하게 하는 시스템을 만들어야 하는 것이었다. 그리고 이미 직영점이 대도시는 다 들어와 있어서 가맹점 방식의 확장을 목표로 한 도시는 중국의 소도시(소위 중국의 3선, 4선 도시)들이었다. 그래서 난 중국 사람도 안 가본 중국의 3, 4선 도시를 출장으로 다녀야 했고 색다른 경험을 많이 하게 되었다. 이렇게 난 좀 작아진 새 옷을 입고 새로운 공간에서 새로운 일을 하기 시작했다.

#다르지만 같았다.

상하이 법인은 내가 있던 싱가포르 법인과는 많은 것들이 달랐다. 이곳은 서울 본사만큼 사람이 많았고 내가 하는 일도 달랐으며 이미 기존에 있는 주재원들도 상당히 많았다. 난 이미 연차가 꽤 높아진 상태에서 상하이로 왔기 때문에 날 그다지 반기지 않는 사람도 있었을 것이다. 왜냐하면 대부분의 회사 사람들에게 있어서 자신의 윗사람이 늘어나는 것보다 아랫사람이 늘어나는 것이 심적으로 편할 것이기 때문이다. 싱가포르에서는 내가 시작점이었고 모두 내가 뽑은 직원들이었지만 이곳에서 나는 중간에 끼어 들어온 이방인과 같았다. 앞 장에서 언급했었던 '사람은 변화를 좋아하지 않는다. 다만 변화가 가져오는 혜택을 좋아할 뿐이다'의 내용을 기억한다면 어떤 상황인지 이해가 빠를 것이라 생각된다.

하지만 그와 반대로 장점도 있었다. 파견된 본사 주재원이 많으니 같은 언어로 공통적으로 고민하는 것들을 얘기할 수 있는 사람이 많았고 얼굴과 이름 정도는 알았지만 그렇게 잘 알지는 못했던 본사 선후배들을 알 수 있는 기회가 생겼다는 것은 좋은 점이었다. 하지만 이곳도 여느 한국 회사 문화와 마찬가지로 누군가 처음 조직에 들어왔을 때 엄청 환영을 해 준다거나 먼저 다가와주지 않는 것은 다를 것이 없었다.

난 이 새로운 조직에서 새로운 사람들과 적응하기 위해 특별히 노력하거나 애쓰지 않았다. 다만 내가 싱가포르에서 GM이라는 자리에 있었기 때문에 사람들이 나에게 가질 수 있는 편견, 나를 겪어보지 못했음에도 불구하고 그냥 내게 가지는 선입견은 내가 서서히 없애 나갔다. 그런 과정을 거치면서 나와 코드가 맞는 사람도 발견하게 되고 친구가 생기면서 새로운 곳에서 외롭지 않게 일할 수 있었다. 그리고 난 오자마자 단 시간 내에 해내야 하는 임무가 생기는 바람에 바쁜 나날을 보냈다.

내가 맡은 임무는 첫 가맹 프랜차이즈 사업의 모든 전략을 완성한 후 5월 내 첫 가맹점을 열 수 있도록 만드는 것이었다. 지금 생각하면 그건 정말 불가능한 오더였다. 왜냐하면 난 그 해 1월에 막 상하이에 왔고 오자마자 춘절 장기간의 연휴가 끼어 있어서 본격적으로 이 일을 시작하게 된 것이 2월인데 3개월 만에 새로운 사업에 대한 모든 전략을 완성한 후 프랜차이즈 권한을 양도할 회사를 찾으라는 것도 시간적으로 빡빡한데 게다가 매장까지 오픈하라는 것은 마치 SF영화 같은 얘기였기 때문이다. 국내에서 직영점 오픈 하나 하는 것도 이보다 시간이 더 걸리는 것을 중국에서 3개월 만에 끝내라고 내게 오더가 떨어진 것이다. 그렇기 때문에 난 춘절 연휴가 끝나자마자 정신없이 움직였다.

나는 프랜차이즈 사업을 먼저 진행해보기로 결정된 병마용의 도시 시안(西安, 서안)이 있는 샨시(陕西)성과 한국의 광주와 같은 이름으로 많이 들어 본 도시 광저우(广州, 광주)와 홍콩과 연결되어 있는 신진 도시 선전(深圳, 심천)이 있는 광동(广东)성을 출장으로 오가며 많은 시간을 보냈다.

비즈니스로는 처음으로 마주하게 되는 중국인들과 내가 가보지 않은 지역에 대한 호기심이 교집합 되며 나는 오묘한 기분이 들었다. 유학생으로만 있던 중국에 내가 다시 돌아와 중국의 이곳저곳을 누비며 일을 한다는 자체로 감회가 새로웠다. 나는 이런 기분을 안은 채 중국에서의 첫 출장으로 샨시성에 있는 프랜차이즈 후보 업체를 만나러 시안으로 떠났다.

서로의 계약 조건에 대해 얘기를 해야 하고 계약의 성패를 만들어가는 과정에 있는 첫 출장이라 나는 새삼 꽤나 긴장이 되었다. 예전에 이미 중국에서 생활하고 공부를 한 나이고 나름 해외 주재원으로 이미 몇 년을 일했음에도 불구하고 내게 처음인 것들 투성이었다. 시안도 처음 가는 도시이고 중국 내에서 출장도 처음이고 지금 맡은 일도 처음 하는 것이고 중국 사업가들과의 미팅도 처음이었다. 마치 신입사원으로 돌아간 느낌이 들면서 내심 걱정이 되기도 했다. 이 무시무시한 중국 상인들과 해야 하는 줄다리기와 도수 50도를 오가는 바이지우(白酒, 백주)를 마셔야 하는 술자리를 내가 감당할 수 있을까라는 생각이 들었기 때문이다. 아니나 다를까 시안에 도착해 후보 업체 대표, 임원진과 시작된 점심 식사 테이블에 이미 술이 올라와 있었다.

샨시성의 시안은 여전히 전통적인 문화 색을 고수하고 있어 상하이와는 많이 다른 느낌이었고 사람들 역시 손님을 대하는 예의에 대한 관념이 전통적이었다. 손님이 오면 배불리 먹이고 취하게 마시는 것과 같은 철학으로 이들과의 식사 자리에는 술이 빠지지 않았다. 사실 중국에서 흔히 말하는 비즈니스에서 중요한 꽌시(关系, 관계)라는 것이 다 이런 시간의 터널을 지나 쌓여가는 것이다. 많은 사람들이 오해를 하고 있는 것이 금전적인 것들을 뒤로 주면서 꽌시가 쌓인다고 생각하는 것인데 그런 꽌시는 사상누각처럼 오래가지 못하는 경우가 대부분이다. 실제로 서로 탄탄한 꽌시를 쌓으려면 서로 부딪히는 시간을 많이 가져야 한다.

게다가 내가 외국인이라서 그런지 그들은 음식이 나올 때마다 무슨 음식이고 어떻게 만들어졌는지 내게 설명을 해주었고 그 음식을 내가 먹어보고 나면 그들은 마치 요리 방송처럼 내가 맛에 대해 평가해주길 기다리기도 했다. 그리고 시안 첫 출장을 끝내고 공항으로 오기 전 그들과 점심을 먹으며 또 술을 마셨는데 공항으로 오는 택시 안에서 내내 잠이 들었고 공항 검색대 직원이 얼굴이 붉어진 나를 보고 '술 마셨어요?'라고 내게 물어 내가 '조금 마셨어요.' 라고 대답했던 기억이 있다.

광둥 성의 선전(심천)은 시안과 완전히 다른 분위기의 도시였다. 남쪽 지역에 있어서 언제나 날씨가 따뜻했고 도시 분위기도 사람들도 개방적이고 국제적이었다. 선전은 마치 싱가포르와 비슷하다는 느낌이 들 정도로 건물이 지어진 형태부터 도로까지 싱가포르와 매우 비슷한 분위기를 풍기고 있었다. 선전에 있는 프랜차이즈 대상 업체 사람들 역시 상당히 캐주얼한 느낌이었다. 그들은 옷차림부터 매우 자유로운 차림으로 미팅에 임했고 내가 싱가포르에서 겪었던 느낌들과 비슷해서 선전 출장은 다소 편안함을 느낄 수 있었다. 홍콩 사람인 회사 대표와 점심 식사를 함께 하면서 난 홍콩에 대한 공통사를 찾아 그와 많은 대화를 하려고 노력했다. 사실 출장 전에 오랜만에 홍콩 영화 한 편을 보고 갔는데 내가 그 영화 얘기를 꺼내자 때마침 이 홍콩인 대표도 그 영화를 보았다고 했다. 영화 내용이 이 홍콩인 대표 세대의 이야기라 그가 공감할 내용이었기 때문에 내가 꺼낸 영화 주제로 그와 꽤나 재밌는 대화를 나눌 수 있었다. 그리고 내가 어릴 때 즐겨봤던 홍콩 영화와 배우들에 대해 얘기하니 그들은 한국 사람들이 홍콩 영화를 좋아했었다는 사실에 놀라기도 했던 기억이 있다.

사실 외국인들과 비즈니스를 하면서 일적인 것 외에도 많은 얘기를 해야 하는 시간이 있는데 그런 주제를 찾기가 참 쉽지 않다. 그래서 나는 이런 것도 나름 준비를 해야 했고 내 준비가 잘 돼 있어야 그들과의 꽌시가 잘 쌓일 수 있었다.

이렇게 두 군데 출장을 다녀와서 나는 더 큰 고민에 빠졌다. 그것은 '5월 안에 이들과 계약하고 매장을 오픈할 수 있을까?'라는 고민이었다. 내가 직접 그들을 만나 술도 마셔보고 얘기해 본 결과 그들은 결코 만만치 않았기 때문이다. 철저히 계산기만 두드리는 이런 업체들을 상대로 내가 1개월 내에 계약 협상을 마무리하고 2개월 안에 매장을 오픈해야 한다는 것은 어떻게 봐도 불가능해 보였다. 내가 아무리 협상 쪽으로는 쌓은 내공과 경력이 많지만 주어진 시간이 짧은 사람에게 협상이란 언제나 불리하기 때문에 이번 건은 나 역시 자신이 없었다. '급하면 나쁜 수를 둔다.'는 바둑계의 명언처럼 급한 사람이 아쉽고 급한 사람이 상대에게 끌려 다닐 수밖에 없기 때문에 난 내심 '5월에 오픈은 절대 안 될 거 같으니 욕 한번 먹자.'라고 생각하며 스스로 내려놓고 있었다.

#소가 쟁기를 끈다?

난 출장으로 중국에서 3선, 4선으로 분류되는 소도시를 많이 다녀야 했다. 중국은 도시의 등급을 1~5선으로 나눠 구분하는데 1선이 우리가 흔히 잘 알고 있는 대도시인 베이징, 상하이, 광저우, 선전 이렇게 네 개 도시이다. 대부분 이런 대도시만 다녀 본 우리 같은 외국인들에게 3선, 4선 도시는 미지의 세계와 같았다.

"야, 그런 도시에 가면 아직도 소가 쟁기를 끈대."

회사 친구 하나가 내 출장 소식을 듣더니 큰일 났다는 듯 한 표정으로 내게 말했다.

"그리고 그런 곳에 가면 스타벅스도 없고 맥도널드 같은 매장도 없다던데 너 어떡하냐?"

내게 이런 말을 해주는 사람들이 대부분이었다. 많은 회사 동료들이 내게 얘기해 준 중국의 소도시를 묘사해보면 한국의 군 단위 지역과 다를 게 없는 모습이었다. 이 친구의 상상 100%를 토대로 한 중국 소도시 얘기가 끝나자 내가 그에게 되물었다.

"가봤어?"

"아니. 그런 곳에 갈 일이 없지."

"근데 어떻게 알아?"

"야, 감이지 감. 딱 보면 모르냐? 이런 중국에서, 그것도 소도시면 안 봐도 뻔하지. 너 거기 다니면 아마 엄청 개고생 할 거야."

역시 이 친구의 상상은 하나도 맞지 않았다. 중국의 소도시는 소도시가 아니었다. 소도시라고 분류되지만 면적이 경상남북도를 합친 크기의 시도 수두

룩하고 인구 역시 한국 몇 개 광역시를 합친 인구가 살고 있는 곳이 넘쳐났다. 스타벅스는 기본이고 맥도널드도 당연히 있었으며 지하철이 뚫려 있는 곳도 있었다. 중국의 소도시는 이미 많은 발전을 하고 있었고 사람들의 상상과는 달리 충분히 큰 시장이 되어 있었다.

'경험하지 않은 것에 대해 함부로 말하는 것은 겪어보지 않은 사람에 대해 함부로 말하는 것과 같다.'

내 철학은 이번에도 맞아떨어졌다. 경험해보지 않은 사람들이 상상으로 뱉는 말은 대부분 그 방향이 부정적이었고 크기가 부풀려졌으며 그 말에 대한 그들의 책임에 소홀했다. 겪어보지 않은 사람에 대해 얘기하는 방식도 크게 다를 게 없듯이.

난 이렇게 줄기차게 출장을 다니면서도 3개월 안에 계약을 성사시키고 매장을 오픈해야 했다. 쌍방이 서로의 이익을 견지하는 입장에서 서로가 만족할 수 있는 합의점을 찾는 것은 결코 쉬운 일이 아니다. 만약 이 일이 쉬운 것이었다면 이 세상에 '대립, 분쟁'과 같은 단어가 존재하지 않았을 것이다. 하지만 세상에 쉬운 일은 없고 쉽지 않은 일을 하기 때문에 월급이라는 보상을 받는 것이었고 그래서 나는 어떻게든 해내야 했다.

또한 협상은 말 한마디가 곧 구두 상의 계약이 되는 것과 같은 효력을 발생시키기 때문에 한 마디 한 마디에 신중함과 책임감을 실어야 한다. 그러면서 내 회사와 상대방의 중간의 위치에서 상대방과 우리를 동시에 설득하고 또 이해시키며 받을 건 받고 내줄 건 내주되 우리가 더 이익을 볼 수 있도록 만드는 것. 이것이 협상자가 해야 하는 역할이다.

난 싱가포르 사업을 시작한 후로 수많은 협상을 해왔고 항상 답안을 찾았던 경험이 있었고 이 경험은 이번에도 불가능 해 보이는 일을 가능하게 만들어줬다. 2월부터 준비한 가맹 신사업은 3월에 계약이 순조롭게 체결되었고 5월 말경 중국 내 가맹 1호점을 오픈할 수 있었다.

가맹 1호점 오픈을 시작으로 다른 업체와도 가맹 계약을 맺으며 매장도 늘어나기 시작했다. 상하이 법인에서는 일도 일이지만 나는 출장이 많아 정말 눈, 코 틀 새 없이 시간이 지나갔다. 이 조직은 규모가 크기 때문에 사람도 많았고 주재원의 수도 많았다. 그렇기 때문에 내가 작은 규모의 조직에 있을 때 작게 보였던 부분들이 이곳에서는 더 크게 보이기도 했다. 큰 조직이라서 그런지 회의가 많았고 그만큼 중국어가 되지 않는 사람들도 많아서 회의 시간은 현저히 길어졌다. 통역을 대동하는 회의는 두 단계를 더 거치기 때문에 일반 회의의 두 배 이상의 시간이 더 걸렸다. 발의자가 한국어로 말을 하면 통역이 그 말을 중국어로 전달하고 전달받은 중국인이 그에 대한 대답을 하면 다시 통역이 한국인 발의자에게 전달을 한다. 그렇기 때문에 회의의 시간이 길어지는 것이 불가피했고 시간이 길어짐에 따라 회의의 집중도가 약해지기 십상이었다. 그리고 그에 따라 주재원에게 책임과 과업이 편중되는 정도도 클 수밖에 없었다.

보통 팀마다 주재원이 한 명 정도는 다 들어가 있는데 해당 팀에 무슨 문제가 생겨도 현지인 담당을 찾기보다는 주재원을 찾았고 그에 따른 질책도 주재원이 받는 일이 다반사였다. 주재원이 해당 팀의 팀장도 아닌데 업무의 대부분을 주재원에게 통보를 하고 업무에 관한 얘기도 주재원에게 얘기해 팀에 전달하도록 하는 경우가 많았다. "이거 이렇게, 이렇게 하라고 가서 얘기해." 또는 "이거 누가 이렇게 한 거야? 너 이거 담당한 사람한테 가서 전해! 다신 이렇게 하지 말라고!" 하는 방식으로 주재원이 모든 것의 대타가 되는 일이 잦았다. 그리고 "이거 그냥 네가 하는 게 빠르니까 그냥 네가 후딱 해서 가져와." 또는 "중국 직원들 이런 거 잘 못 만드니까 네가 해."와 같은 업무 과중도 주재원들에게는 빈번한 일이었다.

사실 이런 일을 나는 싱가포르에서도 종종 봤지만 이곳에서는 더욱 자주 일어나고 있었고 그렇기 때문에 이곳 주재원들의 업무 스트레스는 타 국가보다 훨씬 컸다. 이 모든 문제의 발단은 윗사람 입장에서는 언어가 같은 한국 사람에게 말하는 게 편하기 때문이었다.

싱가포르는 영어권 국가에도 해당하기 때문에 주재원들이 비록 잘은 안 되는 영어지만 그래도 정규 교육 과정을 통해 배운 경험이 있어서 현지인들과 어떻게든 소통하려고 하는 모습이 보이기도 했는데 중국어는 그렇게 될 수가 없었다. 난 이 법인에서 또 한 번 이런 비효율을 보면서 주재원을 선별하는 기준에서 있어서 언어는 단연 첫 번째 기준이 되어야 하는 것이 옳다는 내 신념이 맞았음을 재차 확신하게 되었다.

그리고 보통 막 부임을 해 온 신규 주재원들은 초반 몇 달은 학원을 가거나 과외도 받으면서 아주 의욕적으로 중국어를 배우려는 의지를 불태우다가 금세 그 불씨가 꺼지며 책을 덮어버리는 경우가 대부분이었다. 회사에는 통역이 있고 집 주변은 흔히 말하는 한인촌이라 생활에도 큰 불편함이 없는 것을 느끼기에 주재원들은 더더욱 언어를 배울 필요성을 느끼지 못했다. 하지만 내가 생각하는 언어의 가치는 단순히 일을 얘기하고 물건을 살 때 필요한 수단이 아닌 사람과 사람 간의 유대감을 만들어 주는 감정의 다리이기 때문에 다소 귀찮고 바쁘고 어렵더라도 현지 언어를 꼭 배워보라고 추천하고 싶다. 그럼 당신에게 또 다른 세상이 열릴 것이라고 확신하니까.

#그와 그녀의 사정

보통 해외 주재원으로 선발되어 보내지는 사람들은 어느 정도 국내에서 경력이 있는 사람들이기 때문에 보통 연차가 3년차 이상부터 팀장급, 임원급까지 다양하다. 내가 싱가포르에 근무할 때에는 내가 관리하는 브랜드는 나 혼자였고 다른 브랜드 주재원들은 대부분이 결혼한 남자 직원들이었기 때문에 개인 별로 다양한 속사정이나 고민을 들을 기회가 거의 없었다. 하지만 새로 부임해서 온 중국은 법인은 규모가 큰 만큼 사람도 많았고 주재원도 많아 처한 상황과 고민이 다 제 각각이어서 다양한 생각을 직접 들을 수 있었다.

대학을 졸업하고 외국에 1~2년 정도 연수를 갔다가 입사해 3년 이상 경력을 쌓으면 보통 여자는 20대 후반에서 30대 초반이고 남자는 30대 초반에서 중반이 된다. 이때 그들이 주재원으로 선발이 되어도 마냥 웃으며 좋아할 수도 없기 때문에 선뜻 해외로 가겠다고 응할 수 없었다고 한다. 그들이 이렇게 말하는 가장 큰 공통적인 이유가 사회적 규정처럼 고착화 된 소위 말하는 '결혼 적령기'가 되었기 때문이라는 것이었다. 그리고 이 결혼 적령기가 된 여자들의 고민이 남자들보다 훨씬 크다는 것을 알 수 있었다.

주재원으로 한 번 나가게 되면 기본적으로 4년은 해당 국가에 있어야 하고 그 이상이 될 수도 있다. 그럼 어느 정도 회사 경력이 쌓인 여자가 20대 후반에 해외에 나가면 해외에서 30대 중반이 될 것이다. 그리고 막상 지금 그렇게 되어 있는 해외 주재원 여자 선배들을 보면 대부분 결혼 스트레스를 받는다는 것이었다. 게다가 파견 전에 이미 교제를 하고 있는 남자 친구가 있으면 파견에 대한 결정은 더욱 어려워진다. 해외로 나가면 현실적으로 교제를 이어가는 것이 쉽지 않고 그렇다고 회사가 자신에게 준 이런 좋은 기회를 그냥 포기하는 것도 너무 아쉽다. 그래서 20대 후반이나 30대 초반에 주재원으로 나온 그녀들은 그 당시 이 문제에 대한 고민이 가장 컸다고 한다. 그리고 주재원 후보자가 되고 나서 회사에서 인터뷰를 하고 확정이 될 때까지 몇 가지 과정을 거치는데 회사 역시 이런 문제에 대한 다소 거북한 질문을 그녀들에게 던졌다고 한다.

"주재원으로 나가시게 되면 갑자기 결혼하게 됐다고 복귀한다고 그러시지는 않으실 거죠? 보통 여자 분들이 그런 경우가 많거든요."라고 묻거나 "지금 만나는 분이 있다고 하셨는데 헤어지고 가실 건가요?"라는 지극히 개인적이고 민감한 질문을 받아 그녀들은 상당히 불쾌했었다고 한다.

물론 회사에서 주재원이라는 인원을 선발, 파견 그리고 그들이 현지에서 근무를 하는 과정까지 그들에게 적지 않은 시간과 비용을 투자하는 것은 사실이다. 그래서 그런 인원이 개인적인 사정으로 인해 조기 국내 복귀를 하게 되면 회사에게는 큰 손실이기 때문에 회사 입장에서는 이런 부분을 걱정할 수 있다는 것은 이해하지만 해외로 나가게 되는 당사자가 가장 이 문제로 머리가 아플 것이라는 배려가 전혀 깔려있지 않다는 것은 매우 아쉬운 부분이다.

혹자는 이런 고민에 대해 '배부른 고민이다.' 또는 '해외까지 보내주는데 그게 중요해?'라는 생각을 할 수 있을지 모르겠다. 하지만 **고민의 무게는 짊어지는 사람마다 그 무게가 다르다. 어떤 문제가 나에게는 별로 중요한 문제가 아닐 수도 있지만 타인에게는 엄청난 문제로 다가올 수도 있다.** 내가 보기엔 별거 아닌 평범한 열쇠고리인데 그 사람에겐 엄청난 의미가 담겨있어 그 어떤 것보다 소중한 열쇠고리인 것처럼. 내가 가지고 있는 것에 대한 모든 가치는 타인이 함부로 매길 수 없다.

결국 주재원을 선택해서 해외로 나온 미혼 여성들의 걱정은 현실이 되어갔다. 해외에 나오니 새로운 사람을 만날 수 있는 기회가 현저히 적어졌고 더군다나 그래도 결혼은 한국 사람과 하고 싶은 생각이 확고한 사람은 그 기회가 더더욱 줄게 되었다. 종종 장거리 연애를 하는 사람도 있지만 대부분 그 관계를 지속하지 못했다.

'외국에도 괜찮은 사람 많지. 아무나 외국에 가서 일하는 것도 아니고…. 또 설령 외국인이면 어때?'

흔히들 이런 생각을 하지만 실상 내가 외국에 나와 보면 사람을 만날 수 있는 기회가 확실히 줄어든다. 한국에 있으면 친구들, 친척들을 비롯해 주변에서 내게 누군가를 소개를 해주는 경우도 많고 동호회 같은 취미 활동을 통해 새로운 사람들을 만날 수 있는 루트도 있듯이 만남의 길이 다양하지만 해외에서는 그렇지 않다. 누군가를 서로에게 소개를 시켜주고 받을 만큼 가까운 관계의 사람들이 극소수이고 동호회나 모임 같은 걸 찾아가도 또래 사람의 비율이 현저히 낮다. 왜냐하면 한인 사회가 어디 나라를 가도 형성은 되어 있지만 외국에서의 한인 사회는 그 큰 외국 사회에서의 매우 작은 소규모 사회에 불과하기 때문이다. 그럼 그 작은 사회에서 내가 마음에 들고 나와 잘 맞는 사람을 만날 수 있는 확률은 더 줄어들게 되는 것이다. 그리고 외국인을 만나는 것은 내 언어가 자유자재로 된다는 조건이 기본적으로 깔려있어야 하고 '그래도 결혼은 한국 사람이랑 해야지.'라는 말을 자주 들을 정도로 외국인과의 결혼을 쉽게 받아들이는 사람도 현실적으로 많지 않다.

연애와 결혼에 대한 고민은 물론 비단 여자들만의 것은 아니다. 남자들도 이런 고민을 하지만 그 무게가 여자들과 달랐다. 대부분 남자들은 주재원이 되면 교제하던 여자와 결혼을 해서 같이 해외로 나가는 경우가 많았다. 하지만 교제하는 사람이 없거나 당장 결혼을 해서 같이 나갈 여건이 안 되는 사람들은 같은 고민을 할 수밖에 없었다. 하지만 남자들의 경우 결혼을 하느냐 하지 않으냐에 대한 선택에 대한 고민보다는 결혼을 위해서 집을 사야 한다는 관념에 대한 무게가 더 크기 때문에 주재원으로 나가 돈을 더 빨리 모으는 쪽으로 선택을 쉽게 하는 경우가 많았다.

하지만 남자들도 해외로 나오면 현지에서 누군가를 만나 결혼을 하는 경우는 극히 드물다. 내 전 직장의 어떤 한 남자 주재원 선배는 30대 초반에 해외로 나와 40대 중반이 될 때까지 미혼이었고 그 선배는 주재원으로 선발되어 해외로 나가게 된 모든 미혼 후배들에게 반드시 결혼을 하고 나가라고 조언할 정도로 본인에게는 그 문제의 무게가 상당히 컸다.

미혼 주재원들 대부분의 가장 큰 고민은 남녀를 불문하고 연애와 결혼이었다. 그도 그럴 것이 연애와 결혼은 인생에 있어서 개인에게는 매우 큰 결정이고 많은 변화를 가져오기 때문에 고민이 되지 않을 수 없다. 회사의 결정과 정책은 개인의 계획과 사정에 맞춰서 변경되거나 정해질 수 없는 것이기 때문에 이 상황을 맞닥뜨리게 되는 회사원들은 인생에 있어서 큰 선택의 갈림길에 서게 된다. 내가 원하는 사람과 만나 원하는 시점에 결혼을 할 것인가, 내가 원했던 기회를 잡아 해보고 싶은 경험을 할 것인가? 그 어떤 것을 선택해야 앞으로의 나에게 더 좋은 것인가는 그 누구도 예측할 수 없다. 다시 한 번 얘기하자면, 결국 좋은 선택은 없다. 좋은 결과가 있어야 그 선택이 좋았음이 증명되기 때문이다. 주재원은 이런 인생의 중요한 선택적 무게를 안고 외국으로 떠나야 하는 사람들이다.

미혼의 여성과는 달리 기혼의 여성은 또 다른 고민이 있었다. 주재원이 된 기혼 여성은 그녀의 남편이 그의 직장을 그만두고 그녀와 같이 해외로 나갈 것인가에 대한 고민부터 시작되었다. 그리고 그녀에게 자녀가 있는 경우 해외에서 애는 누가 봐줄 것인가도 고민의 한 축을 차지하고 있었다. 기혼의 여성이 가진 고민의 무게는 미혼 여성이 가진 그것과는 달랐지만 그 무게는 실로 묵직했다. 왜냐하면 그들이 가진 이 고민의 무게는 혼자 털어낼 수 있는 것이 아니라 타인의 동의를 얻어야 하고 동의를 얻은 후 그에 대한 대안을 마련해야 하기 때문이었다. 그래서 실질적으로 대다수 기업의 해외 주재원 중 기혼 여성의 비율이 현저히 낮은 것이 사실이다.

해외 주재원이 되는 기혼 여성의 남편이 한국에서 잘 다니고 있는 직장을 과감히 때려치우고 그녀를 따라 함께 외국으로 나가는 경우는 거의 없었다. 반대로 기혼 남성이 주재원이 되면 아내가 직장을 그만두고 따라 나가는 경우는 많았는데 어떻게 보면 '왜 여자가 일을 그만둬?'라고 의문을 가질 수 있는 부분이다. 이것은 아무래도 우리 사회가 아직까지는 생계를 위한 경제 활동에 대한 무게가 남자에게 더 쏠려있기 때문이 아닌가라는 생각이 든다.(경제 활동에 대한 무게는 남녀의 구분이 없는데도 말이다.)

그리고 또 어떤 부부 회사원들은 만약 둘 다 직장을 그만둘 수 없는 상황에서 한 명이 주재원으로 발령이 나면 어쩔 수 없이 장거리 부부가 되어 몇 년을 그렇게 생활하기도 했다. 그 어떤 선택이던지 기혼자들의 고민도 이렇게 상당히 클 수밖에 없다. 부부 중 한 사람은 경력이 단절되는 경우가 생기기기도 하고 또 어떤 부부는 생이별 상태로 장기간을 생활해야하기 때문에 어떤 결정하던지 그에 대한 결과는 스스로 감수해야 하는 어려움이 있었다.

그리고 애가 있으면 그들에게는 또 다른 고민이 추가되었다. 애가 학교를 다니는 나이면 해외에서 국제 학교를 회사에서 지원받아 보내면 그나마 괜찮지만 미취학 아동이면 그들은 해외 생활에 있어서 더 큰 어려움을 겪었다. 보통 회사가 국제 유치원 비용까지 지원해주는 경우는 거의 없기 때문에 해외에서 엄청난 유치원 비용을 자신이 부담해야 하고 언어가 자유롭지 않은 곳에서 어린아이를 키우는 것은 부모의 입장에서는 또 다른 스트레스가 생겼다.

아이가 학교를 다니는 나이라고 해도 고민이 없는 것은 아니다. 보통 외국학교는 9월 학기제이기 때문에 한국의 개학 시기와 격차가 있어 다시 한국으로 복귀할 때 아이의 입학시점을 맞추느라 많은 주재원들이 애를 먹었다. 주재원에게 정해진 암묵적인 임기가 있지만 회사 정책에 의해서 또는 개인적 사유로 인해 갑자기 귀국하게 되는 경우가 생긴다. 이 경우 주재원 당사자는 바로 귀국 후 본사에 복귀해서 근무를 하면 되지만 아이의 학교는 시점이 개학시기에 맞지 않아 아이와 엄마는 외국에서의 학기를 마칠 때까지 그 나라에 두고 주재원 혼자 귀국해야 하는 경우가 빈번하게 발생했다.

겉보기엔 주재원은 회사로부터 선택받은 사람들로 고 연봉에 외국에서 일하는 복 받은 사람들처럼 보이지만 그들의 속사정을 들여다보면 이 주재원이라는 타이틀을 얻기 위해 감수하고 포기하고 인내해야 하는 요소들이 적지 않다. 앞서 애기한 인생의 굵직한 고민들부터 생활의 고민들이 계속 그들을 따라다닌다. 어느 날 국내 본사로 복귀를 하게 되면 본사에서 내가 일할 곳을 스스로 찾아 만들어서 귀국을 해야 하고 해외에 나오면서 전세를 주고 나온 집에 대한 문제를 해결하거나 집을 새로 사거나 어찌됐건 내 거주지를 마련해서 귀국해야 한다. 그리고 아이가 입시를 앞둔 고 학년이면 한국으로 전학을 오는 게 맞는지 외국에서 지금 과정을 마치고 수능에 맞춰 들어오게 하는 것이 좋은 지도 고민이고 외국에서 급여를 오랫동안 받다 보니 한국에 수입 기록이 장기간 동안 없어 신용 대출이 쉽지 않은 경우도 있다.

살면서 이런저런 고민은 누구나 있다. 다만 내가 얘기하고 싶은 것은 내가 주재원이 되기 전에는 보이지 않았던 그들의 고민을 공유하고 싶다는 것이고 내가 경험하기 전에는 몰랐던 그들의 속사정을 당신에게 알려주고 싶은 것이다. 왜냐하면 내가 주재원이 되기 전에 바라본 주재원은 모든 것이 완벽하게 좋아 보이기만 했기 때문이다. 오죽하면 내가 베이징 유학 시절에 품은 목표가 '주재원'이었을까. 그 당시 나에게 주재원은 마치 신처럼 보였다. 회사에서 해주는 으리으리한 집, 기사가 달린 차, 내가 평생 받지 못할 것 같은 연봉, 그리고 뭔가 후광이 빛나 보이는 그들의 모습. 하지만 지금 생각해보면 그들도 이런저런 먹고사는 문제에 대해 고민이 끊이지 않는 같은 직장인이었던 것이다.

주재원은 특별한 존재가 아니다. 그저 회사의 필요에 의해 회사가 가라는 국가로 가서 회사가 원하는 결과를 도출하는 직장인일 뿐이다. 하지만 주재원이 되고 싶다고 되는 것도 아니고 반대로 내가 원하지 않는다고 되지 않는 것도 아니다.(해외로 나가고 싶지 않은 사람들도 있다. 이 경우 대체자가 찾아지면 회사에서 그 사람을 굳이 억지로 발령을 내지 않지만 마땅한 사람이 없으면

강제 발령이 나는 경우도 있다.) 만약 내가 주재원이 되고 싶다면 회사의 주재원 선발 정책과 경향에 맞춰 준비를 함과 동시에 앞서 내가 얘기했던 문제들도 함께 고민해 보길 바란다. 그저 해외 근무에 대한 환상만 품고 나갔다가 회의를 느끼는 사람들도 있고 1년도 채 되지 않아 한국으로 돌아가고 싶은 사람들도 있기 때문에 스스로가 해외에서 장기간 일하고 생활할 수 있는 사람인지 자가 진단을 해보는 것이 좋다. 주재원은 해외 수당 때문에 국내보다 많은 급여를 받는 것은 사실이다. 그리고 그냥 해외에서 일한다는 이유만으로 급여를 많이 주는 회사도 없다는 사실 역시 당신이 꼭 인지하길 바란다. 세상에 공짜는 없으니까.

#하고 싶은 일, 가고 싶은 길을 향해

2019년 12월. 중국에서 이상한 소문이 돌기 시작했다. 무슨 바이러스가 돌기 시작했다는 소문이었고 그것의 강도가 예전에 유행했던 사스와 견주어질 정도로 강력하다는 것이었다. 하지만 이때까지만 해도 우리는 이 바이러스가 얼마나 심각한지 체감하지 못했고 그저 독감처럼 금세 사그라질 것이라 착각하고 있었다.

하지만 1월이 되자 상황은 점점 더 심각하게 흘러갔다. 바이러스 감염자가 기하급수적으로 늘기 시작했고 사망자도 속출하기 시작했다. 하지만 이때까지도 우리는 남의 얘기라 생각했고 예전의 사스나 신종 플루 때와 비슷할 것이라 생각했다. 그렇게 우리는 모두 코로나라는 신종 바이러스가 얼마나 강력하고 무서운 것인지 인지하지 못했고 우리의 일상을 얼마나 파괴하게 될지 조금의 의심도 하지 않았다. 그렇게 2월이 되었고 나를 비롯한 대부분의 주재원들은 중국의 춘절 장기 연휴에 맞춰 설을 쇠기 위해 한국 행 비행기에 몸을 실었다.

한국도 코로나로 들썩이고 있었다. 하지만 한국은 촘촘한 방역 시스템과 빠른 대처로 잘 관리가 되고 있는 모습이었다. 다만 내가 바이러스의 근원지로 여겨지는 중국에서 왔다는 것이 주변 사람들과 지인들에게는 큰 부담이 될 수 있다는 것을 알 수 있었다. 입국 후 내가 친구들이나 지인들에게 연락해서 만나자고 하는 것이 그들에게 부담을 줄 수 있다는 것을 인지하였고 난 최대한 만남을 자제하면서 조용한 연휴를 보내고 있었다. 하지만 연휴 기간 동안 코로나 사태는 또 다른 양상으로 흘러갔다. 중국은 폭발적으로 감염자가 늘고 있었고 이 심각성은 주재원들이 중국으로의 복귀가 불가능할 수도 있다고 얘기가 나올 정도였다. 금방 잠잠해질 것이라는 우리의 착각과는 달리 코로나는 그렇게 전 세계를 물어뜯고 있었다.

결국 회사는 한국에 있는 주재원들의 중국 복귀를 미뤘다. 춘절 연휴가 끝나는 시점부터 2주일을 더 한국에서 대기하라는 연락을 받았다. 우리는 그제야 코로나의 심각성이 피부에 와 닿기 시작했다. 나는 이건 일전의 바이러스와는 차원이 다르다는 것을 느낄 수 있었다. 이제 언제 중국으로 복귀할 수 있느냐가 아닌 복귀가 가능한지 아닌지가 문제가 되었다. 다행히 2월은 국경 봉쇄까지는 이어지지 않아 한국에 있던 중국 주재원들은 모두 상하이로 돌아왔고 생애 처음으로 재택근무와 자가 격리를 경험하게 되었다.

약 3주 만에 돌아온 상하이는 마치 유령 도시 같았다. 길거리에 그 많던 차들은 보이지 않았고 그 많던 사람도 없었다. 물류는 멈춰져 온라인 배송도 쉽지 않았고 즉시 배달이 가능한 온라인 식자재 앱에 올라온 식자재는 삽시간에 매진이 되어 구매 자체도 어려웠다. 그리고 시간이 지나면서 자가 격리에 대한 관리 감독이 점차 강화됐다. 아파트 입구에서부터 체온을 체크하고 명단을 작성했으며 해당 아파트 출입증이 없으면 출입이 불가능했다.

그리고 내 자가 격리 기간이 끝나고 난 이후부터는 자가 격리에 대한 지침이 더 강화되어 자가 격리 자들의 집 문이 봉쇄 조치가 되어 테이프가 발라졌고 문을 조금이라도 열어 봉쇄 테이프가 밀려 나오면 센서가 그 움직임을 파악해 알람이 전달되어 해당 지역 관리자들이 집으로 찾아오기도 했다. 특히 시간이 지나면서 한국의 코로나 상황이 심각해지자 중국에서의 한국인에 대한 혐오도 적지 않게 생겨나며 주재원들은 코로나라는 바이러스와 현지인들의 한국인 혐오에 대한 공포에 함께 떨어야 했다.

남의 나라에서 이런 위기를 겪으니 우리는 서럽기도 하고 그 불안과 공포가 훨씬 클 수밖에 없었다. 외국인은 이방인이고 이방인은 언제나 자국민의 다음이기 때문에 중국에서 코로나에 감염되어 격리되는 순간 외국인은 자국민보다 더 많은 불편함에 시달려야 한다는 것을 잘 알고 있어 우리 모두는 감염되지 않기 위해 최선을 다했다. 그렇게 격리와 혐오, 재택근무와 같은 힘든 시간을 거쳐 정상적인 출근을 시작하고 상하이의 감염자 추세가 호전되면서 우리는 어느 정도의 일상은 찾았지만 중국의 국경 봉쇄가 강화되어 중국 신규 비자 발급 중단 조치가 내려졌다. 그리고 국가 별 입국자에 대한 2주의 격리 기간이 생기면서 우리는 내 나라인 한국을 비롯한 다른 나라를 계속 가지 못하고 있었고 회사의 실적은 곤두박질치면서 역대급 위기를 겪게 되었다.

우리 회사와 같은 오프라인 매장 중심의 리테일 브랜드의 실적은 믿기지 않을 정도로 파괴되었고 그에 따라 회사의 손해는 점점 커지기 시작했다. 회사는 온라인 사업에 비중을 늘리며 새로운 비즈니스 패러다임을 만들어야 했고 그 결과 적자가 큰 오프라인 매장은 대폭 줄일 수밖에 없었다. 리테일 브랜드가 오프라인 매장을 줄인다는 것은 곧 인력의 감축이 필요하다는 것이고 그로 인해 많은 사람들이 일자리를 잃거나 하던 일이 바뀐다는 것을 의미한다. 이러한 인력 감축의 우선순위는 역시 인건비가 가장 비싼 주재원 인력이라는 뜻이기도 했고 많은 주재원들이 임기를 채우지 못하고 2020년 말에 서울 본사로 복귀해야 하는 상황이 발생하였다.

주재원으로써 해외에서 처음 겪는 바이러스 위기 상황은 우리 모두에게 심적으로 힘든 매일의 연속이었다. 출입국이 제한된 상황에서 많은 주재원들이 가족, 연인과 떨어져 거의 1년 가까이를 만나지 못하고 있었고 더 무서운 것은 이 상황이 언제 끝날지 조차 아무도 모른다는 것이었다.

이런 상황이 길어지면서 나 역시 많은 생각을 하게 되었다. 난 해외에서 30대의 대부분을 보내며 많은 좋은 경험을 많이 했지만 그러는 동안 약 10년이라는 시간을 내 가까운 사람들과 자주 만나지도 많은 시간을 보내지 못하고 살아왔다. 그러면서 드는 생각이 지금 이 코로나 상황이 언제 끝이 날지도 모르지만 언제 또 재발할지도 모른다는 공포감이 밀려왔다.

'그렇다면 이제 해외 생활을 끝내고 내가 보고 싶은 사람들과 더 많이 보고 사는 것이 더 행복한 삶이 아닌가?'

돌이켜보니 안타까운 사실 중 하나는 내가 지금까지 보고 싶은 사람들을 보며 산 시간보다 보기 싫어도 봐야 하는 사람들, 봐야하기 때문에 봐야 하는 사람들과 보낸 시간이 압도적으로 많다는 것이었다. 물론 사회생활을 하는 사람들이 대부분 다 그렇게 살아가지만 그래도 한국에 있거나 가끔이라도 갈 수 있으면 짬을 내어 내가 보고 싶은 사람들을 볼 수 있는 아주 약소한 이런 기회들마저도 지금 중국에 갇혀있는 나에게는 모두 박탈된 것이었고 더 절망적인 것은 언제 이것들이 가능해진다는 보장과 희망이 없다는 것이었다.

난 결국 결정을 내렸다. 내가 지금 회사로든 이직을 하든 해외 생활을 접고 한국으로 들어가겠다고. 전염병을 소재로 한 알베르 카뮈의 소설 〈페스트〉에서 나오는 말 '전염병 상황에서 가장 힘든 것은 보고 싶은 사람을 만나지 못하는 것이다.'처럼 난 이것이 얼마나 힘든 것인지 체감할 수 있었고 희망도 끝도 보이지 않는 이 상황을 더 이상 인내할 자신이 없었다. 그리고 이제 내가 하고 싶은 일도 시작하려 한다. 난 취업을 해냈고 그 생활에 마침표를 찍고 이제 창업의 길로 가기로 했다. 그 길이 더 험난하다 할지라도 반드시 가야할 길이기에. 그래서 난 이제 고국으로 돌아가 내가 보고 싶은 사람들을 더 많이 보고 내가 하고 싶은 일을 하면서 살아가려고 한다.

'나는 이야기가 있는데 당신은 술이 있는가?'

지금 난 내가 전념하고 싶었던 작가의 일에 더 많은 시간을 쓰고 줄 곧 하고 싶었던 강사라는 새로운 길을 가고 있다. 이 길을 걸으며 내가 가진 이야기와 지식, 그리고 경험을 많은 사람들에게 공유하며 또 다른 이야기를 만들어 갈 것이다.

에필로그

잘 놀다 갑니다

전 운이 좋은 사람이었습니다. 내세울 것 하나 없는 스펙으로 대기업에 입사했고 또 주재원으로 뽑혀 젊은 나이에 해외에서 많은 경험을 하며 정말 '잘 놀다 갑니다.'라는 말을 자신 있게 할 수 있을 정도의 회사 생활을 했으니까요.
물론 해외에서 일하는 것이 국내에서 일하는 것보다 더 가치가 있거나 인정받아야 할 일은 아닙니다. 해외와 국내를 막론하고 자신의 자리에서 주어진 일을, 그리고 내가 하기 싫지만 해야 하는 일을 해나가는 모든 분들이 위대하고 존경받아 마땅하기 때문입니다. 그렇게 묵묵히 자신의 자리를 지키며 살아가는 모든 분들께 박수를 보냅니다.

제가 이 책을 쓰게 된 이유는 많은 분들에게 미지의 세계인 주재원이라는 것에 대해 알려드리고 싶었고 주재원이 되려면 어떻게 해야 하는지 그리고 주재원은 어떤 일과 생활을 하는지에 대해 제 경험을 통해 조금이나마 알려드리고 싶었습니다. 저도 제가 주재원이 되기 전에 많은 궁금함과 의문들이 있었으니까요.
물론 제 경험이 모든 주재원들의 표준은 아닙니다. 회사에 따라, 주어진 임무에 따라 모두 다른 곳에서 다른 일을 해야 하기 때문에 그들에게는 또 그들의 스토리가 있기 때문이지요. 저는 다만 글로벌 시장으로 나가고 싶은 꿈이 있으신 분들의 가려운 부분을 긁어드리고 등을 떠밀어 드리고 싶은 마음으로 이 책을 썼습니다. 저 같은 사람도 해봤으니까 독자님들도 할 수 있다가 아니라

저는 이런저런 일과 생활을 하며 잘 놀다가 가니 독자님들은 또 다른 세상과 경험을 맛보며 '더 잘 놀다 오라.'는 응원을 담은 것입니다.

'자신이 경험하지 않은 것에 대해 함부로 말하는 것은 겪어보지 않은 사람에 대해 함부로 말하는 것과 같다.'

경험은 이런 것입니다. 겪어본 사람, 해 본 사람만이 알 수 있고 함부로 말할 수 있는 것. 경험의 힘은 생각보다 강합니다. 그렇기 때문에 우리는 뭐든지 경험해야 합니다. 비록 그것이 지금 당장 돈이 되지 않고 도움이 되지 않아 보인다 할지라도 말입니다. 제가 잘 놀다가 갈 수 있는 회사 생활을 만들어 준 것은 모두 저의 경험이었습니다. 저에게는 다양한 경험이 있었고 그 경험들을 필요한 순간에 끄집어냈습니다. 이력서에 쓰지 못하는 경험도 제가 필요한 어떤 순간에는 사회생활을 하면서 절묘하게 쓰였습니다.

독자님들에게는 더 많은 경험의 기회가 있습니다. 그 소중한 경험들을 차곡차곡 쌓고 기록하고 기억하시길 바랍니다. 기나긴 제 경험에 동참해주신 독자 여러분께 깊은 감사를 표하며 이 글을 마무리합니다. 꾸준히 읽어주신 독자님들 감사드립니다. 그리고 저에게 좋은 경험을 선사해주신 모든 분들께 감사드립니다.

저는 이만 잘 놀다 갑니다.

Thanks to.

이 책이 나오기까지 정말 많은 분들의 응원과 도움이 있었습니다.

회사 동료로써 항상 집필을 응원해 주신 고지현님, 이나영님, 신연아님, 이한민님, 조진형님.

슬기로운 회사 생활을 할 수 있도록 해 주신 안세홍님, 김영목님, 이명호님, 김윤혜님, 김영수님, 나정균님, 박수영님.

해외 생활에 버팀목이 되어 주신 강윤수님, 우준경님, 김일중님, 원태경님, 이기홍님, 서무열님, 곽영호님, 권오선님.

언제나 유쾌한 사람들 최경도님, 남정우님, 장석유님, 류창화님, 김민호님, 박준기님, 박상민님, 정운현님, 김병진님, 박상민님, 노현수님, 권새봄님.

평생 친구들 영민, 승용, 회웅, 남현, 범록, 재율.

그리고 이 글은 책이 될 수 있다고 가장 큰 용기를 주신 이룸 정책 연구소 대표 김민정 박사님과 책으로 태어나게 해 주신 하모니북 박화목 대표님.

마지막으로 언제나 제 선택을 존중해 주시고 묵묵히 지지해 주시는 부모님께 감사의 마음을 전합니다.

* 지구를 위해 친환경재생지를 사용합니다.

무스펙 인간

초판 1쇄 2021년 9월 15일
지 은 이 장기웅
펴 낸 곳 하모니북

출판등록 2018년 5월 2일 제 2018-0000-68호
이 메 일 harmony.book1@gmail.com
전화번호 02-2671-5663
팩 스 02-2671-5662

ISBN 979-11-6747-011-9 03810

값 16,500원

이 도서의 국립중앙도서관 출판예정도서목록(CIP)은 서지정보유통지원시스템 홈페이지(http://seoji.nl.go.kr)와 국가자료공동목록시스템(http://www.nl.go.kr/kolisnet)에서 이용하실 수 있습니다.